O contemporâneo na crítica literária

Susana Scramim (org.)

O CONTEMPORÂNEO NA CRÍTICA LITERÁRIA

ILUMI**/**URAS

Copyright © 2012
Susana Scramim

Copyright © desta edição
Editora Iluminuras Ltda.

Capa
Eder Cardoso / Iluminuras

Revisão
Jane Pessoa

Dados Internacionais de Catalogação na Publicação (CIP)
(Câmara Brasileira do Livro, SP, Brasil)

C777

O contemporâneo na crítica literária /
Susana Scramim (org.). - São Paulo : Iluminuras, 2012.
258p. : 23 cm

ISBN 978-85-7321-396-6

1. Literatura brasileira - História e crítica. I. Scramim, Susana

12-5532.   CDD: 809
CDU: 82.09

02.08.12   14.08.12   037917

2012
EDITORA ILUMINURAS LTDA.
Rua Inácio Pereira da Rocha, 389 - 05432-011 - São Paulo - SP - Brasil
Tel./Fax: 55 11 3031-6161
iluminuras@iluminuras.com.br
www.iluminuras.com.br

SUMÁRIO

Prefácio
   Susana Scramim

Crítica e disciplina

A pesquisa como desejo de vazio, 15
   Raúl Antelo
Literatura comparada/indisciplina, 35
   Eneida Maria de Souza
José Veríssimo e a teoria da literatura no Brasil, 43
   Roberto Acízelo de Souza

Polêmicas críticas

Modos de ver-ler-escutar a literatura (a cultura)
   argentina: apontamentos a partir de um debate, 59
   Analía Gerbaudo
A literatura que não vem. Crítica literária,
   narrativa e testemunho nas intervenções de Alcir Pécora, 77
   Luiz Guilherme Barbosa
Uma tese sobre a crítica literária brasileira, 87
   Alberto Pucheu
Utópica e funcional? Sobre a crítica de poesia em seus impasses, 115
   Susana Scramim

Linguagens críticas

Em trans: leituras latino-americanas do presente, 141
  Débora Cota
O êxtase da teoria em Baudrillard e a queda do muro, 163
  Eduardo Guerreiro Brito Losso
A arte na crítica simbolista: objeto do inapreensível, 179
  Caio Ricardo Bona Moreira

O trabalho crítico: homenagem a Raúl Antelo

Como se fosse música..., 199
  Wladimir Antônio da Costa Garcia
Acefalia e ética na crítica de Raúl Antelo, 209
  Antonio Carlos Santos
Das lições: persistências da imagem e metamorfoses da forma, 217
  Rosângela Cherem
Ler *Ausências*, 235
  Jorge Wolff
Morfosis I e II. O canto e o espelho nos limiares da festa, 243
  Marta Martins e Rita Lenira Bittencourt

PREFÁCIO

Susana Scramim

Nos últimos anos as práticas da crítica literária contemporânea vêm sendo tema de debates e polêmicas por parte de professores, pesquisadores de literatura das universidades brasileiras, bem como por parte de jornalistas e fomentadores culturais. As questões levantadas por esses intelectuais algumas vezes se referem à posição crítica ante o fazer artístico-literário atual, outras vezes à função e atuação dessa mesma crítica na formação dos profissionais egressos dos cursos de Letras nos níveis de graduação e de pós-graduação. Como exemplo desses momentos pelos quais a crítica se questiona a si mesma cito intervenção da professora e crítica literária Flora Süssekind quando das homenagens prestadas ao crítico Wilson Martins recém-falecido à época. Em artigo publicado no Caderno Prosa, de O Globo, *em 24 de abril de 2010, ela indica a disfunção de certa produção crítica na área de Letras percebida em sua leitura das manifestações de alguns críticos literários nas suas homenagens a Wilson Martins. Em abril de 2011, desencadeia-se uma polêmica acerca da função do literário na cultura contemporânea, motivada por um debate sobre a literatura brasileira contemporânea, intitulado "Desentendimentos", promovido no blog da revista* Serrote, *do Instituto Moreira Salles. Do debate participaram dois professores e críticos literários, Beatriz Resende e Alcir Pécora, com a mediação de Paulo Roberto Pires. O julgamento desferido por Alcir Pécora à produção literária contemporânea causou reações, pois para ele o problema da literatura está restrito à própria falta de interesse que o literário produz em nossa sociedade, portanto, para o crítico paulista, jesuiticamente, o problema do literário residiria no objeto e não nos modos de ver e sentir do contemporâneo. Do mesmo modo, a professora Iumna Maria Simon vem publicando artigos em revistas como, por exemplo, a* Novos Estudos *e a revista* Piauí, *nos quais afirma a disfunção e a não validade da literatura contemporânea perante a sociedade brasileira. O que parece interessante sublinhar é que em nenhuma dessas ocasiões, em que realmente a ideia de polêmica deveria ter sido instaurada, os críticos literários em questão retomaram em tom de reflexão o trabalho sobre a crítica desenvolvido por seus pares. Entretanto, há algumas iniciativas no Brasil que objetivam discutir esses problemas. A professora e crítica literária Eneida Maria de Souza é autora de vários artigos científicos e de pelo menos dois livros específicos sobre os procedimentos e a tarefa da crítica ante a literatura e a sociedade contemporâneas. Em um de seus últimos livros, justamente com o título de* Tempo de pós-crítica, *afirmava que "diante da revitalização da crítica comparada e cultural nas academias brasileiras, torna-se cada vez mais urgente o exercício da sistematização do pensamento crítico nacional. Rotular de modismo teorias ou métodos analíticos é um comportamento avesso da crítica ao experimentalismo e à dificuldade".[1] Em 2007, os professores Maria Lúcia de Barros Camargo e Raúl Antelo promoveram um debate sobre o problema de se suspender ou não a relação autonômica entre autor e leitor por parte da crítica e da literatura. Partindo do par tautológico de que a literatura não existe sem a crítica e a crítica não existe sem a literatura, os professores propunham um conceito como o de "pós-crítica" como possibilidade de se considerar a alteridade implícita em todo ato crítico como uma tentativa de "responder, com criatividade, para transformar, justamente, a proverbial relação entre o Mesmo e o Outro".[2] A tarefa da crítica, diziam os autores, "era a de trazer o outro à presença como 'diferença' do outro. E sob essa perspectiva a alteridade já não se situa, na convenção ética ou psicológica, como o encontro com uma individualidade isolada. Antes, pelo contrário, a alteridade em pauta é uma relação entre o eu (ou o Mesmo) e aquilo que, na sua singularidade, é heterogêneo a mim mesmo e interrompe, assim, minha própria identidade".[3]*

Com este livro, O contemporâneo na crítica literária, *novamente tenta-se responder — para transformar — à relação de identidade entre o que é próprio da arte, próprio da crítica ou próprio da sociedade. O livro nasce do desejo de transformar de alguns professores e pesquisadores inquietos diante da constatação da falta de disposição para o contemporâneo de certas práticas críticas. Contemporâneo é, segundo Giorgio Agamben, "aquele que mantém fixo o olhar no seu tempo, para nele perceber não as luzes, mas o escuro".[4] O*

---

[1] Souza, Eneida Maria de. *Tempo de pós-crítica: ensaios.* São Paulo: Linear B/Belo Horizonte: Veredas & Cenários, 2007, p. 11.
[2] Antelo, Raúl; Camargo, Maria Lúcia de Barros. *Pós-crítica.* Florianópolis: Letras Contemporâneas, 2007, p. 8.
[3] Ibid..
[4] Agamben, Giorgio. *O que é o contemporâneo? e outros ensaios.* Vinícius Honesko (trad.). Susana Scramim e Vinícius Honesko (sel. e apres.). Chapecó: Argos, 2009, p. 62.

que não quer dizer que perceber essa obscuridade seria apenas um estar passivo diante dos acontecimentos. Estar diante de algo que não representa e nem dá a ver não obscurece o olhar e, ao contrário do que se poderia imaginar, promove a visão. O contemporâneo é sempre o enigma a nos desafiar, a exigir de nós uma posição de alteridade diante do que se nega à identificação.

Este livro se divide em dois momentos. No primeiro, os ensaios dos professores, pesquisadores e críticos literários materializam o resultado de um intenso convívio de trabalho. Não somos institucionalmente membros de um mesmo grupo de pesquisa, entretanto, nossas relações ultrapassaram a questão acadêmica. Nós, do grupo de pesquisa do Núcleo de Estudos Literários e Culturais (Nelic) da Universidade Federal de Santa Catarina, mantivemos ao longo dos últimos três anos com o grupo de trabalho ao qual pertencemos, "Teoria da Poesia Contemporânea" da Universidade Federal do Rio de Janeiro, uma intensa relação de intercâmbio de ideias e práticas críticas. A essa relação de trabalho somaram-se as intervenções pontuais do grupo "La literatura y sus lindes en América Latina", formado por professores e pesquisadores da Universidad de la Patagónia Austral em Río Gallegos e da Universidad del Litoral, de Santa Fe, ambas na Argentina, grupo ao qual pertencemos também como pesquisadores. Foram especialmente convidados a participar desse trabalho a professora e crítica literária Eneida Maria de Souza, da Universidade Federal de Minas Gerais, a quem consideramos sempre, em função do intenso intercâmbio de ideias e de sua presença frequente entre nós, como uma parceira nas discussões e práticas da crítica, e o professor Roberto Acízelo, da Universidade Estadual do Rio de Janeiro, que demonstrou sua grandeza em aceitar participar desse trabalho em que necessitávamos recuperar algumas práticas da crítica do final do século XIX no Brasil. Este momento do livro materializa a rede na qual nos envolvemos todos, bem como o pensamento ali produzido.

Outro momento deste livro dá testemunho da vitalidade do pensamento crítico produzido por Raúl Antelo. Em março de 2010, realizou-se na Universidade Federal de Santa Catarina um seminário de pesquisa para discussão das práticas críticas de sua obra. Incluir os ensaios que nessa ocasião foram apresentados pareceu-nos um modo de continuar a promover o movimento que a crítica deve produzir em suas práticas.

Registre-se aqui o agradecimento ao apoio recebido das agências de fomento, Capes e CNPq, e, especialmente, à Pró-Reitoria de Pós-Graduação da Universidade Federal de Santa Catarina que, reconhecendo a importância do trabalho que esse prolífico grupo de pesquisa vem desenvolvendo nos últimos anos, viabilizou este volume que agora se apresenta.

Repensar a tarefa da crítica ante as demandas da arte e da sociedade contemporânea é uma questão intelectual que necessita ser respondida; contudo, responder, para nós, quer dizer alterar, pois a crítica tem uma tarefa perante a sociedade que a envolve e a produz, e essa tarefa necessariamente tem que ser cumprida, caso contrário, esse tipo de produção poderá perder efetivamente o seu sentido.

E é com essa compreensão que esta publicação se organiza.

CRÍTICA E DISCIPLINA

A PESQUISA COMO DESEJO DE VAZIO

Raúl Antelo
Professor Titular de Literatura Brasileira da UFSC/ Pesquisador 1A do CNPq

> *Le désir est un exil, le désir est un désert qui traverse le corps sans organes, et nous fait passer d'une de ses faces à l'autre. Jamais un exil individuel, jamais un désert personnel.*
> Gilles Deleuze e Félix Guattari. *L'Anti-Oedipe*

Esta intervenção poderia se inscrever como uma reflexão de caráter ético, na medida em que toda reflexão sobre a ética é uma reflexão sobre o desejo. Dizem Deleuze & Guattari que todo desejo é um deserto, quer dizer, todo deserto é um vazio, daí que o desejo seja um vazio ou, com maior precisão, ele nasça de um vazio como desejo de um vazio. Se aceitamos esse *parti pris*, talvez seja mais fácil acompanhar-me no que segue, que será um diagnóstico da comunidade à qual todos pertencemos, aqueles que estudamos a Literatura no curso de pós-graduação da UFSC, tanto como profissionais quanto como candidatos a um título superior, porque não poderá haver uma reflexão ética sem uma reflexão acerca da comunidade onde essa ética circula.

A primeira questão que caberia colocar aqui, portanto, é que, quando falamos da área de estudos de Literatura não falamos de uma área homogênea porque a cisão constitui a comunidade — toda comunidade — e a define como uma comunidade enfrentada, uma comunidade afrontada (como diria Jean-Luc Nancy, *affrontée*), uma comunidade confrontada consigo mesma, em dispersão atuante. Não apenas, em nosso caso, cisão entre Literatura e Linguagem, senão entre as diversas Literaturas entre si, entre Literatura e Humanidades, em sentido amplo, e entre leituras pautadas por tradições divergentes, no interior de um mesmo campo. O confronto pertence essencialmente à comunidade acadêmica. Trata-se de um impossível: ver, objetivar-se, examinar-se como um todo homogêneo; mas, ao mesmo tempo, trata-se também de opor-se, de vir perante nós mesmos para desafiar-nos e testar-nos enquanto criadores, para dividir-nos, em nosso ser, com uma separação que, paradoxalmente é, coincidentemente, a autêntica condição desse ser comum.[1] Como pertencer com diferença, eis a questão.

Como a universalidade não é um pressuposto estático, e não é mesmo um *a priori* dado, ela deveria ser entendida, entretanto, como um processo que nos exige, antes de mais nada, emancipar-nos da essência, desamarrar-nos de vínculos tradicionais, corriqueiros, testados. É essa a liberdade de pesquisa, uma liberdade de existência, mas, em última análise, também de êxtase, se por êxtase entendemos um ir para além de si mesmo. Daí que o próprio Nancy nos diga que, nesses casos, a ontologia deve se tornar uma "eleuterologia",[2] um saber que contém a liberdade, porém, sob leis muito precisas, leis ético-práticas. Surgem daí as questões específicas. Cabe, por exemplo, participar de um encontro de pares apenas de forma ativa, indo expor e se retirando logo em seguida, sem se interessar por aquilo que dizem os outros, nem digo os estudantes, mas os próprios colegas? Não é apenas uma questão de etiqueta acadêmica. Há muito mais implicado nesse ato. Há ainda formas válidas de compartilhamento da experiência, de alguma universalidade entre nós, para além da mediação quantitativa do currículo Lattes? Mas, dada a necessidade de leis muito precisas, de caráter ético-prático, para a existência do comunitário, como adotá-las ou como acatá-las se o horizonte do comum é cada vez mais esquivo ou elusivo entre nós?

Mesmo com todas as dificuldades do caso, há algo, porém, que não deveria ser esquecido: que aquilo que está para ser feito, o que se pesquisa como ato de *per quaere*, não se situa nunca no registro de uma *poiesis*, como uma obra cujo esquema já estaria previamente traçado, mas no registro de uma *praxis*, que, de relevante, só produz mesmo, retrospectivamente, seu próprio agente.[3]

É claro que pensarmos a comunidade acadêmica a partir da emancipação, processo que dissolve os laços tradicionais do sistema, é algo problemático e inquietante, porque, ao liberar o sujeito de vínculos comuns, herdados, nossa prática de pesquisa emancipa-nos, a rigor, consequentemente, de toda determinação e de toda noção de destinação já dada, sem que, paralelamente, a própria emancipação forneça a si própria um horizonte

---

[1] Nancy, Jean-Luc. *La communauté affrontée*. Paris: Galilée, 2001, p. 51.
[2] Nancy, Jean-Luc. *L'expérience de la liberté*, Paris: Galilée, 1988, p. 24.
[3] Ibid., p. 38.

cabal de sentido, uma vez que não há nada que, podendo ser tomado como destino ou como fim do trabalho, garantisse, de *per se*, a emancipação. Uma vez emancipado, o estudioso universitário é como um escravo liberto para quem, à diferença do escravo do mundo, não existe espaço algum que possa ser identificado como o espaço específico para o exercício dessa sua liberdade, a liberdade de pesquisa e criação que ele reivindica.[4] E isso por um motivo relativamente simples. No Ocidente, o espírito científico desenvolveu-se, em grande parte, graças ao direito romano, esse veículo do princípio técnico de governabilidade, com que a verdade se separou da falsidade. *Simpliciter et pure factum ipsum.*

Vejamos essa questão. Um duro adversário da hegemonia da Teoria Crítica na Universidade, o filósofo alemão Peter Sloterdijk, tem argumentado que a Europa mantém-se em movimento ainda hoje ao preço de reivindicar, reencenar e transformar o Império que havia antes dela e, assim sendo, ela é basicamente um teatro de metamorfoses imperiais que perpassa sucessivamente várias culturas, muitas das quais declararam, sem pudor, a crença de serem as escolhidas para reeditarem as ideias romanas de dominação mundial.[5] De modo que se o direito romano sobreviveu até nós, foi, fundamentalmente, graças à sua aliança com uma noção imperial de poder, de Igreja — o poder dos *clercs*, dos intelectuais —, que implicou o afastamento da magia, o combate contra o judaísmo, em especial contra a mística judaica que, mais tarde, deslocou-se em relação ao Islã, ou seja, fundamentou-se em torno das controvérsias ocidentais acerca da fé e do saber. Daí vem, entre outras, a separação entre corpo e espírito. Pergunto: é ainda possível, por exemplo, o estudo da imagem — da fotografia, do cinema, que vem ocupando espaço cada vez mais crescente em nossas faculdades — tão somente como um dado ecotécnico, dissociado dessa genealogia que lhe é constituinte?

Na última seleção de solicitações de financiamento para eventos do Rio de Janeiro, a metade dos pedidos apresentados ao CNPq, no início de 2011, era da área de clássicas, fato que, ao menos a mim, causa espanto. Não tenho nada contra as línguas clássicas. Sou de uma geração que estudou nove cursos de latim e cinco de grego, antes de começar a lidar

---

[4] Nancy, Jean-Luc. *La pensée dérobée*. Paris, Galilée, 2001, p. 128.
[5] Sloterdijk, Peter. *Se a Europa despertar: reflexões sobre o programa de uma potência mundial ao final da era de sua letargia política*. J.O. Almeida Marques (trad.). São Paulo: Estação Liberdade, 2002.

com a filologia germânico-ibérica, dominante antes do estruturalismo, e herdeira, toda ela, da *Idade Média latina*, como declarava o livro de Curtius. Mas, pergunto, são nossas pesquisas de culturas clássicas conscientes dessa herança comum de direito romano e cristianismo? Pode ainda o Estado (através da Capes, o CNPq, as fundações estaduais) ser solicitado, sem consequências epistemológicas, como fiador de um índice etnocêntrico de civilização?

Cabe relembrar, a esse respeito, o que o jurista e psicanalista francês Pierre Legendre desenvolveu, em 2007, em sua palestra *A cicatriz*.[6] Ele adota, por sinal, uma ideia literária, de Borges, a de "A forma da espada", mas parte também da parábola de Stevenson em *Dr. Jeckyll e Mr. Hyde* e até mesmo de um escritor japonês como Tanizaki, na *História de Tomoda e Matsunaga*. "*Le cruzaba la cara una cicatriz rencorosa: un arco ceniciento y casi perfecto que de un lado ajaba la sien y del otro el pómulo*" — diz, no início, o conto de Borges.[7] A narrativa, mesclada, em inglês, espanhol e português e organizada como se fosse vista por alguém traído, é na verdade a história de um traidor: "*yo soy los otros*". E a cicatriz é uma mera marca, uma inscrição cuja sobrevivência "*me afrenta*", tal como a comunidade, segundo Nancy. Tal o uso da metáfora por parte de Legendre. Nosso presente, a situação cindida da nossa comunidade, talvez se expliquem então mais cabalmente se levamos em consideração, junto com ele, que

> Para el laicismo positivista occidental, el Estado no posee ningún espíritu de tipo animista, como el Tótem, animal o planta, al que se atribuye una voluntad productora de normas. En la práctica, el Estado se ha despegado incluso del juramento de fidelidad a una tradición sagrada[8] para alcanzar ahora otro tipo de existencia, la de un *objeto institucional de serie en la nueva Naturaleza engendrada por la tecno-ciencia-economía*: para la civilización del Management generalizado, el Estado habría abandonado la zona oscura del mito (en este caso, del mito genealógico de proveniencia cristiana) y habría entrado definitivamente en un universo de transparencia que lo haría tributario de saberes desprovistos de religiosidad (saberes correspondientes a la objetividad gestionaria). Para discernir ahora el principio estatal en cuanto indicador político-religioso de la modernidad europea y como instrumento institucional estratégico del Occidente expansionista, tendremos que *volver a examinar el concepto de Estado*, no desde un ángulo

---

[6] LEGENDRE, Pierre. *La Balafre. À la jeunesse désireuse... Discours à des jeunes étudiants sur la science et l'ignorance*. Paris: Mille et Une Nuits, 2007.
[7] BORGES, Jorge Luis. "La forma de la espada", in *Obras Completas*. Buenos Aires: Emecé, 1974, p. 491.
[8] Ver, a esse respeito, AGAMBEN, Giorgio. *Il sacramento del linguaggio. Archeologia del juramento*. Bari: Laterza, 2008.

> operativo necesariamente estrecho, sino en continuidad con las puntualizaciones que preceden, es decir, *como producto derivado de un libreto fundacional*: el judeo-romano-cristiano.[9]

Ao desenvolver suas considerações acerca do método, Giorgio Agamben associa a arqueologia de Foucault, a genealogia de Nietzsche, a desconstrução de Derrida ou a teoria da imagem dialética de Benjamin à lógica da *signatura*, ou seja, o timbre ou sinete, esclarecendo que a *signatura* teológica atua como uma sorte de astucioso *trompe-l'oeil,* como esse que revela Vincent Moon ao narrar a origem de sua cicatriz. A secularização do mundo acaba se tornando, graças a essa enganosa inscrição, uma contrassenha de sua inclusão na *oikonomia* divina.[10] Ora, isso nos leva a concluir que o horizonte da comunidade, até mesmo o da comunidade acadêmica, foi também gradativa e imperceptivelmente substituído pelo *management* e a *efficiency*, porque "*yo soy los otros*". Senão, reparemos que o conceito de *management*, aquilo que Legendre chama também de *Dominium mundii*, conota antigas palavras latinas que chegaram ao inglês através do francês: *masnage, mesnage,* significando o que hoje diríamos *maisonnée*, conjunto de pessoas que vivem sob o mesmo teto. O *management*, portanto, faz referência à família, ao *domus*, e o *management*, nesse caso, seria outro nome da domesticação. Qual é a conclusão que Legendre tira desse processo?

> En primer lugar, para acceder a los repliegues de la civilización occidental es necesario estudiar la protohistoria del Estado y del derecho, indisociable tanto de las prácticas teocráticas ejercidas en Europa como del pensamiento desarrollado por los comentadores medievales, designados con el término genérico de "glosadores" (autores de un equivalente cristiano del Talmud). Después, hay que tomar nota, en la época llamada Tiempos Modernos, del proceso de diversificación del conjunto, repartido ahora en subconjuntos nacionales productores del regímenes jurídicos más o menos compatibles entre sí y que, aun perteneciendo a la misma cepa, reflejan los grandes fenómenos genealógicos de Europa. Por último, tras haber hecho su entrada el Management, la tecno-ciencia-economía viene a suplantar a los ideales políticos y a imponer un hiper-discurso globalizador, una suerte de sintetizador normativo negador de las divergencias culturales pero dominado, en la vertiente jurídica, por un economicismo anglosajón ligado al espíritu del *Common Law*. Preso en la red de una tradición que no es la suya, pero enganchado todavía

---

[9] Cito, pela tradução ao espanhol, LEGENDRE, Pierre. *El tajo: discurso a jóvenes estudiantes sobre la ciencia y la ignorancia*. Irene Agoff (trad.). Buenos Aires: Amarrortu, 2008, pp. 66-7.
[10] AGAMBEN, Giorgio. *Il Regno e la Gloria*. Vicenza: Neri Pozza, 2007, p. 16

a representaciones no criticadas (notoriamente, el viejo odio a la juridicidad medieval), el sistema institucional francés intenta manifiestamente alinearse, antes que afrontar su propia historicidad.[11]

Afrontar, fazer face, deparar-se com algo e assumi-lo como próprio. Porém, na medida em que a pesquisa, o *per quaere*, não se presta a nenhuma determinação externa, a nenhuma atribuição de propriedade,[12] e como também, por outro lado, insere-se num universo de *management* que não deixa de afetar a nossa família das Letras, mesmo entre nós, seu atual processo é idêntico ao *désoeuvrement* da comunidade, uma comunidade emancipada da essência, do produto, do fim, da origem, da obra, ou seja, in-operante, no que isto tem de neutralidade ativa (momento da contemplação: do *cum templum*, do traçado de um corte, um talho, uma cicatriz que, embora individual, é coletivamente carregada, porque faz parte da instituição acadêmica). Mas in-operante também no que o conceito conota de neutralidade passiva ou indolente (estratégia de separação dos objetos do culto, que não pode mais imaginar um retorno comunitário para essa ação). Uma série de questões práticas traduzem esse processo. Determinadas áreas de saber sofrem expansão inflacionária, ao passo que outras definham sem reação. Não existe, por exemplo, no país, uma Associação de Literatura Brasileira para a qual conceitos como soberania, autonomia, exceção não fossem meras abstrações. Já a Abralic tem hoje, recadastrados, 1125 sócios. Temos, por acaso, 1125 comparatistas no Brasil? Editam-se 1125 ensaios comparatistas de fôlego, em revistas especializadas? É um dado paradoxal. Mais um. É necessário que um Estado de não mais de 5 milhões de habitantes, como Santa Catarina, tenha quase duzentos estudantes de pós-graduação em Letras?[13] O estado de São Paulo tem 41 milhões de habitantes e sua capital, São Paulo, a sexta cidade do planeta, tem quase a metade disso. Em compensação, nenhum dos cursos de pós-graduação da USP, o de Teoria Literária ou o de Literatura Brasileira, que cobririam a área de atuação do nosso, tem mais de cem alunos cada. Mesmo com os relativamente baixos números de conclusão do programa de Literatura na UFSC, ou talvez por isso mesmo, sempre me questiono

---

[11] LEGENDRE, Pierre. *El tajo*, op. cit., pp. 79-80.
[12] NANCY, Jean-Luc. *La pensée dérobée*, op. cit., p. 129.
[13] Dados da UFSC. Alunos de Doutorado: 100; Mestrado: 77; Teses defendidas em 2009: 17; Dissertações defendidas em 2009: 24.

acerca da destinação efetiva desses jovens pesquisadores maciçamente recrutados. Haverá instituições para absorvê-los ou seu cotidiano será só frustração, entregues que estão à mais cruel disputa canibal por um posto ao sol?

Constata-se, em suma, que essa emancipação da tradição, como vemos, não facilita necessariamente as coisas porque, embora, graças a Derrida, a Agamben ou a Jean-Luc Nancy, possamos compreender que a comunidade ficou in-operante, ela continua presente e determinante a toda hora, em cada um de nossos atos institucionais.

Jean-Luc Nancy, consciente do paradoxo, foi substituindo, ao longo do tempo, o primitivo conceito de comunidade por outros conceitos: "ser-junto", "ser-em-comum", "ser-com". Mas é bom destacar, porém, que esse movimento enfatiza prioritariamente uma necessidade de saída aos impasses do moderno e do funcional. O que seria para nós, na Universidade de massas, *ser-com*? Sairmos da extaticidade da pesquisa fundacional, essa que outrora se fazia em Departamentos, com catedráticos que eram a fonte última de racionalidade, e auxiliados por aplicados assistentes, que se subordinavam à palavra do Mestre. Passaríamos agora, no entanto, a fazer parte de uma comunidade acéfala, a de sermos pesquisadores de Letras, ora através da fusão dos antigos Departamentos, ora através da profusão de núcleos, às vezes tão unipessoais quanto os carros retidos num congestionamento urbano. Um carro, um cidadão. Um núcleo, um pesquisador. Em suma, passamos, na atual Universidade, do *ex-* ao *co-*, porém, com uma poderosa ressalva, a de que nada existe *com* alguma coisa se ela não existe também e previamente *ex nihilo*.[14] Por isso, uma das coisas mais difíceis de afiançar na Universidade hoje em dia é uma ética do ser-em-comum, uma ética do *comunismo*, se entendemos por comunismo um projeto ontológico, uma ontologia da comunidade, muito mais do que um regime político, uma ideologia. Faz sentido, por exemplo, financiar um ano de permanência, obviamente em Paris, para uma pesquisa hermenêutica sobre, suponhamos, o conto regionalista? Faz sentido usar a tecnociência contemporânea para ler textos literários com as mesmas hipóteses ecdóticas historicistas ou autonomistas da época da guerra? Fazem sentido pesquisas não exaustivas, que se limitam à bibliografia acessível em livro, no próprio idioma, isto é, defasadas vinte ou trinta anos do debate internacional, se é

---

[14] NANCY, Jean-Luc. *La création du monde ou la mondialisation*. Paris: Galilée, 2002, p. 99.

que, porventura, existe o tal debate? Fazem ainda sentido esquemas x em y? Sendo x um gênero ou uma corrente de pensamento dada e sendo y um autor ou uma obra específica. São esquemas que se inclinam muito mais à fábula do que à ficção. Faz sentido ainda tudo isso?

Em *La communauté désoeuvrée*, ao falar do ser-em-comum, Nancy diz que ele é o mais difícil de profetizar, de prever, de planejar. Nós somos pesquisadores. Compartilhamos sermos pesquisadores. Mas o ser não é alguma coisa que possuiríamos todos em comum. O sermos pesquisadores não se diferencia da existência singular de cada um de nós. Sermos pesquisadores não é, portanto, algo que se possui em comum, mas algo que somos em comum, porque "o ser é em comum". É algo aparentemente trivial, mas, ao mesmo tempo, é algo ignorado pela comunidade universitária.[15] A pesquisa, em muitas das nossas instituições, em nossa tradição acadêmica mesmo, é uma variável de ajuste, é o que sobra das aulas, das orientações, do funcionalismo. Mas, ao mesmo tempo, todos nós somos pesquisadores, para além de produtividades ou competências, dedicações ou habilidades. O sistema tende a universalizar, e consequentemente a homogeneizar, nunca a singularizar. Ignora o *omnes et singulatim*. Faz pouco caso do um-por-um.

Nesse sentido, diria que o diagnóstico de nossa situação cai, sem dúvida, na esfera da "biopolítica". Nossa vida, enquanto forma-de-vida, fundamenta-se na *zoé*, na vida mais essencial possível, mas esta já se tornou irreversivelmente *techné*. A política — a política de ascensão funcional, a política de bolsas, a política científica — nada mais é então do que a autogestão da ecotécnica. Uma forma de autonomia que já não dispõe das formas tradicionais da política, mas se cumpre por "força-de-lei". Jacques Derrida, analisando o conceito de "força-de-lei", diz que esse conceito nos remete à letra, porque

> no hay derecho que no implique *en él mismo, a priori, en la estructura analítica de su concepto,* la posibilidad de ser '*enforced*', aplicado por la fuerza. Kant lo recuerda desde la *Introducción a la doctrina del derecho* [...]. Hay ciertamente leyes que no se aplican, pero no hay ley sin aplicabilidad, y no hay aplicabilidad, o *enforceability* de la ley, sin fuerza, sea ésta directa o no, física o simbólica, exterior o interior, brutal o sutilmente discursiva — o incluso hermenéutica —, coercitiva o regulativa, etc. ¿Cómo distinguir entre, de una parte, esta fuerza de la ley, esta 'fuerza de ley' como se dice tanto en francés como en inglés, creo, y de otra, la violencia que se juzga siempre injusta? ¿Qué diferencia existe entre, *de una parte,* la fuerza que puede ser

---

[15] NANCY, Jean-Luc. *La communauté désoeuvrée*. Paris: Christian Bourgois, 1990, p. 201.

justa, en todo caso legítima (no solamente el instrumento al servicio del derecho, sino el ejercicio y el cumplimiento mismos, la esencia del derecho) y, *de otra parte*, la violencia que se juzga siempre injusta? ¿Qué es una fuerza justa o una fuerza no violenta?

Derrida enfatiza assim o caráter diferencial da força. Em muitos de seus textos, como já no pioneiro "Força e significação",

> se trata siempre de la fuerza diferencial, de la diferencia como diferencia de fuerza, de la fuerza como diferenzia [...] o fuerza de diferenzia (la diferenzia es una fuerza diferida-difiriente); se trata siempre de la relación entre la fuerza y la forma, entre la fuerza y la significación; se trata siempre de fuerza "performativa", fuerza ilocucionaria o perlocucionaria, de fuerza persuasiva y de retórica, de afirmación de la firma, pero también y sobre todo de todas las situaciones paradójicas en las que la mayor fuerza y la mayor debilidad se intercambian extrañamente. Y esto es toda la historia — concluí, porque — los discursos sobre la doble afirmación, sobre el don más allá del intercambio y de la distribución, sobre lo indecidible, lo inconmensurable y lo incalculable, sobre la singularidad, la diferencia y la heterogeneidad, son también discursos al menos oblicuos sobre la justicia.[16]

Não há, portanto, no marco da Universidade atual, soberania autofundadora (não há nada para ser fundado e talvez nem haja muito para ser tombado, com inocente ilusão cristalizadora), não há discussão sobre a justiça da *polis* acadêmica (porque já não há *polis* nem mesmo *politesse*, só polícia e exclusivamente para os homens livres, em próprio benefício — não assim para os alunos, que devem comparecer obrigatoriamente às palestras, por exemplo, para completarem currículo, comparecimento desnecessário para os senhores professores). Nem vida como forma-de-vida nem política como forma-de-coexistência regulam já a ecotécnica do sistema.[17]

Atravessamos, portanto, um momento claramente pós-fundacional. As descrições de nosso objeto de estudo e de reflexão já não o colocam como valor super-estrutural, determinado pela acumulação material e o desenvolvimento das forças produtivas. Nem mesmo a abordagem histórica pode hoje, em sã consciência, ver a literatura como um processo meramente racional, cujo antagonismo teria sido, senão eliminado,

---

[16] DERRIDA, Jacques. *Fuerza de ley: el fundamento místico de la autoridad*. Adolfo Baberá e Patricio Peñalver Gómez (trads.). Madri: Tecnos, 1997, pp. 15-20.
[17] NANCY, Jean-Luc. *La création du monde ou la mondialisation*, op. cit., p. 137.

certamente adiado, diferido, até o momento mesmo de sua realização teleológica final. Nem as contradições históricas, nem as oposições reais dão conta da contrariedade insubstituível que alimenta o antagonismo do presente, por uma razão muito simples, porque o antagonismo atual não é fruto de relações objetivas, mas decorre de relações que exibem limites precisos na constituição de toda e qualquer objetividade.

Clarice Lispector é, talvez, na literatura brasileira, o exemplo mais eloquente dessa prática. E não apenas como escritora, mas também como teórica. Quando, por exemplo, discrimina sua ficção da de Guimarães Rosa pelo fato deste proferir "sentenças" que dizem, a seu ver, "a mesma coisa" que, muito antes, exprimira sua própria escrita, Clarice manifesta uma decidida e muito consciente busca do objeto não racional. Não está sozinha. Há todo um percurso, na arte de vanguarda, nesse mesmo sentido. Baste relembrar que, em 1927, quando Malevich publica *Die gegenstandlose Welt*, o mundo sem objetos, buscava também palavras fulminantes, para afugentar o símbolo da página em branco, da tela, do deserto, e para ver, no "quadrado morto", o amado retrato da "realidade". Malevich, contudo, soube captar, nietzscheanamente, que o artista é um homem sem conteúdo, cuja identidade consiste tão somente na perpétua emergência do nada da expressão,[18] e aí onde Nietzsche ainda esperava um salvador, um Zaratustra, Malevich põe apenas um quadrado branco e o super-homem se torna, assim, *die gegenstandlose Weiss*, um branco desvinculado de qualquer referência ao objeto,[19] um gesto, nada além de um grito.[20] Através, posteriormente, de Alexander Kojève, essa peculiar compreensão das relações de objeto encontraria uma conceituação superior na teoria do objeto a de Jacques Lacan, com a qual o psicanalista, aluno por sinal de Kojève, tentava

---

[18] AGAMBEN, Giorgio. *El hombre sin contenido*. Madri: Áltera, 2005, p. 92.

[19] "*Grito, luego soy. Pero si nadie se vuelve dejo instantáneamente de ser; mi grito no ha sido escuchado. Pues grito con el fin de comunicarme. Entonces, cada vez doy más alaridos y si todavía nadie se da la vuelta, terminaré por callarme. ¿Me resignaría a no comunicarme? A la larga sí, pues será necesario que me dé cuenta de que no soy escuchado, que grito en el vacío. Al regresar el eco, tomo conciencia de mis límites. Ahogo mis gritos y se transforman en mí mismo. Lo que tenían de excesivo se ha borrado en el silencio. Una tensión subsiste sin embargo, un grito virtual que al retumbar en el fondo de mí mismo se multiplica, eco de mis gritos inauditos. Mediante esa multiplicación interior nace el canto, que puede ser semejante a las risas o a las lágrimas, que puede ser danza o música. Al regresar, el grito se ha vuelto medida por efecto de la moderación, por un control que lo canaliza. El brote instantáneo se transforma en duración. Grito, luego soy; canto, luego gobierno.*" SEUPHOR, Michel. "Treinta y una reflexiones sobre un tema", in *El estilo y el grito: catorce ensayos sobre el arte de este siglo*. M. Alvarez (trad.). Caracas: Monte Ávila, 1965, p. 259. É de Seuphor, como é sabido, a epígrafe de *água viva*.

[20] Um dos títulos alternativos de *A hora da estrela* é "O direito ao grito".

materializar os três registros do inconsciente e aludir assim à esfera do Real, algo que a cultura quer sempre resolver, dissolver, definitivamente, no plano simbólico, mesmo quando o Real esteja muito longe disso, porque é de sua natureza ser impossível de não se escrever. O objeto a é o esquema do desejo, um paradigma, e o que é um esquema, um paradigma, senão uma forma informe, e em última instância, uma forma vazia?

É conhecido o interesse de Clarice Lispector pela obra de Paul Klee, cujo *Angelus Novus* estimulara as teses benjaminanas sobre a história. Em 1964, 1967, 1972, Clarice aborda a obra do artista alemão.[21] Antes disso, porém, um sofisticado escritor nascido na Argentina, mas com boa parte de sua produção desenvolvida na Itália, onde traduziu à língua do país escritores como Shakespeare e Beckett, tramando sólida relação intelectual também com o que havia de mais experimental na cena italiana dos anos 1960-70, gente já reconhecida como Pasolini, ou ainda emergente, como Giorgio Agamben, também resgataria, em Klee, o estímulo para pensar o trabalho artístico e teórico *da capo*. Em 1958, com efeito, Juan Rodolfo Wilcock escreve:

> El tratado de Paul Klee [de 1924 sobre a arte moderna] establece con cierta claridad la diferencia entre los diversos grados u órdenes de realidad, y defiende el derecho, que asiste a todo artista, de crearse su propio orden de realidad, reconociendo sin embargo que en esa tarea de creación el artista debe atenerse a determinadas reglas, implícitas en el orden natural, y que el esfuerzo individual no es suficiente, ya que la fuente última del poder creador y reformador radica en la sociedad. Y eso es lo que a menudo le falta al artista moderno: *Uns traegt kein Volk*, no nos sostiene un pueblo; de allí su aislamiento espiritual, su frecuente oscuridad. [...] Si yo hubiera querido presentar al hombre 'tal como es', habría tenido entonces que utilizar una confusión de líneas tan desconcertante, que ya no se podría hablar siquiera de pura representación elemental. El resultado habría sido una vaguedad fuera de toda posibilidad de reconocimiento. Y de todos modos, no deseo representar al hombre tal como es, sino solamente como podría ser. Y así he podido llegar a una feliz asociación entre mi visión del mundo (*Weltanschauung*) y al pura técnica del dibujo. Y lo mismo ocurre en todo el campo del empleo de los medios formales: en toda cosa, aun en los colores, hay que evitar cualquier rastro de vaguedad. Eso es por lo tanto lo que suele llamarse el colorido falso de la pintura moderna.[22]

---

[21] LISPECTOR, Clarice. "Paul Klee", in *A legião estrangeira*. Rio de Janeiro: Editora do Autor, 1964, pp. 135-6; Id., "Medo da libertação", in *A descoberta do mundo*. Rio de Janeiro: Nova Fronteira, 1984, pp. 296-7, onde resgata uma crônica de 31 de maio de 1967 que analisa *Paysage aux oiseaux jaunes*, a mesma tela analisada em *Fundo de gaveta*; Id., "Paul Klee e o processo de criação", *Jornal do Brasil*, Rio de Janeiro, 22 jul. 1972.

[22] WILCOCK, Juan Rodolfo. "Pintores modernos de la escuela alemana", *La Prensa*, 30 mar. 1958.

Em outro parágrafo observa:

> Presuntuoso es el artista que no sigue su camino hasta el final. Elegidos en cambio son aquellos artistas que penetran en la región secreta donde la fuerza primitiva nutre toda evolución. Allí, donde la central de energía del tiempo y del espacio enteros — llámese cerebro o corazón de la creación — activa todas las funciones, allí, ¿cuál es el artista que no anhelaría morar? En el seno de la naturaleza, en el manantial de la creación, donde se esconde la llave secreta de todo. Pero no cualquiera puede entrar. Cada uno debería seguir el camino que le señala el impulso de su propio corazón. Así, en su época, los impresionistas — nuestros contrarios de ayer — tenían un perfecto derecho de demorarse dentro del matorral revuelto de la visión cotidiana. Pero nuestro corazón estremecido nos impulsa más abajo aún, nos impulsa a descender hasta el manantial del todo. Lo que surge de ese manantial, llámese como uno quiera, sueño, idea o fantasía, debe ser considerado seriamente sólo si se une con los medios creativos adecuados para formar una obra de arte. En ese caso las curiosidades se vuelven realidades, realidades de arte que contribuyen a elevar la vida por encima de su mediocridad. Porque no solamente agregan, en cierta medida, más espíritu a lo visto, sino que además vuelven visibles las visiones secretas.[23]

Iluminatória é sua exposição dos motivos que impulsam o artista moderno ao que às vezes se chama uma *deformación arbitraria* das formas naturais:

> Ante todo, él no otorga una importantica tan intensa a la forma natural, como se la otorgan los críticos realistas, porque para él esas formas finales no constituyen la materia real del proceso de la creación natural. Porque atribuye más valor a los poderes que intervienen en la formación, que a las formas finales en sí. Él es, quizá involuntariamente, un filósofo, y si no piensa como los optimistas que éste es el mejor de los mundos posibles, no lo considera tan malo que sea inadecuado para servir de modelo, sin embargo dice: "Bajo su forma presente, no es el único mundo posible". Así contempla con ojo penetrante las formas acabadas que la naturaleza le coloca delante. Cuanto más hondo llega su mirada, tanto más fácilmente puede extenderse ésta del presente al pasado, tanto más profundamente se siente impresionado por la imagen esencial y única de la creación, como Génesis, más bien que por la imagen de la naturaleza, el producto acabado. Entonces se permite pensar que el proceso de la creación difícilmente puede considerarse completo hoy día, y vislumbra el acto de la creación del mundo, extendiéndose del pasado al porvenir. ¡Génesis eterno! Y va más allá todavía. Dice, pensando en la vida que lo rodea: este mundo, en alguna época, tuvo otro aspecto, y en el porvenir volverá a tener otro distinto. Entonces, dirigiendo el vuelo al infinito, piensa: es muy probable que, en otras estrellas, la creación haya producido un resultado completamente distinto. Esta movilidad del pensamiento en el proceso de la

---

[23] Ibid.

> creación natural es muy buen ejercicio para la labor creadora. Posee el poder de mover fundamentalmente al artista, y como el artista es de por sí movible, se puede confiar en que mantendrá la libertad de desarrollo de sus propios métodos creativos. En consecuencia, hay que perdonarlo cuando considera el estado presente de las apariencias externas, dentro de su propio mundo particular, como algo accidentalmente fijo en el tiempo y el espacio. Y como algo totalmente inadecuado, en comparación con su visión penetrante y su intensa profundidad de sentimiento.[24]

A questão da pesquisa, na Universidade, deveria ser pensada então em parâmetro semelhante ao que Wilcock ou Clarice desenham para a arte contemporânea. Deveríamos nos pautar pela impossibilidade de construir uma fórmula de saber que testemunhe a falta no simbólico e, portanto, essa posição de não-saber deveria nos propor, estrategicamente, instalar um excesso que, por sua vez, introduza a própria falta *no* simbólico. Se não há fórmula de saber, o não-saber consiste apenas numa aventura aleatória que não se reduz à soma de dois termos complementares, sujeito e objeto de saber, porque o suplemento nomeia, a rigor, a impossibilidade de considerar ambas as instâncias como unidade coesa e impede até mesmo considerar nenhum dos dois como um. O não-saber é antitético aos grupos, porque ele descansa numa interseção que é a própria diferença que viria a ser teorizada por Derrida ou que, como explica a crítica cultural norte-americana Joan Copjec, já não dispõe da função universalizante do eu ideal, que une os membros de uma comunidade numa relação de equivalência. Agora, em tempos do ideal do eu, o que se universaliza é o objeto de pesquisa como objeto amado.[25] Na explicação de Ernesto Laclau, a posição de Copjec

> rechaza la noción usual de sublimación, según la cual ella implicaría un cambio *de* objeto e insiste en la formulación lacaniana por la que la sublimación implicaría un cambio *en* el objeto. Este punto es decisivo. Si la sublimación se redujera a un cambio de objeto, la realidad óntica de los objetos permanecería inalterada y en tal caso no habría *suppléance*, no habría exceso: el objeto del amor [o *per quaere* da pesquisa] sería plena y directamente inscribible en el universo simbólico. Pero lo que la *suppléance* nombra no es un objeto sino la imposibilidad, el obstáculo a su constitución. El amor, en tal sentido, [a pesquisa] es el nombre de un hiato estructural en lo simbólico. Es por eso que "*il y a de l'Un*". La huella de la

[24] Ibid.
[25] COPJEC, Loan. *El sexo o la eutanasia de la razón. Ensayos sobre el amor y la diferencia*. M. Gabriela Ubaldini (trad.). Buenos Aires: Paidós, 2006, p. 94.

imposibilidad de la relación sexual se encuentra, por tanto en la representación simbólica de una ausencia *qua* ausencia.[26]

A partir dessa premissa lacaniana, Jean-Luc Nancy também postula que, no amor ao saber, na *filo-sophia* que se traduz como não-saber, não há nenhum todo, já que o todo não define "*una carencia ni una ablación, puesto que no hubo todo antes de haber ningún-todo. Esto significa más bien que todo lo que hay no se totaliza, sin que por ello deje de ser todo*".[27] E isto por um motivo muito simples: porque há, de fato, dois modos de concebermos totalidades. "*Hay, en efecto, el todo del todo-entero* (holon, totum) *y el todo de todos los enteros o de todo el mundo* (pan, omnis)". A pesquisa como *per quaere* não passaria então de "*dos impulsos, una pareja de fuerzas cuyo juego — la separación en el contacto — es necesario para poner en marcha la maquinaria*".[28] Quer dizer, portanto, que o amor ao saber enquanto não-saber é uma interioridade que não deriva, porém, de nenhuma identidade dada, de nenhuma relação consigo mesmo, isto é, de nenhuma relação em si: aquilo que se (com) partilha e que se difere é precisamente aquilo que não subsiste para si, porque não há nada que seja o aquém da busca *per quaere* (nem generalidade, nem diferença). Não há nada que seja antes ou além do espaçamento e que constitua talvez a estrutura que Lacan denomina o simbólico, a lei.[29]

Esse não-saber, claramente excessivo, já não se efetiva através da transcendência ou da transgressão modernistas, mas opera por meio de um esquema além do esquema, em que se atravessam todos os valores, daí que, enquanto no alto modernismo o sentido ainda era um atributo em si ou, mais frequentemente, fora de si, na Universidade contemporânea, entretanto, o sentido encontra-se nos confins, enquanto rede de confins. Por isso, Nancy considera que o não-saber coloca a questão de uma relação ao objeto enquanto tal, sem mais.

Se plantea pues entonces, expresamente, su carácter 'irreferible'. La paradoja es, aquí, que, al hacer el amor, [ao empreender a busca *per quaere*] es cuando se expone

---

[26] LACLAU, Ernesto. "Joan Copjec y las aventuras de lo Real", in COPJEC, Joan. *El sexo o la eutanasia de la razón*, op. cit., p. 13.
[27] NANCY, Jean-Luc. *El "hay" de la relación sexual*. Cristina de Peretti e F.J. Vidarte (trads.). Madri: Síntesis, 2003, p. 30.
[28] Ibid., p. 31.
[29] Ibid., p. 37.

su infinición en cuanto tal. Se tiene que producir, al menos hasta cierto punto, una determinación (una "finición") de las posiciones sexuadas, de las identidades, de los goces. Los actores se convierten, entonces, también en los exponentes de su propia infinición. Pero así es como gozan: en el limiar de la finitud.[30]

Mas essa posição não-fenomenológica, an-autonômica, não-sublime ou fusional, está no cerne mesmo da teoria, porque o próprio Lacan, em um texto sobre Merleau-Ponty, estampado em *Les Temps Modernes*, muito cedo, em 1961, atribuiu à obra de arte, tal como Klee, o lugar *do que não se poderia ver* a olho nu. A obra de arte veria, portanto, a invisibilidade do visível. Em outras palavras, mais do que elemento de fusão e unidade, o sublime contemporâneo estrutura-se a partir de um nominalismo radical que postula a indecidibilidade entre ser e sentido. Ora, nessa linha de análise, a própria definição de nosso objeto de reflexão, entendido como pulverização ou disseminação do sentido, deveria ser associada àquilo que Bataille observa, após ter assistido à conferência de Guido Calógero sobre a angústia e a vida moral:

> La palabra ha sido a menudo dada en estos días al dios de la razón y de la salvación. Al final, he sentido la necesidad de dársela por una vez al dios de la angustia y de la ausencia de salvación. Debo pedir disculpas por ello, pero me impulsó esto que me parece esencial: creo que el movimiento que nos conduce a querer un mundo sin angustia nos conducirá, si proseguimos hasta el final, a construir un mundo de alguna manera frío, un mundo privado del calor humano. ¿Por qué no labrarnos mejor un espíritu que esté a la medida de la realidad histórica, verdaderamente monstruosa, en que vivimos, y que es así, después de todo, porque los hombres la han querido así? [...] Pero, ¿cómo, si huimos, si aborrecemos la angustia, si continuamos ignorando una pasión tan obstinada, tan clara, podremos construirnos un mundo que no explote dentro de los límites en que los sabios siempre se han esforzado en encerrarlo?[31]

Bataille compreendeu, portanto, que a tarefa do não-saber não são as luzes, mas as sombras, porque o homem, a vida mesma, se definem no escuro e não na transparência. É essa a definição de contemporâneo que nos dá Agamben. Estamos, em suma, no terreno da in-operância. Clarice Lispector captou muito bem essa questão quando, em resposta a um jovem, diz:

---

[30] Ibid., p. 59.
[31] BATAILLE, Georges. *La oscuridad no miente: textos y apuntes para la continuación de la* Summa ateológica. I. Diaz de la Serna (sel., trad. e epílogo). México: Taurus, 2001, pp. 143-4.

> Angústia pode ser não ter esperança na esperança. Ou conformar-se sem se resignar. Ou não se confessar nem a si próprio. Ou não ser o que realmente se é, e nunca se é. Angústia pode ser o desamparo de estar vivo. Pode ser também a coragem de ter angústia — e a fuga é outra angústia. Mas angústia faz parte: o que é vivo, por ser vivo, se contrai. // Esse mesmo rapaz perguntou-me você não acha que há um vazio sinistro em tudo? Há sim. Enquanto se espera que o coração entenda.[32]

Mas o próprio Heidegger, sem a interferência do *pathos*, em sua análise do vaso, já destacava o valor da peça avulsa como algo que não decorre da *função* (receber e conservar um líquido) mas de sua *natureza* (recortar um vazio) e dizia: "o vazio, aquilo que no vaso não é nada, é o que ele é enquanto vaso, um continente". Em outras palavras, o nada é a natureza da coisa enquanto coisa, sem a qual nada poderia ser afirmado da Coisa em si. Daí provém a noção lacaniana de que nada somos, enquanto sujeitos, para além de nossas qualidades, expressas através de significantes, de tal modo que a Coisa remete sempre à nossa *extimidade*, aquilo que, de tão íntimo, torna-se estranho e estrangeiro, incompreensível para nós mesmos. Estrangeiros a nós mesmos, dizia Kristeva já nos anos 1980.

O desejo que toda pesquisa mobiliza enquanto *per quaere* é sempre desejo do Outro, desejo de desejar. Reinterpretado como valor de uso do impossível, o valor desse percurso é o de um desejo elevado ao segundo grau. Consiste no poder de um objeto manter ativo — potente, ou seja, em movimento — o desejo de desejar. Desmaterializa-se, assim, o paradigma da lei positiva, uma vez que se mostra sua constante *inutilidade* que, paradoxalmente, é constitutiva do próprio valor. Ora, se a *in-utilidade* é um traço do valor, isto quer dizer que o simples fato de existirem leis e valores é um elemento primordial. Em outras palavras, o elemento inconsciente não seriam aquelas forças ou motivos ocultos de um evento, mas o fato de que o sujeito não quer saber que a lei não tem fundamentação objetiva. A lei é pós-fundacional.

Mas não era outra a definição de objeto a, o objeto causa do desejo, elaborada por Lacan, que é um conceito de fontes remotamente literárias. Com efeito, Lacan toma o conceito de objeto a da antifilosofia dadaísta de Tristan Tzara, uma filosofia dos objetos,[33] mas aproveita-se

---

[32] LISPECTOR, Clarice. *A descoberta do mundo*. Rio de Janeiro: Nova Fronteira, 1984, p. 693.
[33] TZARA, Tristan. "Manifeste de Monsieur Aa l'antiphilosophe", in *Littérature*. Paris, maio 1920, pp. 22-3.

também dos objetos surrealistas de Salvador Dalí, eles mesmos objetos psico-atmosféricos-anamórficos, como os chama o artista catalão. Mais perto de nós e, ainda, na esteira de Lacan, Gérard Wajcman, querendo isolar o objeto do século XX, propôs, entre outros, o quadrado de Malevich, porque ele ilustraria exemplarmente a estratégia do esvaziamento. Com efeito, assim como Freud, ao analisar o Moisés, nos fala de uma estratégia da pintura, que age *per via de porre*, e outra da escultura, que se ativa *per via de levare*, Wajcman vê, no quadrado, um esvaziamento do olhar. Concluímos, a partir de sua análise, que a forma é uma simples aparência, a arte visual é cega (a literatura, gaga), o quadrado é uma obliteração e o zero não é uma abstenção, mas uma rasura.[34] Ora, à luz deste debate, caberia ponderar que a literatura contemporânea também não se apreende pela *mímesis* da História ou pela definição da forma e, retomando o argumento de Jacques Lacan, poderíamos até dizer que a literatura, limitada à mimese, não passa de um *trompe-l'oeil*, porque sempre nos apresentará a pátina de um véu cobrindo algo situado para além do que se pode ver.

Sabemos, todavia, que ler, entretanto, é sempre ler mais além, justamente porque o gozo, não sendo acessível nem finito, e sendo, por definição, impossível, nos impede esgotar o todo do objeto. E isso permite o afastamento, o corte, a cisão da rede simbólica atual, enquanto instância combinada de capitalismo disseminado e tecnociência difusa que, enquanto política, decreta a inviabilidade do impossível e, contrariamente, encontramo-nos perante a emergência do político, que consiste no corte que, praticado na rede fusional disseminada, permite o questionamento acerca do lugar que o sujeito ocupa e opera no discurso. É no discurso, cercado o tempo todo pelo Real, que se encontra o impossível de dizer; daí que todo ato de dizer o impossível, todo ato poético, todo ato político, seja, basicamente, um ato consciente de procurar uma emancipação incompleta e inacabada, por definição, em busca de uma causa que não pode estar presente, como fundamento último da ação (a *sentença*), e que também não dispõe de garantias de sucesso em sua prática. É esse o objeto produzido pelo *per quaere*.

Em seu texto póstumo, *Um sopro de vida (Pulsações)*, Clarice Lispector recolhe uma série de conceitos *experimentados* (para Clarice a vanguarda não é invenção, fruto de experimentos, mas saber de experiência, donde,

---

[34] WAJCMAN, Gérard. *El objeto del siglo*. Buenos Aires: Amorrortu, 2001.

traduziríamos, não exprime a voz da linguagem, como para os concretos, mas manifesta a linguagem da voz, simultaneamente perseguida por Foucault que — não esqueçamos — cunha seu conceito de biopolítica, aqui no Brasil, entre o Rio e a Bahia) e, nesse sentido, a busca do Real, como objeto causa do desejo, confunde-se com a própria busca do vazio.

O texto em questão (que não é romance) não encena um fragmento de ação comunicativa entre o Autor e Ângela Pralini — a mensageira cristalizada do comunitário. São, no entanto, dois solilóquios que, na verdade, exibem os aspectos simultâneos de um mesmo sujeito atravessado pelo poder e a linguagem. São falas fragmentárias e como tais traduzem tempos justapostos, mas não sucessivos. O Autor, por exemplo, admite que

> para escrever tenho que me colocar no vazio. Neste vazio é que existo intuitivamente. Mas é um vazio terrivelmente perigoso: dele arranco sangue. Sou um escritor que tem medo da cilada das palavras: as palavras que digo escondem outras — quais? talvez as diga. Escrever é uma pedra lançada no poço fundo. Meditação leve e terna sobre o nada. Escrevo quase que totalmente liberto de meu corpo. É como se este estivesse em levitação. Meu espírito está vazio por causa de tanta felicidade. Estou tendo uma liberdade íntima que só se compara a um cavalgar sem destino pelos campos afora. Estou livre de destino. Será o meu destino alcançar a liberdade? não há uma ruga no meu espírito que se espraia em leves espumas. Não estou mais acossado. Isto é a graça.[35]

Na esteira de Foucault, Giorgio Agamben tem analisado profundamente as concomitâncias entre o poder e a glória, o que me dispensa de abordar o sentido que Clarice aqui empresta à noção de *graça*. É sabido que sua busca de algo que se situasse "atrás do pensamento" coincide com a demanda pós-fundacionalista de uma prática dissociada de valores últimos e finais. Suas leituras de mística nórdica (Spinoza, Kierkegaard, Nicolau de Cusa) explicam que, para Ângela, "ao pensar verdadeiramente eu me esvazio", ou que o Autor sinta-se "vazio como se fica quando se atinge o mais puro estado de pensar". O êxtase. A pesquisa. Ângela, entretanto, sabe que escreve para

> salvar do vazio e oco hiato sem fundo que é o vácuo. O que escrevo agora não é para ninguém: é diretamente para o próprio escrever, esse escrever consome o

---

[35] LISPECTOR, Clarice. *Um sopro de vida: pulsações*. Rio de Janeiro: Nova Fronteira, 1978, pp. 13-4.

escrever. Este meu livro da noite me nutre de melodia cantabile. O que escrevo é autonomamente real.[36]

E o Autor, que é também o narrador de *Água Viva*, compreende, finalmente, aquilo que procurara em "O relatório da coisa" ou mesmo em *Água Viva*, isto é, a antiliteratura da Coisa; em outras palavras, que "Olhar a coisa na coisa hipnotiza a pessoa que olha o ofuscante objeto olhado. Há um encontro meu e dessa coisa vibrando no ar. Mas o resultado desse olhar é uma sensação de oco, vazio, impenetrável e de plena identificação mútua".[37]

Talvez possamos isolar nessa definição de Clarice Lispector uma ferramenta poderosa de análise do *per quaere*, da pesquisa, entre nós. Ela cria o vazio. Mas um vazio de tipo muito especial. "*Jamais un exil individuel, jamais un désert personnel*" — dizia Deleuze.

---

[36] Ibid., p. 77.
[37] Ibid., p. 124.

LITERATURA COMPARADA/INDISCIPLINA

Eneida Maria de Souza
Professora Emérita da UFMG/ pesquisadora 1A do CNPq

Pretendo, neste breve comentário sobre literatura comparada, demonstrar minha constante intolerância quanto às críticas dirigidas aos rumos e desvios que, nos últimos tempos, tem sofrido a disciplina. A razão das controvérsias reside na concepção ainda moderna e pré-globalizada que impera nos departamentos de letras, impedindo o avanço da discussão em torno da comparada. Quanto mais se expande o conceito e a prática da transdisciplinaridade e da transnacionalização da literatura, menos se verifica uma atitude coerente da crítica comparada e literária diante desses critérios. Não é de estranhar que a disciplina tem passado por redefinições — ou tentativa de redefinições — ao longo das últimas décadas, graças à emergência da releitura dos conceitos de multiculturalismo e globalização. Entre essas tentativas, vale mencionar os congressos promovidos pela Abralic, nos últimos anos, e de livros publicados nos Estados Unidos, como *Comparative Literature in the age of multiculturalism*, editado por Charles Bernheimer, em 1995 (Baltimore: Johns Hopkins University Press) e *Comparative Literature in the age of globalization*, editado por Haun Saussy, em 2006 (Baltimore: Johns Hopkins University Press).

As mudanças de enfoque da disciplina e a complexidade dos objetos culturais são tributárias do próprio desconforto e das indefinições quanto ao lugar ocupado pela literatura comparada no âmbito da literatura mundial e mesmo da literatura. O mundo geopolítico não cabe mais nos antigos mapas e nos velhos escaninhos. No Brasil, a simultânea prática acadêmica da crítica cultural com a literatura comparada, no lugar de esvaziar a força desta, serviu para recuperar e redefinir conceitos ainda ligados à concepção aurática e essencialista da literatura. A recepção de teorias estrangeiras tanto culturais quanto literárias recebeu, no final dos anos 1980, grande impulso, por estarmos iniciando o período de abertura política, o que provocou a emergência da criação de discursos até então marginalizados e censurados pela ditadura.

Entre os artigos presentes no livro *Comparative Literature in the age of globalization*, destaco o de David Ferris, intitulado "Indiscipline", com o objetivo de inseri-lo na discussão aqui proposta. Para o crítico, a questão básica encontrada para a reflexão sobre o estatuto da disciplina é a de ser atualmente a literatura comparada dotada de falta de controle quanto à delimitação de seu objeto, além de apresentar fundamentação teórica e posição metodológica suspeitas, em virtude de sua natureza heterogênea e complexa. E acrescenta: a falta de definição para a disciplina a coloca ainda como distinta do conceito moderno de disciplina, com suas leis, campo definido e, o que é mais evidente, vinculado à ideia de estado-nação. Teria, então, a literatura comparada o estatuto de uma disciplina, ou estaria reforçando o conceito pós-moderno de disciplina, a qual, desde seu nascimento no século XIX desconhece barreiras e limites disciplinares rígidos, convertendo-se em "indisciplina", ou seja, uma disciplina que não se caracteriza como tal?

> Was comparative literature then always, and avant *la lettre,* postmodern? Or is there something else at work in the history of its development, a logic that drives comparative literature to question continually what constitutes it as a discipline? Is this a logic that also ensures, in its calculation, that the answer to what comparative literature is should always fail in order to preserve the question? This inability to define itself, this failure to become a discipline, in effect, this indiscipline — why does it not disappear in the distraction of our presumed postmodernity?[1]

Questões como essas conseguem promover o avanço nas discussões, não só porque o problema maior no momento tem sido a tentativa de departamentalizar e institucionalizar as disciplinas, pelo fechamento de sua atuação em áreas específicas, ao lado da necessidade de as instituições se precaverem contra o suposto embaralhamento interdisciplinar, provocado pela abertura teórica e metodológica das ciências humanas. A natureza pós-moderna da disciplina, inscrita na sua fragilidade conceitual e na quebra de fronteiras de área, na temática pós-colonial, étnica, de gênero e na variedade metodológica, culmina com o teor transnacionalista de seus objetos. A múltipla aceitação dos objetos de estudo da comparada,

---

[1] Ferris, David. "Indiscipline", in Saussy, Haun (ed.). *Comparative Literature in the age of globalization.* Baltimore: Johns Hopkins University Press, 2006, p. 80.

não se restringindo à literatura, é tributária da acusação, também de índole moderna, da extinção de um objeto único para a caracterização da disciplina.

Por congregar princípios de crítica cultural, a literatura comparada reveste-se de extrema atualidade num contexto mais globalizado — no bom e mau sentido do termo — ao serem ainda contestadas noções relativas a uma literatura, antes considerada como única, pela sua caracterização universal e colonialista. A pergunta que se elabora hoje, o que comparar diante da heterogênea e múltipla manifestação de literaturas vistas de forma cada vez mais transnacionais?, Spivak, em *Death of a discipline*, livro de 2003, insiste que o temor da indecidibilidade da disciplina por parte de seus intérpretes institucionais, a incerteza dos conceitos e de seu campo de atuação representam o traço residual da herança europeia, da alta modernidade e da hegemonia aí perdida, ao se levar em conta a incerteza e a fragmentação de seus pressupostos. A antiga concepção de literatura comparada, nascida na Europa e tributária de valores hierárquicos e excludentes com relação às literaturas do Terceiro Mundo, estaria, segundo Spivak, condenada à morte, por não encontrar justificativas para sua sobrevida. No seu lugar, a nova literatura comparada tende a respeitar e a não hostilizar diferenças e povos, com o objetivo de processar a construção de coletividades contemporâneas, sem se sujeitarem aos rótulos da globalização e da mundialização.[2] Sandra Goulart de Almeida, no artigo "As literaturas estrangeiras modernas em tempos de pós e muito mais...", ressalta essa diferença de enfoque entre as comparadas:

> Volto então às palavras de Spivak sobre a importante construção de coletividades contemporâneas no mundo intrinsecamente cosmopolita — ponto crucial para se refletir sobre a literatura comparada e os estudos de área. Segundo a autora, as coletividades atravessam fronteiras sob os auspícios da literatura comparada, suplementada pelos estudos de área, e podem ser pensadas em termos de uma "planetariedade" compartilhada, em vez de continental, global ou mundial. Spivak delineia um novo sentido para o conceito de globalização ao contrastá-lo ao termo cunhado por ela, planetariedade, enfatizando a alteridade e a humanidade do planeta em oposição à construção e artificialidade do globo.[3]

---

[2] SPIVAK, Gayatri C. *Death of a discipline*. Nova York: Columbia University Press, 2003, p. 72.
[3] ALMEIDA, Sandra Regina Goulart Almeida. "As literaturas estrangeiras modernas em tempos de pós e muito mais...", *Conexão Letras*, Porto Alegre, v. 3, n. 3, 2008, p. 99.

Pelo teor marxista e de esquerda do pensamento de Spivak, sua posição diante da literatura comparada se apropria da teoria da amizade, desenvolvida por muitos autores, mas se posiciona de forma distinta às restrições feitas por Derrida aos conceitos de hospitalidade/hostilidade. Propõe no lugar de hostilidades e artificialismos causados pela globalização, a abertura para maior aceitação do outro, o que resulta no apelo humanista. Essa posição, voltada para a atenção aos países emergentes, estaria talvez retomando a ideologia às avessas da globalização, por defender a aproximação entre literaturas periféricas. Diferenças à parte, percebe-se que os caminhos da literatura comparada são vários e obedecem a diferentes pontos de vista e ideologias.

Como Ferris, que acentua a impossibilidade de controle do campo da literatura mundial, daí a impossibilidade dos estudos de literatura comparada em alcançar qualquer atuação totalizante, Spivak se coloca em defesa das culturas subalternas e desmonta a hegemonia europeia. A impossibilidade revelada por esse tipo de abordagem dos estudos de comparada vale-se do conceito de *indecidibilidade*, por ambas posições se insurgirem contra o binarismo e a exclusão. Esse conceito, no entender de Derrida, define-se como a impossibilidade de existência de um significado imanente, apontando para o conflito, a contradição, a intertextualidade, em resumo, "o que é demoníaco e demoniacamente ambíguo". Cito Derrida na sua obra *Força de lei*:

> O indecidível não é somente a oscilação ou a tensão entre duas decisões. Indecidível é a experiência daquilo que, estranho, heterogêneo à ordem do calculável e da regra, *deve* entretanto — é de *dever* que é preciso falar — entregar-se à decisão impossível, levando em conta o direito e a regra.[4]

Para Ferris, o que de mais importante contém o histórico da disciplina — a situação de impossibilidade da literatura comparada, sua indecidibilidade — corresponde à sua descrição como "disciplina do exílio". Entende ser essa disciplina a que produz a si própria por se exilar de um lugar cuja impossibilidade afirmará sempre seu exílio.[5] É curioso, portanto, lembrar a experiência europeia do exílio, quando vários comparatistas partem para os Estados Unidos e lá ampliam o campo da

---

[4] DERRIDA, Jacques. *Força de lei*. Leyla Perrone-Moisés (trad.). São Paulo: Martins Fontes, 2007, p. 46.
[5] FERRIS, David. "Indiscipline", op. cit., p. 94.

comparada. Surge a necessidade de diálogo entre culturas diferentes, com o intuito de encontrar alguns pontos de semelhança entre elas, abolindo-se, assim, o isolamento provocado pela ausência de intercâmbio entre nações. Exemplos são muitos, entre eles, as presenças de René Wellek, criador da cátedra de literatura comparada em Yale — e autor de vários livros sobre o tema —, de Erich Auerbach, escrevendo o livro de ensaios *Mimese*, em Istambul, privado de sua biblioteca, além dos teóricos mais recentes da crítica cultural, como Spivak, Edward Said, Homi Bhabha, e vários outros.

Susan Basnett, pesquisadora inglesa vinculada à teoria da tradução como uma das correntes da literatura comparada, concorda com Spivak quando desconsidera a comparada como disciplina, redefinindo-a como um dos "métodos de abordagem da literatura", os quais recebem diferentes interpretações conforme o momento histórico e distintos tipos de leitor. Basnett acredita no futuro da literatura comparada enquanto desprovida de caráter prescritivo na definição de seu objeto de estudo, expandindo e transferindo experiências culturais. Permanece, portanto, a necessidade de serem colocados em xeque os controles e imposições disciplinares. As supostas crises da literatura comparada são atribuídas, segundo a autora, "ao excessivo prescritivismo, combinado com metodologias específicas distintas culturalmente, impossíveis de serem universalmente aplicáveis ou relevantes".[6]

Em artigo de minha autoria, intitulado "Crítica cultural em ritmo latino",[7] faço referência à atual dissolução do conceito de disciplina como entidade fechada, além de apontar, a partir de reflexões já feitas por colegas, seu estatuto de pós-disciplina.

Cito:

> Tanto a literatura comparada quanto os estudos culturais — e mais especificamente a crítica cultural — não se definem mais como campos disciplinares definidos e estáveis. "Teorías sin disciplina", título referente ao projeto apresentado pelo "Grupo Latinoamericano de Estudos Subalternos", tendo Santiago Castro-Gomez como um dos membros, poderia ser uma das saídas para a complexa discussão sobre o campo disciplinar contemporâneo. O trânsito das teorias, a contaminação salutar de conceitos de várias disciplinas, a

---

[6] BASSNETT, Susan. "Reflections on Comparative Literature in the twenty-first century", *Comparative Critical Studies*, v. 3, n. 1-2, 2006, p. 6. Tradução da autora.

[7] SOUZA, Eneida Maria de. "Crítica cultural em ritmo latino", in *Tempo de pós-crítica*. São Paulo: Linear B/Belo Horizonte: Veredas & Cenários, 2007, pp. 143-54.

elasticidade e tolerância das fronteiras textuais, seria ilusória e impossível se pensar numa situação epistemológica dessa natureza?[8]

Em virtude da operação crescente da transdisciplinaridade, tornou-se inoperante a oposição ou separação entre as disciplinas, da mesma forma que se redefiniam os objetos de estudo em literatura comparada e estudos culturais. Nada mais coerente seria reforçar, hoje, não só um clima de pós-disciplina como de pós-teoria, por entender que é por demais evidente a ausência de teorias impostas às análises textuais ou de outra ordem, além da atitude comum a muitos críticos, a de se manterem fiéis à leitura empírica e à paráfrase literária.

É importante assinalar a estreita relação entre teoria da literatura e literatura comparada, pois a teoria literária, desde sua introdução, na década de 1960, como disciplina nas faculdades de letras, não foi restritiva quanto à escolha do objeto de estudo, o que permitiu maior abertura para a recepção de teorias estrangeiras, tendo em vista a necessidade de renovar as leituras tradicionais da literatura. Embora na denominação da disciplina constasse a literatura como objeto, a sedução pela teoria falava mais alto, resultando na livre seleção de outros objetos, como a música, o cinema, as artes plásticas. O fechamento disciplinar que, infelizmente, ameaça hoje a academia, após um período fértil de diálogo transdisciplinar, nunca conheceu adeptos na área da teoria, pois ela sempre incentivou esse diálogo.

Uma das razões da pluralidade de enfoques assumida pela literatura comparada reside no deslocamento promovido pela prática transdisciplinar e pela atenção distraída em direção a uma classe de teóricos movidos pela desconfiança quanto à rigidez dos conceitos e dos métodos. A gradativa falta de identidade da disciplina não está em descompasso com a pluralidade de feições existentes nas demais, no âmbito das ciências humanas. Além do mais, a busca de identidade e rigidez disciplinar nos discursos críticos contemporâneos é uma aventura destinada ao fracasso, uma vez que a particularidade desses discursos reside justamente no rompimento dos princípios reguladores da racionalidade moderna. Em virtude da abertura e da flexibilidade dos discursos filosóficos pós-estruturalistas, representados por Jacques Derrida, Michel Foucault, Walter Benjamin e Gilles Deleuze,

---

[8] Ibid., p. 151.

entre outros, é que se justifica a inserção do limite tênue entre teoria e ficção.

Essa indecidibilidade da disciplina não compromete, de maneira alguma, sua importância no interior das disciplinas de letras e de ciências humanas. Pelo contrário, o que é considerado fraqueza torna-se força, por a literatura comparada constituir-se como responsável pela abertura transdisciplinar e transnacional. Globalização ou planetarização do mundo contribuem para a revisão de conceitos operatórios e para a revitalização da literatura e da prática da tradução nos países emergentes.

Por ocasião da realização da Feira Literária de Paraty (Flip), em 2011, o presidente da Biblioteca Nacional assinou a concessão de uma verba de 12 milhões para bancar traduções e reedições de obras brasileiras até 2020, além de aumentar o número de bolsas de tradução da referida Biblioteca. Seria esta talvez a saída para que a literatura brasileira começasse a fazer parte do mercado estrangeiro, como já acontece em outros países, como Portugal e Argentina?

Como última provocação, pretendo discutir o tema apresentado para o XII Congresso Internacional da Abralic, realizado na Universidade Federal do Paraná, entre 18 a 22 de julho de 2011, como exemplo da necessidade cada vez maior de refletir sobre o devido lugar da disciplina. Um dos objetivos que comandam os Congressos seria a tentativa de colocar ordem no caos disciplinar e de controlar sua ausência de limites diante de outras disciplinas? Reproduzo a proposta da diretoria da Asssociação:

> A Abralic completa seus 25 anos de fundação num momento decisivo para a área de Literatura Comparada. A partir do início dos anos 1990 fomos tomados por uma forte desconfiança, de natureza ética, que levou a disciplina a questionar tanto seu objeto — a literatura — quanto alguns de seus pressupostos básicos — a centralidade do estético, o conceito de nacional. Na primeira década do novo século, no entanto, tem sido possível retomar, por meio da revisitação a um conceito como o de *Weltliteratur*, por exemplo, esse mesmo objeto e esse mesmo conceito. Sem abrir mão das desconfianças, por um lado, e, por outro, tirando partido do lugar que o Brasil ocupa, o momento é propício para discutir a retomada da centralidade dos Estudos Literários para a Literatura Comparada, o papel das teorias nesse contexto, além da própria lógica centro-periferia. Num mesmo movimento, o centro e os centros, o ético e o estético.[9]

---

[9] ABRALIC. Informativo 1 nov. 2011. Disponível em: <http://www.abralic.org.br/upload/informativo/informativo01congresso2011.pdf>. Acesso em 20 dez. 2011.

Reveste-se essa proposta de uma série de retrocessos e de uma posição que se choca com o que defendi, neste texto, como abertura teórica. A retomada da centralização do estético, obedecendo a uma desconfiança de natureza ética, destrói todo e qualquer avanço que a transdisciplinaridade tem conseguido nos últimos tempos, no sentido de permitir a convivência salutar e não doentia entre as disciplinas, por acreditar na quebra de hierarquias no meio literário e canônico. A visão horizontal das questões ligadas às disciplinas e a valores estéticos e éticos que envolvem a literatura e seus lugares de legitimação impede a visão verticalizada e hierárquica do pensamento disciplinar. Não se trata de rasurar e de desmerecer a estética, trata-se de sempre deslocá-la, de sempre fazê-la conviver com valores que ultrapassam as fronteiras de uma única disciplina.

Semelhante é ainda a relação operada com o conceito de nacional, pois se levarmos em conta a proposta de Goethe com a *Weltliteratur*, a literatura universal — posição ainda de natureza colonialista —, verificamos a abertura cultural realizada na Alemanha pelo contato com outras literaturas. No entanto, não será no início do século XXI que devemos ignorar o caráter transnacional da literatura comparada. O momento das desconfianças torna-se, contudo, prolífico e carregado de redefinições e revitalizações teóricas. Retomar a centralidade dos estudos literários para a literatura comparada enclausura tanto o objeto quanto o método, pois toda e qualquer tentativa de delimitação do campo de atuação analítica redunda em fracasso e em perda da visão comparatista.

A retomada da literariedade demonstra também a ineficácia da proposta, não podendo ser um tópico central para a literatura comparada. Os centros de gravidade das disciplinas não mais se situam onde vigoravam há mais de cinquenta anos. Tanto a literatura quanto o método comparativo sofreram transformações ao longo dos anos, principalmente em virtude das mudanças culturais e políticas aí realizadas. As disciplinas têm histórias, não têm essências. A mutabilidade e o espaço nômade dos conceitos e reflexões só tendem a ampliar, na atualidade, o horizonte nem tão sombrio da disciplina/indisciplina literatura comparada.

JOSÉ VERÍSSIMO E A TEORIA DA LITERATURA NO BRASIL

Roberto Acízelo de Souza
Professor de Teoria da Literatura da UERJ/ pesquisador do CNPq/ Faperj

1

No campo dos estudos literários, a exemplo do que diz respeito às esferas da organização política e da construção do conhecimento, o século XIX se assinala pela afirmação da modernidade. As velhas "artes" clássicas — a retórica e a poética — começam a preparar a retirada, reduzidas à condição de meras disciplinas colegiais, experimentando assim o derradeiro alento que ainda lhes proporcionava — e não por muito tempo — o conservadorismo dos sistemas escolares. Desse modo, no lugar de seus preceitos universalistas e desprovidos de senso histórico, aos poucos ganha espaço uma especulação interessada nas diferenças nacionais entre as culturas literárias, empenhada em apreender as origens específicas de cada uma delas, bem como em especular sobre seus destinos e em empreender a reconstituição das etapas de seus desenvolvimentos particulares. Firma-se assim uma nova modalidade de investigação das produções verbais escritas, logo unificadas sob o rótulo de *literatura* e concebidas como manifestação do espírito dos povos. A literatura, portanto, escapando ao aparelho normativo retórico-poético e prestando-se à apreensão nas malhas de grandes narrativas etiológicas e teleológicas, desponta como objeto de um novo saber: a história literária.

Por sua vez a crítica, operação dos estudos literários reconhecida desde a Antiguidade — coextensiva que é das três "artes" clássicas dos discursos: gramática, retórica e poética —, passa por um processo de profunda reconcepção. De simples verificação da autenticidade de textos, ou no máximo emissão de juízos de valor baseados no grau de adequação das composições literárias aos modelos de gênero legitimados pela autoridade da tradição, torna-se análise fundamentada no gosto, conceito que, desde o século XVIII, a estética vinha procurando equacionar em termos racionais.

Assim fortalecida no curso do Oitocentos, e sob a forma tanto de ensaios longos e conceitualmente densos quanto de artigos ligeiros publicados em jornais e revistas, a crítica, em torno da década de 1880, se bifurca em dois projetos antagônicos: por um lado, se propõe como impressionismo, isto é, julgamento do valor artístico de obras literárias mediante o livre exercício do gosto subjetivo, sem qualquer controle metodológico e conceitual; por outro, como ciência, ou seja, estudo analítico da literatura desenvolvido a partir de um compromisso com a objetividade própria das ciências, donde a tentativa de assimilação da metodologia das então emergentes ciências humanas, especialmente da sociologia e da psicologia.

Desprezados detalhes que não nos interessam por ora, assim se encontrava configurado o cenário dos estudos literários no período oitocentista: por um lado, a permanência recessiva das disciplinas clássicas, a retórica e a poética; por outro, a definição das duas disciplinas modernas, a história literária e a crítica, ambas destinadas a feitos cognitivos de expressividade incontestável.

2

Esse o panorama na Europa, e entre nós, nada de muito diferente. Apenas, é claro, por nossa condição geográfica de periferia do Ocidente — o que não se deve confundir com desconexão e alheamento propiciadores de estatuto cultural singular —, somada ao isolamento colonial só plenamente desmontado a partir de 1808, observa-se certo descompasso cronológico em relação às realizações metropolitanas que delinearam tal aspecto geral dos estudos literários.

Assim, do mesmo modo que no Velho Mundo, durante o século XIX os estudos literários no Brasil, além de representados pela retórica e pela poética escolares, se desdobram em história da literatura e crítica literária, tendo conhecido duas fases relativamente distintas.

Inicialmente, domina o romantismo como matriz conceitual, haurido sobretudo em fontes francesas, como Madame de Staël, Chateaubriand, Ferdinand Denis. Trata-se do período que começa já na década da independência, marcado por uma vibração cívica notável e compreensível, que tendia a inserir os estudos literários no âmbito dos esforços pela consolidação do estado nacional recém-proclamado. Observa-se então um intenso movimento de pesquisas visando à reconstituição do nosso passado literário, em geral alvo de pronunciamentos críticos entusiásticos e verbosos, como que a compensar a pobreza dos materiais descobertos. É a fase das antologias, das declarações de princípios sobre o caráter nacional das letras pátrias, dos projetos de história literária, das edições ou reedições de obras dos tempos coloniais, das biografias de escritores, de alguma crítica sobre o movimento editorial contemporâneo, dos primeiros "cursos" de literatura nacional. Tudo isso subordinado a um grande objetivo comum: caracterizar a literatura brasileira e prognosticar-lhe um futuro glorioso, pondo em relevo suas diferenças quanto às demais literaturas, especialmente a portuguesa, e reconstituindo o processo de seu desenvolvimento histórico. Joaquim Norberto (1820-1891) é o nome que se destaca no período, por ser bastante representativo dele, à medida que sua contribuição vale antes pelo volume e pioneirismo do que por vigor crítico e teórico.

A partir da década de 1870 se inicia a segunda fase. Os estudos literários continuam a se movimentar no âmbito da perspectiva nacionalista firmada com o romantismo; rejeitam, contudo, o tom autocongratulatório e conservador, e, sob o influxo de um amálgama intelectual pós-romântico — em que confluem positivismo, evolucionismo, determinismo, transformismo —, assumem procedimentos propriamente analíticos, ao mesmo tempo que apuram a virulência crítica. Por esse tempo, inclusive, como parte do montante antipassadista, enfim as velhas "artes" da retórica e da poética se aposentam, eliminadas que são do sistema de ensino, depois da sobrevida que lhes concedera o tradicionalismo complacente do período anterior. E se, relativamente à primeira fase, é razoável, como o fizemos, referir-se a uma única figura-síntese, para essa segunda revela-se correto acompanhar o consenso, mencionando como seus representantes máximos Araripe Júnior (1848-1911), Sílvio Romero (1851-1914) e José Veríssimo (1857-1916), de resto a tríade dos nossos grandes críticos oitocentistas.

3

Tratemos agora em particular de José Veríssimo, pela circunstância de ter sido ele, da trindade referida, aquele que mais avançou na direção de ideias e preocupações que viriam a dar o tom dos estudos literários no século XX.

O melhor e mais completo estudo de sua obra continua sendo o que lhe dedicou João Alexandre Barbosa, em tese defendida na Universidade de São Paulo em 1970, publicada em livro no ano de 1974. Segundo demonstra o ensaio, a atividade de Veríssimo teria atravessado três etapas: primeiro (1878-1890), o autor, cultivando a ficção, a etnografia e a crítica histórica e literária, com base nos pressupostos realistas-naturalistas adotados pela chamada geração de 1870, grupo a que pertenceu, estaria interessado menos na literatura do que na formação social brasileira; depois, numa fase intermediária (1891-1900), passa a concentrar-se mais na literatura, ao mesmo tempo que, abalada a confiança no cientificismo naturalista, incorpora o impressionismo à sua prática crítica; por fim, na fase final (1901-1916), teria radicalizado seu interesse na literatura *stricto sensu*, esforçando-se por definir a especificidade de seu trabalho enquanto crítico literário.

Nesse esforço — é o que pretendemos demonstrar —, o ensaísta paraense começa a extrapolar o âmbito da crítica e da história literárias, disciplinas oitocentistas em que consolidou sua formação intelectual e de que foi emérito praticante, para acercar-se de questões situadas num espaço disciplinar novo e destinado à plena definição somente no curso do século XX, a teoria da literatura, de que foi pioneiro entre nós.

Vejamos então em que textos e como isso se configurou.

4

Em dois estudos publicados no *Jornal do Comércio* em 1900, depois reunidos no volume *Que é literatura e outros escritos*, de 1907, o autor, afastando-se dos casuísmos da crítica, bem como do factualismo da história literária, atitudes correlativas de certa inapetência autorreflexiva própria dessas disciplinas, se ocupa de problemas característicos da teoria da literatura: o do método e do objeto dos estudos literários.

Com efeito, no primeiro desses ensaios — "A crítica literária" —, não obstante o título — estava ainda por ser inventada a expressão "teoria da literatura" —, trata de tema destinado a se tornar típico da agenda constitutiva da nova disciplina: seu próprio estatuto disciplinar, e por conseguinte a discussão da metodologia que lhe seria específica. No segundo — "Que é literatura?" —, por meio do exame das várias definições a que se presta o termo em causa, propõe-se a eleger aquela que conviria a uma investigação da literatura em termos propriamente estéticos, o que, como é fácil reconhecer hoje, constitui outro tópico cujos equacionamento e problematização viriam a ser traços distintivos da teoria da literatura.

Não é nosso propósito discutir aqui eventuais acertos ou inconsistências das soluções apresentadas pelo autor para os problemas que se dispôs a enfrentar nesses ensaios, mas apenas pôr em relevo o mérito que teve ao formulá-los. Afinal, habilitando-se a pensar a questão correlativa do método e do objeto dos estudos literários, alcançou o que era, no seu tempo, a fronteira do conhecimento na sua especialidade. Assim, praticamente escreveu os dois capítulos introdutórios cruciais do livro que, sem se confundir com manuais de retórica e poética ou de história literária, um pouco mais tarde, em 1908, seria reclamado por um quase contemporâneo seu, o uruguaio José Enique Rodó (1871-1917), como instrumento imprescindível para uma educação literária sintonizada com o modernismo em ascensão: "Um dos intentos meritórios em que poderia provar-se o desinteresse e a abnegação dos espíritos de alta cultura literária seria o de escrever para os estudantes um texto elementar de teoria de literatura".[1]

E Veríssimo voltaria a movimentar-se no âmbito da teoria da literatura em 1912, data em que escreve a "Introdução" de sua obra-síntese final, a *História da literatura brasileira*, publicada postumamente em 1916. A passagem que configura a intervenção da teoria vem a propósito da extensão que, segundo o autor, deve-se conferir ao vocábulo "literatura", o que remete, como se nota prontamente, à reflexão já por ele desenvolvida acerca do objeto dos estudos literários, no ensaio de 1900 antes referido, "Que é literatura?". Vejamos o trecho em questão:

> Literatura é arte literária. Somente o escrito com o propósito ou intuição dessa arte, isto é, com os artifícios de invenção e de composição que a constituem, é, a

---

[1] Rodó, José Enrique. "El ensino de la literatura", in *Obras completas*. Madri: Aguilar, 1957, p. 514.

meu ver, literatura. Assim pensando, [...] sistematicamente excluo da história da literatura brasileira quanto a essa luz não se deva considerar literatura. Esta é neste livro sinônimo de boas ou belas-letras, conforme a vernácula noção clássica. Nem se me dá da pseudonovidade germânica que o vocábulo literatura compreende tudo o que se escreve num país, poesia lírica e economia política, romance e direito público, teatro e artigos de jornal e até o que não se escreve, discursos parlamentares, cantigas e histórias populares, enfim autores e obras de todo o gênero.[2]

De novo devemos esclarecer que não nos interessa aqui entrar no mérito da definição do autor, mas compreender-lhe as motivações e contextualizá-las, atentos que estamos antes à historicidade dos conceitos do que à sua substância.

Feita a ressalva, observe-se que a passagem configura um enclave de teoria da literatura no corpo de uma obra de historiografia, ao rejeitar o amplo conceito de literatura com que opera esta última disciplina, aliás caracterizado por Sílvio Romero em trecho de que, logo se percebe, o de Veríssimo antes citado constitui frontal contestação:

> [...] para mim a expressão *literatura* tem a amplitude que lhe dão os críticos e historiadores alemães. Compreende todas as manifestações da inteligência de um povo: política, economia, arte, criações populares, ciências... e não, como era costume supor-se no Brasil, somente as intituladas *belas-letras*, que afinal cifravam-se quase exclusivamente na *poesia*!...[3]

Verifica-se assim que José Veríssimo, no período que João Alexandre Barbosa caracteriza como sua fase terceira e final, afasta-se da ideia de literatura que de início compartilhara com seus companheiros da geração de 1870. Assim, transita de uma compreensão ampla e conteudística, segundo a qual a literatura abrangeria todos os discursos que constituíssem "manifestações da inteligência de um povo", dotados ou não de atributos

---

[2] VERÍSSIMO, José. *História da literatura brasileira: de Bento Teixeira (1601) a Machado de Assis (1908)*. Rio de Janeiro: José Olympio, 1969, p. 10. Apesar dessa diretriz declarada na "Introdução", o fato é que Veríssimo não a observaria na prática, pois não exclui de sua narrativa inúmeras obras que não constituiriam literatura à luz desse critério, seguindo assim o modelo canônico de história literária.

[3] ROMERO, Sílvio. "Fatores da literatura brasileira", in *História da literatura brasileira*, v. 1. Luiz Antonio Barreto (org.). Rio de Janeiro: Imago/Aracaju: Universidade Federal de Sergipe, 2001, p. 61. O trecho pertence à "Introdução à história da literatura brasileira", publicado em 1881 e depois integrado à *História da literatura brasileira* (1888) como seu Livro I (cf. CANDIDO, Antonio. *O método crítico de Sílvio Romero*. São Paulo: Edusp, 1988, p. 64). Assinale-se que, ao contrário do que dá a entender Romero, os trabalhos de história literária nacional anteriores ao seu adotavam o mesmíssimo conceito amplo de literatura por ele defendido.

estéticos, escritos ou orais, para uma concepção restritiva, que só admite como literárias as obras escritas detentoras de propriedades artísticas. Como se vê, o autor tangenciava a questão central da teoria da literatura, a *literariedade*, conceito que, aliás, uns poucos anos adiante seria formulado pela primeira vez, em 1919, no contexto das pesquisas dos formalistas russos:

> A poesia é linguagem em sua função estética. [...] o objeto do estudo literário não é a literatura, mas a literariedade, isto é, aquilo que torna determinada obra uma obra literária. E no entanto, até hoje, os historiadores da literatura, o mais das vezes, assemelhavam-se à polícia que, desejando prender determinada pessoa, tivesse apanhado, por via das dúvidas, tudo e todos que estivessem num apartamento, e também os que passassem casualmente na rua naquele instante. Tudo servia para os historiadores da literatura: os costumes, a psicologia, a política, a filosofia. Em lugar de um estudo da literatura, criava-se um conglomerado de disciplinas mal acabadas.[4]

O esforço de Veríssimo vai assim no sentido de uma drástica depuração. De fato, para uma concentração na literatura concebida como "arte literária" — para usar os temos dele —, seria preciso abstrair o plano referencial das obras, isto é, o que nelas houvesse de representação da realidade nacional, ou seja, as tais "manifestações da inteligência [do] povo". No entanto, feita essa abstração, determinada por uma questão de coerência conceitual e metodológica, o que sobrava era na verdade muito pouco: ficavam apenas os "artifícios de invenção e composição", conceitos que o autor não define, mas cuja procedência retórica prontamente se verifica. A invenção, como sabemos, constitui, conforme a retórica antiga, a primeira das grandes operações necessárias para a elaboração dos discursos, e naquilo que Veríssimo chama "composição", por sua vez, pode-se, com boa vontade, identificar a fusão das duas operações subsequentes, a disposição e a elocução.[5]

Não deixa de ser irônico que, para avançar na sua ciência, Veríssimo tivesse de dar um passo para trás, em direção justamente à retórica, que, para a sua geração, representava um dos símbolos do atraso intelectual

---

[4] JAKOBSON, Roman apud SCHNAIDERMAN, Boris. "Prefácio", in EIKHENBAUM, B. et al. *Teoria da literatura: formalistas russos*. Dionísio de Oliveira Toledo (org., apres. e apêndice). Boris Schaiderman (prefácio). Porto Alegre: Globo, 1971, pp. IX-X.
[5] A série completa das operações prescritas pela retórica para a elaboração dos discursos é a seguinte, na ordem em que se encadeiam: invenção, disposição, elocução, pronunciação e memória.

do Brasil.⁶ No entanto, esse movimento regressivo ou restaurador, por paradoxal que seja, longe de ter sido incompatível com a teoria da literatura que despontava, muito pelo contrário lhe assinalou o programa, como se pode constatar em declaração contida no prefácio à primeira edição do famoso tratado de René Wellek e Austin Warren, não sem razão tido como marco fundador da disciplina:

> Escrevemos um livro que, ao que sabemos, não encontra qualquer paralelo próximo com outro. Não é um livro de estudo que apresente aos jovens os elementos da apreciação literária [...], nem [...] uma perspectiva das técnicas usadas na investigação erudita. Pode reclamar uma certa continuidade em relação à Poética e à Retórica (a partir de Aristóteles e passando por Blair, Campbell e Kames).⁷

No entanto, ainda que, abstraídos os conteúdos representados nas obras, resultassem por demais rarefeitas as propriedades definidoras da literatura concebida como manifestação artística — "os artifícios de invenção e de composição" —, Veríssimo se esforçou por dotá-las de caráter operacional. Com esse fim, acrescentou aos seus instrumentos as noções de "língua" e "estilo", categorias que, contudo, embora recorrentes em suas análises de escritores e obras específicas, não chega a definir satisfatoriamente, limitando-se a servir-se delas em seus comentários críticos.

A noção de "língua", em especial, lhe era particularmente cara, tanto que quase sempre a empregava em suas avaliações, conquanto não fosse além de considerações muito genéricas sobre aspectos como "correção", "vernaculidade", "casticismo". Rendeu-lhe contudo uma bela e no geral judiciosa digressão, que ocupa boa parte do capítulo 8 de sua *História da literatura brasileira* — "O romantismo e a primeira geração romântica" —, na qual discorre sobre o processo de nacionalização da linguagem literária brasileira, bem como sobre as relações entre língua falada e língua escrita.⁸ Como regra, entretanto, estaciona em generalidades ao manejar

---

⁶ Com efeito, a palavra "retórica", nos críticos ligados à geração de 1870, invariavelmente aparece com determinações negativas. Por exemplo, no próprio Veríssimo encontramos passagens como "rançosos tropos da caduca retórica". VERÍSSIMO, José, op. cit., p. 138, ou "literatura convencional, retórica", ibid., p. 49.

⁷ WELLEK, René; WARREN, Austin. *Teoria da literatura*. Lisboa: Europa-América, 1962, p. 9. A obra é de 1949 e o prefácio é datado de 1º de maio de 1948.

⁸ Seu interesse em questões de língua, no entanto, vinha de longe, e constituiu uma constante no seu trabalho intelectual. Com efeito, de 1900 a 1913 publicou em jornais e revistas diversos estudos a respeito do tópico, sem contar artigos de cunho etnográfico sobre a linguagem popular amazônica, aparecidos em

analiticamente as noções de "estilo" e "língua". Vejamos, entre inúmeros outros, apenas dois exemplos desse procedimento, ambos retirados da sua *História da literatura brasileira*. No primeiro, sintetiza seu juízo sobre o visconde de São Leopoldo; no segundo, sobre Gonçalves de Magalhães:

> Não obstante algumas incorreções de linguagem, galicismos e alguns mais graves defeitos de estilo, a sua redação revê o homem educado em Portugal e a leitura dos portugueses. A língua é geralmente melhor do que a aqui comumente escrita.[9]

> Como prosador é seguramente, não obstante alguns defeitos nativos (como o já ridiculamente famoso da colocação dos pronomes), um dos mais vernáculos, pela propriedade do vocabulário, sempre nele castiço, e de parte os legítimos sacrifícios ao seu falar brasileiro, pela correção sintática do fraseado. É mais simples, mais natural, menos rebuscado ou trabalhado o seu estilo do que era o dos escritores que aqui o precederam, e ainda da maior parte dos que se lhe seguiram. Sob o aspecto da linguagem e estilo são escritos estimáveis [...].[10]

5

Não passou desse limite, no entanto, o movimento de José Veríssimo em direção à teoria da literatura. Para aprofundá-lo, teria sido necessário que ele se identificasse com o axioma da disciplina nas suas formulações originárias e mais típicas, isto é, a compreensão da literatura como objeto de linguagem denso e intransitivo. Nosso crítico, porém, muito ao contrário, jamais abandonou a premissa romântico-realista de literatura como expressão/representação;[11] por isso, impugnou as ousadias

---

1883. Em livros, também dedicou espaço considerável à matéria, constituído na maior parte por seleção de textos antes publicados na imprensa. Assim, na terceira série dos *Estudos de literatura brasileira* (1903), encontramos o capítulo "A questão ortográfica da língua portuguesa"; na sexta série (1907), uma longa seção ("Questões de língua portuguesa"), subdividida em quatro capítulos ("A língua portuguesa no Brasil", "A ortografia portuguesa", "Heresias linguísticas e literárias" "Briga de gramáticos a propósito da redação do Projeto do Código Civil"); e na sétima (os *Últimos estudos*, de publicação póstuma, em 1979), mais dois capítulos: "Gonçalves Dias e o português do Brasil" e "Gramática e literatura".

[9] Veríssimo, José, op. cit., p. 125.
[10] Ibid., p. 143.
[11] Veja-se, por exemplo, entre inúmeras passagens em que explicita tais concepções — expressão e representação —, uma, na *História da literatura brasileira*, em que elas aparecem combinadas, como fundamento do elogio que faz a Joaquim Manuel de Macedo, que teria logrado alcançar sinceridade de expressão e fidelidade de representação: "Quaisquer que sejam as deficiências e defeitos do teatro de Macedo, a vida brasileira, ou mais propriamente a vida carioca do seu tempo, acha-se nele, como aliás no seu romance, sinceramente representada". Veríssimo, José, op. cit., p. 256.

experimentalistas do futurismo, que tachou de "mais uma extravagância literária",[12] e condenou o simbolismo, cujo projeto de aliviar a palavra poética do peso referencial interpretou como salvo-conduto para o extravio da "insignificação":[13]

> Os seus sonetos [de Cruz e Sousa], se não lhes vamos mais fundo que ao sentimento literal, não significam coisa alguma, e dificilmente se lhes poderia pôr um título ou defini-los por uma epígrafe [...]. Outra prova da sua *insignificação* é que eles não poderiam ser talvez traduzidos. Constam apenas de palavras gramaticalmente arrumadas, sem sentido apreciável, ou tão escuro ou sublimado que escapa às compreensões miseráveis, como a minha. Chega-se mesmo lendo-os a sentir, como que materialmente, essa falha do poeta, a sua impossibilidade de exprimir o que acaso sentiria — ou talvez não sentisse, não vendo na poesia senão uma acumulação melodiosa de palavras.[14]

Assim, não lhe restou senão formular sua compreensão do caráter específico da linguagem literária de modo intransigentemente conservador, como uma questão de "artifícios de invenção e composição", passíveis de descrição em termos de "língua" e "estilo", numa bitola portanto estreitamente retórica e gramatical. Assinale-se, no entanto, que esse entendimento apresentava pelo menos o mérito — sempre tendo-se em vista um "ideal" de teoria da literatura — de fundamentar sua objetividade em categorias não conteudísticas. Mesmo esse pequeno avanço, contudo — aliás obtido, conforme vimos, mediante um recuo —, ainda resultaria comprometido: é que o autor, não obstante a referida ideia retórico-gramatical de literatura, nunca abandonou uma definição baseada em elementos extralinguagem — generalidade de tema, permanência no tempo, carga emotiva —, definição por conseguinte bastante refratária à possibilidade de assimilação pela teoria da literatura:

> [...] a única boa definição de literatura seria aquela que, compreendendo toda a produção intelectual escrita, sobre um assunto geral e em linguagem geral, e de um interesse permanente, notasse do mesmo passo essa distinção [a carga de emoção] que os fatos observados impõem.[15]

---

[12] Trata-se de título de artigo seu publicado no diário *Imparcial*, em 1913, a propósito do futurismo italiano.
[13] Cf. BARBOSA, João Alexandre. *A tradição do impasse: linguagem da crítica e crítica da linguagem em José Veríssimo.* São Paulo: Ática, 1974, p. 179.
[14] VERÍSSIMO, José, in BARBOSA, João Alexandre (sel. e apres.). *José Veríssimo: teoria, crítica e história literária.* Rio de Janeiro: Livros Técnicos e Científicos; São Paulo: Edusp, 1978, p. 228 (grifo nosso).
[15] Ibid., p. 10.

6

E depois de Veríssimo, o que tivemos, que se possa considerar uma preparação para a plena ascensão da teoria da literatura no Brasil, como ramo diferenciado dos estudos literários, consumada apenas no início da década de 1960, com a reformulação dos cursos de letras determinada por legislação federal?[16]

Que seja do nosso conhecimento, bem pouco. Os estudos literários, como no século XIX, prosseguiram mais ou menos divididos em duas instâncias: a do jornalismo e a do ensino. No espaço jornalístico, prosperava a crítica, de natureza impressionista e diletante, em geral circunscrita à produção literária sua contemporânea, e consistindo basicamente em juízos de gosto expandidos em digressões desenvolvidas por mero associacionismo, quando muito vagamente referenciadas a uma espécie de humanismo eclético, raso e ornamental. No espaço acadêmico — primeiro em nível colegial, e depois também universitário, com a implantação dos cursos superiores de letras —,[17] prevalecia, por sua vez, a história literária, sobretudo a nacional e a

---

[16] Resolução s/nº do Conselho Federal de Educação, de 19/10/1962. *Documenta*. Rio de Janeiro: Ministério da Educação e Cultura / Conselho Federal de Educação, 10, pp. 84-5, dez. 1962.

[17] Permitimo-nos aqui uma nota de extensão certamente desproporcional em relação ao foco de interesse do ensaio. Pensamos, contudo, que ela se justifica, pois até agora são muito escassas e assistemáticas as informações sobre o processo de instalação dos cursos superiores de letras no Brasil. Sendo uma história ainda a ser contada, os apontamentos a seguir, baseados em Pardal (PARDAL, Paulo. *Uerj: apontamentos para sua origem*. Rio de Janeiro: Uerj, 1990.) e Tuffani (TUFANNI, Eduardo. Nota pelos cem anos do ensino superior de filosofia no Brasil (1908-2008). *Soletras, Revista do Departamento de Letras da Uerj*. São Gonçalo [RJ], ano X, n. 20 (suplemento), pp. 167-83, 2010), por sumários que sejam, podem constituir pelo menos um roteiro para pesquisas iniciais. Vejamos então:

No âmbito das instituições de ensino superior isoladas, são os seguintes os cursos pioneiros: 1. Faculdade Eclesiástica (depois Pontifícia) de São Paulo: fundada em 1908 e extinta em 1914; 2. Faculdade Livre de Filosofia e Letras de São Paulo: fundada em 1908, interrompeu suas atividades em 1917, por causa da Primeira Guerra; voltou a funcionar em 1922, passando a chamar-se, a partir de 1931, Faculdade de Filosofia, Ciências e Letras de São Bento, sendo posteriormente incorporada à PUC-SP; 3. Academia de Altos Estudos: fundada em 1916, no Instituto Histórico e Geográfico Brasileiro, e passando a chamar-se, a partir de 1919, Faculdade de Filosofia e Letras, sendo extinta em 1921; 4. Faculdade de Filosofia e Letras do Rio de Janeiro: fundada em 1924 e extinta em 1937; 5. Faculdade Paulista de Letras e Filosofia: fundada em 1931 e extinta no ano seguinte; 6. Instituto Sedes Sapientiae: fundado em 1933, e posteriormente incorporado à PUC-SP, com o nome de Faculdade de Filosofia, Ciências e Letras Sedes Sapientiae; 7. Faculdade de Filosofia do Instituto Lafayette: fundada em 1939, e depois incorporada à Universidade do Distrito Federal (hoje Universidade do Estado do Rio de Janeiro), quando de sua criação em 1950, primeiro com o nome de Faculdade de Ciências e Letras, depois de Filosofia, Ciências e Letras.

E no que concerne às nossas primeiras universidades, a situação dos cursos de letras pode assim resumir-se: 1. Escola Universitária Livre de Manaus: fundada em 1909, e renomeada Universidade de Manaus a partir de 1913, funcionou até 1926; possuía uma Faculdade de Ciências e Letras, na verdade, apesar do nome, um curso secundário, conforme o modelo do Ginásio Nacional, então denominação atribuída desde a Proclamação da República ao Colégio Pedro II; posteriormente, o curso secundário transformou-se num de "preparatórios", nome que se dava ao ciclo de estudos para os exames de acesso aos cursos universitários

portuguesa, configurada como matéria escolar e obra técnica[18] destinada ao seu ensino, delineada conforme o modelo oitocentista: um capítulo de generalidades — sobre aspectos geográficos, históricos e étnicos da nação —, seguido de capítulos destinados aos períodos literários e aos autores e obras considerados principais.

De teoria da literatura, nesse estado de coisas, quase nada, pelo menos segundo o que nos foi possível apurar.

Certas obras até trazem a expressão nos seus títulos, mas na verdade, pelo seu conteúdo e finalidades, passam muito longe dos propósitos e espírito da disciplina, antes se constituindo em tratados de retórica e poética retardatários. Estão neste caso alguns compêndios escolares, devidos respectivamente a Antenor Nascentes (*Noções de estilística e literatura*, 1929), Estêvão da Cruz (*Teoria da literatura*, 1935), Augusto Magne (*Princípios elementares de literatura: teoria literária*, 1935), Antônio Soares Amora (*Teoria da literatura*, 1944) e Cecil Meira (*Introdução ao estudo da literatura*, 1945).

Fora isso, relativamente a esse período — isto é, da morte de Veríssimo, em 1916, à plena implantação de teoria da literatura no ensino universitário de letras, em 1962 — temos relatos sobre algumas experiências isoladas de ensino da disciplina, infelizmente vagos e mal documentados. Assim, segundo tais notícias, a matéria integrou o currículo do curso de letras da Universidade do Distrito Federal,[19] tendo sido ensinada por Cecília Meireles (1901-1964), de 1935 a 1937, e por Prudente de Morais Neto

tradicionais, isto é, direito, medicina e engenharia; 2. Universidade de São Paulo: instituição particular homônima da que seria depois criada pelo governo do Estado de São Paulo; fundada em 1911, foi extinta em 1919, tendo contado com três unidades onde se ensinavam humanidades, todas de funcionamento efêmero e precário; 3. Universidade do Paraná: fundada em 1912, não tinha área de humanidades nos seus primórdios; 4. Universidade do Rio de Janeiro: fundada em 1920, e redenominada Universidade do Brasil (hoje Universidade Federal do Rio de Janeiro) a partir de 1937, passando a ser Faculdade de Filosofia, Ciências e Letras instalada a partir de 1939, pela incorporação da Escola de Filosofia e Letras da Universidade do Distrito Federal, que foi então extinta; 5. Universidade de Minas Gerais: fundada em 1927, não tinha área de humanidades em seus primórdios; 6. Universidade de São Paulo: fundada em 1934, já com sua Faculdade de Filosofia, Ciências e Letras; 7. Universidade de Porto Alegre: fundada em 1934, não tinha área de humanidades em seus primórdios; 8. Universidade do Distrito Federal: fundada em 1935, tinha uma Escola de Filosofia e Letras, em cujo currículo, ao que tudo indica pela primeira vez no Brasil, constavam as disciplinas teoria da literatura e linguística; extinta em 1939, sua Escola de Filosofia e Letras veio a ser o núcleo da Faculdade Nacional de Filosofia, Ciências e Letras da Universidade do Brasil.

[18] Obra *técnica*, isto é, escrita por especialistas e destinada a público específico (estudantes de ensino médio e superior), por oposição à crítica veiculada pelos jornais, de cunho impressionista e destinada a público heterogêneo.

[19] A UDF foi criada no Rio de Janeiro pelo governo do antigo Distrito Federal, tendo sido fundada em 1935 e extinta em 1939. Ver nota 16.

(1904-1977), em 1938.[20] Um pouco mais tarde, no início da década de 1950, figuraria no elenco de disciplinas da Faculdade de Ciências e Letras do Instituto Lafayette,[21] sob o magistério de Afrânio Coutinho (1911-2000), e da Universidade do Brasil,[22] lecionada por Augusto Meyer (1902-1970).[23]

Longo intervalo, por conseguinte, entre os primeiros vislumbres de Veríssimo em direção à teoria da literatura, cessados com sua morte em 1916, e a institucionalização da disciplina a partir do início dos anos 1960. E com certeza o caminho ascensional da matéria na universidade brasileira, feito quase exclusivamente a partir de fontes e estímulos estrangeiros, pouco ou nada se vincula aos esforços anteriores do crítico paraense, assim se configurando descontinuidade que, se não é regra, não chega a constituir propriamente exceção no processo cultural brasileiro.

Referências bibliográficas

Barbosa, João Alexandre. *A tradição do impasse: linguagem da crítica e crítica da linguagem em José Veríssimo*. São Paulo: Ática, 1974.

_____ (sel. e apres.). *José Veríssimo: teoria, crítica e história literária*. Rio de Janeiro: Livros Técnicos e Científicos / São Paulo: Edusp, 1977.

Baumgarten, Carlos Alexandre. "A crítica naturalista", in *A crítica literária no Rio Grande do Sul: do romantismo ao modernismo*. Porto Alegre: Instituto Estadual do Livro/Edipucrs, 1997, pp. 44-64.

Bosi, Alfredo. "A consciência histórica e crítica", in *História concisa da literatura brasileira*. São Paulo: Cultrix, 1970, pp. 273-84.

Candido, Antonio. *O método crítico de Sílvio Romero*. São Paulo: Edusp, 1988.

Carvalho, Ronald de. "A história e a crítica", in *Pequena história da literatura brasileira*. Rio de Janeiro: F. Briguiet, 1968, pp. 319-32.

Lima, Luiz Costa. "A crítica literária na cultura brasileira do século XIX", in *Dispersa demanda: ensaios sobre literatura e teoria*. Rio de Janeiro: Francisco Alves, 1981, pp. 30-56.

_____. "Nota introdutória", in *Teoria da literatura em suas fontes*, v. 1. Rio de Janeiro: Francisco Alves, 1983, pp. 1-3.

Martins, Wilson. *A crítica literária no Brasil*, v. 1. Rio de Janeiro: Francisco Alves, 1983.

Montenegro, Olívio. *José Veríssimo: crítico*. Rio de Janeiro: Agir, 1958.

Pacheco, João. "A inquirição literária", in *O realismo: 1870-1900*. São Paulo: Cultrix, 1968, pp. 165-85.

---

[20] Cf. Silva, Maximiano de Carvalho e. "Tempos de magistério superior (1935-1953)", in *Sousa da Silveira: o homem e a obra — sua contribuição à crítica textual no Brasil*. Rio de Janeiro: Presença / Brasília: Instituto Nacional do Livro, 1984, p. 55.

[21] Fundada em 1939, no Rio de Janeiro, a instituição foi absorvida pela Universidade do Distrito Federal, quando de sua criação, em dezembro de 1950. Esclareça-se que esta segunda UDF, antecessora da atual Universidade do Estado do Rio de Janeiro (Uerj), não deve confundir-se com sua homônima extinta em 1939. Ver nota 16.

[22] Atual Universidade Federal do Rio de Janeiro (UFRJ).

[23] Lima, Luiz Costa. "Nota introdutória", in *Teoria da literatura em suas fontes*, v. 1. Rio de Janeiro: Francisco Alves, 1983, p. 2.

PARDAL, Paulo. *Uerj: apontamentos para sua origem*. Rio de Janeiro: Uerj, 1990.
RODÓ, José Enrique. "El ensino de la literatura", in *Obras completas*. Madri: Aguilar, 1957, pp. 514-7.
ROMERO, Sílvio. "Fatores da literatura brasileira", in *História da literatura brasileira*, v. 1. Luiz Antonio Barreto (org.). Rio de Janeiro: Imago / Aracaju: Universidade Federal de Sergipe, 2001, pp. 53-152.
SCHNAIDERMAN, Boris. "Prefácio", in EIKHENBAUM, B. et al. *Teoria da literatura: formalistas russos*. Dionísio de Oliveira Toledo (org., apres. e apêndice). Porto Alegre: Globo, 1971, pp. IX-XXII.
SILVA, Maximiano de Carvalho e. "Tempos de magistério superior (1935-1953)", in *Sousa da Silveira: o homem e a obra — sua contribuição à crítica textual no Brasil*. Rio de Janeiro: Presença / Brasília: Instituto Nacional do Livro, 1984, pp. 52-86.
TUFANNI, Eduardo. "Nota pelos cem anos do ensino superior de filosofia no Brasil (1908-2008)". *Soletras, Revista do Departamento de Letras da Uerj*. São Gonçalo [RJ], ano X, n. 20 (suplemento), pp. 167-83.
VELINHO, Moisés. "José Veríssimo", in COUTINHO, Afrânio (dir.). *A literatura no Brasil*, v. 3. Rio de Janeiro: Sul América, 1969, pp. 44-53.
VERÍSSIMO, José. *História da literatura brasileira: de Bento Teixeira (1601) a Machado de Assis (1908)*. Rio de Janeiro: José Olympio, 1969.
WELLEK, René; WARREN, Austin. *Teoria da literatura*. Lisboa: Europa-América, 1962.

POLÊMICAS CRÍTICAS

MODOS DE VER-LER-ESCUTAR A LITERATURA (A CULTURA) ARGENTINA: APONTAMENTOS A PARTIR DE UM DEBATE

Analía Gerbaudo
Conicet/Universidad Nacional del Litoral

> *Segundo a concepção [...] pós-autonomista, o que define a literatura, ao carecer, pois, de um marco fundacional, é [...] a mais infinita oscilação no interior de sua indecidibilidade.*
> Raúl Antelo, *Filosofia e arte em Giorgio Agamben*

Entre os anos 2001 e 2003 Jorge Panesi escreve dois artigos a respeito de um mesmo problema: a falta de discussões que perpassem e traspassem o espaço universitário argentino, em particular, no âmbito da crítica dita literária. Afirma: "*Politizada o, más bien, sectorizada por los partidos políticos tradicionales, la Universidad argentina ha discutido teóricamente las minucias de la especialización en el sentido de Weber ['La ciencia como vocación'] plegándose directa o indirectamente, franca o inadvertidamente, al dominante espíritu del tiempo, para el que la polémica revulsiva que se interroga por el edificio y el terreno social sostenedores de su funcionar se cambian por las más confortables y disciplinadas discusiones*".[1] Também em 2001, em ocasião de uma entrevista feita por María Moreno, Josefina Ludmer refere-se à homogeneidade e, em consequência, à ausência de discussão, como marcas da cultura argentina desses anos. É preciso salientar o seguinte: o país era outro.

Eram aqueles tempos do "*que se vayan todos*", do reinado da economia sobre a política, do esvaziamento do Estado, da corrupção estendida por toda parte, do fim da memória com as leis de Obediência Devida e de Ponto Final, do fracasso das reformas educacionais que transplantaram o modelo que a própria Espanha tinha desistido, fazendo de nós uma colônia que comprou o lixo da metrópole; eram aqueles tempos da redução orçamentária e da diminuição de órgãos de pesquisa como

---
[1] PANESI, Jorge. "Polémicas ocultas", *Boletín del Centro de Estudios de Teoría y Crítica Literária*. Rosario, n. 11, pp. 12-3, 2003.

o Conicet; eram, como diz Josefina Ludmer, os tempos dos *"tonos antinacionales"*.[2]

Ninguém podia prever, então, os acontecimentos que começariam a se desenvolver no país e posteriormente na América Latina, nesse mesmo ano em que Panesi escreve sua leitura daquele recorte do presente. E quando falo de "acontecimento" o faço no sentido radical que Jacques Derrida[3] dá a esse termo para nomear a irrupção inesperada de alguma coisa fora de todo cálculo, de todo prognóstico, de toda previsão. Em uma época marcada pela renúncia a qualquer possibilidade de justiça, pela *"dictadura económica"* (expressão popularizada pelo dirigente sindical Hugo Moyano retomada por Ludmer[4]) que leva à crise de 2001, por causa de um marcante índice de emigração (ou pelo claro desejo de emigrar), alguns fatos pontuais transformaram o rumo do país em um lapso bastante breve de oito anos. Da *"pizza con champán"* (metáfora do modelo menemista), *"trabajando nadie hace plata"* o *"en la Argentina hay que dejar robar por lo menos dos años"* (frases do dirigente Luis Barrionuevo), da crendice de que "o futuro chegou já faz um tempo"[5] passou-se, progressivamente e a partir do trabalho com diversos movimentos sociais, a um estado de coisas que pressupõe, a princípio, a necessidade de atualizar a hipótese que Panesi traçara havia uma década. A mais simbólica atitude de Néstor Kirchner de fazer tirar os retratos (dos militares) do Colegio Militar de la Nación, bem como a proposta de um novo sistema de retenção móvel das exportações de grãos feita pela gestão de Cristina Kirchner, com a rejeição das agropecuárias patronais, a Lei da Mídia, a Lei do Casamento Igualitário (na América Latina a criação da Unasur), têm gerado debates que engajaram os mais diversos setores sociais.[6] E é no momento da deflagração do mal chamado *"conflicto del*

---

[2] LUDMER, Josefina. *Aquí América Latina. Una especulación*. Buenos Aires: Eterna Cadencia, 2010, pp. 157-78.
[3] DERRIDA, Jacques. "Une certaine possibilité impossible de dire l'événement", in *Dire l'événement, est-ce possible? Séminaire de Montreal*. Paris: L'Harmattan, 2002, pp. 79-112.
[4] Cf. LUDMER, Josefina. "Argentina: el presente perpetuo", *Hojas del Rojas*, Entrevista de Guillermo Saavedra, 2000. Disponível em: <http://www.josefinaludmer.com/Josefina_Ludmer/presente.html>. Acesso em: 7 fev. 2011; Id., *Aquí América Latina op. cit.*, p. 32.
[5] REY, Patricio. *Redondos de Ricota, canción*, 1998.
[6] Neste sentido um dado curioso a salientar: chama a atenção o contraste entre a leitura negativa sobre a situação econômica e sociopolítica da Argentina dos últimos anos feita pelo recente Prêmio Nobel de Literatura, Mario Vargas Llosa e as dos Prêmios Nobel de Economia Joseph Stiglitz e Paul Krugman. Cf. STIGLITZ, Joseph. "The Lessons of Argentina for Development in Latin America", in COHEN, Michael; GUTMAN, Margarita (eds.). *Argentina in Collapse? The Americas Debate*. Nova York: The New School, 2002, pp. 151-67. Id., "L'austérité mène au désastre". *Le Monde*, 2010. Disponível em: <www.lemonde.fr/.../

campo",[7] que se cria a *Carta Abierta*: em 2008 um grupo reduzido de professores, jornalistas, escritores, sediados inicialmente em Buenos Aires, faz público um documento que difunde pela *web* sua análise da posição das patronais rurais. Esse núcleo reduzido prolifera para uma impensada construção coletiva: multiplicam-se as *Cartas abiertas* com sede em diversas cidades do país e instala-se novamente o já perdido hábito do confronto de ideias entre cidadãos pertencentes a diversos espaços. Quer dizer, torna-se notável a volta à participação política e à confiança na classe dirigente. Se os primeiros anos após a ditadura foram caracterizados pela febre pelo debate,[8] estes últimos foram marcados pela volta dos debates. Por exemplo, a morte do ex-presidente Néstor Kirchner no preciso momento em que se esperava pelo lançamento de sua campanha eleitoral por uma possível reeleição, gerou outro acontecimento: uma massiva amostra de apoio ao modelo político em vigência; fato que por sua vez despertou um acirrado debate de ideias que envolveu artistas, professores, pesquisadores, militantes, dirigentes sindicais, estudantes, trabalhadores dos mais diversos setores, por meio das redes sociais, mídias e reuniões nas cidades mais importantes do país.

Nesse palco se publica o esperado livro de Josefina Ludmer: *Aquí América Latina. Una especulación.* Antecipado nas diversas entrevistas (é preciso salientar que toda vez que Ludmer modificava o seu título[9] embora

---

joseph-stiglitz-l'austerite-mene-au-seastre_1360520_3234_2.html>. Acesso em: 7 fev. 2011; KRUGMAN, Paul. "¿Tiene salvación Europa?". *El país*. Disponível em: <http://www.elpais.com/articulo/primer/plano/Tierne/salvacion/Europa/elpequeconeg/2011...>. Acesso em: 7 fev. 2011.

[7] A nomeação errada do conflito ("campo" substitui "*patronales agropecuarias*") desdobra-se na errada identificação campo-Pátria e campo-Nação que se manifesta nas sintomáticas expressões "*todos vivimos del campo*", "*el campo nos da de comer*", entre outras. Como assinala Juan José Becerra: "*El campo no es la Nación – o sí lo es, pero no más que cualquier casa de familia, la cadena de pizzerías Banchero, la Villa 31, la pista sintética del Cenard o el circo de Carlitos Balá – sino un universo de propiedades privadas que, últimamente, producen por delegación. Y el campo no nos da en los términos en que la literatura infantil – o la publicidad de lácteos – ha dicho que la vaca nos da la leche, yogurt y queso. No hay un ciudadano argentino que no sea un consumidor del campo argentino, por lo que no somos tanto sus beneficiarios como su mercado cautivo; y también, dado el mar de subsidios con que la historia ha premiado al sector, hemos sido sus contribuyentes, mucho más de lo que hemos sido de la industria o el comercio*". BECERRA, Juan José. *Patriotas. Héroes y hechos penosos de la política argentina*. Buenos Aires: Planeta, 2009, p. 160.

[8] Cf. DE DIEGO, José Luis. "La transición democrática: intelectuales y escritores", in CAMOU, Antonio et al. (coords). *La Argentina democrática: los años y los libros*. Buenos Aires: Prometeo, 2007, pp. 49-82; NOVARO, Marcos. *Argentina en el Fin de Siglo. Democracia, mercado y Nación 1983-2001*. Buenos Aires: Paidós, 2009; Id., *Historia de la Argentina 1955-2010*. Buenos Aires: Siglo XXI, 2010.

[9] Alguns dos títulos prometidos: LUDMER, Josefina. "Diario de un sabático", in "Argentina: el presente perpetuo", op. cit., 2000; Id., "Nova Escritura na América Latina", in Mini-entrevista com Josefina Ludmer. *Aeroplano*, n. 26, Rio de Janeiro, 23 ago. 2004. Disponível em: <http://www.enredaccion.com.ar/ejemplo/Josefina_Ludmer/mini.html>. Acesso em: 7 fev. 2011. (Entrevista concedida a Flora Süssekind).

não acontecesse o mesmo com o relato básico do que ia conter[10] e com fragmentos em parte em circulação desde 2004), já tinha gerado não poucas respostas críticas. Flora Süssekind,[11] Alberto Giordano,[12] Jorge Panesi[13] e Miguel Dalmaroni[14] são as vozes mais ressoantes do debate que colocou o problema sobre as maneiras de ler a literatura para fora dos muros da instituição universitária. Atualmente, na Argentina, tem-se repensado novamente a educação formal em todos os níveis. Momento mais do que apropriado para incorporar esse debate e espalhá-lo para outros setores.

Para descrever a discussão (seus pontos-chave) e explicar por que resulta relevante fazer uma revisão no modo de pensar a leitura da literatura, em primeiro lugar faço uma retomada das teses centrais do texto e posteriormente introduzo as observações críticas mais aguçadas; e para encerrar proponho algumas perguntas que pretendem continuar a linha da interlocução aberta.

Aquí América Latina divide-se em duas grandes partes: "Temporalidades" e "Territorios". A primeira escrita como diário constrói suas hipóteses partindo de alguns jornais e romances editados em Buenos Aires em 2000. A segunda trabalha sobre romances de escritores latino-americanos editados entre 1990 e a primeira metade da década seguinte. O que faz dessa reunião um corpus é seu caráter de "*escrituras del presente*".[15] Por meio dele Ludmer pretende dar conta da "*imaginación pública*" na América Latina seguindo o tratamento do tempo e do espaço: "*El sentido de la especulación es la busca de algunas palabras y formas, modos de significar y regímenes de sentido que nos dejen ver cómo funciona la fábrica de realidad*".[16] Talvez sem ponderar o que geram as colocações com as quais conclui seu raciocínio afirma:

---

[10] Cf. LUDMER, Josefina. "Argentina: el presente perpetuo", op. cit.; Id., Mini-entrevista com Josefina Ludmer, op. cit.; Id., Le corps du délit. Entretien avec Josefina Ludmer par Annick Louis. *Vox-poetica*, 2004. Disponível em: <http://www.vox-poetica.org/entretiens/intludmer.html>. Acesso em: 7 fev. 2011.; Id., Un diálogo com Josefina Ludmer. *Ciberletras, Revista de Crítica literaria y de cultura*, 13, 2005. Disponível em: <http://www.lehman.cuny.edu/ciberletras/v13.html>. Acesso em: 7 fev 2011. (Entrevista concedida a Susana Haydu.)

[11] "Mini-entrevista com Josefina Ludmer" por Flora Süssekind. *Aeroplano*, n. 26. Disponível em: <http://www.enredaccion.com.ar/ejemplo/Josefina_Ludmer/mini.html>.

[12] GIORDANO, Alberto. *Los límites de la literatura.* Rosario: UNR, 2010.

[13] PANESI, Jorge. "Verse como otra: Josefina Ludmer", 2010. Disponível em: <http://josefinaludmer.wordpress.com/2010/11/19/doctorado-honoris-causa/#more-97>. Acesso em: 7 fev. 2011.

[14] DALMARONI, Miguel. "La literatura y sus restos (teoría, crítica, filosofía). A propósito de un libro de Ludmer (y de otros tres)", 2010. Disponível em: <http://www.bazaramericano.com/columnistas/dalmaroni_restos_2.htm>. Acesso em: 7 fev. 2011.

[15] LUDMER, Josefina. *Aquí América Latina* op. cit., p. 192.

[16] Ibid., p. 12

"*Usar la literatura como lente, máquina, pantalla, mazo de tarot, vehículo y estaciones para poder ver algo de la fábrica de realidad implica leer sin autores ni obras: la especulación es apropiadora*".[17] Em afirmações maciças como essas reside um dos maiores pontos do desencontro.

Em 2004, trabalhando com as versões circulantes na *web* e com as apresentadas nos congressos da área, Flora Süssekind manifesta expectativa a respeito de um dos eixos da pesquisa de Ludmer: sua proposta categorial. Confirmação da marca Ludmer, sendo que cada um dos seus escritos se caraterizaram não só pela leitura de um texto, da obra de um autor, de um gênero ou de um corpus alinhavado por um problema (o crime; a construção do tempo e do espaço), mas também pelas operações simultâneas: enquanto escreve sua leitura, faz notas metodológicas, epistemológicas e tenta montar ou reinventar, segundo o caso, uma categoria. Süssekind afirma: "Josefina Ludmer distingue-se, no campo da crítica, pelo abandono metódico das dicotomias clássicas do ensaísmo latino-americano e pela preocupação com noções para além do literário: série, temporalidade, imaginação pública, regimes de significação".[18] E acrescenta que parece "partir da rejeição de oposições bipolares (dentro/fora, privado/público, político/literário) e categorias como autor e obra em direção a noções capazes de atravessar, articular diferentes campos, temporalidades, formações culturais".[19] Faço menção a essas citações com o intuito de gerar, a partir deste problema, um diálogo com os ouvintes brasileiros: entrevejo nos ensaios de Raúl Antelo, Susana Scramim, Marcos Siscar, entre outros, pontos específicos da abertura do latino-americanismo assim como se concebia até um tempo não muito distante, quer dizer, das estruturas binárias fixadas pela cidade letrada que pouco tem a ver com o funcionamento complexo da cultura.[20] Não é por acaso que tanto Antelo quanto Scramim fiquem mais próximos de Benjamin de *Pasajes* do que de Adorno (consequente com as perspectivas que desenvolverá, seguindo a trilha, Daniel Link na Argentina); e por isso mesmo Siscar não está entre os melhores leitores de Jacques Derrida. Faço

---

[17] Ibid.
[18] Süssekind, Flora. "Mini-entrevista com Josefina Ludmer", *Aeroplano*, n. 26. Rio de Janeiro, 23 ago. 2004. Disponível em: <http://www.enredaccion.com.ar/ejemplo/Josefina_Ludmer/mini.html>. Acesso em: 7 fev. 2011. (Texto que introduz a entrevista a Josefina Ludmer.)
[19] Ibid.
[20] Cf. Montaldo, Graciela. "Culturas críticas: la extensión de un campo", *Revista Iberoamericana*, n. 16, 2004, pp. 35-47.

uma rápida referência: a proposta de uma "crítica acéfala" feita a partir de uma biblioteca borgeana, quer dizer, babélica e incomensurável,[21] a de uma crítica atenta à escuta da cultura, entre Bataille, Benjamin e Agamben,[22] a de uma leitura que focaliza no "tom" e no conceito de "obra"[23] não incompatível com os de "ruína" e "fragmento"[24] é motivo para que hoje traga discussão ao público brasileiro, com o propósito de continuar coletando perguntas ou pelo menos, sempre que for possível, produzir o interesse por gerá-las.[25]

Em um sentido semelhante ao de Flora Süssekind escreve Jorge Panesi. É de se esperar que um dos mais sofisticados leitores de Jacques Derrida na Argentina não fique escandalizado com os muito pouco protocolares registros percorridos na escrita de *Aquí América Latina*. Resultaria estranho que quem havia a algum tempo lido o repercutido "caso Di Nucci"[26] desde

---

[21] ANTELO, Raúl. *Crítica acéfala*. Buenos Aires: Grumo, 2008; Id., "Profanações" (2005), in PUCHEU, Alberto (ed.). *Nove abraços no inapreensível. Filosofia e arte em Giorgio Agamben*. Rio de Janeiro: Faperj, 2008, pp. 223-49; Id., "Limiares do singular-plural", in OTTE, Georg; SEDLMAYER, Sabrina; CORNEASEN, Elcio (eds.). *Limiares e Passagens em Walter Benjamin*. Belo Horizonte: UFMG, 2010, pp. 128-58.

[22] SCRAMIM, Susana. "Infância e história" (1978), in PUCHEU, Alberto (ed.). *Nove abraços no inapreensível. Filosofia e arte em Giorgio Agamben*. Rio de Janeiro: Faperj, 2008, pp. 75-99. Id., "Literatura e método: ensino e pesquisa", in Carvalho, Diana (ed.). *Experiências pedagógicas com o ensino e formação docente. Desafios contemporâneos*. Florianópolis: UFSC/Junqueira&Marin, 2009, pp. 129-42; Id., "Limiares: entre a potência e o fragmento em Walter Benjamin", in OTTE, Georg; SEDLMAYER, Sabrina; CorNneasen, Elcio (eds.). *Limiares e Passagens em Walter Benjamin*, op. cit., pp. 252-67.

[23] SISCAR, Marcos. *Jacques Derrida. Rhétorique et philosophie*. Paris: L'Harmattan, 1998.

[24] Cf. BENJAMIN, Walter. *Libro de los pasajes*. Rolf Tiedemann (ed.). Madri: Akal, 2005; BUCK-MORSS, Susan Buck. *Dialéctica de la mirada. Walter Benjamin y el proyecto de los Pasajes*. Madri: Visor, 1995, p. 181; ANTELO, Raúl. "Política del archivo", *Revista Iberoamericana*, n. 197, 2001, pp. 409-720; Id., "Me arquivo". *Fórum de pesquisa*. Florianópolis: UFSC, 2010; SCRAMIM, Susana. "Limiares: entre a potência e o fragmento em Walter Benjamin", op. cit. Siscar lê o rasto benjaminiano em Derrida quando opõe a ideia de "obra" ao de "tratado": o conceito de "obra" que surge dos escritos afasta-a do conceito de trabalho concluído, completo, fechado e, nesse sentido, total. Uma obra supõe um desafio em termos de leitura, de epistemologia, de narrativa: uma "aventura". Cf. GERBAUDO, Analía. Plus d'un Derrida. Notas sobre desconstrução, literatura y política. *Espéculo*, 41, 2009. Disponível em: <http://www.ucm.es/info/especulo/numero41/derripol.html>. Acesso em: 7 fev. 2011.

[25] Salientemos que faz já um tempo Raúl Antelo vem falando de "pós-autonomia". Cf. ANTELO, Raúl. "Profanações" (2005), op. cit., p. 225; Id., "Elementos para una genealogía postautonómica: Noel, Guido, Lezama Lima", in *La literatura y sus lindes en América Latina*. Santa Fe: UNL, 2008. Resulta importante analisar as repercussões das suas intervenções na crítica brasileira, comparadas com as que o conceito produz na crítica argentina. Essa comparação permitiria precisar a inserção dos debates teórico-críticos nas práticas de leitura e posteriormente no ensino.

[26] Carlos Fuentes, Griselda Gambaro, Tomás Eloy Martínez, Luis Chitarroni y Hugo Becacece integraram o júri do concurso *La Nación 2006*, que premiou o romance *Bolivia construcciones* de Sergio Di Nucci. Passado um tempo breve, alertados sobre as semelhanças com *Nada* de Carmen Laforet, revogaram a decisão que, além do diploma, incluía sessenta mil pesos que o escritor tinha prometido a uma instituição boliviana. O fato gerou as mais desencontradas posições. A mais difundida expressou-se nas mídias: a redação de um documento conhecido como "La carta de Puán" de 2007 (disponível em: <http://linkillo.blogspot.com/2007/02/correspondencia.html>. Acesso em: 7 fev. 2011.), assinado pelos professores da UBA, representantes gremiais, docentes da Escuela de Capacitación do governo da cidade de Buenos Aires,

a desmontagem das noções normativistas de "roubo" e "lei" ensaiado por Derrida em *Glas*[27] ou que quem celebra a piada e a provocação de *La carte postale* não respondesse a esse texto tão pouco ortodoxo com outro radicalmente ambivalente.

Na entrega do Doctorado Honoris Causa da Universidade de Buenos Aires a Josefina Ludmer em 4 de novembro de 2010, Panesi defronta-se com tudo o que Ludmer consegue fazer com os livros e com tudo o que Ludmer consegue fazer com aqueles que leem seus livros.[28] Reconhecendo as suas estratégias, não fala do seu último: *Aquí América Latina*. Quando o faz, focaliza nos seus protocolos, nas operações que um leitor de Derrida, é claro, olharia, por exemplo em *La carte postale*: a *auto-bio-grafía*, a postura de "menina zangada" que está fundamentada em cada um de seus "não compreendo" repetidos sem controle aparente e sem cuidado excessivo.

Destaquemos que aos "*no entiendo*", "*la poesía me sirve para no entender*" Ludmer acrescenta a paráfrase de uma conversa com Tamara Kamenszain em que a poetisa sustentaria que alguns textos da poesia argentina atual "*se pueden volver más difíciles de entender que el mismísimo Ulises... tal vez porque no ofrecen nada que merezca ser leído en serio*".[29] Panesi repara nas

---

[27] pesquisadores do Conicet, curadores e editores, tradutores etc., ao que se acrescentaram palestras em congressos que se estenderam durante os anos vindouros, discussões em blogs (cf. LINK, Daniel. "Al César lo que es del César", 2007. Disponível em: <http://linkillo.blogspot.com/2007/02/al-csar-lo-que-es-del-csar.html>. Acesso em: 7 fev. 2011; KOHAN, Martín; FOGWILL, Rodolfo; ASÍS, Jorge; LINK, Daniel. "Bajo sospecha". *Veintitrés*, 15 fev. 2007, pp. 76-9; DRUCAROFF, Elsa. "En contra". *Veintitrés*, 15 fev. 2007, p. 78; PANESI, Jorge. "A favor". *Veintitrés*, 15 fev. 2007, p. 79; FANGMAN, Cristina. "'Plagiarism' and Allusion in Prose Fiction: *La caída* and *Bolivia Construcciones* in Relationship to *Nada*". XVII Congreso of the Internacional Comparative Literatura Association. Beyond Binarisms: Discontinuities and Displacements in Comparative Literature. Rio de Janeiro: Universidade Federal do Rio de Janeiro-Icla, 2007. Este é um dos primeiros debates que se vincula a atual discussão sobre a "pós-autonomia". Como faz notar Daniel Link, no fundo o que discute são "conceitos do literário" (LINK, Daniel. "Al César lo que es del César", op. cit.) assim como agora também se discutem conceitos de crítica. A respeito do caso dizia: "¿Que la literatura no puede ni debe ser eso? ¿Quién lo dice? ¿En qué se fundamenta? Y si los argumentos se desarrollaran con todo el rigor que merece, y dado que la literatura está hecha de frases (y no de cosas que pasan), ¿no habría que condenar, también, toda sintaxis copiada, robada, transferida de un texto a otro? Y ahí los quiero ver, detectando puntuaciones *déjà fait*. Es claro que hay dos posiciones básicas: quienes defienden la legitimidad de las categorías jurídicas del capitalismo en relación con la literatura y quienes se abstienen de esa defensa. Todo lo demás es una consecuencia de eso. Tenía razón, naturalmente, Josefina Ludmer: Bolivia construcciones *es un ejemplo de lo que ya deberíamos llamar postliteratura*. Bolivia construcciones *nos obliga a pensar en la literatura en nuevos términos. ¿Hay felicidad mayor?*" (LINK, daniel, op.cit.) Moral e lei contra aventura do pensamento e monstruosidade (cf. DERRIDA, Jacques. *De la grammatologie*. Paris: Minuit, 1997. Id., *L'écriture et la différence*. Paris: Seuil, 1967.) aparecem e inserem-se, insisto, naquele debate e nesta mais recente discussão.

[27] PANESI, Jorge. "A favor", op. cit., p. 79.

[28] PANESI, Jorge. "Verse como otra: Josefina Ludmer". Disponível em: <http://josefinaludmer.wordpress.com/2010/11/19/doctorado-honoris-causa/#more-97>. Acesso em: 7 fev. 2011.

[29] LUDMER, Josefina. *Aquí América Latina*, op. cit., p. 108.

viradas desse tipo ou em uma análise pormenorizada dos seus textos prévios, talvez porque suspeita, como bom leitor de Derrida que é, que em algum ponto Ludmer pode estar aprontando uma armadilha ou esperando (como fez Derrida após publicar *Glas*) que a crítica reaja antes de comentar. Nesse sentido afirma: "*Josefina Ludmer ha logrado cambiar, trastocar, trastornar la inmovilidad consabida y tranquilizadora de lo que se llama resignadamente en nuestro medio 'el estado de la cuestión'. Ha hecho de cada estado de la crítica una cuestión*". E acrescenta:

> Cada libro suyo es una hipérbole, un llevar más allá de las propias fronteras un saber que paradójicamente, y luego de alcanzar bajo su lúcida acción los brillos más intensos del poder intelectivo, parece a partir de allí oscurecerse, transitar un *non plus ultra* y quedar para la admiración y para el plagio de las notas al pie.[30]

Antecipando o que acontecerá neste mesmo momento, adverte: "*Porque cuando se cita a Josefina, ella ya está en otra parte, en otra frontera, en otro territorio. Ocupada en otras cuestiones*".[31]

Caso não fosse por essa possibilidade de antecipar o movimento que Ludmer realizaria não se explica que um leitor aguçado como Panesi não intervenha na discussão sobre alguns dos pontos mais culminantes e controversos do livro, como a categoria de "*posautonomía*" que já tinha feito transcorrer várias páginas de reconhecidos ensaístas. Longe do imprevisível,[32] durante o ato de 4 de novembro, Ludmer lê um texto que dias posteriores postará no seu blog. Em "Lo que viene después", provocadora e audaciosa, diz:

> Me pregunto si lo que viene después es lo mismo que lo post, esa palabrita dudosa (si es que puede decirse eso de las palabras) que despierta pasiones negativas. Y que desde *La condición posmoderna* de Lyotard (1979) invadió el mundo: posmodernismo, posestructuralismo, posproducción, poscine, posliteratura, postapocalíptico, posmuseo, poshumano y posautonomía.[33]

---

[30] Panesi, Jorge. "Verse como otra: Josefina Ludmer", op. cit.
[31] Ibid.
[32] Toda vez que utilizo este prefixo sigo o emprego de Jacques Derrida, que explora a ambivalência, o limiar entre o previsível e o imprevisível, o possível e o impossível: longe de ser uma negação maciça, o roteiro que separa o prefixo da palavra indica o *limen*.
[33] Ludmer, Josefina. "Lo que viene después". Disponível em: <http://josefinaludmer.wordpress.com/2010/11/19/doctorado-honoris-causa>. Acesso em: 7 fev. 2011.

Vendo-se a si própria como "uma outra"[34] desmonta o seu mais recente construto à luz de um dos romances mais inteligentes e sutis no tratamento do tema do tempo e da memória. Em *Los topos*, Félix Bruzzone afirma:

> Ya imaginaba al tipo [...] hablando sobre los neodesaparecidos o los postdesaparecidos. En realidad sobre los postdesaparecidos, es decir los desaparecidos que venían después de los que habían desaparecido durante la dictadura y después de los desaparecidos sociales que vinieron más adelante.[35]

Esse sardônico enunciado, afastado de toda tentativa moralizante, é o que Ludmer lê enquanto coloca seu trabalho prévio em chave de ironia. "*Me aburro*", dizia em uma entrevista feita por María Moreno em 2001. "*Me aburro*" disse também aí, no palco da recepção do Honoris Causa: na sua análise da passagem de uma "*cultura de la biblioteca*" a uma "*cultura de los medios*" ("*un pasaje entre Borges y Puig, si se quiere*", esclarece) e das mudanças que isso traz quanto aos termos de "modos de ler" (a sua preocupação e também a sua categoria mais consequente)[36] confessa o aparentemente in-confesso nestes cenáculos enquanto utiliza, como venho mostrando, termos bem poucos convencionais:

> Asistimos a un cambio en los modos de leer. Yo misma noto que leo menos y de otro modo, que no tengo paciencia y el tiempo de antes, que leo más cortado, que me aburro con más frecuencia y paso a otro medio. Y otros modos de leer, más cortados y breves. Otros modos de escribir. Por eso las formas narrativas hechas de fragmentos son cada vez más frecuentes.[37]

Leio essa passagem de Josefina Ludmer e reflito sobre várias coisas. A primeira, no *acting* de Daniel Link que, perante a veneração santafesina a Jacques Derrida (da qual talvez participo), relata que em "L'École" o tinha visto mijando. Existe em Link e em Ludmer uma atitude própria dos malditos aos quais seus textos se referem, uma posição

---

[34] Id., "El espejo universal y la perversión de la fórmula", in *Escribir en los bordes. Congreso Internacional de Literatura femenina latinoamericana*. Santiago de Chile: Cuarto Propio, 1990; PANESI, Jorge. "Verse como otra: Josefina Ludmer", op. cit.
[35] BRUZZONE, Félix. *Los topos*. Buenos Aires: Mondadori, 2008, p. 80.
[36] Ludmer elabora esta categoria a partir de *Modos de ver*, o clássico de John Berger. BERGER, John. *Modos de ver*. Barcelona: Gustavo Gilli, 2010. Embora apareça em todos os seus escritos, desde os iniciais até os mais recentes, sua composição se espalha na Primeira Classe do Seminário "Algunos problemas de Teoría Literaria" ministrado na Faculdade de Filosofia e Letras da Universidad de Buenos Aires em 1985 para aproximadamente setecentos alunos.
[37] LUDMER, Josefina. "Lo que viene después", op. cit.

dessacralizante. Por oposição, penso nos melancólicos comentários de Antoine Compagnon durante uma entrevista recente; na sua espera nostalgiosa de "*las novelas mundo*", tão opostas aos ritmos, velocidades e estilos atuais de escrita e de leitura e no seu "religioso"[38] conceito de literatura, entre outras.[39] Penso também em um aguçado comentário que Miguel Dalmaroni deixa transparecer em sua pormenorizada análise de *Aquí América Latina*: "*Para muchos, este libro de Ludmer podrá resultar irresponsable y autoritario*", assinala.[40] Incluindo-se nesse grupo, expõe os motivos dessa desqualificação. Entre outros: o caráter prescritivo de predicações do tipo "já não é possível" ler ou assistir ao cinema de tal forma, encaminhadas a "impor a agenda" desde marcantes contradições (entre as que narra a promessa de desistir das categorias "obra", "autor", "texto", que depois resgata e utiliza; defender uma provável aniquilação do "valor literário" que posteriormente é desmentida pela construção de um corpus que recupera as assinaturas mais visíveis do âmbito literário "*que ocupan las posiciones que tienen en virtud de atribuciones de alguna clase de valor*" sem que faltem "*sus malditos correspondientes* [...] *y sus varios menos leídos pero casi nunca invisibles ni anónimos*");[41] na postulação de uma categoria errada ("*post-autonomía*") que se sustenta sobre a base de uma versão escolarizada do conceito "autonomia"; uma pedagogia excessiva ("*¿En qué lector fantasiosamente raso y extraterrestre piensa el libro cuando escribe frases aclaratorias o informativas del tipo 'en América Latina la deuda [externa] es usada como instrumento de dominación'?*"); a construção de um *locus* de enunciação equívoco (dito às pressas: *Aquí Argentina* mas que *Aquí América Latina* — se cavucarmos, *Aquí Buenos Aires* —) e um conjunto de omissões inadmissíveis ("*¿Se puede decir algo medianamente aceptable sobre los problemas de que se ocupa este libro sin*

---

[38] Cf. AGAMBEN, Giorgio. *Profanaciones*. Buenos Aires: Adriana Hidalgo, 2005; DERRIDA, Jacques. "Foi et savoir. Les deux sources de la 'religion' aux limites de la simple raison", in *La religion. Séminaire de Capri sous la direction de Jacques Derrida et Gianni Vatimo*. Paris: Seuil, 1996, pp. 9-86.

[39] Quando Compagnon fala dos "romances mundo" dá como referência os de James Joyce, Fedor Dostoiévski e Marcel Proust. Afirma: "*Ese tipo de novelas nos hacen falta*". COMPAGNON, Antoine. "El lector ideal es el adolescente". *Página / 12*, 27 nov. 2010, pp. 20-21 (Entrevista de Eduardo Febbro). Posteriormente acrescenta: "*En la literatura francesa y europea hace tiempo que faltan novelas con esa envergadura, con esa capacidad de aprehender el mundo en su variedad, en su profundidad y complejidad. Esperemos que esa obra surja pronto*". Ibid., p. 21.

[40] DALMARONI, Miguel. "La literatura y sus restos (teoría, crítica, filosofía). A propósito de un libro de Ludmer (y de otros tres)", 2010. Disponível em: <http://www.bazaramericano.com/columnistas/dalmaroni_restos_2.htm>. Acesso em: 7 fev. 2011.

[41] Ibid.

siquiera mencionar una vez los nombres de Evo Morales o de Lula, entre otros?").[42]

As perguntas de Dalmaroni, bem sabemos, são retóricas. E se entrosam com as asseverações de Alberto Giordano que entende que "*no se puede dejar de intervenir en este conflicto que establece las condiciones actuales del estudio y la enseñanza en los departamentos de la literatura*".[43] Concordo com Giordano sobre a necessidade dessa participação em um momento em que as autoridades educacionais do meu estado privilegiam o inglês no ensino de línguas estrangeiras na escola de ensino médio, enquanto a literatura brasileira continua excluída da maioria dos cursos de letras. Nesse momento de mudança educacional, discutir a partir do que se coloca como pano de fundo nesse livro de Ludmer é uma boa porta de entrada, porque no âmago da questão estão comprometidos os conceitos de leitura e de literatura. E em qualquer política de ensino alicerçar esses conceitos norteia as práticas e todo o aparelho que se monta para "veiculá-las" (estou falando aqui fundamentalmente do mercado editorial) e controlá-las. Sobre esse ponto Giordano sustenta que "*un nuevo conservadurismo les disputa su lugar a los guardianes de la calidad y la distinción; se lo reconoce por la voluntad de suprimir diferencias para reclamar la igualdad de estatuto entre prácticas heterogéneas*".[44] E acrescenta que a necessidade didática de uma pós-literatura não é mais do que o ponto de vista míope, cego à heterogeneidade radical da experiência estética, no qual se expressam os interesses de um conflito só profissional.[45]

Penso em *Aquí América Latina* e volta à minha memória a imagem de Derrida com *Glas* e *La carte postale*. E também uma passagem da intransigente análise de Dalmaroni que fica em volta do que me leva a fazer esta analogia: Dalmaroni se detém no subtítulo do livro (*Una especulación*) e nos tons da introdução ("*Supongamos que*",[46] "*una invitación que se repite varias veces*").[47] Talvez poderíamos ler *Aquí América Latina* a partir da perspectiva da política do jogo que Ludmer vem desenvolvendo: "*humor*", "*diversión*", "*entretenimiento*" são palavras que se repetem nos seus artigos,

---

[42] Ibid.
[43] GIORDANO, Alberto. *Los límites de la literatura*, op.cit., p. 73.
[44] Ibid., p. 73.
[45] Ibid., p. 10.
[46] LUDMER, Josefina. *Aquí América Latina*. op. cit., p. 9.
[47] DALMARONI, Miguel. "La literatura y sus restos (teoría, crítica, filosofía). A propósito de un libro de Ludmer (y de otros tres)", op. cit.

nas suas palestras, nas suas entrevistas. E a ênfase costuma aparecer ligada à confissão da sua busca por uma escrita não dirigida só aos universitários.[48] Uma brincadeira semelhante (mesmo incluída em outra política do jogo) tinha realizado Derrida ao decidir permanecer no silêncio por vários anos desde a publicação de *Glas*: essa foi a armadilha feita para medir o rechaço que, sintomaticamente, expunha aquilo que se sentia vulnerado, aquilo que verdadeiramente importava, e queria resguardar-se sem perturbações na leitura da filosofia e também da literatura na França em meados de 1970. Mesmo assim, lembremos que foi o próprio Derrida quem tempo depois pôs um limite a esses jogos. Depois da conhecida brincadeira de Alan Sokal e Jean Brickmont (1998) fez público um texto que tinha um título moralizador: "Sokal et Brickmont ne sont pas sérieux".[49] Desconstruir, sabe-se, não é comparável com destruir. E se existe uma coisa com a qual Derrida tem se comprometido durante a sua vida toda, isso foi no exercício do pensamento desde diferentes instituições de pesquisa e ensino, constantemente atento a tudo aquilo que o impedisse, incluindo a frivolidade e o narcisismo banal e zombeteiro.

Nesse sentido, em se tratando de ver o que apresentam todos esses intercâmbios da discussão gerada na Argentina pelo texto de Ludmer, interessa fundamentalmente a recolocação da velha pergunta instalada no nosso país com a vinda da democracia. A pergunta pelos modos de ler a literatura e, com isso, pelos modos de ler-escutar-ver a cultura.

Várias observações. A primeira, dirigida especialmente a vocês, isto é, aos potenciais leitores não argentinos do livro. Reato para tanto os comentários iniciais desta apresentação com uma marca da escrita de Ludmer que resulta conveniente ressaltar com o propósito de esclarecer possíveis mal-entendidos. Saliento, então, que o cuidado na datação é

---

[48] LUDMER, Josefina. "Toda literatura es erótica y más. *La Quinta Pata*", 1987. Disponível em: <http://www.josefinaludmer.com/Josefina_Ludmer/entrevistas.html>. Acesso em: 7 fev. 2011. (Entrevista de Florencia Garramuño y Álvaro Fernández Bravo.); Id., "Encuesta. *Espacio de crítica y producción*", 1990. Disponível em: <http://www.josefinaludmer.com/Josefina_Ludmer/entrevistas.html>. Acesso em: 7 fev. 2011; Id., "Entrevista para el libro La caja de escrituras", in *La caja de herramientas*. Madri/Frankfurt: Iberoamericana, 1997. Disponível em: <http://www.josefinaludmer.com/Josefina_Ludmer/entrevistas.html>. Acesso em: 7 fev. 2011 (Entrevista de Marily Martínez-Richter.); Id., "Razones de una lectura desobediente", 1999. Disponível em: <http://www.educ.ar/superior/biblioteca>. Acesso em: 7 fev. 2011; Id., "El infierno de la cultura argentina", *Clarín*, 1999. Disponível em: <http://www.josefinaludmer.com/Josefina_Ludmer/entrevistas.html>. Acesso em: 7 fev. 2011 (Entrevista de Daniel Molina.); Id., "Argentina: el presente perpetuo", op. cit.; Id., "Le corps du délit", op. cit.

[49] DERRIDA, Jacques. "Sokal et Brickmont ne sont pas sérieux", in: *Papier Machine. Le ruban de machine à écrire et autres réponses*. Paris: Galilée, 2001, pp. 279-82.

uma operação proposital e constante no seu trabalho, que, neste caso, possibilita relocalizar as contribuições de *Aquí América Latina* em chave de reconstrução histórica: o livro não resulta extemporâneo se seus diagnósticos são lidos como comentários sobre as "fábricas da realidade" e a "imaginação pública" da Argentina da década passada e se são lidos com a atitude com a qual um leitor percorre *Envois* incluído em *La carte postale*. Perceba-se que omito propositalmente as conjecturas sobre a parte da América Latina à que o livro se refere porque não possuo dados suficientes para fazer um diagnóstico preciso. Não obstante, observo que as numerosas publicações e os congressos celebrados em diversos países por ocasião dos bicentenários não parecem hoje conferir a continuidade generalizada dos "*tonos antinacionales*".[50] A respeito da Argentina, já não seria possível falar nem de hipoteca do futuro,[51] nem de crise da relação ciência-Estado,[52] nem de receio da representação política.[53] Tudo aquilo que encontrávamos no cinema, na arte, na literatura, na vida mesma da Argentina de 1990.[54]

Com essa transformação, a cultura necessariamente deixa seus rastos nos textos literários e críticos. O mencionado trabalho de Dalmaroni é uma amostra à qual se soman escritos recentes de Juan José Becerra,[55] Iciar Recalde,[56] Horacio González,[57] Beatriz Sarlo[58] e José Pablo Feiman,[59] entre outros (sobre a literatura, volto posteriormente).

A segunda observação refere-se a como se delimita o âmbito da "literatura argentina", quer dizer, o que se inclui toda vez que se pretende

---

[50] LUDMER, Josefina. *Aquí América Latina*, op. cit., pp. 157-78.
[51] Ibid., p. 37.
[52] Ibid., p. 63.
[53] Ibid., p. 33.
[54] Em uma entrevista de 2000 Josefina Ludmer comparava as posições perante o futuro nas culturas argentinas e americanas: "*Allá... un chico nace y se le abre una cuenta en el banco para cuando vaya a la universidad. Es que, cuando el capitalismo funciona, el futuro es fundamental*". LUDMER, Josefina. "Argentina: el presente perpetuo", op. cit., p. 2. Nem os Estados Unidos nem a Argentina são os mesmos. No que diz respeito à Argentina, a gestão do Banco Central, o alto orçamento para a Ciência e a Tecnologia, a recuperação da economia e o notável aumento da participação política são alguns dos indicadores da mudança que, pela sua vez, deixa os seus rastos na literatura e na arte em geral.
[55] BECERRA, Juan José. *Patriotas. Héroes y hechos penosos de la política argentina*, op. cit.
[56] RECALDE, Iciar. "Literatura, cultura y pensamiento nacional: hacia una crítica descolonizadora", in *I Foro de Literatura*. La Plata: UNLa Plata, 2010.
[57] GONZÁLEZ, Horacio. "Un grito en el salón de los patriotas". *Página / 12*. Suplemento Especial "Carta abierta a Kirchner", 31 out. 2010, pp. II-III.
[58] SARLO, Beatriz. "La vida a cara o ceca". *La Nación*, 28 out. 2010. Disponível em: <http://www.lanacion.com.ar/nota.asp?nota_id=1319325>. Acesso em: 7 fev. 2011; Id., "Intelectuales, la tierra fértil del kirchnerismo". *La Nación*. 24 nov. 2010. Disponível em:<http://www.lanacion.com.ar/nota.asp?nota_id=1327611>. Acesso em: 7 fev. 2011.
[59] FEINMANN, José Pablo. "La transformación del número en fuerza". *Página / 12*, 31 de out. 2010, pp. 20-1.

dar conta de algum corte ou estado de situação mais ou menos abrangente das nossas escritas. É preciso admitir que se alguma coisa contribui à discussão sobre a pós-autonomia é o fato de fazer visível o restritíssimo núcleo de textos e o recorrente tópico local de publicação usados para caracterizar aquilo que seguimos chamando, dentro ou fora do jogo que se trata aqui, de "literatura argentina". Os textos a que me refiro são os ensaios de Ana Porrúa, Osvaldo Aguirre, Rossana Nofal, Graciela Speranza e Martín Prieto, algumas das amostras de uma crítica que se ocupa do que se publica e se lê não só em Buenos Aires.[60]

Ludmer irá propor a autonomia da literatura tanto nos seus escritos quanto nas suas aulas[61] e formulará os mais proteicos estudos desde as categorias de texto, obra e gênero:[62] sua mudança de postura não faz senão mostrar a continuidade de uma atitude atenta aos movimentos da cultura. Além do encontro ou desencontro com o controverso conceito me interessa o que essa intervenção gera no âmbito da crítica do literário no geral. E é nessa direção que vale a pena tornar mais ampla a análise das formas da "imaginação pública" e das "fábricas de realidade", expandindo o território muito além da General Paz. Só por mencionar alguns casos Marcelo Díaz produz uma escrita que, entre a crônica e a poesia, retrata cenas de saída da Argentina da dessimplificação estatal,[63] enquanto expõe tensões sociais entrevistas nas acontecidas no Parque Indoamericano, leva para outros recantos do sentido as teses sobre o "puro presente" da "poesia argentina contemporânea".[64] No apagamento dos gêneros,

---

[60] Além dos ensaios de Porrúa, Prieto e Aguirre em *Diario de poesía y Bazar Americano*, dos de Speranza em *Otra parte* e os de Nofal em *Telar* (entre outras publicações periódicas, capítulos de livros etc.), é preciso salientar as intervenções sobre a leitura geradas por Porrúa a partir de seu blog, por Aguirre e Prieto a partir do Festival Internacional de Poesia que organizam todo ano em Rosario, e por Rossana Nofal com o Grupo Creativo Mandrágora que funciona em San Miguel de Tucumán desde 1995.

[61] Cf. LUDMER, Josefina. "Prólogo", in *Cien años de soledad. Una interpretación*. Buenos Aires: Centro Editor de América Latina, 1985, pp. 9-12; Id., Seminário "Algunos problemas de Teoría Literaria". Clase inaugural, 1985. CD-ROM. Archivo Investigación CIC-Conicet. acesso em: 10 jun. 2010.

[62] Cf. LUDMER, Josefina. *Cien años de soledad. Una interpretación*, op. cit. (Escrito em 1972.); Id., *Onetti. Los procesos de construcción del relato*. Buenos Aires: Eterna Cadencia, 2009 (Escrito em 1977.); Id., *El género gauchesco. Un tratado sobre la patria*. Buenos Aires: Perfil, 2000. (Escrito em 1988.)

[63] FERNÁNDEZ, Ramiro. *Industria, Estado y territorio en la Argentina de los 90*. Santa Fe: UNL, 2005.

[64] Como amostra, "Díptico para ser leído con máscara de luchador mexicano": "I – La Era del Karaoke. *Los cactus han brotado en el verano, uniformes e instantáneos. Se los ve/ desde el bar Oro Preto (sic), en el declive de una tarde bochornosa. / Se oye hablar de palmeras, de playas donde el agua es de un celeste cristalino, / de cardúmenes que se abren como estallidos multicolores, / se oye el hielo derretirse en vasos de cuello largo, / y motores que regulan en el semáforo de la avenida, / y los primeros acordes del tema musical de Titanic. / Están en un extremo de la peatonal Drago, frente al bar Oro Preto, / están entre los cactus, bajo el cartel azul y verde que dice MOVISTAR,/ delante de un mundo iluminado por celulares y sonrisas ploteadas en el vidrio. / ¡DUPLICATE! ¡RECARGAME! ¡SOMOS MÁS! Pero ellos no son parte/ de la campaña de MOVISTAR, tampoco lo son los cactus, / aunque una mujer le*

entre gêneros, participando de vários sem pertencer exclusivamente a nenhum, Selva Almada escreve uma literatura maldita que, como o cinema de Valentina Carri, desloca os binômios urbano / rural, Buenos Aires / interior, cidade / roça. Almada des-idealiza a infância, des-otimiza a roça, subverte os estereótipos sobre os povoados de província e sobre as relações parentais, revisa as composições de gênero e os protótipos de identidades masculinas / femininas desde uma escrita que compartilha com Díaz o humor, mas que intensifica o sarcasmo.[65] Como Estela

dice a otra: mirá qué lindos / los cactus que puso MOVISTAR. Pero los cactus, verdes, instantáneos, / uniformes y estampados sobre una gruesa lona vinílica, no forman parte / de la campaña publicitaria de MOVISTAR, están ahí/ para simbolizar el desierto / aún presente en la ciudad, están ahí/ para recordarnos que el desierto/ sigue ahí, bajo el cemento. Aunque es cierto / que son lindos y que los artistas/ se inclinaron por la misma tonalidad de verde que los creativos de la transnacional. / Ahora, / desde una mesa en la vereda del bar Oro Preto, / asistimos al hundimiento del Titanic, que este grupo / (dos sikus, dos parlantes, una quena, / un amplificador TONOMAC, una flauta de pan) / interpreta con entusiasmo andino entre cactus de lona vinílica, / ante un cardumen multicolor de celulares / que se recargan y se duplican en la pecera telefónica. / El Titanic, en la versión electro-kolla, más que hundirse, se disuelve / en trinos de quena y siku, y he aquí a los músicos, / sobrevivientes tenaces del naufragio de un continente, en los estertores/ de la era del karaoke, con sus ropajes que juzgamos típicos, aunque no sepamos / típicos de qué, de pie y agradeciendo la llovizna/ de aplausos que no bien/ toca el desierto se evapora. / II – Señas de identidad / Para el taxista que mira en diagonal el conjunto/ desde su parada en Avenida Colón / son bolivianos, pero están / disfrazados de otra cosa; para el cafetero que atraviesa la peatonal/ con su carrito de metal lleno de termos / son paraguayos que se hacen los bolivianos, y además/ hacen playback; para el cajero del bar Oro Preto / son todos de Fuerte Apache, si bien concede/ que la versión de Chiquitita / es lo mejor de un repertorio / marcadamente multicultural, y a él, en particular, le gusta; / para el guardia de seguridad privada de MOVISTAR / son un objeto a desalojar, tarde o temprano, cuando le den la orden; / para las administrativas de la Universidad Nacional del Sur / que se hacen un minuto y toman un café, las plumas del vestuario son / de papagayos amazónicos, y sus colores: ¡heer-mo-sos!; / para el productor agropecuario que en su camioneta exhibe / ESTAMOS CON EL CAMPO, como quien dice "estoy conmigo", / en un ejercicio de solidaridad identitaria / difícil de superar, son bolivianos que se cansaron / de juntar cebolla en Mayor Buratovich y ahora se dedican / al arte musical; para el Presidente de la Nación Nicolás Avellaneda / el problema es el desierto; para el joven abogado Estanislao Zeballos / se trata de quitarles el caballo y la lanza / y obligarlos a cultivar la tierra con el Rémington al pecho, diariamente; / para el Ministro de Guerra Julio Argentino Roca 1 Rémington se carga / 15 indios a la carrera, el resto es hacer cuentas, / y embolsar; para el periodista que se arrima/ con espíritu etnográfico y pregunta: / ¿de dónde son? la respuesta es: vamos/ a Monte Hermoso, después a San Antonio, / hacemos la costa, y tenemos / una oferta imperdible: The best of siku, *volumen cinco, que contiene / La casa del sol naciente, Imagine, Hotel California, Cuando los ángeles lloran, / y la versión de Chiquitita que acabamos de escuchar, / a sólo quince pesos, / por ser usted*". Díaz, Marcelo. Díptico para ser leído con máscara de luchador mexicano, 2009. Disponível em: <http://accionliteraria.blogspot.com/2009/12/diptico-para-ser-leido-con-mascara-de.html>. Acesso em: 7 fev. 2011.

[65] De *Mal de muñecas*, um fragmento do poema "Matemos a las Barbies": "No me gustan las Barbies / con sus tetitas paradas / y las nalgas/ como dos gajitos de mandarina / que les salen por detrás. / No me gusta su pelo platinado / ni su deportivo rosa / ni el estilo estirado de Ken / con su aire de la prepa / a lo beverly noventa dos diez. / Las Barbies son tontas muñequitas/ de pussy afeitada / que persiguen en rollers / a muñecos seriados / hijos bastardos de David Husselthorf / y sueñan casarse con ellos / en un mediodía radiante / y poder por fin ser legalmente / adúlteras / trincadas de pie / por un latin lover alquilado / y gritar/ ai camin / ai camin/ ai camin / con vocecita quebrada de soprano. / [...] En Barbilandia todo es... / como tú sabes / y no hay sitio para esas tontas / movidas/ llámense Bosnia, bloqueo o HIV. Con tantos problemas / como acucian a los de Melrose Place / ellas no pueden con todo: / entiéndanlo. / Ya es bastante / enseñar a sus dueñas a ser *muñecas* / a entender / que por el mundo / siempre es mejor/ andar munidas de un buen par de tetas / a ser infelices puertas adentro / y a abrir las piernas / sólo llegado el momento. / Por un rato casi las entiendo / pero ya lo dije: / no me gustan las Barbies. / Si las Barbies pudiesen envejecer / serían distinguidas damas alcohólicas

Figueroa, dessacraliza os rituais ao redor da morte, acabando com a distinção literatura / literatura infantil.[66] Se Almada trabalha na beira da poesia, do relato breve ou do diário, Figueroa o faz desde uma poesia hipercodificada que explora como poucas o intertexto literário.[67] Nos três o trejeito ou o riso (também o mutismo onde se esperam mais palavras) voltam-se para o respeitado-respeitável a fim de abalá-lo, desde escritas que impedem a aposta sem cerimônia na autonomia como na pós-autonomia pensadas em termos radicais que as últimas colocações esboçaram sobre a questão. Nas diversas passagens todos os críticos envolvidos na discussão têm expressado, de forma mais ou menos clara, o desejo de pensar os "modos de ler" (trabalhados por Ludmer já no seu mítico Seminário de Teoria Literária em 1985) além da moral e, em

/ presidiendo fundaciones de arte / con su nombre / si pudieran tener un nombre / y seguirían enamorándose de Ken / agiornado según las tendencias de la moda / pero siempre Ken / bronceado y musculoso / el sueño dorado de toda chica./ Siempre Ken: / de día correteando sirvientas filipinas / de noche enredado en extraños affaires. / Por eso: matemos a las Barbies / no es suya la culpa. / Matemos a las Barbies: / descansen sus vanos cuerpitos en paz". ALMADA, Selva. *Mal de muñecas*. Buenos Aires: Carne Argentina, 2003, pp. 8-11.

[66] Em um dos relatos incluídos em *Niños* lê-se: "*La cabeza flotaba en la espuma de tules. Parecida a la de un santo. Y según como se mirase, parecida a la de una novia envuelta en su velo. Los ojos dormidos, la boca floja sin dientes ni palabra, las mejillas hundidas con la piel pegada a los carillos. Se veía tan independiente, perfectamente recortada, que por un momento pensé que estaba separada del cuerpo. Para poder mirarlo de cerca, Niño Valor y yo nos pusimos en puntas de pie y nos agarramos del borde del féretro con sumo cuidado, temerosos de que el menor movimiento fuese a derramar la muerte y nos salpicase los zapatos nuevos, ,los zoquetes blancos, las ropas de cumpleaños. [...] De cuando en cuando la Cristina, hija del difunto y novia jovencísima de José Bertoni, se arrastraba hasta el cajón, apenas sostenida por sus fuerzas y derramaba la catarata negra de su pelo sobre el sudario blanco de su padre. [...] Estaba preciosa la Cristina con el vestido negro que le prestó mi madre y que le quedaba chico. Los pechos grandes a punto de caerse del escote."* ALMADA, Selva. *Niños*. La Plata: Universidad Nacional de La Plata, 2005, pp. 10-12. Em "El secreto", incluído em *Una chica de provincia* lê-se: "*Cuando enterró a la madre sintió un gran alivio. Se había ido de este mundo sin saber, sin sospechar, que su hijo estaba muerto. [...] La madre, pequeña como era, 1 metro 40, quedaba un poco perdida en el ataúd y hubo que poner más vuelos de tul para rellenar. Sin anteojos, bien maquillada, con el rostro sereno, parecía una muñeca embalada en su caja de fábrica*". ALMADA, Selva. *Una chica de provincia*. Buenos Aires: Gárgola, 2007, p. 157.

[67] De *La forastera*, um fragmento de "Principios de febrero": "*No./ El hermoso verano / no ha terminado aún. / Nos queda un mes para estarse en los patios / y descalzarnos / mientras charlamos / de esto y/ aquello / sin ton ni son. / [...] No. / No me sostengas que no voy a caerme. / Sólo se caen las estrellas fugaces / y yo -te dije- / quiero permanecer. / Un hombre es bueno para una noche. / Cuando amanece es un reflejo dorado / sobre la cama donde se toma café. / Y es agradable el olor que deja. / Dura todo un día. / Pero no toda la vida. / Luego hay que descansar. / El libro de Kavafis y el de Pavese / sobre la mesa de luz. / Hay que aminorar la marcha. / Sentarse un rato a solas / en el sillón del patio. / Mujeres: tendríamos / que aprender de los gatos. / Cómo agradecen el tazón / que rebosa de leche! / Falta para el otoño. / Que nos encuentre intactas. / Sin habernos negado / a estas pasiones / que cada tanto / asaltan*". FIGUEROA, Estela. *La forastera*. Córdoba: Recovecos, 2007, p. 7. De *Máscaras sueltas*, "Momento ante una cama": "*Con una mano / la sostuve. / Bajo la sábana blanca/ el colchón azul era / como todos los colchones. / Manchas de semen / manchas de sangre/ formaban islas ocres / rojas / en un océano inmóvil. / Frágil pareció mi mano / y liviana la sábana / con la que volví / a cubrirlo. / Las islas / el océano/ fueron entonces un campo nevado/ donde mi mano / -extraño pájaro-/ graznó torpemente / y se fue*". Id., *Máscaras sueltas*. Santa Fe: UNL, 1985, p. 45. De *A capella*, alguns fragmentos de "Pálida y helada estaba su frente": "*Un pedazo de cartón / colocado en el cuello / hacía que la cabeza / permaneciera levantada. / Puntillas de nylon / salían del ataúd / de este hombre viril / sometido a las flores. / Hay humillación en la muerte*". Id., *A capella*. Santa Fe: UNL / Ediciones de la Nada, 1991, p. 15.

alguns casos, atendendo às práticas dos leitores não só universitários. Vislumbro aqui um importante projeto a ser desenvolvido, sendo que há um núcleo de problemas compartilhados, embora, por enquanto, tratados desde posições incomensuráveis.

Finalmente gostaria de encerrar fazendo uma observação a respeito do que este livro gera. Além de seu estatuto e de seu caráter, do fascínio, o acordo parcial, a irritabilidade ou a rejeição, essa "especulação" faz-nos falar e também voltar nossa atenção às cenas de leitura e de ensino que sempre, em todo caso, envolvem um outro, o que nem sempre é levado em consideração na hora de discutir o que acontece com a leitura da literatura em uma cultura (mesmo trabalhando na formação de futuros professores e de futuros pesquisadores do âmbito das letras). Amiúde os críticos envolvidos nessa discussão recorreram, em referência a este livro, à figura de professores, alunos, aulas, referências próprias da instituição universitária, das comunidades que nelas se constituem e do que essas comunidades produzem. Do lado de cá ou do lado de lá das valorações, essa febre pelo comentário, essas urgências, são um sintoma a celebrar: a discussão promete (pelo menos é a minha suspeita) transformar-se em polêmica.

A LITERATURA QUE NÃO VEM. CRÍTICA LITERÁRIA, NARRATIVA E TESTEMUNHO NAS INTERVENÇÕES DE ALCIR PÉCORA

Luiz Guilherme Barbosa
Doutorando em Poética da UFRJ

É muito recorrente, para quem já se dispôs a ler algumas intervenções de Alcir Pécora no debate literário em jornais de grande circulação, a leitura de que o crítico, em seus diagnósticos catastróficos, fala, antes de tudo, de si, como se encenasse um triste monólogo. Esse tipo de leitura costuma vir à tona sempre que o leitor não se vê sob o jugo do poder de quem fala, e principalmente quando quem fala não põe em jogo o valor de verdade daquilo que fala. O que se estabelece aí são limites para o diálogo — o que o outro fala não diz respeito a quem ouve se este considerar que sua voz está, de antemão, excluída. Por outro lado, quem fala no tom da polêmica parece imaginar-se numa disputa em que a força do outro extrapola as possibilidades do diálogo, pois seria capaz de traumatizar a fala de quem fala.

Daí que chama a atenção, em texto publicado em abril de 2011,[1] o reconhecimento e o incômodo do próprio crítico com as máscaras que parecem ter se colado a ele, claro que lidas como um sintoma da falta de diálogo dos outros que, ao lhe imputarem tais máscaras, não estão dispostos a ouvir os problemas que tem a revelar. Mas há uma autojustificação naquelas palavras que parecem reivindicar diálogo, escuta e disputa de posições. Há, por fim, o breve retrato de uma trajetória crítica, reflexiva, que não à toa antecede um dos raros momentos em que, à custo, expõe uma "vontade de ler" a crise contemporânea.

Propor a escuta de um crítico que, por vezes, parece fazer questão de expor uma surdez às diferenças de fala dos contemporâneos é um modo

---

[1] "A hipótese da crise (Impasses da literatura contemporânea)", publicado em 23 de abril de 2011 no caderno Prosa & Verso, do jornal carioca *O Globo*, como desdobramento do debate promovido pelo Instituto Moreira Salles e publicado, em vídeo, em 4 de abril de 2011 no blog do instituto, que reuniu, ao lado de Pécora, Beatriz Resende.

de cair em dupla contradição: quem não é ouvido, fala; quem não ouve, escuta. Fala-se, aqui, com uma obra, a de Alcir Pécora, e quem fala aqui, em anonimato, pode ser ouvido por quem se defronte com esse texto — isso basta, por ora, para considerar a dimensão pública (em crise, de acordo com leitura do autor) da crítica contemporânea. A *publicidade* dessa crítica se coloca, então, num campo de mal-entendidos, que é espaço de diferenças. Há sempre um resto no debate, na conversa, na fala. Mas em que ponto, entre os argumentos, começa a ser difícil considerar a ambiguidade do campo e de sua nomeação, ou seja, começa a ser difícil considerar a possibilidade de que, diante da diferença entre duas falas, ambas *entendem mal* aquilo de que falam? Mas, para considerar essa questão, será preciso um desvio a outra pergunta, que indaga o objeto da crítica — e, por indagá-lo, já diz a respeito da crítica. A pergunta do que resta da literatura.

> Quem critica parece um vilão, um estraga-prazer, um intrometido. Quem critica as obras, ainda mais se faz isso com argumentos insistentes, tem qualquer coisa de indecente, de impróprio. Mas, por vezes, a insistência chata é fundamental para pensar um pouco melhor.[2]

Há uma gradação entre o primeiro e o segundo períodos desse trecho: de "vilão" a "indecente", de "intrometido" a "impróprio", o que entra em jogo para intensificar a negatividade da atuação crítica é a obra. Se, na primeira frase, o vilão é "quem critica", na segunda, o indecente é quem critica "as obras". A presença da obra dá à crítica um caráter negativo, como mostra a repetição do prefixo de negação "-in": "indecente", "impróprio". Mas essa negatividade é exposta em duas chaves distintas, a da decência e a da propriedade. E essa dupla chave está posta na ambiguidade do verbo "criticar", pelo menos quando usado no texto de Pécora.

Na maioria das vezes, criticar é sinônimo de falar mal, como se esse procedimento fosse indispensável para o exercício da crítica literária. A justificação do procedimento, no entanto, é dada não pela natureza da crítica, mas pela imaginação do outro da crítica — que Pécora identifica não como a obra, mas como os escritores. Trata-se de uma justificação circunstancial, que, como tal, é lida pelo crítico como sintoma da situação contemporânea. Num ensaio publicado em 2006 na revista *Sibila*, "O

---

[2] PÉCORA, "Alcir. A hipótese da crise (Impasses da literatura contemporânea)". *O Globo*, Rio de Janeiro, 23 abr. 2011 (caderno Prosa & Verso).

inconfessável: escrever não é preciso",[3] diante da multiplicação de antologias de novos autores, Pécora considera a melhor estratégia para desmascarar o mito de "grande autor" imputado a escritores que, segundo ele, "salvo raríssimas e imponderáveis exceções", são incipientes: "Pode-se, por exemplo, tentar falar mal da antologia ou dos autores em questão, mas não há a menor chance de que eles não se julguem perseguidos pessoalmente por um crítico desonesto e mau-caráter."[4]

Falar mal ainda é pouco. Para que essa crítica seja ouvida por "eles" é preciso expor o inconfessável, ou seja, indicar a ilegitimidade não de um texto ou outro, mas do próprio ato de escrever. Expor o inconfessável é cometer uma indecência. No jogo de cartas marcadas do crítico, apenas o "autor a sério"[5] legitima seu ato de escrever, e o faz, contemporaneamente, por "resistir à vulgarização do escrito",[6] por resistir a este que é o problema-chave que afeta a literatura. O crítico, então, luta para desmascarar os autores falhos, falsos, que enxerga. Nem estão muito em questão as ideias veiculadas pelo crítico, e assim acontece porque o campo da crítica tampouco parece um espaço de interlocução.

Afinal, num balanço da vida literária elaborado no final do ano de 2007, a crítica é retratada em sua tendência "mais notável", a da "autopromoção".[7] Antes das considerações das estratégias dessa crítica, conhecemos também, no mesmo texto, a figura dos críticos "nietzschianos e deleuzianos desbundados", que, "contra o estudo árido e estéril", se definem por considerarem o trabalho teórico das disciplinas literárias sempre barrado em sua tentativa de dar conta do objeto — o que representaria uma espécie de mistificação, para o crítico paulista. Sem possibilidade de diálogo nem com os autores literários nem com os críticos, a voz da obra de Pécora, isolada, volta-se contra si, por mais que se esforce em ouvi-la, por mais que se separe a crítica do falar mal — que imagina inimigos monstruosos que não aceitam recebê-la — e a crítica da interpretação literária.

A consequência desse posicionamento é um tanto previsível e representativa. Seus textos procuram a polêmica por suposta necessidade,

---

[3] PÉCORA, Alcir. "O inconfessável: escrever não é preciso". *Sibila: Revista semestral de poesia e cultura*, São Paulo, Martins Fontes, ano 6, n. 10, nov. 2006, pp. 92-9.
[4] Ibid., p. 93.
[5] Ibid., p. 93.
[6] Ibid., p. 94.
[7] PÉCORA, Alcir. "10 passos rumo ao desprestígio". *O Estado de S. Paulo*, São Paulo Caderno de Cultura, 30 dez. 2007, p. D8.

oferecendo à leitura uma série de afirmações acríticas (porque, por falta de interlocução, não se discutem), frases de efeito cujo fundamento está em atrair os olhares dos leitores, eles mesmos acríticos, para revelar-lhes os problemas que não percebem. Assim, na crise contemporânea, a crítica precisa suspender a crítica para alcançar um efeito crítico. Nessa perspectiva de leitura, a crítica literária encontra-se em estado de exceção. Que força tão violenta justifica tal estado?

O que mais incomoda Pécora é o excesso de produção de valor mediano. O fenômeno é consequência do que ele chamou, em "A hipótese da crise", de "democratismo inflacionário das representações": ele consiste na "expansão das narrativas", que acabam por se adiantar aos próprios acontecimentos e ações. Nos *reality shows*, *blogs*, redes sociais, celulares, expõem-se as narrativas exemplares das pessoas comuns, dos anônimos: "É como se o mundo inteiro fosse virtualidade narrativa antes de ser existência particular, e principalmente como se todo mundo fosse interessante o bastante para ser visto/lido".[8] O narrador literário, nesse contexto, perde a exclusividade ou a prioridade, daí minguando a figura do "autor a sério", que vê esvaziada a autoridade de sua representação, não mais concedida pela crítica, mas agora pelos prêmios e pela autopromoção. O problema, pelo visto, também consiste em lidar com "todo mundo", com muita gente produzindo, e ver o lugar de autor reivindicado como regra, não como exceção. Haveria uma invasão dos bárbaros; seria preciso expulsá-los o quanto antes.

Vem desse diagnóstico o efeito de uma *desnarrativização da crítica*, ou de uma paralisação da crítica. Ao afirmar que "a passagem dos anos não tem obrigação nenhuma de revelar um grande autor"[9] e, daí, concluir que a literatura que se produz hoje é culturalmente irrelevante,[10] assistimos a um posicionamento que reivindica o lugar de autonomia da literatura e, ao mesmo tempo, não enxerga obras produzidas hoje dignas da qualificação de autônomas. Levantando a bandeira da modernidade, o crítico se recusa a considerar uma relação problemática entre os objetos atuais e a sua teoria (a crença na noção do "grande autor" ou do "autor a sério"), defendendo, por tabela, a autonomia da teoria em relação aos objetos de estudo.

---

[8] Pécora, Alcir. "A hipótese da crise (Impasses da literatura contemporânea)", op. cit.
[9] Pécora, Alcir. "O inconfessável: escrever não é preciso", op. cit.
[10] Pécora, Alcir. "A hipótese da crise (Impasses da literatura contemporânea)", op. cit.

À espera de objetos dignos de sua teoria, as ideias estacionam, os conceitos se congelam, tornam-se, por força das circunstâncias, universais e atemporais, à maneira da literatura que deseja e não vem. Em tom de acusação: "É como se o presente se absolutizasse e não mais admitisse um legado cultural como patamar exigente de rigor para sua produção".[11] Ou é como se o presente se relativizasse e admitisse outros patamares exigentes de rigor para sua produção? Por que a compreensão da diferença não pode sequer ser aventada, diante do risco de ruir o "edifício esplendor" da modernidade que, roendo a si mesmo, mantinha-se em pé no poema de Drummond: "— Que século, meu Deus! Diziam os ratos. / E começavam a roer o edifício".[12] Ruir esse edifício significa, para Pécora, ruir a própria possibilidade de crítica, isto é, de representação do arruinamento.

Um dos conceitos que parecem arruinar a crítica moderna é o do testemunho. Trata-se do conceito que representa o reconhecimento teórico do processo de expansão das narrativas, a causa da vulgarização da literatura. Seria preciso compreender por que esse conceito não apresenta um estatuto de crítica. Pécora se refere a ele pelo menos duas vezes, e nas duas vezes o faz de maneira caricatural. Na primeira delas, no balanço do ano literário de 2007, o termo aparece duas vezes, primeiro, entre aspas, em referência aos *best-sellers* produzidos a partir de confissões de prostitutas e "traficantes descolados em sociologia", e de "confissões sexuais de adolescentes perdidas num mundo cheio de confusão e *ecstasy*". Depois, algumas linhas abaixo e sem as aspas, constata-se "a multiplicação de testemunhos tocantes em zonas de conflito do mundo globalizado, onde cachorrinhos, livrarias, pipas e outros objetos amigáveis reencontram um hálito de humanidade em situações brutais de guerra".[13] Na segunda vez, no obituário ao crítico Wilson Martins,[14] o termo aparece mais diretamente relacionado ao seu uso no campo acadêmico — embora se perceba muito esforço para estabelecer diferenças entre academia e mercado editorial. O testemunho participa do cenário universitário de "encolhimento dos estudos literários", que perde espaço tanto "para os estudos culturalistas de gêneros, minorias, direitos, testemunhos terríveis e edificantes, como para a 'teoria' que a toma como

---
[11] Ibid.
[12] ANDRADE, Carlos Drummond de. *Poesia e prosa: volume único*. Rio de Janeiro: Nova Aguilar, 1983, p. 144.
[13] PÉCORA, Alcir. "10 passos rumo ao desprestígio", op. cit.
[14] PÉCORA, Alcir. "Erudito dissonante". *Folha de S.Paulo*, São Paulo Caderno Mais!, 7 fev. 2010.

ilustração e exemplo, não como corpo epistemológico da investigação ou do prazer físico da leitura".[15]

Em todos os casos, o "hálito de humanidade" ou o valor "edificante" da narrativa são o ponto de polêmica, de provocação. Se parto do princípio de que se está diante de um polemista, portanto de alguém que faz questão de não compreender qualquer coisa, de expor sua incompreensão, parece que essa incompreensão, especificamente, oferece a volta ao parafuso necessária para ler o crítico para além da devolução a si mesmo de sua violência verbal. O que está em jogo nessa incompreensão do testemunho?

Estão em jogo duas leituras, uma positiva, outra negativa. Para o crítico, resta da narrativa de testemunho um valor moral, pedagógico, que se depreenderia da identificação entre a experiência da testemunha e a narrativa apresentada. Seria fácil se assim de fato fosse. Difícil não reconhecer aqui um preconceito. Se há uma ideia em jogo na compreensão que parte da teoria literária elabora acerca do testemunho, esta é a da transmissibilidade de uma narrativa. Na contramão da multiplicação das narrativas cotidianas, o testemunho muitas vezes é lido em chave negativa: lê-se, em dada narrativa, a dificuldade ou mesmo a impossibilidade de reconstituir um acontecimento traumático, aliada à necessidade de transmitir, apesar da narrativa, a experiência.

Um dos paradigmas mais lúcidos (ou, se quiserem, mais radicais) da leitura do testemunho encontra-se no livro do filósofo italiano Giorgio Agamben, *O que resta de Auschwitz: o arquivo e a testemunha (Homo sacer III)*, publicado originalmente em 1998.[16] Nele, o contexto da *Shoá*, considerado decisivo para a compreensão da ética, da política e da arte contemporâneas, é o cenário da impossibilidade do testemunho pleno, ou positivo: quem experimentou, de fato, a *Shoá*, não pode narrá-la, seja por estar morto, seja por ter se tornado um "muçulmano". "Existe, portanto, um ponto em que, apesar de manter a aparência de homem, o homem deixa de ser humano",[17] assim o filósofo italiano figura o "muçulmano", as "testemunhas integrais". É nesse ponto, no qual "o homem deixa de ser humano", que o muçulmano "penetrou em uma região do humano",[18] o ponto em que "isto" é um homem. Aí, o homem não é o animal que

---
[15] Ibid.
[16] Tradução Silvino J. Assmann. São Paulo: Boitempo, 2008. (Estado de Sítio.)
[17] Ibid., p. 62.
[18] Ibid., p. 70.

fala, mas aquele que experimenta a potência da linguagem: pode, ou não, falar. Por isso, o testemunho da *Shoá* só pode se inscrever numa lacuna: o narrador do testemunho, justamente por ser o narrador, por falar, não pode dar o testemunho pleno de uma experiência que submerge o homem num poder não falar, num "prefiro não fazer", "prefiro não".

Por se defrontar com a potência de dizer, o testemunho está intimamente implicado com o ato de fala, com a enunciação, com uma instância da linguagem, portanto, que prevê a consumação de uma fala, mas não é, ela própria, fala. Um ato não se guarda, ao contrário de uma fala. A sucessão de atos compõe uma história, uma narrativa, mas a reconstituição dessa narrativa será sempre problemática. O testemunho pode ser, nesse sentido, compreendido como um outro paradigma para a temporalidade das obras.

É assim que o testemunho pode funcionar como um operador da relação entre a crítica literária e a modernidade artística. Alcir Pécora, no exercício de uma crítica à espera do grande autor, atualmente em extinção, compreende a atividade de escolha e recolha do leitor como um *arquivo da modernidade*, que se vai montando, peça por peça, sempre que se encontra, ou não, uma obra que se encaixe nele. As peças do arquivo tanto podem existir quanto podem não existir, cabendo à crítica esperar por elas. Penso se não seria possível, diferentemente de Pécora, exercer a crítica como um *testemunho da modernidade*.[19] Isso quer dizer que a história literária será narrada testemunhando aquilo que, na modernidade, pôde não ser dito (o que é bem diferente de "não pôde ser dito"). Isso quer dizer que, para o crítico narrador, a modernidade é um objeto perdido, intestemunhável em plenitude. Isso quer dizer que o crítico cria uma relação de produção de diferença no que diz respeito à modernidade, não estando à espera do retorno ao moderno. Isso quer dizer que a crítica reconhece — porque já é exercida como um testemunho da modernidade — o que resta da literatura. O testemunho é um resto da literatura. Nele, reconhecemos não fragmentos, relíquias da memória cultural, e sim o deslocamento do lugar de fala do narrador para a fronteira ou para fora do campo literário.

---

[19] A diferença entre arquivo e testemunho é pensada pela relação que cada um desses dois conceitos estabelece com a língua e a fala, no final de *O que resta de Auschwitz*: "Em oposição ao *arquivo*, que designa o sistema das relações entre o não-dito e o dito, denominamos *testemunho* o sistema das relações entre o dentro e o fora da *langue*, entre o dizível e o não-dizível em toda língua – ou seja, entre uma potência de dizer e a sua existência, entre uma possibilidade e uma impossibilidade de dizer". Agamben, Giorgio, op. cit., p. 146.

A literatura brasileira apresenta momentos privilegiados de observação da mudança do paradigma do arquivo para o paradigma do testemunho. As memórias de Pedro Nava, por exemplo, atravessam a década de 1970 como o lugar em que o modernismo dá adeus à história, pensando a si mesmo pela forma e pela matéria de que se fazem aqueles romances. Lê-se, na série de livros, a crise do arquivo modernista. E a imagem dessa crise pode não apenas dar noção da diferença entre memórias e testemunhos, como também da perda de alguma coisa singular que justificaria o estado de exceção da crítica em que Alcir Pécora se vê.

No quarto volume de suas memórias, *Beira-mar*, publicado em 1978,[20] o narrador, no momento em que, na segunda parte, "Rua da Bahia", começa a recordar a figura central de Mário de Andrade, anota:

> Há trinta e dois anos está morto Mário de Andrade. Vão rareando as fileiras dos que o conheceram em vida e viram como ele era. Assim, uma revisão da sua melhor iconografia e a seleção dentro dela, do mais fiel, não deixa de ser trabalho útil para quem, no futuro, queira ter de sua figura uma ideia mais próxima.[21]

Quem o conheceu, viu "como ele era". Não nos enganemos: a seleção do mais fiel não visa a estabelecer os retratos mais anatomicamente parecidos com o *dono*, e sim separar os retratos (pinturas e fotografias) que interpretam com mais fidelidade a figura de Mário. Tanto é assim que a série de fotografias realizada por Warchavchik (Fig. 1) é considerada a mais fiel por representar topograficamente a complexidade da figura do amigo.

> É o retrato de um homem em plena forma e sem apresentar certos sinais de magreza forçada e de queda de traços traduzindo regime, moléstia e velhice. Mas que retrato... Dividido por uma horizontal que passasse pela ponta do nariz temos embaixo o queixo voluntarioso e possante dum dionísio sorridente. Já a metade de cima é de uma górgona míope atormentada pelas próprias serpentes. Se fizermos o mesmo jogo com uma vertical, o lado esquerdo é o dum frio e lúcido observador, o olhar agudo e cortante se esgueirando de dentro da deformação habitualmente acarretada pelas lentes dos óculos. A meia boca é irônica e altiva. Mas a metade direita mostra um olha morto de sofredor e mártir enquanto o resto de sua boca tem o heroísmo e a endurância de continuar sorrindo apesar de tudo.[22]

---

[20] Nava, Pedro. *Beira-mar*. 6 ed. São Paulo: Ateliê Editorial/Giordano, 2003. (Memórias; 4.)
[21] Ibid., p. 211.
[22] Ibid., p. 212.

O narrador do livro de Nava interpreta a fotografia armando uma ficção que, no entanto, é fiel por ser produzida por alguém que conheceu pessoalmente Mário de Andrade e "viu como ele era". Trata-se, portanto, de uma ficção verdadeira. A invenção, nesse caso, é *autônoma*, pois, orientada por uma leitura fragmentária e metafórica da fotografia, guarda uma autoridade narrativa, um estatuto de realidade, que só pode ser dado por quem "conheceu em vida" Mário de Andrade. Esse paradigma — da ficcionalização autônoma da vida — é considerado em crise pelo narrador ("Vão rareando as fileiras"). O temor apresentado é o de que alguma coisa da personalidade de Mário de Andrade permaneça sem ser dita, sem ser exposta. A sua exposição, apesar disso, está dada como possibilidade para *qualquer um que* "conheceu em vida" o artista. Na narrativa de testemunho, tudo se passa de outra maneira. Não há o temor de que algo fique por não dito. Teme-se não ter sido capaz de dizer uma experiência que não é dizível em sua plenitude, porque rouba a fala. O embate do testemunho é entre o dizível e o indizível, e não entre o dito e o não dito, como nas memórias de Nava.

No primeiro volume, *Baú de ossos* (1972),[23] o narrador figura como um *puzzle* incompleto do processo de composição de suas memórias.

> Com mão paciente vamos compondo o *puzzle* de uma paisagem que é impossível completar porque as peças que faltam deixam buracos nos céus, hiatos nas águas, rombos nos sorrisos, furos nas silhuetas interrompidas e nos peitos que se abrem no vácuo — como vitrais fraturados (onde no burel de um santo vemos — lá fora! — céus profundos, árvores ramalhando ao vento, aviões, nuvens e aves fugindo), como aqueles recortes que suprimem os limites do real e do irreal nas telas oníricas de Salvador Dalí.[24]

No grande vidro do vitral, a falta de uma peça parece revelar mais sobre o vitral do que uma peça rachada, repleta de ranhuras — como no vidro de Duchamp, como no Edifício Esplendor de Drummond. Não fazemos arquivo da modernidade porque não temos guardada essa peça que falta.

Dos possíveis leitores deste ensaio, faltam poucos anos para que se possa afirmar seguramente que nenhum deles terá conhecido, "em pessoa", Mário de Andrade. Num trocadilho conceitual, vamos considerá-lo metonímia do Modernismo: nenhum leitor "conheceu em vida" o modernismo e

---

[23] NAVA, Pedro. *Baú de ossos*. 11. ed. São Paulo: Ateliê Editorial/Giordano, 2005. (Memórias.)
[24] Ibid., p. 32.

"viu como ele era". Mas todos são leitores do modernismo, conhecemos o modernismo em obras, não "em pessoa". Por isso, a relação com o modernismo não é de arquivo, mas de testemunho: não guardamos a possibilidade de dizer o que ainda não foi dito a respeito, mas guardamos a possibilidade de tornar dizível aquilo que pôde não ser dito ali, e daí compor uma narrativa das obras contemporâneas. A diferença pode ser sutil, mas é decisiva. É o próprio Alcir Pécora quem o reconhece, à revelia de si e meio a medo, ao narrativizar um pouco a crítica, expondo o movimento do seu prazer — ao menos da sua "vontade de ler".

> Poucos autores de literatura contemporânea me dão mais vontade de ler como teóricos tão diferentes entre si como Rorty, Davidson, Cavell, Agamben, Renato Barilli, Perniola, Sloterdijk, Jonathan Lear, Blanchot, Magris, Martha Nussbaum, Boris Groys... [...] Fico imaginando se essa não será uma forma de literatura disfarçada. Uma nova máscara da literatura.[25]

Por que a insistência no disfarce, que guarda um rosto moderno? Por que não uma máscara que se transformasse em rosto?

ANEXO: FIGURA I

(Fonte: Reprodução digital do acervo do colecionador Rubens Fernandes Junior, publicada em <http://www.iconica.com.br/?p=325>, em 29 abr. 2009, acessada em: 31 out. 2011.)

---

[25] PÉCORA, Alcir. "A hipótese da crise (Impasses da literatura contemporânea)", op. cit.

UMA TESE SOBRE A CRÍTICA LITERÁRIA BRASILEIRA

Alberto Pucheu
Professor de Teoria Literária da UFRJ, poeta e pesquisador do CNPq

Gostaria de começar esta conferência tomando a liberdade para fazer uso de um ensaio anteriormente publicado por mim. Não por facilitação, mas exatamente para levar a ideia principal que lá se delineava aonde ela então não podia ir. O que apresento hoje a vocês é algo que raramente possuo: uma tese. Jogo, portanto, em um campo que não é habitualmente o meu, apesar de, aqui, agora, ter sido exatamente para nele jogar que fui convocado. No caso, a tese é sobre a crítica literária brasileira. Como o tamanho da empreitada parece demasiado, fazendo-me correr o risco de soar pretensioso ao esboçar tal plano, peço que entendam que trago para nosso assunto de discussão *uma* tese, quero dizer, uma tese possível entre inúmeras outras e, ainda mais, uma tese que, se toca num ponto para mim decisivo, é bastante pontual, não abrangendo obviamente todas as outras questões críticas também relevantes. Tão pontual é essa tese que ela não traz em si um desejo erudito ou enciclopédico de citações que, abrangendo um número bem maior de autores ao longo de nossa história, pudesse lhe emprestar um respaldo mais significativo. A amostragem é pequena, lacunar, talvez haja uma acomodação que não se encaixe perfeitamente, mas, em sua incompletude, no suave desajuste momentâneo que eu (dessa vez estranhamente) preferiria não haver, ela é indicadora de sinais suficientemente claros: em três grupos com características a princípio distintas, ela se contenta, primeiramente, em flagrar em alguns poucos críticos exemplares o que chamo de um sintoma de certa crítica literária brasileira de grande relevância e, em poucos outros igualmente paradigmáticos, integrantes de perspectivas distintas entre si, mas unidas por um fundamento comum, saídas encontradas para a superação — para a cura — de tal sintoma. Ao fim, a aposta em que, com uma requisição realizada por um dos críticos a ocupar, no que tange minha perspectiva, uma posição histórica libertadora privilegiada, essas três críticas acabam por se encontrar, tornando-se uma, aberta a múltiplas, infinitas criações. Que não se encontre nesse último crítico um começo causal e consequencial em busca de uma linearidade, mas tão somente um modo interessante de deslocamento do previsível, do que já era desde sempre demarcado, de um princípio imóvel que porventura gostaria de persistir. Caminha-se aqui em nome do complexo, do ambíguo, do misturado, do indiscernível, do múltiplo e do plural já presentes na abertura inicial, a requererem constantemente para si novas rasuras e tachamentos. Se não plena e claramente aqui, assegurar a dispersão é o intuito do porvir.

Essa tese possível é uma a que me fizeram chegar o desenvolvimento de meu próprio trabalho e questões que me perseguem. Em "Pelo colorido, para além do cinzento (quase um manifesto)",[1] com a colocação do problema, já se encontrava o núcleo dela, ainda que talvez de um modo que poderia dar margens a polêmicas agora totalmente indesejadas. Hoje, quero apresentá-la tentando, pelo menos de minha parte, subtrair qualquer traço de polêmica a um mínimo ou, se possível, ainda melhor, ao seu anulamento completo; e quero apresentar essa tese tentando conduzi-la por caminhos que agora se mostram com maior nitidez, tornando o pensamento, acredito, mais arredondado. É certo que ainda há muito a ser feito, que a empreitada, se eu desejar continuar com fôlego maior o que se anuncia, pode ser longa, mas a diretriz está delineada. O resto é trabalho e o que dele decorre. Saliento apenas que, para mim, a escrita — inclusive a crítica e teórica — é sempre primordial, levando-me a pensar o que o próprio ato de escrever vai fazendo surgir. O problema de uma tese como essa é que já a temos antes mesmo de uma escrita, colocando a escrita, senão dispensável, a serviço de uma ideia previamente mapeada, o que, para mim, é sempre de lamentar. Uma tese, entretanto, tem seus caprichos e, até por não ser tão frequente o fato de ter uma, concordo em me submeter momentaneamente a eles. Se, por isso, a aventura diminui, gostaria de preservar ao menos uma aventura da ideia, que me parece importante; por isso, melhor então que ela venha a público no convite para uma conferência.

---

[1] PUCHEU, Alberto. "Pelo colorido, para além do cinzento (quase um manifesto)", in *Pelo colorido, para além do cinzento (a literatura e seus entornos interventivos)*. Rio de Janeiro: Azougue Editorial/ Faperj, 2007, pp. 11-26.

De modo geral, a prioridade do trabalho crítico se calca na construção de referências conceituais que permite uma análise supostamente objetiva do texto encarado como realidade autônoma a organizar, interna e formalmente, sua multiplicidade. Através de reprovações e elogios que acreditam escapar da pura autoridade subjetiva, a crítica visa emissões de juízos que ora denunciam a frouxidão de uma ou outra obra, exigindo que o livro se posicione à altura da literatura na qual se insere, ora louvam a grandeza dessa ou daquela conquista, buscando incitar ao desdobramento futuro do vigor de tal contribuição. Essa crença na objetividade gera uma nova ilusão: a da suposta isenção ou imparcialidade do crítico, como se, desde sempre, ele já não estivesse refletindo e avaliando a partir de certo campo de forças de onde eclode seu desejo, confundindo-se com ele. Em seu ofício, toda uma erudição histórica (que ajuda no discernimento qualitativo e na elaboração de um critério avaliador coerente, além de na busca de ressonâncias que desdobram e intensificam certos temas, formas e mesmo frases) é requerida, inclusive, para evidenciar a unidade que, atravessando as diversas épocas, ajuda a compor o chamado sistema literário orgânico de um país em busca de sua síntese.

Partindo desse solo, a crítica literária habitual classifica, esquematiza, sistematiza, codifica, cataloga, parafraseia, descreve, analisa, demonstra, explica, hierarquiza, busca as fontes, mostra as fases de evolução, organiza pelas semelhanças, uniformiza, arquiva, ficha, clarifica, oferece dados cronológicos biográficos ou bibliográficos desconhecidos do público, compara, salienta o fundamento ideológico, revê a fortuna crítica, assinala as influências recebidas, demarca a genealogia livresca de certos temas, executa histórias da literatura e manuais para sua divulgação, investiga a realidade social na estrutura da obra literária, assinala maneiras específicas de sociabilidade intelectual, sonda os aspectos externos ou secundários da criação, questiona a relação entre escritor, obra e leitor, instiga à leitura de um determinado texto, determina a formação das criações literárias etc. etc. etc. Sem dúvida, na tentativa de escapar de um impressionismo ingênuo quando exclusivo, bem realizada, é uma atividade árdua e ampla, sobretudo, se lembrarmos de suas preocupações com comportamentos históricos, culturais, sociais, políticos, psicológicos, antropológicos e outros afins.

Por, em seus artigos circunstanciais, rodapés, resenhas, ensaios, perfis biográfico-intelectuais afetivos, conferências e outras manifestações, ter cumprido todas as determinações mostradas acima e muitas outras, como a de saber, em tempo real, antecipar a imensa importância futura de um livro recém-lançado por uma adolescente desconhecida e a de se esforçar por ser um dos a colocar a crítica literária brasileira do século XX à altura da Semana de Arte Moderna (de seu tempo e do que veio depois), herdando o viés principal da história da crítica de, entre outros, Sílvio Romero, José Veríssimo, Araripe Júnior e Machado de Assis para sistematizá-la com um rigor e uma inventividade ainda não realizados, Antonio Candido é justamente considerado por muitos como o principal crítico literário brasileiro. Se, acrescentando a tudo isso, for lembrado que, para ele, a literatura não é uma atividade convencional inofensiva, mas "a poderosa força indiscriminada de iniciação na vida",[2] ou, então, que a arte serve para "estimular o nosso desejo de sentir a vida em resumo",[3] seu mérito não deve ser subestimado, antes, engrandecido, amplamente parabenizado.

Tendo percorrido inúmeros aspectos da crítica, ninguém melhor do que ele (até por ser um crítico exclusivamente crítico, quero dizer, nem poeta, nem ficcionista) para mostrar uma consciência do limite, ou seja, uma autoimagem do ponto máximo de extensão, em muitos outros casos, inconsciente, enfrentado por ela. Essa consciência ou autoimagem do limite aparece quando, por exemplo, parafraseando um conceito de Mefistófeles, afirma que "a crítica é cinzenta, e verdejante o áureo texto que ela aborda",[4] ou, então, quando, ao fim de uma palestra sobre Machado de Assis, confirmando o complexo de rebocado ou a típica síndrome cinzenta da crítica literária com sua disciplina objetivista que, privilegiando um princípio de aplicabilidade, supõe o poético como autônomo e exclusivo, declara: "O melhor que posso fazer é aconselhar a cada um que esqueça o que eu disse, compendiando os críticos, e abra diretamente os livros de Machado de Assis".[5] A cada instante, inclusive, o crítico corre o risco de levar uma rasteira dos escritores verdadeiramente criativos: "Oswald de Andrade é um problema literário. Imagino, pelas

---

[2] CANDIDO, Antonio. "O direito à literatura", in *Vários escritos*. Rio de Janeiro: Ouro sobre Azul, 2004, p. 176.
[3] CANDIDO, Antonio. "A vida em resumo", in *O observador literário*. Rio de Janeiro: Ouro sobre Azul, 2004, p. 26.
[4] CANDIDO, Antonio. "Ironia e latência", in *O albatroz e o chinês*. Rio de Janeiro: Ouro sobre Azul, 2004, p. 109. ("Cinzenta, caro amigo, é toda teoria, / Verdejante e dourada é a árvore da vida!", Fausto, Goethe.)
[5] CANDIDO, Antonio. "Esquema de Machado de Assis", in *Vários escritos*. Rio de Janeiro: Ouro sobre Azul, 2004, p. 32.

que passa nos contemporâneos, as rasteiras que passará nos críticos do futuro".[6] Levar uma rasteira dos escritores é o perigo que corre todo o crítico literário, na medida em que, ao perder a complexidade intensiva da comodidade sempre ambígua e proliferativa do poético na força máxima de seu sentido vivificado e vivificador, deseja, consentidamente, permanecer num segundo plano. Essa colocação da permanência da crítica num segundo plano, numa segunda divisão, que chamo aqui de o limite sintomático que confirma seu complexo de rebocado ou sua síndrome cinzenta, atravessa, pontualmente, as posições de Antonio Candido ao longo de seu percurso, chegando inclusive aos dias mais atuais, como, além de nos exemplos mencionados, pode ser lido em recente entrevista a Manuel da Costa Pinto, publicada na revista *Cult* em 11 de março de 2010: "Sempre considerei a crítica um gênero auxiliar, sem a importância dos gêneros criativos. [...] Considero-me, portanto, um crítico nato, mas isso não me impede de considerar a crítica um gênero lateral e dependente".[7] "Auxiliar", "sem importância", "lateral", "dependente", os significantes atrelados à crítica são todos referentes à sua síndrome cinzenta, ao seu complexo de rebocado, à sua patologia de segunda divisão, que, ao dar à literatura (ou aos "gêneros criativos") seu lugar solar e seivoso, principal, retira-se para uma dimensão inferiorizada, menos intensiva ou menos vital.

Aqui, é preciso todo cuidado: por que essa colocação da relativa desimportância da crítica quando comparada com a literatura justamente em um crítico que poderia, e deveria, avocar para si a tarefa crítica — pelo menos, a sua e de alguns outros — como criação de escrita e pensamento, ou seja, justamente em um crítico que legou ao Brasil, entre outras coisas, uma formulação histórica da formação de sua literatura?[8]

---

[6] CANDIDO, Antonio. "Estouro e Libertação", in *Brigada ligeira*. Rio de Janeiro: Ouro sobre Azul, 2004, p. 11.
[7] Entrevista lida on-line, no site da respectiva revista. Disponível em: <http://revistacult.uol.com.br/home/2010/03/vocacao-critica-de-antonio-candido/>. Acesso em: 23 nov. 2011.
[8] Vale aqui o remetimento às palavras de Ettore Finazzi-Agrò no ensaio "Em formação. A literatura brasileira e a 'configuração da origem'", ressaltadas igualmente por Raúl Antelo na introdução ao livro *Antonio Candido y los estúdios latinoamericanos*, por este organizado: "Antonio Candido tem sublinhado, com efeito, a 'tendência genealógica' inscrita na origem da literatura brasileira — ou melhor, 'na história dos brasileiros no seu desejo de ter uma literatura' — e que ele considera 'típica de nossa civilização'. Tendência, essa, que ele liga ao afã em ter — ou melhor, em *inventar* — uma Tradição por parte dos intelectuais da colônia no século XVIII, mas que se transforma a meu ver (ou já o é, implicitamente, desde o início) em método de análise, na medida em que o próprio Candido, recusando o papel tradicional de historiador, enquanto investigador da Origem e defensor da continuidade entre passado e presente, se torna, afinal de contas, ele mesmo *genealogista* no sentido nietzschiano, tentando justamente fazer a história daquela *falta*, daquela

Em outras palavras: por que essa colocação do cinzento da crítica perante a literatura justamente em um crítico que poderia, corrijo, que deveria assumir sua própria escrita e pensamento como coloridos? Aproveito para dizer ainda mais claramente que, como Raúl Antelo, para quem "toda interpretação, sendo, portanto, interpretação de uma interpretação, exerce algum tipo de violência simbólica sobre outros enunciados",[9] ou seja, para quem toda interpretação é uma "desestabilização do objeto"[10] e consequentemente uma "*hybris*",[11] não considero de modo algum a escrita de Antonio Candido menos criadora do que a das obras que ela

> *ausência* que Sílvio Romero assinalara em 1878. // Paradoxo interessante este de construir uma história a partir de uma lacuna, de um vazio histórico, mas paradoxo que acaba por fazer sentido no momento em que consideramos a possibilidade — que é obrigação para um país colonial — de instituir um discurso e de seguir um percurso não na direção da homogeneidade e da unidade, mas no da heterogeneidade e da diferença, inventariando as *figuras* que aparecem no caminho, sem pretender descobrir nelas uma coerência necessária, uma continuidade lógica com uma suposta Origem — que não existe ou que, pelo menos, nunca está aí onde a procuramos —, mas considerando os eventos na sua dispersão, na sua singularidade e na sua irredutibilidade ao Uno da metafísica historicista. Para entender e re-conhecer a cultura brasileira, em suma, teremos mais uma vez que 'pensar de outra forma', inventariando vagarosamente as diferentes *figuras* que nelas se inscrevem; aviando-nos pelo caminho íngreme de uma indagação assistemática de um objeto que se apresenta, já nas palavras de Romero, como a-sistemático, fora e longe de qualquer dialética histórica. // De resto, ainda Antonio Candido, no Prefácio à segunda edição da sua *Formação*, aponta, justamente, para o processo de constituição da literatura brasileira, definindo-o como uma prática de *con-figuração*: '[A literatura] brasileira não nasce, é claro, mas se configura no decorrer do século XVIII, encorpando o processo formativo, que vinha de antes e continuou depois'. // A noção de Origem, como se vê, dilui-se e some na perspectiva dinâmica de um 'processo formativo' sem começo nem fim, que, por sua vez, é incluído numa 'configuração' instável dos fatos literários. Apontar para esta constelação *figural*, significa, com efeito, pensar a literatura não como continuidade, mas como acumulação *discreta* e aparentemente inconsequente de 'momentos decisivos' que se *entretêm* (e se *entretecem*) na sua natureza provisória e, ao mesmo tempo, dispersa, até formar, mas só depois de um lento e difícil caminho, um Sistema — isto é, o famoso 'triângulo *autor-obra-público*'. // A natureza não-dialética desta avaliação da história literária se mostra com clareza quando, um pouco mais adiante, Candido afirma a sua vontade de 'jamais considerar a obra como *produto*', atento, por contra, a 'analisar a sua *função* nos processos culturais'. Essa sincronia contida na diacronia, ou melhor, essa *epokhé* em que se suspende por instantes a cronologia — entendida como acumulação de fatos ou de coisas, como irreversibilidade da 'construção' —, reafirma, a meu ver, a importância da atitude 'arqueológica' no estudo das *figuras* disseminadas ao longo da história". Finazzi-Agrò, Ettore. "Em formação. A literatura brasileira e a 'configuração da origem'", in Antelo, Raúl (ed.). *Antonio Candido y los estúdios latinoamericanos*. Pittsburgh: Instituto Internacional de Literatura Iberoamericana/Universidade de Pittsburgh, 2001, pp. 173-4.
>
> [9] Antelo, Raúl. "Antonio Candido, a *hybris* e o híbrido", in Antelo, Raúl (ed.). *Antonio Candido y los estúdios latinoamericanos*, op. cit., p. 138. Na página 134, pode ser igualmente lido: "Não cabe à tarefa crítica, então, se satisfazer com a simples explicação das obras já existentes na medida em que obra alguma conseguiu dissolver por completo sua tensão interna e, além do mais, a própria história se opõe à ideia dessa dissolução. Nesse sentido, ao se voltar à verdade das obras, a crítica postulada por Candido busca incessantemente um para além do objeto e de si própria como intervenção hermenêutica na vida social". E na página 135, a mesma ideia: "A prática crítica, em função desse seu contato íntimo com a análise imanente, ultrapassa assim os domínios desta, já que acrescenta aos conteúdos das obras, em que essas análises se detêm, uma outra reflexão, mais ambiciosa, que os leva para além de si próprios, revelando *en passant* o próprio domínio da verdade. Ou seja que, para Candido, as análises imanentes, mesmo necessárias, atingem apenas um aquém da arte que seu trabalho crítico busca transcender".
>
> [10] Ibid., p. 135.
> [11] Ibid., p. 138.

aborda, mas a pergunta que me faço é sobre o porquê da necessidade de, mesmo num caso de excelência como esse, um crítico precisar colocar sua atividade como "cinzenta". Como em certos escritores parece haver uma fratura entre o que falam de si ou a imagem que têm do que fazem e o que realizam em suas próprias obras, aproveito ainda para fazer uma autocrítica, ou seja, para dizer explicitamente que o limite dessa tese aqui apresentada é lidar com aquilo que alguns críticos falam da crítica (com a autoimagem da crítica) e não propriamente com o que, enquanto críticos, realizam. Se o que eles implicitamente realizam é, entretanto, de fundamental importância, de relevância a não poder ser subestimada é o sentido do que eles escrevem ou dizem, a maneira como a própria crítica se vê.

Que sintoma é esse, portanto, que ainda precisa comparecer mesmo em um Antonio Candido? A resposta mais simplista seria atribuir tal fato a características biográficas pautadas na renomada humildade, timidez, discrição, modéstia[12] ou numa certa *gentlemania* excessiva de quem até poderia compreender sua crítica como colorida, mas não o faz, mantendo fixa a faixa de segregação entre literatura e crítica, entre literatura e teoria, com o desmerecimento repetido para os segundos termos. Numa tradição que, desde Platão, colocou o poeta (o escritor) como "fora de si", que, atravessando Keats, colocou-o como não tendo "Identidade", que, em Rimbaud, levou-o a ser radicalmente num outro, que, em Pessoa, descobriu-o dramaticamente enquanto heterônimos, que, em Roland Barthes, foi, enquanto autor, morto, que, em Foucault, ganhou o estatuto não de sujeito mas de função-autor, que, em Agamben, como o que se retira deixando um vazio na obra no qual o leitor entrará, que, em Michel Collot, retomando o termo de Platão, se tornou o "sujeito lírico fora de si"... ou seja, numa tradição como a nossa, o contentamento com uma resposta biográfica, mesmo quando não diga respeito ao poeta, mas ao crítico,[13] parece não fazer mais sentido. Então, é preciso fazer de novo a pergunta: por que essa assunção de Antonio Candido da desimportância

---

[12] "No caso do discurso-mestre em Antonio Candido, existe toda uma estratégia de autolimitação preventiva que pode ser vista também como opção deliberada por uma certa timidez ou modéstia intelectual, que Candido parece julgar adequada ao caráter periférico de nossa cultura intelectual". MORICONI, Ítalo. "Conflito e integração. A pedagogia e a pedagogia do poema em Antonio Candido — notas de trabalho", in ANTELO, Raúl (ed.). *Antonio Candido y los estúdios latinoamericanos*, op. cit., p. 255.

[13] Seguindo o Platão, do *Íon*, o intérprete do poeta é intérprete de intérprete e tão intérprete quanto o primeiro. Nele habita a mesma força que imanta o anterior, sendo ela que ele propaga ao público.

da crítica quando comparada com a literatura justamente em um crítico que poderia avocar para si a tarefa crítica — pelo menos, a sua e de alguns outros — como criação de escrita e pensamento, ou seja, justamente em um crítico que legou ao Brasil, entre outras coisas, uma formulação da formação de sua literatura? Em outras palavras: por que essa colocação do cinzento da crítica perante a literatura em um crítico que poderia, e deveria, encampar sua própria escrita e pensamento como coloridos?

A partir da desidentificação entre a obra literária e a obra crítica, na qual aquela assume o foco principal e o mérito maior enquanto a última (disciplina objetivista que, privilegiando um princípio de aplicabilidade, supõe o poético como autônomo e exclusivo) se torna secundária, e em busca de preservar um ponto de vista interessado em esclarecer o texto abordado, talvez ainda seja importante para Antonio Candido preservar, em algum grau, o que ele desde sempre procurou superar, o caráter científico da crítica. Sua tese de doutorado, *O método crítico de Sílvio Romero*, posteriormente publicada em livro, no ponto inicial, portanto, de seu percurso, pode deixar entrever uma chave compreensiva na tensão entre as colocações "Para nos libertarmos da crítica *científica*, foi bom ter passado por ela" e "Hoje, só podemos conceber como científica a crítica que se esforça por adotar um método *literário* científico, um método específico, baseado nos seus recursos internos. Estabelecimento de fontes, de textos, de influências; pesquisa de obras auxiliares, análise interna e externa, estudo da repercussão; análise das constantes formais, das analogias, do ritmo da criação: esta seria a crítica científica, a ciência da literatura".[14] Entre o desejo de libertação do científico e a permanência explicitada "do método *literário* científico", do modelo da "crítica científica", da "ciência da literatura", se, em algum grau, a crítica é científica e a literatura — isolada daquela — é literária, no que diz respeito ao poético, a primeira, objetificadora e esclarecedora, permaneceria certamente minimizada perante a segunda à qual buscaria um acesso inteligível. Isso me parece ser o mesmo que dizer que, na suposição do poético como autônomo e exclusivo, Antonio Candido está seguindo uma concepção oitocentista preponderante aqui no Brasil, claramente delineada por Sílvio Romero em sua *História da literatura*

---

[14] CANDIDO, Antonio. *O método crítico de Silvio Romero*. Rio de Janeiro: Ouro sobre Azul, 2006, pp. 197 e 190, respectivamente.

brasileira: "Em literatura, há a distinguir o que diz respeito à poesia, romance etc., e o que se refere à crítica literária propriamente dita",[15] mas, quanto a mim, a verdade é que não estou em condições de responder com convicção a tal pergunta, podendo, quando muito, além de dar as hipotéticas indicações, constatar sua posição que, como vista, parece-me incontestável e incontornável.

Se, partindo do maior dos críticos críticos, tal limite forma um sintoma de uma parcela, pela importância, significativa da crítica literária brasileira posterior a ele, ele tem de aparecer em outros que não apenas Antonio Candido. Ainda que sem o menor desejo catalográfico, seguem algumas indicações ilustrativas. Depois de mencionar versos de Paulo Leminski, Leyla Perrone-Moisés, por exemplo, afirma: "Diante de acertos como esse, por favor, sejamos sóbrios. Nada de demonstrar-desmontar com apoio em bibliografia especializada, pois qualquer metagesticulação crítica ficaria ridícula, contraposta ao gesto exato do poeta".[16] Irônico com a crítica habitual dos especialistas acadêmicos, que só saberia demonstrar-desmontar, que só saberia metagesticular, ou seja, que manteria sua realização enquanto um metadiscurso cinzento que, afastando-se do gozo ou da fruição, se aceitaria um simulacro do poema, o mencionado imperativo recai numa nova ironia: aceitando também para si o metadiscurso cinzento da crítica especializada como o único possível, diante da fala — dita exata e acertada — do poeta, a sobriedade evita o que há de grande, sob pena de apequená-lo, fazendo com que, por esquiva, fugindo desse e partindo para outro poema, sua tarefa pareça mesmo se impor como algo sombrio.

Mesmo alguém como Silviano Santiago, que, além de buscar um intercâmbio entre a obra ficcional e a ensaística, em seu começo, buscava uma crítica atlética, cujas eficácias fossem descondicionar o leitor, desenferrujar a crítica considerada boa e obrigar os críticos oficiais a falarem do novo, acolhendo também os termos populares existenciais libertários que marcavam uma geração, como *curtição* e *desbunde*, não deixa de se submeter ao calcanhar de Aquiles da crítica. Trabalhando os anos 1970, ele afirma: "Esse novo discurso poético que vai surgindo levará

---

[15] ROMERO, Sílvio. *Teoria, crítica e história literária*. Antonio Candido (sel. e apres.). São Paulo: Edusp, 1977, p. 20.
[16] PERRONE-MOISÉS, Leyla. "Leminski, o samurai malandro", in *Inútil poesia*. São Paulo: Companhia das Letras, 2000, p. 235.

obrigatoriamente o crítico (que sempre vem a reboque) a reconsiderar o acervo literário, instituindo novos títulos e novos nomes do passado".[17] No uso do destaque dos parênteses e do advérbio impositivo que não deixa nenhuma alternativa à crítica, mais uma vez, se faz presente o persistente sintoma do enguiçado de uma escrita teórica que se satisfaz em permanecer ineluctavelmente rebocada, cinzenta. O implícito na citação acima (explicitado em algumas passagens do livro) parece ser que o crítico pode se antecipar a outros críticos e leitores, mas — jamais — ao criador primeiro, que, sempre, o sombreia.

A repetição do complexo cinzento é mais sintomática do que pode parecer à primeira vista, dando a entender que o limite da crítica se confunde propriamente com a fragilidade de sua essência fantasiada. Em *Nas malhas da letra*, o crítico mencionado continua: "A crítica — quando não é feita com a pena da inveja, o ácido da vingança pessoal ou a maledicência jornalística —, a crítica apenas diz o que o criador já pressente, lúcido e atento".[18] Se, diante do gesto exato do poeta, Leyla Perrone-Moisés havia requerido uma sobriedade esquiva, Silviano Santiago, em frente ao gesto lúcido e atento do criador, reconhece que a crítica só é capaz de dizer o que o escritor já pressentira; ela seria, assim, tão somente, uma subescrita, uma escrita de segunda, que traria à baila algo que, na obra ou no autor, já estivesse dado, porém escondido, camuflado, entocado. Na melhor das hipóteses, o crítico seria como um cão treinado, farejador do selvagem animal para um leitor domesticado. A mitificação do artista, para quem nada escaparia, é completa... Mesmo no mais longínquo de uma noite feliz, não há inúmeros pensamentos com os quais um criador jamais sonhou e para os quais é preciso um novo criador, que pode ser, inclusive, um crítico?

Mais ainda: utilizando-se da citação de autoridade de Machado de Assis, Silviano Santiago tenta fazer com que, contrariamente à literatura, a crítica, blindada por não sei que proteção superior, só possa ser questionada a partir do âmbito de suas intenções morais, não de seu pensamento, não de sua escrita, não de seu estilo, não de suas instigações. Que se a avalie, portanto, apenas por sua boa-consciência, ela que, segundo ele, teria o direito de "arbitrar o jogo da literatura",[19] "separando o joio

---

[17] SANTIAGO, Silviano. *Uma literatura nos trópicos*. 2. ed. Rio de Janeiro: Rocco, 2000, p. 189.
[18] SANTIAGO, Silviano. *Nas malhas da letra*. 2. ed. Rio de Janeiro: Rocco, 2000, p. 30.
[19] Ibid.

do trigo",[20] "o autêntico e o falso, o melhor e o pior, o revolucionário e o conservador, o passível de inspirar novos textos e o necrosado etc.",[21] mas que, estranhamente, não poderia ser submetida a avaliações afins: "A crítica à crítica só é justa quando esta deixa de ter — como nos prevenia Machado de Assis há mais de cem anos — uma 'intenção benévola'; a crítica à crítica só é justa quando esta é escrita, como adiantamos acima, pela inveja, vingança ou maledicência. É por esses caminhos tortuosos (embora compreensíveis) da perversidade humana que a crítica erra, mesmo quando em mãos competentes, e é contra isso que o artista deve lutar, e não contra a crítica em si".[22]

Parece, de fato, que, nos dizeres desses próprios críticos, a crítica não atravessa o vidro, não estoura a blindagem da porta fantasmática, não faz com que a mediação da obra alheia a ajude ao salto que a tornaria — que a faria se assumir — tão primeira quanto a outra, tocando imediatamente vida. Não é apenas contra uma crítica má intencionada que o artista luta; se bons sentimentos não garantem boa literatura, de intenções benévolas, a crítica está cheia, sem que, com isso, sua carga reflexiva seja adensada. O artista luta por um pensamento teórico que — seu par —, contíguo a ele, mesmo que criativamente aberto a ele, desde si mesmo, autopoeticamente, se ponha enquanto escrita e pensamento, que o ajude a avançar, que, rivalizando com a literatura, busque antecipar seus movimentos, que invente uma possibilidade de seu futuro. O artista luta por um pensamento teórico que possua as mesmas ousadias que as suas. O artista luta por um pensamento teórico que não apenas requeira o novo, mas que o realize em sua própria prática. O artista luta por um pensamento teórico que leve a arte a um constante movimento de superação. O artista luta por um teórico que lhe seja um amigo e um concorrente, ou seja, o artista, ao invés de lutar contra a crítica, luta mesmo é a seu favor, a favor da liberdade mais radical de sua criação, a favor do ultrapassamento do convencional no qual a escrita crítica ou teórica — como qualquer outra arte — pode se estancar, a favor de sua transformação de subescrita em sobrescrita, a favor não de escrever tão somente sobre, mas de escrever, principalmente, por sobre. Mesmo

---

[20] Ibid., p. 86.
[21] Ibid., p. 96.
[22] Ibid., pp. 30-1.

levando em conta a diferença entre o momento histórico anterior e o atual, algo como isso já era sabido e pleiteado por Machado de Assis em 1865, ao falar do problema da carência de uma "crítica pensadora" em seu tempo: [sem tal crítica] "nenhuma luz, nenhum conselho, nada lhe [ao poeta] mostrará o caminho que deve seguir, — e a morte próxima será o prêmio definitivo de suas fadigas e das suas lutas"; ou então: "Se esta reforma [a da crítica], que eu sonho, sem esperanças de uma realização próxima, viesse mudar a situação atual das coisas, que talentos novos! que novos escritos! que estímulos! que ambições! A arte tomaria novos aspectos aos olhos dos estreantes; as leis poéticas, — tão confundidas hoje, e tão caprichosas, — seriam as únicas pelas quais se aferisse o merecimento das produções, — e a literatura alimentada ainda hoje por algum talento corajoso e bem encaminhado, — veria nascer para ela um dia de florescimento e prosperidade. Tudo isso depende da crítica. Que ela apareça, convencida e resoluta, — e a sua obra será a melhor obra dos nossos dias".[23]

Aquelas declarações do primeiro grupo tipológico de críticos formam o próprio limite sintomático de uma crítica literária predominante na força de irradiação de seu fazer tanto no seu modo de realização quanto no que afirma de tal modo. No deslizamento da Antonio Candido para Leyla Perrone-Moisés e para Silviano Santiago, uma mostra diferenciada do que pode burlar o que Célia Pedrosa, ainda que para logo relativizá-la, chama de

> polarização entre duas formas de definição de nosso pensamento acadêmico a partir da metade do século XX, que repõem em termos específicos uma tradicional luta pela hegemonia cultural no interior do eixo Rio de Janeiro-São Paulo. // De um lado, teríamos a crítica devedora do pensamento formulado pela Universidade de São Paulo a partir de 1940 — pensamento esse voltado para a problematização das ideologias ligadas ao processo de construção do Estado nacional, e para uma análise da dependência cultural de cunho sócio-econômicos, com nítida inspiração marxista, preocupações às quais se soma a de definir uma tradição moderna de literatura brasileira a partir de uma constante releitura de obras já canônicas, cujos parâmetros se limitam, por um lado, pela narrativa machadiana, e, por outro, pela produção dos autores modernistas 'verdadeiramente' modernos. De outro lado, teríamos a crítica cujos agentes se inserem em universidades do Rio de Janeiro e evidenciam um débito em

---

[23] Assis, Machado de. "O ideal do crítico", in *Obra completa*, v. III. Rio de Janeiro: Nova Aguilar, 1986, pp. 797 e 801, respectivamente.

relação a diversos modos de reflexão estruturalista e pós-estruturalista, basicamente francesa, ao invés da filiação unilinear a uma doxa entendida como autenticamente brasileira e voltada para nossa verdadeira realidade. É o que ocorre com Silviano Santiago, e sua atualização do desconstrucionismo derridiano, e Luiz Costa Lima, que transita da antropologia estrutural de Claude Lévi-Strauss às teorias da recepção da Escola de Kontanz.[24]

Em nossa leitura estrategicamente interessada, tal polarização em busca de uma hegemonia entre uma corrente uspiana de inspiração marxista e uma carioca de inspiração derridiana e estruturalista ou pós-estruturalista se dissolveria na autoimagem comum a ambas vertentes de uma crítica, no dizer de Antonio Candido, cinzenta e, no dizer de Silviano Santiago, rebocada. Precisamos assim de outras forças para, no que diz respeito ao pequeno âmbito do que aqui é mapeado, relativizar tais posições.

Se tomarmos a frase de Antonio Candido, "a crítica é cinzenta, e verdejante o áureo texto que ela aborda" como paradigma do sintoma de uma parcela significativa da crítica, ou seja, como exemplar das outras mencionadas e mesmo de um tipo de fazer crítico (tomo cuidado de esclarecer mais uma vez que não estou dizendo que seja o do próprio Antonio Candido), não deixará de nos impressionar uma outra frase, do começo do século XX, de um de nossos maiores escritores. Nela, apta a ser o disparador sobretudo do segundo, mas também, de algum modo, do terceiro grupo de críticos, o sintoma, o complexo ou a síndrome cinzenta ou de segunda divisão ou de rebocado da crítica é precocemente diagnosticado pela vidência ensolarada de Euclides da Cunha, que, em uma conferência sobre Castro Alves, fala, praticamente com os mesmos termos do crítico futuro, mas invertendo a posição e a estratégia, dos "escrúpulos assombradiços da crítica literária".[25] Não deixa de ser relevante e irônico que possa me utilizar de uma conferência de 1907 de um grande escritor, ou melhor, de um de nossos maiores escritores, para, dentro do mesmo campo semântico, criar um contrapeso luminoso — para mim, muito mais fértil, muito mais contemporâneo — a uma postura implícita da crítica acatada e explicitada por um de seus maiores

---

[24] PEDROSA, Celia. "Crítica e grouxismo", in ANTELO, Raúl (ed.). *Antonio Candido y los estúdios latinoamericanos*, op. cit., pp. 239-40.
[25] CUNHA, Euclides da. "Castro Alves e seu tempo", in *Obra completa*. Rio de Janeiro: José Aguilar Editora, 1966, p. 420.

praticantes quase cem anos depois do texto de Euclides da Cunha sobre Castro Alves. Como se, de fato, fosse necessário um poeta, no sentido mais amplo da palavra, que assumisse para si a anomalia verdejante e áurea da escrita em seu grau mais intensivo, ou seja, que assumisse a intensidade maior da escrita em sua plasticidade artística, para manifestar o desejo de liberar a crítica de seus escrúpulos cinzentos. É mesmo impressionante que a observação do autor de *Os sertões* sobre a crítica seja, ainda hoje, válida... E, sobretudo, necessária. Enquanto um discurso da norma ou da ordem que vê o anômalo diante de si sem com ele se misturar, há muito, a crítica se mostra cansada. Com Euclides da Cunha, ela mesma deve encontrar sua anomalia, sua poesia, sua intensidade integralmente criadora e a consciência de tal afirmatividade.

Se, em textos como o da conferência sobre Castro Alves, Euclides da Cunha realiza uma crítica, ele comparece como um crítico singular, na medida em que, além de crítico, é escritor de um modo de escrita em que o indiscernível comparece. A partir de *Os sertões*, pode ser traçada uma linha intensiva de desguarnecimentos de fronteiras entre o poético e o ensaísmo, entre aquele e o teórico, entre estes e a ciência, evidenciada, aliás, numa carta a José Veríssimo, através da frase completamente afirmadora daquilo de que tal livro, de modo decisivo, foi, entre nós, abrindo o século XX, precursor: "o consórcio da ciência e da arte, sob qualquer de seus aspectos, é hoje a tendência mais elevada do pensamento humano".[26] O que projeta, então, para o escritor do futuro, é que seja um polígrafo capaz de uma síntese das mais delicadas entre os trabalhos literários e científicos, na qual as supostas diferenças tecnográficas e artísticas encontrariam campos de indistinções nos quais faria suas maiores apostas.

Acatando o que se construía na Europa, Euclides da Cunha critica, simultaneamente, o parasitismo do pensamento, a importação da ciência tal qual dada, criando, a partir de seu nomadismo sertanejo e selvagem por perdidas solidões, que o levou a conviver com um tipo de gente ignorado, a diferença do que chama de um "estilo algo bárbaro",[27] "destinado aos corações" e que "devem compreendê-lo admiravelmente

---

[26] CUNHA, Euclides da. "Carta a José Veríssimo de 3 de dezembro de 1902", in GALVÃO, Walnice Nogueira; GALOTTI, Oswaldo (orgs.). *Correspondência de Euclides da Cunha*. São Paulo: Edusp, 1997, p. 143.
[27] Ibid., p. 119.

os poetas".[28] A síntese bárbara e polígrafa entre ciência e arte em seu tão peculiar estilo ensaístico que visa o afeto intelectual ou o intelectual afetivo do leitor é tarefa poética, literária. Na primeira metade do século passado, essa indiscernibilidade se configura como o vetor principal de um pensamento realizado no Brasil, sobre o Brasil, brasileiro, tanto pelas mãos precursoras de Euclides da Cunha quanto pelas posteriores de Sérgio Buarque de Holanda e de Gilberto Freyre, por exemplo. Foi o que disse, muito agudamente, Antonio Candido, valorizando o decênio de 1930 e pautando uma das diagonais de força que, naquele momento, se intensifica: "[...] a literatura e o pensamento se aparelham numa grande arrancada".[29] E, logo depois: "Ajustando-se a uma tendência secular, o pensamento brasileiro se exprime, ainda aí, no terreno predileto e sincrético do ensaio não-especializado de assunto histórico social".[30]

Não é casual, portanto, que um desses pensadores que se movem no "terreno predileto e sincrético do ensaio não especializado de assunto histórico social", seguindo Euclides da Cunha, ao fazer crítica literária, também tenha pleiteado uma crítica poética, ou seja, "verdadeiramente criadora". Mesmo sob o risco da longa citação, vale lembrar as palavras de Sérgio Buarque de Hollanda, que, em uma de suas colunas do *Diário de Notícias*, publicada em 15 de setembro de 1940, intitulada "Poesia e crítica", falam por si clara e arrojadamente:

> "Nada mais fácil e nem mais tentador que apresentar a crítica e a poesia como duas manifestações literárias radicalmente antagônicas. É um prazer para o espírito poder descansar nessas delimitações rígidas, sugestivas e lapidares que consentem o abandono de toda inquirição mais profunda. Não admira que se tenha procurado definir aquelas manifestações pela intensidade com que parecem excluir-se mutuamente, e não estão longe de nós as tentativas de certa escola que procurou explorar ao extremo esse suposto antagonismo. [...] Em realidade a oposição entre poesia e crítica é apenas metafórica, procede de uma simplificação dialética e não pode ser aceita ao pé da letra. Se fôssemos aceitá-la ao pé da letra, teríamos de conceber o crítico ideal como um monstro de abstrações armado de fórmulas defuntas e ressequidas, sempre pronto para aplicá-las à vida numerosa e multiforme. E se quiséssemos imagens em que exprimisse mais concretamente essa oposição, diríamos que a crítica está para a poesia na relação em que está um cemitério para um hospício de alienados. O antagonismo rancoroso que se procurou forjar entre as duas espécies literárias

---

[28] Ibid., p. 162.
[29] CANDIDO, Antonio. *Literatura e sociedade*. 8. ed. São Paulo: Publifolha, 2000, p. 113.
[30] Ibid., p. 114.

corresponde bem ao intelectualismo excessivo de nosso século, em que as ideias suplantaram violentamente os fatos, em que os conceitos formados da realidade substituíram-se à realidade. [...] A verdade é que o primeiro passo da crítica está na própria elaboração poética e os seguintes estão nos reflexos que o produto de semelhante elaboração vai encontrar no público. Nessa reação do público há uma parte apreciável de recriação. Cada indivíduo, cada época recria as obras de arte segundo sistemas de gosto que lhe são próprios e familiares. É graças a essa milagrosa recriação — quer dizer, criação contínua e sempre renovada — que Homero ou Cervantes podem ser e são nossos contemporâneos, compondo uma ordem simultânea com todos os outros autores do passado e do presente, embora signifiquem para nós qualquer coisa de bem diverso daquilo que significaram para os homens de seu século. A grande função da crítica, sua legitimação até certo ponto, está na parcela decisiva com que pode colaborar para esse esforço de recriação. Ela dilata no tempo e no espaço um pouco do próprio processo de elaboração poética. E nesse sentido não é exagero dizer-se que a crítica pode ser verdadeiramente criadora".[31]

Não é casual, tampouco, que, perseguindo esse caminho de uma crítica "verdadeiramente criadora", Gilberto Freyre tome Euclides da Cunha como uma das referências de grande importância para sua própria realização. Colocando Euclides ao lado de, entre outros, Nietzsche, Montaigne, Pascal, Unamuno, Joaquim Nabuco, ele afirma: "Nem *Os sertões*, de Euclides, são menos literatura — da mais especificamente literária — do que *Dom Casmurro*. Nem o Pompeia, d'*O Ateneu*, é menos poético que Casimiro de Abreu. Nem as páginas de Nabuco sobre Maçangana contêm menos poesia do que o *Minha terra tem palmeiras* de Gonçalves Dias. Ao contrário: mais. Mais poesia, mais literatura, mais verdade, mais beleza. E também mais Brasil. Mais forma e mais cor do Brasil".[32] Enquanto Antonio Candido chamou tal ensaio de não especializado e sincrético, Gilberto Freyre o determina como uma "forma de arte inacadêmica",[33] na qual tanto no modo de escrita quanto no tema o Brasil, em seus aspectos históricos, sociológicos, antropológicos e literários, manifesta melhor sua vitalidade. No "Prefácio do autor" de *Vida, forma e cor*, Gilberto Freyre salienta, logo no início, que tais ensaios, cujos assuntos (abordando diversos poetas, ficcionistas, memorialistas, críticos, pintores e músicos) são especificamente literários ou artísticos,

---

[31] BUARQUE DE HOLANDA, Sérgio. *O espírito e a letras; estudos de crítica literária I, 1920-1947*. São Paulo: Companhia das Letras, 1996, pp. 272-3.
[32] FREYRE, Gilberto. *Vida, forma e cor*. Recife: Fundação Gilberto Freyre, 2010, p. 19.
[33] Ibid., p. 20.

trazem a arte literária também em sua própria forma e pertencem, assim, à "literatura propriamente literária".[34] Dentro desse âmbito, ele ressalta que tais ensaios foram escritos "sob um só ânimo: o de escritor. E alguns escritos quase exclusivamente sob este ânimo: o literário, o de escritor ou de ensaísta literário".[35] Diagnosticando nossa época como eminentemente científica, ainda seguindo Euclides da Cunha, exige para ela o encontro radical da ciência com a arte, valorizando o fato de que "uma obra de filósofo ou de cientista possa ser uma obra também de arte ou de literatura".[36] É o que exige para si mesmo, para que sua própria escrita realize a intensificação poética dos símbolos através da visualidade das imagens e da tensão necessária entre ritmo e arritmia para produzir o "vigor da expressão", propiciando um dizer mais, um mais dizer e um melhor dizer da realidade, sobretudo, no caso, da realidade brasileira, e das obras de arte. As citações sobre a subordinação do homem científico ou teórico ao escritor poderiam ser muitas: "Esta é precisamente a condição ideal para o desenvolvimento de uma moderna literatura. E dentro dessa condição é que é possível o avigoramento, entre nós, de um tipo de ensaio que sendo principalmente literário em sua forma, não deixe de ter relações com o que seja um pensamento brasileiro".[37] E, mais à frente no livro, a lucidez do modo como se vê primeiramente como escritor literário; falando de si em terceira pessoa, não deixa margem para dúvidas: "O trabalho que então se empenhou quase secretamente — pois foram raros os seus amigos a quem comunicou seu segredo — baseava-se, é certo, em difícil pesquisa tanto histórico-social como antropológica; e teria alguma coisa de sociologia ou de antropologia ou de psicologia interpretativa; mas pretendia ser principalmente literatura";[38] ou ainda: "Tratava-se de empreendimento de escritor versado em antropologia e em sociologia; e não de antropólogo ou de sociólogo que apenas fosse escritor de modo secundário ou ancilar";[39] ou ainda: "E ter, como ideia fixa, apenas esta: ser escritor; ser ensaísta; desenvolver um estilo, como ainda não havia em português, em que o ritmo anglo-saxônico e o grego se conciliassem com as tradições latinas de língua portuguesa, dando ao

---

[34] Ibid., p. 13.
[35] Ibid., pp. 14-5.
[36] Ibid., p. 16.
[37] Ibid., p. 17.
[38] Ibid., p. 164.
[39] Ibid., p. 165.

inovador um meio de expressão que correspondesse às suas experiências mais íntimas e mais pessoais. Era também sua ideia fixa ser independente, embora pobre, na atividade mais artística ou humanística que científica, que para ele se afigurava a atividade de escritor".[40]

Para Gilberto Freyre, *Vida, forma e cor* se complementa com *Talvez poesia*, livro que reúne "possíveis poemas", alguns escritos na juventude e a maioria colhida a partir de "reduções a formas poemáticas de trechos de prosa", realizadas predominantemente por Ledo Ivo e Mauro Mota, poetas que apresentam o livro. Para seu autor, a importância do livro parece provir do fato de o cientista e o pensador que existem nele "ser[em] assim considerado[s] de ponto de vista estritamente literário", de serem admitidos "entre escritores especificamente literários",[41] de ele mesmo enquanto autor dizer ironicamente de si que não é "nem sempre ortodoxamente lógico, ou sequer sociológico, no seu modo de ser ensaísta — ao contrário: às vezes antissociológico e mesmo antilógico".[42] Tal presença do "antissociológico" ou do "antilógico" está mais equilibradamente presente na orelha assinada por Ledo Ivo, para quem "a operação de desentranhamento da poesia de que está juncada a prosa de Gilberto Freyre corresponde, assim, a um processo de retificação necessária de uma personalidade intelectual onde coabitam, sem litígio ou malquerenças, o lógico e o mágico, o homem de ciência e o visionário", ou, em outras palavras, onde o poeta pode aparecer com grandeza no ensaísmo teórico e literário: "O olhar que vê 'as igrejas gordas' e a 'neve mole de Brooklyn' não é apenas o de um cientista; é o de um poeta, que não consegue esconder a nostalgia da Poesia, presente em todo o seu itinerário intelectual, em seus hábitos pessoais de leitor, em sua inestancável aprendizagem cultural, no exemplo de suas convivências e admirações e simpatias, no âmago de sua linguagem".[43] Mauro Mota também ressalta "esse extraordinário poder de conciliação científico-estético em Gilberto Freyre", chamando atenção para essa "simbiose irreversível".[44] Tal "simbiose irreversível", explícita para quem quer que se aproxime da obra do autor em questão, é testemunhada igualmente por Manuel Bandeira: "que assistem ao sociólogo Gilberto Freyre as

---

[40] Ibid., p. 166.
[41] Ibid., p. 14.
[42] Freyre, Gilberto. "Prefácio do autor", in Ivo, Ledo. *Talvez poesia*. Rio de Janeiro: José Olympio, 1962, p. 4.
[43] Ivo, Ledo. *Talvez poesia*, op. cit..
[44] Mota, Mauro. "O poeta Gilberto Freyre", in Ivo, Ledo. *Talvez poesia, op. cit.*, p. XVI.

virtualidades de um grande poeta é coisa que salta aos olhos em cada página de sua obra, já na pertinácia e graça de uma imagem, já na escolha de um adjetivo ou no gostoso número de um movimento rítmico; para Freyre, não existem fronteiras rígidas entre a região da ciência e a da poesia".[45]

Com a valorização maior do literário ou do poético em sua obra social, histórica, psicológica e antropológica, talvez possa ficar mais fácil de entender a necessidade dos arquiconceitos, todos afins uns com os outros, que estruturam o tema de *Casa-Grande & Senzala* — não apenas a requisição do que estão dizendo, mas também de trazê-los para a própria modalidade da escrita: *zonas de confraternização, miscigenação, hibridização, indecisão, síntese, flexibilidade, equilíbrio sobre os antagonismos, mobilidade salutar* (X *mobilidade dispersiva*), *intercomunicação, fusão harmoniosa, reciprocidade, choque, confraternização, ponto de confraternização, ponto de encontro, ponto de amalgamento, ponto de intercâmbio, mistura, ajustamento, ajustamento de tradições e de tendências, o óleo lúbrico da profunda miscigenação, cruzamento, interpenetração* etc.[46] Todos eles se encaixam muito bem deslizando para a questão deste ensaio. Se, como dito, na valorização poética do modo de escrita, Euclides da Cunha afirmava que seu estilo era "destinado aos corações" e que "devem compreendê-lo admiravelmente os poetas", Gilberto Freyre expõe sua metodologia contando que, através de uma aventura da sensibilidade proporcionada pela intimidade maior com a vida do assunto pesquisado, buscando não sufocar "metade de nossa vida emotiva e das nossas necessidades sentimentais e até de inteligência",[47] "se estuda tocando em nervos".[48] Tocar o coração, como em Euclides, ou tocar em nervos, como Gilberto Freyre, é o que tais pensadores estão exigindo para a crítica literária brasileira, fazendo com que, pela acomodação do tema em sua escrita enquanto obra, tenha o impacto do assunto turbinado, levando a plena força do sentido, provinda da potência vital, a atravessar, desde uma primeira instância, o coração ou os nervos do leitor.

Se, pautado pela frase "a crítica é cinzenta e verdejante o áureo

---

[45] BANDEIRA, Manuel apud MOTA, Mauro. "O poeta Gilberto Freyre", in Ivo, Ledo. *Talvez poesia, op. cit.*, p. XXIII.
[46] FREYRE, Gilberto. *Casa-Grande&Senzala*. Rio de Janeiro: Record, 1992.
[47] Ibid., p. 335.
[48] Ibid., "Introdução", p. LXV.

texto que ela aborda", do crítico crítico Antonio Candido, apresentei primeiramente o sintoma de uma crítica hegemônica, que se quer como secundária em relação ao texto literário, num segundo momento, a contrapelo de uma retomada constante da compreensão de crítica como um "gênero auxiliar", "lateral e dependente", ou seja, não criativo, privilegiei um tipo de crítica que se quer poética e criadora, a realizada pelos que, começando com Euclides e abrindo as portas do século XX para uma das maiores forças reflexivas do Brasil, buscaram, com Sérgio Buarque de Hollanda e Gilberto Freyre, entre outros, realizar o consórcio entre teoria e arte não apenas "no terreno predileto e sincrético do ensaio não-especializado de assunto histórico social", mas também na crítica literária que escreveram.

Gostaria agora de mencionar um terceiro grupo tipológico: o da crítica realizada por poetas-críticos-teóricos, caracterizados exemplarmente por Mário de Andrade, de quem seria fácil mostrar a indiscernibilidade entre o poético e o crítico ou teórico. Escolho, entretanto, por facilitação e para ir direto ao ponto, outro caminho, o da citação explícita. Em "Começo de crítica", no rodapé intitulado *Vida literária*, caracterizado por ele como uma "crítica domingueira" em que "antes de mais nada [queria realizar] uma procura do essencial", Mário de Andrade sinaliza, com a clareza que lhe é habitual:

> A crítica é uma obra de arte, gente. A crítica é uma invenção sobre um determinado fenômeno artístico, da mesma forma que a obra de arte é uma invenção sobre um determinado fenômeno natural. Tudo está em revelar o elemento que serve de base à criação, numa nova síntese puramente irreal, que o liberte das contingências e o valorize numa identidade mais perfeita. 'Mais' perfeita não quer dizer perfeita, a única, a verdadeira, porém a mais intelectualmente fecunda, substancial e contemporânea.// E não estará nisto justamente a mais admirável finalidade da crítica?[49]

Nesse grupo, os exemplos são muitos. Dizendo estar "cansado do critiquês, a linguagem inevitavelmente pesada e pedante das teses sem tesão e das dissertações dessoradas em que se convertera, em grande parte, a discussão da poesia entre nós", Augusto de Campos, tentando superar "a crise do critiquês", na abertura intitulada "Antes do Anti" do

---

[49] ANDRADE, Mário de. *Vida literária*. São Paulo: Hucitec/Edusp, 1993, p. 14.

paradigmático livro *o anticrítico*, avisa que deseja "recortar as minhas incursões de poeta-crítico em prosa porosa".[50] O que está chamando de "prosa porosa", como resposta "ao desprazer de fazer crítica",[51] vem da expressão *ventilated prose*, de Buckminster Fuller. Curiosamente, essa prosa cujos poros, arejados, são passagens sopradas pelo vento da criação poética se realiza em versos, repletos, entre outras características poéticas, de *enjambements*, fazendo com que a "prosa ventilada" seja igualmente escrita tal qual um poema crítico que minasse a linearidade do discurso e do pensamento, a ponto de ele chamar tal "prosa ventilada", porosa em versos, de "meu doce estilo novo",[52] termo, como se sabe, cunhado por Dante na *Divina Comédia*, de designação histórica da então nova poesia que se diferenciava da lírica trovadoresca. Por isso, não sem alguma ironia, ele acrescenta: "Se, apesar das minhas intenções, a poesia vazou e contaminou essa pretensa prosa, foi por deformação de amador, que ainda prefiro à deformação profissional produzida na pedregosa linguagem da crítica pela imposição e pela impostura da seriedade".[53] Para mencionar mais um exemplo de poeta-crítico-teórico para quem a crítica se coloca como "verdadeiramente criadora", elejo Roberto Corrêa dos Santos, sobre quem acabei de escrever um livro privilegiando exatamente este assunto.[54] Para não ser repetitivo, indicarei apenas o que lá é trabalhado com vagar, ou seja, o estabelecimento de uma "arte das rangências" que se encontra plenamente realizada no que ele chama de "ensaio teórico-crítico-experimental" ou "quase poema — poema expandido". Em uma teoria em versos recém-publicados sob o nome de "Novas sobras", oriunda, aliás, de um texto maior em prosa que havia escrito para a orelha de um livro seu de poemas, o projeto buscado ao longo de sua obra ganha nome e explicação:

quem-aqui-escreve
supõe não ter emergido uma literatura contemporânea,

tal como o termo *contemporâneo* tem sido visto segundo tantos saberes,

---

[50] CAMPOS, Augusto. *O anticrítico*. São Paulo: Companhia das Letras, 1986, p. 9.
[51] Ibid., p. 87.
[52] Ibid.
[53] Ibid.
[54] PUCHEU, Alberto. *Roberto Corrêa dos Santos: o poema contemporâneo enquanto o ensaio teórico-crítico-experimental*. Rio de Janeiro: Azougue Editorial, 2011.

entre eles os das artes plásticas;

no âmbito da literatura, essa atitude venha ocorrendo somente talvez e de modo raro na ordem do ensaio teórico-crítico-experimental, quase poema — poema expandido;

o *efeito* de obras esplêndidas de certos escritores realizadas lá antes — e com o poder contemporâneo semelhante ao do *efeito-duchamp* em arte — não se manifestou em escritas mais próximas;

logo, em literatura, não se construiu um campo de forças — em sua diferença brutal — capaz de, em embate-encontro com a literatura moderna, trazer uma massa distinta de audácias de recurso e de pensamento expressas;

isso, ainda, talvez, talvez.[55]

Esclareço somente que não se pretendeu lá trabalhar a negativa, polêmica, de seu pensamento (o fato de não ter emergido uma literatura contemporânea), mas a porção afirmativa de sua frase, a compreensão do "ensaio teórico-crítico-experimental" ou do "quase poema — poema expandido" enquanto a emergência, mesmo que rara para ele, do contemporâneo literário. A trajetória de uma escrita experimental, buscando uma "mímese circular entre obra e crítica" a ponto de torná-las híbridas, continua a se fazer fortemente presente, por exemplo, no poeta, artista visual e ensaísta Nuno Ramos, para quem "É difícil imaginar a força da arte brasileira contemporânea sem este impulso crítico poético, sem esta *promiscuidade* entre poesia e crítica (mas que não se desligou nunca, em especial através da seleção dos artistas que realmente contavam, da tarefa de formação de um meio rigoroso)";[56] ou ainda na crítica ficcional de Antonio Carlos Secchin, que, ao lidar com o enigma de Capitu, ao invés de dar uma *resposta* a ele, oferece, segundo suas próprias palavras, "uma réplica à questão, deslocando-a de um terreno eminentemente crítico-teórico para outro que, sem abdicar do caráter crítico, incorporasse o ficcional". Essa crítica ficcional operada em um conto, intitulando-se "Carta ao Seixas", na qual Bento escreve ao confidente Seixas (protagonista de *Senhora*, de José de Alencar), procura

---

[55] Dos Santos, Roberto Corrêa. "Novas sobras". *Plástico Bolha*, ano 6, n. 29, mar.-abr. 2011, p. 16. Disponível em: <http://www.jornalplasticobolha.com.br/downloads/pb29.pdf>. Acesso em: 23 nov. 2011.
[56] Ramos, Nuno. *Ensaio geral*. São Paulo: Globo, 2007, pp. 9-10.

ser "um modo de trair a tradição da traição. Não para resolver o enigma. Quem sabe, porém, para nele injetar uma carga suplementar e maliciosa de ambiguidade".[57]

Retomando a tipologia esboçada nesta conferência, três tipos de crítica foram privilegiados: em primeiro lugar, a que, apesar de sua força criadora, se declara voluntariamente sombria, rebocada, de segunda divisão, encabeçada pelo crítico crítico Antonio Candido, com a presença da crítica crítica Leyla Perrone-Moisés e — estranha e desajustadamente — a do crítico ficcionista (igualmente poeta bissexto) Silviano Santiago; no segundo bloco, a crítica que se quer desejosamente instauradora, colorida, dos críticos escritores de um pensamento literário-histórico-social-antropológico; por fim, a presença, também afirmativa, consciente, ensolarada e verdejante, dos poetas-críticos. Se, nesses dois últimos tipos, o que se manifesta como ponto de partida para uma crítica criadora é, no primeiro desses grupos, a correlação existente entre o poético ou o literário e o sociológico, o histórico e o antropológico, acionada para pensar sincreticamente o país mestiço, e, no posterior, o fato de os poetas requisitarem uma escrita que se quer sempre instauradora, ainda é preciso, entre nós, uma nova exploração: a miscigenação entre o poético e a crítica literária, entre o poético e a teoria literária, naquele grupo composto privilegiadamente por críticos críticos. Há um crítico crítico a demandar da própria crítica uma escrita literária que requisitasse o poético para a crítica dos que são exclusivamente críticos literários, possibilitando a unificação das três críticas pela assunção explícita de seu papel não menos criador do que o da literatura de modo geral? Penso que a presença de um crítico como esse seria capaz de desrecalcar o fazer crítico dos exclusivamente críticos, levando a crítica literária a ser consciente e afirmativamente literária e superando, com isso, sua colocação enquanto disciplina objetivista que, privilegiando um princípio de aplicabilidade, supõe o poético como autônomo e exclusivo.

Entre nós, esse vínculo assumido entre crítica e criação pelo lado dos críticos críticos ganhou sua explicitação em um de nossos críticos literários mais atuantes e de maior relevância, Eduardo Portella, que

---

[57] SECCHIN, Antonio Carlos. "Em torno da traição", in *Escritos sobre poesia & alguma ficção*. Rio de Janeiro: Eduerj, 2003, p. 115.

parece ser o primeiro crítico exclusivamente crítico a se posicionar explicitamente, como um certo marco histórico inicial, do lado dos que demandam um crítica colorida, ensolarada, criadora, instauradora, livrando finalmente a crítica dos críticos exclusivamente críticos, ainda que com todo o reconhecimento a Antonio Candido,[58] de seus "escrúpulos assombradiços". Nele, ponto genealógico de grande importância, encontra-se uma zona de reviravolta possível na reflexão acerca da crítica — tal como exercida pelos críticos críticos —, em sua autoimagem e em sua realização. Vindo da hermenêutica, da valorização de uma ontologia da linguagem em detrimento de uma epistemologia, ele sabe que a interpretação, para se dar na mais alta colocação, tem de ser inventiva, ou seja, tem de assumir para si toda a liberdade e flexibilidade do fazer poético. Entrando, de fato, no campo de forças no qual se realiza a criação artística, a crítica dos críticos críticos passa a buscar para si essa mesma intensidade, requisitante de seu próprio obrar enquanto arte. Mergulhados integralmente no movimento de criação da linguagem que os absorve, crítico e poeta se misturam, confundindo-se, até o momento em que o mesmo vigor que se presencia em um determina também o outro. Descobrindo-se congêneres, conaturais, ao invés de falar sobre a outra, abolindo a cansada dicotomia entre sujeito e objeto e, com isso, superando definitivamente o que ainda havia de resquício do científico na crítica, uma escrita nasce com a outra. Levando a crítica dos críticos críticos para o lado da arte, a crítica fala com a obra literária do mesmo não-lugar criativo de onde o poético emerge: é o chamado *entre-texto*, conceito que, de uma ponta a outra, atravessa muitos dos livros do crítico baiano. É bem possível, portanto, que a atuação de Eduardo Portella tenha sido por sua proximidade com a filosofia, trazendo para nossos dias uma compreensão do fazer crítico de algum modo já apontada por José Veríssimo, ainda que em outro contexto histórico do percurso filosófico: "Se os críticos de arte que são mais filósofos que artistas, e é o caso de Taine, mais teóricos que técnicos, podem extraviar-se nos seus conceitos estéticos, a verdade é que, em geral, o seu descortino é maior, a sua apreciação mais larga, o seu juízo mais agudo, a sua inteligência mais

---

[58] Cf. Portella, Eduardo. "Crítica e autocrítica", in *Homenagem a Eduardo Portella na cinquentenário da publicação de* Dimensões I. Rio de Janeiro: PEN Clube do Brasil em convênio com a Academia Brasileira de Letras, 2008, p. 44. "Nessa paisagem contraditória não podia faltar o sopro vivificador de Antonio Candido."

compreensiva que a dos críticos especialistas".[59] Como o pensamento filosófico acolhido por Portella é um que encampa o poético, talvez por isso se dê uma inteligência que encampa tanto o filosófico quanto o poético na reflexão e no fazer críticos.

Já em 1958, seguindo Nietzsche, ele ambicionava "metaforizar o conhecimento"[60] ao levar ao rigor crítico uma "intuição poética radical, que anima toda crítica verdadeiramente criadora"[61] e, no ano seguinte, acatava uma definição do ensaio como "a arte mais a intenção reflexiva".[62] Torna-se cada vez mais frequente em sua obra a requisição por uma crítica poética, sendo um dos polos que motiva um livro imprescindível que é o *Fundamento da investigação literária*. Nele, em um capítulo primoroso desde seu título, "No jogo da verdade a crítica é criação", podem ser lidas exigências como: "Ao contrário da linguagem sobre, a linguagem com procura ser, ela mesma, uma criação; mas uma criação peculiar, alimentada pela ideia de que não se fala sobre literatura de fora da literatura"; ou, então: "[...] uma crítica não criativa não pode ver a criação. A crítica literária consiste, portanto, em apreender o movimento livre da criação. Por isso, a leitura hermenêutica ou poética confunde-se com a própria obra".[63] Em *Confluências*, é dada a continuidade da requisição feita para estabelecer o critério utilizado para determinar a permanência do discurso teórico ou crítico: "E o ensaio é tanto mais perdurável quanto mais aceso pela poesia".[64] Em depoimento mais recente, o viés continua:

> Eu queria que houvesse uma crítica capaz de ler o silêncio. Porque, suponho, o silêncio é o mais dizer. É tudo aquilo que se diz naquilo que se cala. // Então, na verdade, o crítico que pretenda interpretar ou se aproximar, ou estabelecer uma espécie de conaturalidade com a obra literária, precisa ter também esse espaço de coabitação onde se junta ao fazer poético, sem o que ficará emitindo sentenças provavelmente estranhas ou distantes do texto.[65]

---

[59] VERÍSSIMO, José. "Das condições da produção literária no Brasil", in BARBOSA, João Alexandre (org.). *José Veríssimo: teoria, crítica e história literária*. São Paulo: Edusp, 1977, p. 43.
[60] PORTELLA, Eduardo. *Dimensões I*. 4. ed. Rio de Janeiro: Tempo Brasileiro, 1971, p. 17.
[61] Ibid., p. 31.
[62] PORTELLA, Eduardo. *Dimensões II*. Rio de Janeiro: Agir, 1959, p. 146.
[63] PORTELLA, Eduardo. *Fundamento da investigação literária*. Rio de Janeiro: Tempo Brasileiro, 1974, pp. 146-7. (A primeira edição do livro, fruto de uma tese de doutorado, foi de 1970.)
[64] PORTELLA, Eduardo. *Confluências: manifestações da consciência comunicativa*. Rio de Janeiro: Tempo Brasileiro, 1983, p. 22.
[65] PORTELLA, Eduardo. "Crítica e autocrítica", in *Homenagem a Eduardo Portella no cinquentenário da publicação de* Dimensões I, op. cit., p. 44.

No Brasil, não se escuta a qualquer instante, de um crítico exclusivamente crítico, formulações como essas. Por isso também, a importância da hermenêutica, num certo momento, para a crítica literária brasileira, não pode ser minimizada, ainda que, ao invés de seguida com antolhos, ela deva ser desdobrada, transformada em novas possibilidades, receber influxos imprevisíveis de outros modos de pensamento filosóficos, críticos, teóricos e artísticos, ganhar variações que animem ainda mais a conjunção do teórico ou crítico com o poético ou literário. Perder-se mesmo, para a preservação de uma crítica poético-filosófica vindoura, qualquer que seja. Ninguém menos do que Gilberto Freyre, que fez o prefácio do primeiro livro do respectivo crítico literário, tendo posteriormente o inserido em *Vida, forma e cor* sob o título "Um novo crítico: Eduardo Portella", soube ver a requisição fundamental desse crítico exclusivamente crítico, ao dizer coisas como: um "livro especificamente literário como o de Eduardo Portella",[66] acrescentando que, com tal livro, reaparece, de algum modo, em novo contexto, aquilo que ele mesmo e outros haviam antes realizado, ou, em suas próprias palavras,

> A verdade é que o prefaciador vê reaparecer nas letras brasileiras mais novas uma preocupação com problemas de expressão artística e, ao mesmo tempo, de interpretação, sob formas mais autenticamente brasileiras, do drama do homem civilizado situado no trópico, que lembram as suas, de há trinta anos; e essa preocupação lhe parece manifestar-se não só na poesia, no romance, no teatro, no conto, nas artes plásticas, na música, como na crítica literária que vem sendo iniciada por jovens escritores como, no Rio de Janeiro, Eduardo Portella.[67]

Em um texto publicado em 1985, o foco da ênfase é o mesmo. Depois de escrever que "E uma das suas afirmações de competência de crítico criativo está no domínio artístico sobre o seu muito e vário saber", continua: "Em Eduardo Portella o artista, o artista sensível, o artista irredutível, não deixa que o eruditismo domine o escritor, subordinando-o a um erudito desgastado pela erudição indigesta. Esta [sic] uma das suas belas virtudes".[68] Não é à toa, tampouco, que, pelo

---

[66] FREYRE, Gilberto. *Vida, forma e cor*. Recife: Fundação Gilberto Freyre, 2010, p. 167.
[67] Ibid.
[68] FREYRE, Gilberto. "Eduardo Portella, pernambucano", in *Eduardo Portella: ação e argumentação: 30 anos de vida intelectual*. Rio de Janeiro: Edições Antares, 1985, p. 22.

mesmo privilégio, Jorge Amado vincula Eduardo Portella a Gilberto Freyre em suas palavras:

> os nossos críticos em sua maioria — melhores, piores, universitários —, além de despreparados para o ofício, não são escritores. Mesmo entre os mais argutos, uns raros, sente-se a falta das qualidades literárias. Um cientista da importância de Gilberto Freyre é coincidentemente um grande escritor. O mesmo não sucede com os nossos críticos literários, infelizmente; alguns serviriam como exemplos do antiescritor. Mas toda regra tem exceção, diz o provérbio, e assim acontece inclusive em se tratando da crítica: entre as exceções avulta Eduardo Portella, um escritor antes de tudo, claro, límpido, dono de uma escrita costurada com graça e com beleza.[69]

É essa mesma ênfase no escritor, repetida em diversos comentários de seus leitores, que leva o crítico português Eduardo Prado Coelho a focar seu belo pensamento na escrita do ensaísmo de Portella. Depois de mencionar uma compreensão de ensaio de Musil, ele afirma:

> Mas o processo de fragmentação vai mais longe, porque cada texto é construído numa espécie de *inclinação aforística*: há um fio de argumentação, mas esse fio surge-nos pespontado, intermitente, balbuciante, e encontramos restos, alinhavos, afluxos descontínuos, fulgurâncias desgarradas. E, no interior de cada fragmento, a própria escrita de Eduardo Portella acentua este pendor para a descontinuidade: as frases não se arrastam umas às outras, mas voltam-se para o interior de si mesmas, concentram-se em núcleos energéticos, segregam em torno de si aros de silêncio e adensam-se num apaixonante processo de premeditação explosiva.[70]

A suposição aqui é que, com a reflexão crítica de Eduardo Portella, ou seja, com a crítica exclusivamente crítica se querendo criadora e artística, as três vertentes de modalidades críticas, atingindo a mesma demanda, possam, de algum modo, se unificar em nome da criação ambicionada, abrindo com isso possibilidades cada vez mais radicais e inventivas de pensamento e de escrita crítico-poético-teóricos. Tal desrecalcamento realizado por Eduardo Portella da crítica de críticos ecoa futuramente em críticos como, entre outros, João Alexandre Barbosa, ex-orientando de Antonio Candido, a quem, com seu percurso diferenciado, substituiu

---

[69] AMADO, Jorge. "O angolano de Feira de Santana", in *Eduardo Portella: ação e argumentação: 30 anos de vida intelectual*, op.cit., p. 26.
[70] COELHO, Eduardo Prado. "Eduardo Portella: a razão afetiva", in *Eduardo Portella: ação e argumentação: 30 anos de vida intelectual, op. cit.*, pp. 66-7.

enquanto Professor Titular da cadeira de Teoria Literária e Literatura Comparada da Faculdade de Filosofia, Letras e Ciências Humanas, da USP (vale lembrar que com a presença de Eduardo Portella na banca a convite de Antonio Candido), em afirmações como:

> É claro que ao leitor não deve ter passado desapercebido o fato de que não tenho fixado uma distinção entre o escritor enquanto criador de textos e o crítico: sendo a crítica uma metalinguagem, não vejo porque não considerar, antes de mais nada, o texto crítico como uma articulação da experiência (ainda que de outros textos, embora jamais desligada da vida, ou por isso mesmo!) que se realiza pelo trabalho de decifração e recifração da linguagem.[71]

Ou: "minha insistência no texto crítico enquanto texto literário".[72]

Para terminar, reciclando Antonio Candido, diria que o que está em jogo, portanto, para o novo pensamento teórico ou crítico brasileiro, para que esteja à altura da poesia, da literatura, hoje e sempre praticada neste país, é a necessidade de um pensamento poético-crítico-teórico a partir da literatura não ser e nem se querer cinzento, mas tão verdejante e áureo, tão colorido, quanto a obra que ele aborda.

---

[71] BARBOSA, João Alexandre. "Introdução", in *José Veríssimo; teoria, crítica e história literária*. op. cit., p. X.
[72] Ibid., p. XI.

UTÓPICA E FUNCIONAL? SOBRE A CRÍTICA DE POESIA EM SEUS IMPASSES

Susana Scramim
Professora de Teoria Literária da UFSC/ Pesquisadora do CNPq

> *Adolf Loos e eu, ele literal e eu linguisticamente, nada mais fizemos que mostrar que entre uma urna funerária e um penico existe uma diferença, e que só nessa diferença há espaço para a cultura. Mas os outros, os positivos, se dividem entre aqueles que usam a urna como penico e aqueles que usam o penico como urna.*[1]
>
> Karl Kraus, *Aforismos*

O negativo

Uma das mais contundentes formulações de Walter Benjamin sobre o trabalho crítico foi desenvolvida no estudo que escreveu sobre o romance *As afinidades eletivas* de Goethe, pensado e produzido entre os anos de 1919 e 1922. O que o filósofo propõe na análise à qual submete o romance de Goethe é uma reflexão sobre a tarefa do trabalho crítico diante da tradição. Se a investida objetiva é o romance de Goethe, porém, a questão pulsante no texto é a polêmica que Benjamin instaura com o conceito de crítica do próprio Goethe. Benjamin começou a escrever o texto crítico sobre o romance *As afinidades eletivas* logo depois de concluir sua tese de doutoramento, *O conceito de crítica de arte no romantismo alemão*, ou seja, em 1919. Se levarmos em conta que a última parte da tese sobre o conceito de crítica de arte do romantismo é um capítulo em que Benjamin retoma o problema da inadequada consideração do primeiro romantismo sobre a tarefa da crítica, pode-se ponderar que o estudo sobre o *As afinidades eletivas* é um tipo de desdobramento de questões que ainda mereciam

---

[1] "*Adolf Loos und ich, er wörtlich, ich sprachlich, haben nichts weiter getan als gezeigt, daß zwischen einer Urne und einem Nachttopf ein Unterschied ist und daß in diesem Unterschied erst die Kultur Spielraum hat. Die andern aber, die Positiven, teilen sich in solche, die die Urne als Nachttopf, und die den Nachttopf als Urne gebrauchen.*" Kraus, Karl. "Die Zeit", in *Aforismen: Sprüche und Widersprüche; Pro domo et mundo; Nacht*. Berlim: Directmedia, 2007. A tradução brasileira: "A época", in *Aforismos*. Renato Zwick (trad., sel. e apres.). Porto Alegre: Editorial Arquipélago, 2010, p. 169.

atenção por parte de Benjamin. Isso no que diz respeito à "Ideia" de arte e seu "Ideal", ou ainda entre sua forma e seu conteúdo como foi proposto por Goethe em suas reflexões sobre a arte.

> A questão da relação entre a teoria da arte goethiana e a romântica coincide com a questão do conteúdo puro com a forma pura (e, como tal vigorosa). Neste âmbito, devemos ressaltar a questão da relação entre a forma e o conteúdo, frequentemente colocado de modo deficiente em relação à obra singular, e que deste modo nunca pode ser resolvida com precisão. Pois a forma e o conteúdo não são substratos da conformação empírica, mas, antes, diferenciações relativas, encontradas em razão de diferenciações puras e necessárias da filosofia da arte. A Ideia da arte é a Ideia de sua forma, assim com o seu Ideal é o Ideal de seu conteúdo. A questão sistemática fundamental da filosofia da arte deixa-se portanto formular também como a questão acerca da relação entre a Ideia (sic) e o Ideal da arte. A soleira desta questão a presente investigação não pode ultrapassar, ela podia apenas tratar um contexto de história dos problemas até o ponto em que este contexto remetesse com plena clareza à sistematicidade. Ainda hoje este estado da filosofia da arte alemã em torno de 1800, assim como ele se expõe nas teorias de Goethe e dos primeiros românticos, é legítimo.[2]

Em decorrência da constatação desse problema detectado já enquanto escrevia sua tese de doutoramento, na apresentação de seu estudo — *As afinidades eletivas de Goethe* — Walter Benjamin recoloca a questão desdobrando-a na proposição de uma tarefa para a crítica.

> La bibliografía existente sobre obras literarias nos sugiere que la exhaustividad en ese tipo de investigaciones debe ponerse a cuenta de un interés más filológico que crítico. Por eso, la siguiente exposición sobre *Las afinidades electivas*, que también entra en detalles, podría confundir fácilmente respecto de la intención con la que se la presenta. Podría parecer un comentario; sin embargo, está pensada como crítica. La crítica busca el contenido de verdad de una obra de arte; el comentario, su contenido objetivo. La relación entre ambos la determina aquella ley fundamental de la escritura según la cual el contenido de verdad de una obra, cuanto más significativa sea, estará tanto más discreta e íntimamente ligado a su contenido objetivo. En consecuencia, si se revelan como duraderas precisamente aquellas obras cuya verdad está más profundamente enraizada en su contenido objetivo, en el transcurso de esa duración los *realia* se presentan tanto más claramente ante los ojos del observador de la obra cuanto más se van extinguiendo en el mundo.[3]

---

[2] BENJAMIN, Walter. *O conceito de crítica de arte no romantismo alemão.* Márcio Seligmann-Silva (trad.). São Paulo: Iluminuras, 1993, p. 119.
[3] BENJAMIN, Walter. *Dos ensayos sobre Goethe.* Graciela Calderón (trad.). Barcelona: Gedisa, 1996, p. 13. Há uma edição brasileira recente: *Ensaios reunidos. Escritos sobre Goethe.* Irene Aron (trad.). São Paulo: Editora 34, 2009.

Essa é uma defesa da tarefa da crítica que prevê nela mesma a negação do reconhecimento da identidade entre ser e pensar, os *realia*, que são as marcas de uma vida biológica que somente podem ser claramente avaliados à medida que entram em extinção para o mundo, funcionam como rastros uma vez que só se materializam na obra quando não existem mais como experiência vivida. Nesse sentido, para Walter Benjamin a crítica afirma o quanto o conceito de "Ideia" da obra, o seu conteúdo de verdade, seu conceito, é e necessita ser considerado como efêmero e proclama a necessidade ética de destruí-lo, de fazê-lo entrar em extinção. Contudo, o conceito de "Ideia" está intimamente relacionado ao de "Ideal", eles se encontram em relação. Essa apregoada necessidade de destruição não abre mão do trabalho com o conceito, assim como a transformação da linguagem requer linguagem, e, portanto, as categorias críticas se pautam por uma obsessão por algo que não podem tomar posse. Para Walter Benjamin a crítica constitui sistema e esse sistema reduziu o mundo a uma "Ideia", a uma forma. A tarefa da crítica, nesse sentido, é a de desconstruir essa "Ideia", mesmo que essa operação de desconstrução acabe por inscrever a crítica no conceito que ela buscar superar. A identidade entre a língua, a literatura e a cultura formula uma identidade entre categorias da língua e categorias do pensamento, e pode alcançar a pretensão de considerar a forma como visão de mundo, ou seja, reconduz o estudo da literatura ao estudo ou à formulação do conceito.

Por isso, Benjamin no livro sobre o conceito de crítica do romantismo considera insuficiente o tratamento que Goethe oferece ao problema da forma artística, uma vez que o poeta entenderá a forma da arte como estilo. Para Goethe a forma da arte materializa-se no estilo:

> Nem os românticos nem tampouco Goethe solucionaram esta questão nem ao menos a colocaram. Eles atuaram em conjunto no sentido de representá-la ao pensamento que trata da história dos problemas. Apenas o pensamento sistemático pode resolvê-la. Os românticos não conseguiram, como já ressaltamos, abarcar o Ideal da arte. Resta ainda notar que a solução de Goethe do problema da forma não atinge, em seu aspecto filosófico, sua determinação do conteúdo da arte. Goethe interpreta a forma da arte como estilo. Todavia, ele viu no estilo o princípio formal da obra de arte, tendo abarcado apenas um estilo mais ou menos determinado historicamente: a exposição tipificadora. Para as artes plásticas os gregos a representavam, para a poesia ele mesmo ambicionou erigir o modelo.

> Mas, apesar de o conteúdo das obras construir o arquétipo, o tipo não precisa de modo algum determinar a sua forma.[4]

Sendo a discussão sobre o "Ideal" de arte impossível de ser proposta em termos da construção de um estilo ou em termos de exposição tipificadora, como pensar a relação da obra de arte com o seu tempo e com sua história? Como pensar a relação da crítica com o seu tempo e sua história e, em reflexão plissada, com o tempo e a história das obras às quais dedica seu labor?

Alguns anos antes da publicação do trabalho sobre a crítica de arte no romantismo e dos ensaios sobre Goethe, Walter Benjamin escreve entre 1914-15 seu ensaio sobre o poeta Hölderlin, "Dois poemas de Friedrich Hölderlin", texto esse que permaneceu inédito até 1955 quando Adorno e Scholem propuseram a primeira edição de ensaios dispersos de Walter Benjamin. Nesse ensaio já se entrevê a preocupação de Benjamin com o problema da abordagem da obra de arte por Goethe. Não há a instauração de uma polêmica aberta, porém, há um estabelecimento de uma filiação de pensamento que se desenvolverá até o ensaio sobre o *As afinidades eletivas* e que passa também pela tese *O conceito de crítica de arte no romantismo alemão*. Os dois poemas de Hölderlin analisados por Walter Benjamin são duas versões de um mesmo poema, "Dichtermut" e "Blödigkeit". De acordo com os estudos do filólogo Norbert von Hellingrath houve três versões desse poema, no entanto, Benjamin desconsiderou a versão intermediária, para tratar apenas da primeira e última versão. O procedimento comparativo utilizado por Benjamin tem a motivação de demonstrar o trabalho de reescritura, ou ainda, de "tradução interna" que Hölderlin dedicou a esse poema, não tratando em momento algum de sua análise esse processo como "intertextualidade" ou "autocitação". O interesse se concentra em destacar o que muda nas alterações feitas nas diferentes versões do poema e qual o sentido que essas diferenças estabelecem na relação dos poemas com o mundo e consigo mesma. No início do estudo sobre os dois poemas, Benjamin explicita o que ele compreende como a "tarefa" do estudo crítico que é definida como sendo a de averiguar se a "tarefa" da poesia (*die dichterische Aufgabe*) tinha sido cumprida. A avaliação do crítico teria que constatar antes de tudo a grandeza e seriedade da própria tarefa e não

---

[4] BENJAMIN, Walter. *O conceito de crítica de arte no romantismo alemão*, op. cit., p. 119.

se o poeta executara a contento essa tarefa. Ao propor como sendo essa a tarefa do crítico e da poesia, Benjamin se vale de um conceito de Goethe para definir tal tarefa. O estudo crítico deverá apresentar a "forma interna" (*innere Form*) ou o "teor" (*das Gehalt*) do poema.

> Busca-se, nestes poemas, expor a forma interna, aquilo que Goethe denominava por teor [*Gehalt*]. Trata-se de estabelecer a tarefa poética como condição para uma avaliação do poema. A avaliação não pode se guiar pela forma como o poeta resolveu sua tarefa; ao contrário, é a seriedade e a grandeza da tarefa mesma a determinar a avaliação. Pois essa tarefa é derivada do próprio poema. Ela há de ser entendida também como condição da poesia, como a estrutura intelectual intuitiva daquele mundo de que o poema dá testemunho. Nada do processo de criação lírica, nada da pessoa nem da visão de mundo do autor será aqui investigado, mas sim a esfera particular e única na qual repousa a tarefa e a condição do poema. Essa esfera é, simultaneamente, produto e objeto do presente estudo. Ela mesma não pode mais ser comparada ao poema; mas é, por sua vez, a única coisa que poder ser constatada pela investigação. Essa esfera, que assume uma figura particular em cada poema, é designada como o "poetificado" [*das Gedichtete*].[5]

O termo poetificado, *Das Gedichtete*, particípio passado de *dichten* — poetar, escrever obra literária — poderia ter sido traduzido para o português como o ditado da poesia se se atenta para a etimologia do termo *Die Dichtung* (a poesia) que deriva do latim *dictare*, dizer com intensidade. Dessa maneira, o ditado da poesia aparece em toda a intenção ética e histórica que possui para Walter Benjamin, já que o filósofo irá compreender toda essa "objetividade concreta" da criação poética como sendo realizada...

> [...] no cumprimento da tarefa artística de cada obra específica. "Toda obra de arte tem um ideal *a priori*, uma necessidade de existir." (Novalis) Em sua forma universal, o "poetificado" é a unidade sintética de duas ordens, a intelectual e a intuitiva. Essa unidade recebe sua figura particular como forma interior de cada criação em particular.[6]

Assim, alguns anos mais tarde da escritura do ensaio sobre o poeta Friedrich Hölderlin, Walter Benjamin irá polemizar com o conceito de forma de Goethe e dos primeiros românticos em sua tese de doutorado.

---

[5] BENJAMIN, Walter. *Escritos sobre mito e linguagem*. Susanna Kampf-Lages (trad.). São Paulo: Editora 34, 2011, pp. 13-4.
[6] Ibid., p. 15.

O conceito de forma, relacionado ao estilo, que em Goethe estava determinado pelo tipo, para Walter Benjamin era o procedimento que configurava o mito.

> No conceito de estilo, portanto, Goethe não forneceu esclarecimento filosófico do problema da forma, mas, antes, apenas uma indicação acerca da normalidade de certos modelos. Desse modo a intenção, que lhe abriu a profundidade do problema do conteúdo da arte, diante do problema da forma torna-se a fonte de um naturalismo sublime. [...] Em última análise o conceito de estilo goetheano conta um mito.[7]

O mito é construído com tipos ou para os primeiros românticos com arquétipos munidos da função de indicar a normatividade de certos modelos. Eles se apresentam não como problemas relativos à forma artística, mas como solução. A vida vivida exposta e refletida na obra de arte pode ser compreendida também como um mito da origem. Quando a operação crítica, inclusive aquela crítica literária que se pratica no começo do século XXI, acusa a arte de ser espetáculo, textual ou imagético, sem referente na realidade, ou ainda de que a autêntica poesia se impõe como manufatura de imagens e metáforas, ou que a experiência poética subjetiva se reduz ao recalque, não se está deixando de recorrer a arquétipos da crítica antiga. A crítica, como se pode constatar até aqui, constitui, a partir e contra Goethe, uma tradição própria. Os mitos que a construíram não cessam de configurar o espaço de embate dessa mesma tradição. Claro que essa operação está diametralmente oposta à posição de Goethe para quem a "criticabilidade" da obra de arte é uma operação impossível, porque somente o artista estaria munido da intuição do arquétipo para poder fazer o juízo apodítico sobre as obras. Entretanto, sabe-se, após o desdobramento da questão por Walter Benjamin, que a crítica das obras não só é possível como é objetivamente necessária, porém essa mesma crítica, equiparada pelo filósofo alemão ao trabalho de elaboração das formas, produz suas próprias soluções míticas. Para esse Benjamin que escreve sua tese sobre o conceito de crítica de arte no romantismo alemão tanto o conceito de forma como o conceito de crítica em Goethe são insuficientes para dar conta da tarefa que se antepunha tanto para a crítica como para a poesia romântica, mas compreendia também que nesses problemas residia ainda

---

[7] Benjamin, Walter. *O conceito de crítica de arte no romantismo alemão*, op. cit., p. 120.

algo de muito urgente para a tarefa do crítico e da poesia no momento histórico, as primeiras décadas do século XX, em que Benjamin escreve e se propõe a trabalhar como crítico de arte e da cultura. Decorre dessa posição a "negatividade" da operação crítica proposta por ele, ou seja, a de lidar e questionar seu objeto sem nunca poder apropriar-se dele.

Quando a crítica contemporânea acusa a arte e a poesia de produzirem formas "fraquinhas de negatividade",[8] aquilo que é cobrado nesse julgamento não são formas "fortes" da negatividade e sim a origem da forma não como geradora de mais e mais questionamentos, mas antes, tomada em seus mitos, como doadora de soluções apaziguadoras em sua sistematização. Não estou querendo dizer com isso que a prática intertextual promovida por Haroldo de Campos pudesse ser analisada como sendo uma forma forte de negatividade, ao contrário, a tradução compreendida como um novo original não escapa de operar uma reivindicação da propriedade legal do objeto. Portanto, a prática do intertexto não é suficiente porque seja fraca, mas porque ainda afirma uma positividade, e, com isso, o mito em seu desejo por sistematização. Nesse sentido, o que a crítica literária Iumna Simon cobra da poesia contemporânea é a mesma posição frente à obra vivida e reivindicada por Haroldo de Campos, seja na sua prática poética seja na atividade da crítica.

Há uma urgência em se investigar a relação dos métodos dos quais se vale esta operação crítica, vale dizer, sua relação com o ideal de obra de arte pensado como aquele que é produtor de exemplaridade a partir do qual se produz um original. É importante ressaltar novamente: o problema não reside na observância do exemplo, e sim na reivindicação do original. Toda a prática da produção de cultura tem necessariamente de lidar com a história de cada área da cultura. A crítica não escapa à essa prerrogativa.

O ornamental

Em 1931 Walter Benjamin escreveu um ensaio sobre Karl Kraus, ecritor e redator do jornal *Die Fackel* (*A tocha*) que viveu em Viena praticamente

---

[8] Quando se refere à relação que o poeta Haroldo de Campos mantinha com a tradição, Iumna Maria Simon reduz essa relação a uma prática do intertexto e a julga como uma forma de negatividade. Cf. "Condenados à tradição", *Piauí*, n. 61, out. 2011.

durante toda sua vida, e foi, antes de tudo, um grande polemista, inflexível e radical. No ensaio Benjamin destaca que, à semelhança de outro polemista contemporâneo seu, Adolf Loos, autor do ensaio *Ornament und Vebrechen, Ornamento e crime*,[9] cujo ponto principal é o de oferecer as bases para uma crítica à corrupção de sua sociedade materializada no ornamento, Kraus entendia a cultura do ornamento como um dos sintomas da doença crônica que era propagada especialmente pela imprensa: a inautencidade. Não devemos esquecer-nos que Kraus também escreveu em 1908, *Sitttlichkeit und Kriminalität, Moralidade e criminalidade*, dando-nos uma pequena dimensão do efeito que seus escritos polêmicos tinham em sua sociedade. Walter Benjamin fala da "interação estranha entre a teoria reacionária e da prática revolucionária que é cumprida em todo Kraus".[10] De acordo com Benjamin, o movimento operado pela escrita de Kraus era retroativo e aparentemente conservador, porém, tratava-se de uma prática progressista que se materializa em uma aparência cínica frente ao novo, e essa era para Benjamina a caracerística mais forte do trabalho de Kraus. Benjamin alude a uma prática de ataque da parte do escritor que teria por motivação trazer o objeto de volta à sua condição de origem, isto é, a um estado em que o objeto irradia indagações a um sujeito que as recebe e elabora um sentido para elas, desdobrando essas indagações em novos problemas.

O número 91 da revista *Novos Estudos*, publicado em novembro de 2011, apresenta o artigo "Negativo e Ornamental. Um poema de Carlito Azevedo em seus problemas", escrito pela professora e crítica literária Iumna Maria Simon e pelo poeta, ensaísta e tradutor Vinícius Dantas. O título do artigo desenha parcialmente o marco ao qual a análise proposta estaria circunscrita — um poema de Carlito Azevedo —, no entanto, as ambições do artigo ultrapassam uma análise meramente textual e o leitor se depara com a arquitetura do julgamento da poesia do poeta Carlito Azevedo e, por extensão, de toda a poesia que se pensa a si mesma como contemporânea. Essas questões são constatadas de início, já no título do artigo, pois ao parafrasearem o título do ensaio, *Ornament und Vebrechen, Ornamento e*

---

[9] Há uma edição recente do ensaio de Adolf Loss em português, *Ornamento e crime*, publicada pela editora Cotovia, Lisboa, em 2004. As referências que farei aqui são da edição e tradução para o castelhano: *Adolf Loos: ornamentos y delito y otros escritos*, traduzidos por Lourdes Cirlot e Pau Pérez, da Editorial Gustavo Gili, Barcelona, 1972.

[10] BENJAMIN, Walter. "Karl Kraus", in *Gesammelte Schriften*, Band II-1, Herausgegeben von Rolf Tiedmann. Frankfurt am Main: Suhrkamp Verlag, 1977.

crime, de Adolf Loos que foi publicado na "ultra-avançada" Viena dos anos de 1908, os críticos literários autores do artigo sobre o poema de Carlito Azevedo, fazem ecoar sentido e o efeito social do ensaio de Adolf Loos.[11] Não se deve negligenciar o comentário de Theodor Adorno a respeito do ensaio de Loos. Quando publica o texto "Surrealismo", em *Notas de Literatura*,[12] confirma o preconceito contra o ornamento de Loos, dizendo que até surrealismo rejeitou o ornamento, e pensou-o a partir de uma negatividade. Entretanto, a própria sociedade já não queria mais pensar o negativo uma vez que os homens recusavam essa consciência negativa, e conclui, por isso, que até o surrealismo tornou-se sem função. Há uma relação de semelhança tanto de argumentação como de julgamento entre o ensaio de Loos, o julgamento de Adorno e o dos críticos brasileiros que salta aos olhos do leitor. Iumna Maria Simon e Vinícius Dantas têm razão quando indicam já na primeira frase de seu artigo que ainda está por fazer-se "uma história da intertextualidade na experiência recente da poesia brasileira em que se diferenciem as várias práticas de apropriação, glosa e crítica dos materiais da tradição. E tampouco se registrou como essas práticas se modificaram ao correr do tempo [...]".[13] Pode-se dizer o mesmo com relação a essa prática na crítica literária, especialmente nos usos decalcados que se fazem no presente de debates antigos, e, com isso, torna-se urgente uma reflexão sobre a crítica neorromântica e seus arquétipos. O espaço-tempo que nos separa do passado e do futuro, e que opera a distinção entre a glosa e o comentário do texto original, deveria ser o de assumir uma posição de se estar em jogo, de compreender que aquilo que deixamos para trás pode, por fatores de probabilidade e condições

---

[11] Os críticos brasileiros, autores do ensaio, apontam as características encontradas na poesia de Carlito Azevedo que os fazem julgá-la como ornamental e sem função ou, em suas palavras, negativa. "A autorreferencialidade, rebaixada a elemento, entre outros de ourivesaria, obviamente perdeu o teor crítico — metalinguagem passa a significar produção de ilusão encadeada, mera componente de uma maquinaria neoesteticista de efeitos, sem compromisso de revelar os elementos materiais da figuração. Não mais exerce a função de criticar seu veículo e refletir sobre o fazer poético, pois agora compõe a retórica da imagem (ou da metáfora), valendo por um espetáculo verbal e conceitualmente prolífico de figuras e paramentações sem fim. A tônica deixou de ser posta na desmontagem das imagens, ou nas interrupções autorreflexivas, porquanto a metalinguagem tornou-se instrumento para a produção de beleza dentro do programa esteticista do poema — programa que se formula, como em muita arte contemporânea, com os recursos sabotadores e críticos da beleza, os mesmos da vanguarda e da poesia moderna. Negatividade ornamental, pois. In SIMON, Iumna e DANTAS, Vinícius. "Negativo e ornamental. Um poema de Carlito Azevedo em seus problemas". *Novos Estudos*, São Paulo, Cebrap, n. 91, nov. 2011, p. 119.

[12] ADORNO, Theodor W. *Notas de literatura*. Rio de Janeiro: Tempo Brasileiro, 1973. Agradeço à professora, crítica literária e poeta Masé Lemos pela lembrança do texto sobre o surrealismo de T. Adorno.

[13] Ibid., p. 109.

factuais, comprometer as práticas do presente e do mesmo modo que aquele que está à frente pode afetar o presente na sua impossibilidade mesma de alcance. Esse modo de operar vem da fórmula de Karl Kraus expressa na epígrafe a este artigo: "[...] *diferença, e que só essa diferença faz existir um espaço de manobra (Spielraum) para a cultura*". Transcrevo a citação em alemão porque o sentido dessa frase é fundamental para compreensão do que se propõe como função da arte e de sua crítica: [...] *ein Unterschied ist und daß in diesem Unterschied erst die Kultur Spielraum hat*.[14]

O método empreendido pelos críticos Iumna Simon e Vinícius Dantas se assemelha em muito ao método de Loos e Kraus na crítica que articulam aos produtores culturais de sua cultura e de seu tempo. Todos investem naquilo que poderíamos chamar de um "estilo polemista", apresentam um mapeamento e uma análise radical, que agem de modo conservador, dos dados constatados. Em ambas as situações, tanto da ultra-avançada cultura da Viena dos anos de 1908 e 1909, como da poesia brasileira, também muito sofisticada em fins do século XX, trata-se de uma denúncia de falseamento do caráter avançado que os objetos analisados aparentemente apresentam. Os objetos são analisados por todos os críticos em questão como não tendo "função" na sociedade em que são produzidos. No entanto, não posso cobrar da relação que se estabelece entre essa tradição crítica a mesma coisa que eles cobram de seus objetos. Não irei buscar a constatação que eles são semelhantes em seus métodos e julgamentos, procuro justamente o espaço de manobra entre eles e que poderá permitir que encontremos nesse amontoado de cinzas algo de vivo para o tempo presente.

Em seu ensaio, *Ornamento e crime*, o julgamento que Adolf Loos desfere contra os artistas do estilo *Art Nouveau* é taxativo, incontornável, absoluto e injusto. Venho tentando demonstrar nos últimos anos com meu trabalho de pesquisa sobre a "per vivência"[15] na poesia de vanguarda brasileira e sul-americana que essa "per vivência" tanto do nosso passado colonial como

---

[14] KRAUS, Karl. *Aforismen: Sprüche und Widersprüche; Pro domo et mundo; Nacht*, op. cit., p. 169.
[15] Walter Benjamin desenvolve o conceito de *per vivência*, *Das Fortleben*, argumentando que há algo que faz com que alguns elementos ou as obras de arte mesmas sobrevivam para além da época que as viu nascer, o prefixo *fort* em alemão tem o sentido de indicar um movimento em direção a ou de passagem. No conceito de *Fortleben*, ou da "per vivência" da obra na memória coletiva, sobressaem as observações sobre "transformação" (*Wandlung*) e sobre "renovação" (*Erneuerung*), e isso Walter Benjamin chama de "pós-amadurar"(*Nachreife*) da linguagem da obra, segundo ele "um dos processos históricos mais fecundos". Cf. BENJAMIN, Walter. "A tarefa do tradutor", in HEIDERMANN, Werner (org.). *Clássicos da teoria da tradução*. Susanna Kampf Lages (trad.). Florianópolis: UFSC/ Núcleo de Tradução, 2001.

da modernidade decadentista na modernidade sul-americana não impinge culpa alguma às vanguardas ou qualquer demérito à poesia moderna brasileira ou sul-americana. No entanto, no caso de Loos, a intenção era a de separar a arquitetura da arte por ser a arte, segundo o ensaísta, menos funcional e, portanto, menos útil, que a arquitetura (divisão essa que as artes aplicadas não cessavam de colocar em crise), essa intenção estava fundamentada no argumento de que "*Descubrí lo siguiente y lo comuniqué al mundo: la evolución de la cultura equivale a la eliminación del ornamento del objeto utilitario*".[16] Com seu ensaio, Loos inicia uma cruzada contra o ideal de obra de arte total ou o da cultura das belas-artes. E seu argumento e consequente julgamento do *Art Nouveau* não poderiam ser mais injustos: associa o uso do ornamento ao crime. Isso se transformou em um lema da crítica modernista contra o decadentismo. Loos era um grande polemista e, juntamente com Karl Kraus, chegou a ser considerado pelos defensores da arte e da crítica funcionalista como verdadeiro guardião flagelador do impuro e do supérfluo. Claro que esses polemistas despertarão a atenção de Walter Benajmin, pois novamente tinha diante de si o argumento de que crítica e arte deveriam ser julgadas em instâncias separadas. Com isso, o que se observa é a formação de certos modelos da crítica operados ao longo de sua própria prática que de algum modo negligenciam os aspectos históricos das demandas de seu tempo. Uma pergunta em clave histórica deve ser feita: O que o ornamento tem a dizer para a operação artística contemporânea? Ou ainda, o que o debate contra o ornamento produz na operação crítica e na operação com as formas artísticas?

Para Iumna Simon e Vinícuis Dantas a poesia de Carlito Azevedo é ornamental e negativa, vazia de conteúdo vivido, e na qual não se pode levar a sério nem mesmo sua caraterística mais forte constatada pelos críticos como sendo a vertigem, pois que a vertigem é uma metáfora erótica e o erotismo na poesia de Carlito Azevedo, ainda segundo os críticos, é produto de um "espetáculo textual gozosamente tatuado".[17]

Em *Design and crime, and others diatribes*, Hal Foster comenta, em releitura histórica, a "cruzada" de Adolf Loos contra o ornamento na arquitetura. Num dos textos desse livro que foi publicado no ano de 2002,

---

[16] Loos, Adolf. *Adolf Loos: ornamentos y delito y otros escritos*. Lourdes Cirlot e Pau Pérez (trads.). Barcelona: Editorial Gustavo Gili, 1972, p. 44.
[17] Simon, Iumna; Dantas, Vinícius, op. cit., p. 119.

"Design and crime", o crítico constrói uma rede de semelhanças entre o *Style 1900* ou *Art Nouveau* e o que ele denomina de *Style 2000* para fazer o leitor ouvir as novas ressonâncias de um velho debate.[18] Foster relembra que o uso e a crítica ao ornamento não parecem ter ficado para trás e não estão muito longe de nossa época cultural. Entretanto há diferenças, e são essas diferenças que tornam o debate interessante para o presente. Foster destaca o modo de operar a cultura que girava em torno de um ideal de "obra de arte total", *Gesamtkunstwerk*, obra composta por meio das artes e ofícios, o que submeteu a arte a uma espécie de processo de indiferenciação entre subjetividade e "objetualidade" em que o artista se esforçava para imprimir sua subjetividade em todos os tipos de objetos mediante uma expressão vitalista, tendo com esse processo o desejo de resistir, de alguma maneira, ao avanço da reificação industrial. Adolf Loos, com sua austera prática da arquitetura, não acreditava, segundo Foster, que com o uso do ornamento se fosse capaz de "resistir" à reificação humana, tornando-se um grande crítico do hibridismo estético do *Art Nouveau*. A polêmica se instaurou motivada pelo achincalho produzido por Loos quando associa o estilo *Art Nouveau* a rabiscos de criança nas paredes e à pele tatuada de um "Papua". E ainda vaticinou do alto de sua moral dizendo que o estilo ornamental era erótico e degenerado, uma inversão do caminho correto da civilização e, portanto, deveria ser sublimado, separado e purificado.

É possível encontrar um espaço de manobra entre o julgamento de Loos do erotismo decadentista do final do século XIX e o taxativo julgamento dos críticos brasileiros ao se referirem a uma poesia que não apresenta um erotismo original e verdadeiro? Ou ainda, seu erotismo adviria do recalque sublimador no uso discursivo da tradição? Nesse sentido, caberia mais uma vez perguntar: quando o erotismo não foi um uso discursivo e performático? Mas deixemos de buscar por origens e sistematizações, porque esse debate poderia se repetir tantas vezes quisermos. Basta lembrar do que Mário de Andrade cobrou da poesia dos parnasianos brasileiros e também da poesia de Oswald de Andrade: "faltava-lhes o lirismo".

De outra parte, seria interessante pensar como uma questão do passado volta a provocar crise e para tal deve ser repensada já em suas formulações iniciais, não tomando como dadas as conclusões que historicamente foram atribuídas a essas mesmas questões em sua época, bem como nas épocas

---

[18] Foster, Hal. *Design and crime, and others diatribes.* Nova York: Verso, 2002.

que a sucederam. No caso da crítica de Hal Foster ao conservadorismo polemista de Loos, a análise conclui que o modernismo propagou uma atitude reativa e inconteste contra o ornamento.

> Este ditado antidecorativo é um mantra modernista, se é que alguma vez houve um, e para o domínio puritano ele está inscrito em cada palavra que os pós-modernos usam, por sua vez, para condenar os modernistas como Loos.[19]

O crítico norte-americano dá ênfase crítica ao fato que devemos encontrar algo nesse debate entre Loos e os modernos que retome essa mesma crise instaurada na modernidade ocidental, crise essa que nos constitui a todos nós enquanto modernos.

> Mas talvez os tempos tenham mudado novamente; talvez estejamos em um momento em que as distinções entre as práticas possam ser revalorizadas ou refeitas — sem a bagagem ideológica da pureza e da propriedade anexadas a essas retomadas.[20]

A crítica de Iumna Simon e Vinícius Dantas guarda estreitas relações com a prática crítica modernista, opondo-se ao ornamento, portanto, contra a não funcionalidade, padecendo do mesmo problema modernista de não incluir a si mesma no quadro no qual o ornamento vicejaria. Ao não incluir a arte ornamental no âmbito da arte moderna, a crítica não inclui a si mesma no interior da crise, e emite seu julgamento situada em um lugar privilegiado, vale dizer, a partir de um exterior. As consequências de uma posição como esta conduzem o pensamento do e sobre o moderno para fora da crise que instaura a própria modernidade: a crise da linguagem, da representação e, por consequência, do legado a ser transmitido. Não produz dessa maneira o questionamento sobre aquilo que não cessa de não se inscrever, não cessa de nos escapar: a de como lidar com a relação vital entre a crítica e a história do pensamento ocidental que a produz. Ou ainda: a de "como" prover de um sentido revolucionário a batalha da crítica contra a superficialidade e a banalidade na cultura na primeira década do século XXI? Entre o progressismo e o cinismo, há algum espaço

---

[19] "This anti-decorative dictate is a modernist mantra if ever there was one, and it is for the puritanical propriety inscribed in such words that postmodernists have condemned modernists like Loos in turn." In FOSTER, Hal. *Design and crime, and others diatribes*, op. cit., p. 14.

[20] "But maybe times have changed again; maybe we are in a moment when distinctions between practices might be reclaimed or remade — without the ideological baggage of purity and propriety attached." Ibid.

de manobra que possa fornecer a possibilidade da existência de uma cultura?

Se há um processo de "retradicionalização" na poesia brasileira[21] iniciado na última década do século XX, mais do que a constatação do fenômeno, a tarefa da crítica é encontrar aquilo que Walter Benjamin reivindicava para toda a motivação crítica, isto é, descobrir e trazer novamente à vida o que per vive da faísca do vivo nas cinzas que restaram da combustão da história em seu sentido de transformação e amadurecimento.

> Si, para usar una comparación, se quiere ver la obra en crecimiento como una hoguera en llamas, el comentarista está frente a ella como un químico; el crítico como un alquimista. Mientras que para aquél sólo quedan como objeto de su análisis maderas y cenizas, para éste sólo la llama misma conserva un enigma: el de lo vivo. Así, el crítico pregunta por la verdad, cuya llama viva sigue ardiendo sobre los pasados leños de lo que ha sido y las ligeras cenizas de lo vivido.[22]

Os críticos brasileiros em questão constatam um "movimento" em direção à "retradicionalização" da poesia, partindo dessa constatação a ação mais urgente a se empreender é a de ouvir criticamente o que nesse reacomodar de camadas, que é o terremoto da história, surge como uma voz que pode produzir a cultura, ou ainda como na formulação de Kraus, o que cria a necessidade no ser humano de se movimentar e de viver nesse espaço de morte que é o passado. Tal atitude exige uma busca do crítico pelo espaço de manobra entre o tradicional e sua "retradicionalização", entre a morte e a vida, para que se possa compreender o sentido que essa ressonância devolve ao presente, ou seja, colocar em jogo, em movimento esse processo de reverência ao passado observado.

Se há a retomada, ou ainda como proponho, se há a "per vivência" de elementos do passado na arte, e, portanto, na poesia contemporânea, esses elementos estão vivos. Esta sim é uma relação viva, porém residual,

---

[21] Em artigo já citado, "Condenados à tradição", a professora Iumna Simon antecipa o julgamento que repetiria no artigo publicado na revista *Novos Estudos*, a respeito da poesia contemporânea brasileira. "O discurso da tradição tornou-se desse modo o fiador de um estado de normalidade contra a exceção anterior que, afinal, pôde ser controlada pela institucionalização progressiva, pelo oficialismo midiático e por um calculismo *highbrow*. Temos de sugerir que a poesia que escrevem está integrada a essa prática relutantemente crítica, que reverencia a tradição e se apropria dela, embora aqui e ali ambos possam temperar o paradigma retradicionalizador com os seus próprios interesses geracionais. Em Carlito Azevedo, o rigor construtivo vira esteticismo escancarado, um dispositivo de dissolução referencial e vertigem sintática que transpõe a contundência do cabralismo para um espetáculo de indeterminação textual movido pelo desejo de ornamento e beleza." Cf. SIMON, Tumma; DANTAS, Vinícius. " Negativo e ornamental" op. cit., p. 9.

[22] BENJAMIN, Walter. *Dos ensayos sobre Goethe*, op. cit., p. 14.

sim, residual, uma vez que eles subsistem enquanto faísca, enquanto possibilidade, entretanto têm outra razão de ser que não aquelas que tiveram em seus outros modos de vida. Se há uma opção pelo conceito de "per vivência" para ler os movimentos da cultura, claramente é em outro modo de entender a relação com a tradição que se posiciona. Walter Benjamin, para quem a relação com o passado era fundamental para ler o presente, compreendeu a "per vivência", *das Fortleben* — o viver em, o viver através — na relação que o texto resultante de uma tradução mantinha com o original. Escrito como prefácio às traduções para o alemão que Benjamin fizera de poemas de Charles Baudelaire, o ensaio no qual é desenvolvido o conceito de *Fortleben* é uma proposição clara da relação do escritor com o passado. Deve-se ressaltar aqui que o ensaio sobre a tarefa do tradutor foi escrito durante os mesmos anos nos quais Benjamin se dedicava a escrever sobre a função da crítica, ou seja, ao redor dos anos de 1916-1923, anos de preparação das traduções dos poemas de Baudelaire, de 1914-1915, quando escreve o ensaio sobre Hölderlin, e de 1919 quando foi terminada a primeira versão do ensaio sobre o livro *As afinidades eletivas*, ensaio cujo tema de investigação é, antes de tudo, a função da crítica como uma "busca autêntica" pela verdade. É interessante lembrar aqui também que é durante esses anos que Walter Benjamin trabalha na revolucionária pesquisa sobre o barroco. Entre seu esboço, em 1916, e sua versão final, em 1925, no livro *Origem do drama barroco alemão* observa-se a obsessão do crítico em elaborar um método anacrônico com o qual ele pudesse ler o seu presente mediante a análise da história a contrapelo. Benjamin estava muito interessado em compreender o expressionismo das primeiras décadas do século XX, para tal empreendeu uma tarefa de pesquisar o barroco enquanto uma teoria da linguagem na modernidade e tentar "medir" a intensidade e "modo de vida" de sua época frente a essa "per vivência".

> Nessa aventura, a falta de autonomia característica da presente geração sucumbiu ao peso impressionante do Barroco, ao defrontar-se com ele. Somente em poucos casos a mudança de perspectiva que começou com o expressionismo, embora tenha sido afetada pela poética de Stefan George, levou a uma intuição capaz de descobrir novas e verdadeiras conexões, não entre o crítico moderno e seu objeto, *mas dentro do próprio objeto*.[23]

---

[23] BENJAMIN, Walter. *Origem do drama barroco alemão*. Sergio Paulo Rouanet (trad.). São Paulo: Brasiliense, 1984, p. 76. (Os destaques na citação de Benjamin são meus.)

Nesse sentido, não se trata de encontrar, nisso que alguns críticos denominam como teoria e prática neobarrocas, posições transgressivas frente ao estabelecido ou formulações de experiências excluídas, ou ainda, não se trata de criar um espaço para uma teoria não oficial da mestiçagem (o que quer que seja uma mestiçagem oficial). Retomar criticamente o problema do barroco é, segundo uma postura crítica produtiva, repensar o seu próprio objeto; não é estabelecer com ele uma relação de identidade, ou seja, entre crítico e objeto, é, ao contrário, descobrir nele novas e verdadeiras conexões a ponto de redimensionar sua própria prática da linguagem. Uma teoria do barroco pensada como teoria da linguagem na modernidade não resulta necessariamente em composições transgressivas. Ademais, ser ou não transgressivo não se deve simplesmente à posição política de reconhecer ou não cânones e de manter ou não o devido respeito frente à tradição. Ser transgressivo é compreender-se como não-lugar ou compreender o lugar como algo mais *originário* que o espaço. Se há algo fora de lugar nessa prática da linguagem é precisamente o de não haver o reconhecimento de "um" lugar, lugar privilegiado para observação, ou ainda, seu movimento é em busca do lugar em que se vive a cisão entre palavra e referente, teoria essa já formulada por Michael Foucault em seu, não tão novo, porém, inesquecível estudo sobre a linguagem na modernidade: *As palavras e as coisas*. Há uma maneira de ler o barroco e o neobarroco como uma reflexão filosófica e prática sobre a política da dominação, da soberania dos sujeitos, isto é, da sujeição voluntária, da autocensura como aberração inserida no coração do sistema e do próprio sentido dos laços sociais. Portanto, há mais coisas entre o barroco e nós do que nos fazem ver os outros modos de compreender o neobarroco. Além da transgressão há o horizonte de discussão daquilo que fundamenta e erige as relações sociais. Há uma discussão visceral, portanto, corporal sobre o poder.

O artigo de Iumna Simon e Vinícius Dantas constata que a escrita do poeta é altamente hedonista e caprichosa em suas idas e vindas, mas se isso é um fato, não é porque essa poesia deseja continuar dentro de uma tradição, ou ainda, porque deseja evitar as inconsistências e inconsequências das práticas provocadoras. Ao contrário, o artista sabe que as épocas de decadência artística são épocas de "vontade" artística. O artista sabe que não pode inventar mais nada, por isso mimetiza o fazer artístico e o transforma em um "querer" artístico, e é por isso que lê com dignidade a sua época, ele não tem a pretensão de ser um grande artista e tampouco de oferecer fórmulas ou formulações passíveis de se transformarem em um estilo transmissível: porque original, pessoal e fruto de experiência individual. O artista sabe que esses são os quesitos do cânone moderno, e isso permitiria a uma obra ser transmitida como legado. O termo "legado" em latim quer dizer "enviado". O enviado é aquele que está instituído do poder de dizer algo sobre sua época, seu ditado tornar-se-á apropriável, propriedade. Porém, ler e dizer algo com dignidade não quer dizer simplesmente compreender e, ao mesmo tempo, ser apropriado por sua época. Giorgio Agamben, em seu livro *Ideia da prosa*, escreve sobre a ideia de época criticando a obsessão do presente tempo em salvar, no sentido de resgatar, toda a cultura da barbárie instaurada pelo moderno, sem perceber que da barbárie somos todos coparticipantes. Essa operação de salvamento resulta no seu contrário: ao não querer perder a nova época que já chegou ou chegará, mesmo que seja a época da impossibilidade de ser uma época, perde-se a época. O pensamento conservador, com isso, perde sua capacidade de admiração, de paixão pela possibilidade de recomeçar tudo desde o início.

> E não há nada mais triste que o esgar com que, no meio do mal-estar geral, os mais espertos roubam aos seus semelhantes os seus próprios sofrimentos, mostrando-lhes que eles são apenas os hieróglifos, para eles próprios por enquanto indecifráveis, da nova felicidade dessa época. [...]
> Em nossa obstinação de nos darmos tempo, perdemos o sentido deste dom, tal como, no nosso querer incessantemente tomar a palavra, é a própria razão da linguagem que perdemos.[24]

Para Agamben o contemporâneo é aquilo que se pode entrever na temporalidade do presente é sempre retorno que não cessa de se repetir, e de nunca se inscrever, portanto, nunca funda uma origem e, com isso, aproxima-se da noção de poesia. Penso que é disso que se trata, quando se analisa em clave histórica o artigo "Negativo e ornamental. Um poema de Carlito Azevedo em seus problemas". Ao não se dar conta de que crítica e poesia mantêm-se em vital relação com seu passado e que estão totalmente autoimplicadas com o seu presente, os críticos não se dão conta do espaço de manobra entre eles e sua tradição, perdem a capacidade ou a potência de admiração, de paixão pela possibilidade de recomeçar tudo desde o início,

---

[24] AGAMBEN, Giorgio. *A ideia da prosa*. João Barrento (trad.). Lisboa: Cotovia, 1999, p. 82.

ou seja, pela possibilidade de poder dizer "de novo"; em outras palavras, não conseguem produzir a cultura justamente por não se colocarem em jogo nesse espaço de manobra.

Não há como, portanto, estabelecer qualquer tipo de relação com a tradição se como *a priori* são escolhidos conceitos como o de criminalidade e de ornamental. A relação com o passado é como nos demonstra Walter Benjamin é sempre de atraso e retenção. Num procedimento que mantém conexões com o pensamento barroco no sentido de uma teoria da linguagem na modernidade, pode-se afirmar que a entrada na temporalidade do presente é uma caminhada em direção a uma arqueologia daquilo que no presente não podemos viver e, "restando não vivido, é incessantemente relançado para a origem, sem jamais poder alcançá-la."[25] Baltazar Gracián, talvez o mais instigante pensador do mundo barroco, discorre sobre arte na sua relação com os modos de vida. A arte pode ser pensada como produtora de um saber prático que antes de nada é também uma maneira de pensar as relações de e com o poder. Em *A agudeza e a arte do engenho*, Gracián desenvolve sua noção de "arte sutil" como uma dobra da noção mesma de "reserva". Uma arte sutil requer uma dilação, uma hesitação e um atraso. O *réten*, a reserva, em todas as matérias sempre foi uma grande regra do viver, sobretudo o do viver com êxito, o que era uma questão de extrema importância para o pensador barroco. Nesse sentido, não há como concordar com a rejeição por parte do artigo dos críticos brasileiros em questão de que a poesia de Carlito Azevedo não é neobarroca porque não é transgressiva, porque reafirma "a ilusão literária e refunda a literatice como pós-vanguardismo";[26] esta poesia é neobarroca porque compreende e assume o labor da sua tarefa de interrogar, formular e proferir o ditame da poesia na modernidade. A consequência disso é que visitar o passado como se ele estivesse disposto em prateleiras de um grande bazar de novidades antigas não tem o sentido de interrupção ou de negação da possibilidade de dizer. O problema do dizer não é um problema restrito ao poeta moderno, é, ao contrário, um problema da modernidade, da modernidade pensada enquanto crise — crise da linguagem, da representação e do tempo. Como problema instaurado na crise da modernidade, o ornamento perde todo

---

[25] AGAMBEN, Giorgio. "O que é o contemporâneo?", in *O que é o contemporâneo? e outros ensaios*. Vinícius Honesko (trad.). Chapecó: Argos, 2009, p. 55.
[26] SIMON, Iumna; DANTAS, Vinícius. "Negativo e ornamental", op. cit., p. 120.

o sentido da imputação de um crime e se pensado como uma prática do viver do artista moderno perde a sua função de ornamento. Deixa de ser ornamental, não porque tenha elevado o nível do trabalho e sua prática da autorreferencialidade passasse a "revelar", como cobram os críticos de Carlito Azevedo, "os elementos materiais da figuração",[27] também não deixa de ser uma impostura da negatividade porque, ainda como reprovam os críticos, "tenha deixado de se construir com os recursos sabotadores da beleza",[28] deixando de transformar assim o negativo em ornamental. O poema deixa de sofrer a imputação do crime da ornamentação porque tem que cumprir uma função, esta sim inexorável, a de obedecer ao ditame da poesia. E qual é esse ditame? O de escapar ao silêncio a que estamos todos os modernos condenados. Escapar ao caráter celebratório do poder instituído — venha ele de onde vier, seja ele quem seja — a que a sociedade moderna imputou à poesia. E o modo de operar dessa poesia é o de fazer "girar em falso" a engrenagem da língua, fazendo com que um hino opere como uma elegia, na qual a perda cantada tradicionalmente no gênero não tenha o sentido propriamente de uma perda e sim de um anúncio da poesia "que vem", "que está vindo". Nesse sentido, os críticos de Carlito Azevedo não precisariam mais ficar preocupados porque constatam que a relação do poeta, "tal qual (n)outros poetas atuais, com a arte é quase sempre uma paráfrase de intenções (imaginadas ou documentadas)" seja uma relação meramente "temática" marcada por uma "graça pós-moderna, imaginemos, de fazer odes ou elegias para desenhos de Lichtestein ou glosar Rothko para dissertar sobre a efemeridade da vida."[29] Se compreendidos como manifestação e diálogo com a modernidade pensada enquanto "crise", essa relação deixa de ser meramente temática, para erigir-se como crítica ao presente que se instaura no coração mesmo da mitologia da época.

Escapar ao silêncio, escapar ao mito que nos funda de que não há mais nada a ser dito, essa é a tarefa da poesia e a da crítica hoje. O ditado da poesia é o de poder dizer novamente o sofrimento, só que maneira diferida, fazendo girar em falso a engrenagem autoritária e subordinadora da língua. É por isso que a poesia moderna "diz de novo". E para alguns, isso "soa" como ornamental, como desnecessário, como astúcia, ou

---

[27] Ibid., p. 119.
[28] Ibid.
[29] Ibid., p. 117.

como aposta em caminhos já trilhados e, portanto, mais fáceis, sem dificuldades, conforme apregoam os críticos Iumna Simon e Vinícius Dantas. Essa cobrança é decorrente de uma posição crítica que ainda tem na figura do "herói" a figura privilegiada do poeta. Reivindicação essa que pode ser encontrada no "antimodelo" de poeta constatado com a poesia de Carlito Azevedo:

> Poesia marginal, Drummond, maneirismo, decadentismo, neobarroco, surrealismo, Cabral — todas essas referências estão comprimidas de tal modo que ganhem indeterminação e cada uma delas se perca numa textualidade afetadamente estetizada, nefelibata quase diríamos, sugerindo que não há evolução de formas e o pluralismo é vitorioso. Tendo deixado de refletir a pressão da evolução de formas como processo superador e sentido estrutural, a tradição agora parece ser um patrimônio equânime e homogêneo, ao qual o intertextualista tem livre acesso a qualquer instante (justamente o oposto da arena de impedimentos, repressões e proibições, que definem a vigência de uma tradição).[30]

O modo como os críticos articulam os argumentos requerem mais um poeta e uma poesia que tenham a função de fazer evoluir as formas da arte (em que pese toda a discussão sobre a "forma" da arte empenhada no início deste texto), bem como a de "refletir a pressão da evolução como processo superador", e a de vencer na arena contra os conservadores os "impedimentos, repressões e proibições", vitória essa que fará entrar em vigência uma outra tradição. Para os críticos a poesia tem uma função e não uma tarefa. Uma perguntar merece ser aqui enunciada: A função de conservador e de revolucionário não assume com isso uma mera alternância de espaços? Ora instituídos ora instituintes? O obedecer ao ditado ou ditame, tomado como tarefa da poesia, tem sempre uma disposição ao compartilhamento de experiências entre os que convivem na e produzem a cultura. O que se busca nesse processo é justamente o contrário desse niilismo ou má-fé constatado. O que se busca é o poder dizer "de novo" a dor e com isso "ouvir" o sofrimento da cada um, esse poder dizer "de novo" é decorrente da crise instaurada pelo moderno. A tarefa da crítica não é cumprida — ao contrário, serve com isso ao niilismo — se ela opera o rapto dessa possibilidade de dizer "de novo".

Se a crítica literária brasileira constata que há um processo de "retradicionalização" na poesia atual e que essa "retradicionalização", como

[30] Ibid., pp. 116-7.

em outros julgamentos nos quais já se proferiu a sentença, não produz nada de novo ou de interessante na literatura contemporânea no Brasil, se a crítica literária denuncia, sem se sentir incluída, que essa tomada do passado como mercadoria ou como meio de distinção social produz uma literatura na qual se desenham palavras sem fundo, sem a contraparte do sentimento e emoção das quais elas deveriam ser consequência, há uma contraparte nesse quadro geral delimitado pela crítica que pode ser compreendido dentro de outros modos de socialização e criação de vínculos.

Não faz parte do horizonte de expectativa do artista contemporâneo a discussão sobre a função da tradição em sua obra, pois o passado para ele se oferece, como a todos nós, como um tempo cumprido, como um tempo dos mortos. Quem faz esse tipo de cobrança e desfere seus julgamentos implacáveis se a postura do artista/herói não condiz com o legado de transmissão da tradição é uma parte da crítica literária. A questão da arte e do artista é a de "como" viver, "como" inventar novos modos de vida frente à morte. "Como" descobrir a faísca do vivo no pedaço de carvão que resulta do processo histórico.

Para finalizar, exponho um relato de quem trabalha, há mais de quinze anos, o ensino e a crítica que se faz na universidade brasileira em relação com as concepções e práticas do ensino de literatura no ensino médio. Como parte das atividades que planejava e executava com meus alunos do curso de Letras na Universidade Federal de Santa Catarina, entre as quais convidava poetas para falarem com os alunos do ensino médio, convidei certa vez o poeta Carlito Azevedo, que aceitou prontamente meu convite, para uma palestra no Colégio de Aplicação da universidade. Entre as tantas perguntas que os alunos lhe fizeram e as tantas e quantas respostas que demonstravam aos alunos a vivência daquele poeta com a poesia, Carlito em uma de suas respostas a um aluno começou a falar do poema *Un coup de dés*, de Mallarmé, como um poema da ambivalência entre a coragem e a indecisão. Destacou a figura do capitão do navio, deste que, na função de herói do poema, deveria enfrentar o desafio de conduzir um navio em meio a uma tempestade e de, diante de toda essa dificuldade, tentar impedir que ele fosse a pique. O capitão do navio cogita todos os modos de rever a situação catastrófica, entre essas maneiras revisita em ritmo de partitura musical toda a tradição poética, todo o ditado da poesia a respeito da catástrofe. Desde a *Odisseia* até *Las soledades* passando também por *Hamlet*. O capitão cogita em lançar os dados, única ação que ele se permitiria, pois não abandonaria o navio, recorrendo a quem sabe uma configuração estelar capaz de, numa determinada conjunção, interferir no destino do navio e no dele. O capitão morreria e sem lançar os dados, afundaria juntamente com o navio, e seu gesto de simultânea indecisão e coragem — a última parte de seu corpo a afundar foi o braço esticado para cima e com a mão cerrada contendo dentro dela os dados — foi o gesto de alguém tocado pelo contemporâneo, ou seja, de alguém que empreendeu a tarefa de lidar, enfrentando-se com os mortos, com o incompreensível, o inapreensível e o enigmático de sua época.

Antes de terminarmos a conversa de Carlito Azevedo com os alunos, pedi a ele que lesse seu poema "Fractal", poema do acidente que também revisita todo o dito da poesia a respeito da catástrofe. O poeta preferiu ler o poema "Sobre uma fotonovela de Felipe Nepomuceno", também um poema do acidente, e o leu em ritmo de partitura musical, com tons dramáticos, pois há outras vozes que compõem a circunstância do acidente. "Mas como o poema ia crescendo, [...]"[31] e o poeta não parou no final do último verso escrito e continuou lendo o poema sem parar, estabelecendo um tipo de comunicação sonora com os ouvintes a partir da repetição infinita dos versos do poema. O que se repetia ali? Certamente que não eram meros fonemas que eram repetidos. A repetição daqueles "sons" era a possibilidade de um "dizer de novo" a dor de todos simultaneamente a um "escutar" de novo o sofrimento de cada um.

Quando saímos todos do auditório do colégio um menino se aproximou e dirigiu-se a Carlito Azevedo: "Professor, professor", disse o menino. "Como é mesmo o título daquele poema do cara que morre com a mão fechada sem lançar os dados?", Carlito permaneceu mais uns vinte minutos conversando com o menino. Havia ali algo a ser dito e algo a ser escutado, tratava-se do ditado da poesia. Com isso, não se quer dizer que a comunicação entre eles estabelecida e os laços sociais ali criados são referentes aos temas da adolescência e que os poetas de hoje têm emoções de garotos. Repito a citação de Agamben: "E não há nada mais triste que o esgar com que, no meio do mal-estar geral, os mais espertos roubam aos seus semelhantes os seus próprios sofrimentos,

---

[31] AZEVEDO, Carlito. "Sobre uma fotonovela de Felipe Nepomuceno", in *Versos de Circunstância*. Rio de Janeiro: Moby Dick , 2001, p. 7.

mostrando-lhes que eles são apenas os hieróglifos, para eles próprios por enquanto indecifráveis [...]."[32]

Contudo, que fique dito: a poesia de Carlito Azevedo não é a poesia brasileira, bem como este texto não é representativo da crítica de poesia no Brasil de hoje. São apenas tentativas, um "fazer" motivado pela "vontade" artística.

---

[32] AGAMBEN, Giorgio. *A ideia da prosa*, op. cit., p. 82.

LINGUAGENS CRÍTICAS

EM TRANS:
LEITURAS LATINO-AMERICANAS DO PRESENTE

Débora Cota
Professora de Literatura da Unila

Linguagem: acontecimento e gesto

Mario Perniola, interessado nas noções de neoantigo, neobarroco e trânsito, vai localizar na filosofia de Martin Heidegger e Pierre Klossowski a recusa da distinção entre mundo verdadeiro e mundo aparente, distinção essa encontrada em Platão, que valoriza o "mundo das ideias" dedicando a ele a origem e a fundamentação do ser em detrimento do "mundo sensível", que é sua reprodução. Segundo Perniola, de maneira diversa, Heidegger e Klossowski consideram a linguagem como o âmbito da superação dessa distinção, a linguagem faz com que a coisa seja aquilo que é, não é signo que remete a um referente, é corpo sem lado de fora e lado de dentro.[1]

Contudo, Heidegger e Klossowski, conforme Perniola, irão se opor na medida em que o primeiro, apesar de pensar além dos conceitos metafísicos de mundo verdadeiro e mundo aparente, considera a "coisa em si", ou seja, que há algo a que a aparência se remete e "o movimento em direção às coisas mesmas implica a busca daquilo que é mais próprio",[2] isto é, a verdade se revela, não se oculta na aparência, remeter a "coisa em si" não invalida o ser da aparência, ser fenômeno. Já, para Klossowski, só há simulacros. Diz Perniola:

> O retorno às coisas mesmas é impossível porque, a partir do momento em que Deus está morto, nada mais existe de originário. A morte de Deus, que é definida por Klossowski como o "acontecimento dos acontecimentos", está estritamente ligada à "necessidade circular do ser", expressa na teoria nietzschiana do *eterno retorno*. As "coisas mesmas" já são desde sempre cópias de um modelo que jamais existiu, ou melhor, que a morte de Deus dissolveu para sempre; trata-se de simulacros, não de fenômenos.[3]

O simulacro é cópia da cópia, aparência que não pretende não se

---
[1] PERNIOLA, Mario. "Fenômeno e simulacro", in *Pensando o ritual: sexualidade, morte, mundo*. Maria do Rosário Toschi (trad.). São Paulo: Studio Nobel, 2000, pp. 159-63.
[2] Ibid., p. 148.
[3] Ibid., p. 147.

mostrar como tal. Leva em conta as premissas de fundo nietzschianas, a fabulação do mundo, a dissolução da identidade, o eterno retorno que também problematiza uma ideia de direção, de fim da história, pois parte da ideia de sua completude.

Os dois filósofos ainda, seguindo o que apresenta Perniola, se distanciam da técnica moderna que aborda o real como objeto e o conhecimento como representação propondo a linguagem por si própria como evento, "revelação, reveladora" (Heidegger) e o simulacro como o próprio ato (Klossowski), ou seja, sem modelo preestabelecido, sem considerar real e aparente, a linguagem seria acontecimento e gesto.[4]

Não seria inoportuno, portanto, aqui lembrar a ideia de gesto com a qual o filósofo italiano Giorgio Agamben pensa a figura do autor, esse outro do texto. No "autor como gesto" encontram-se indiferenciados ato e simulacro: nas palavras de Agamben, o gesto é "presença irredutível", "inexpressão em cada ato de expressão".[5] O filósofo que parte da distinção foucaultiana entre "função autor" e "autor como indivíduo", destacando a pertinência de se pensar o primeiro, propõe uma ideia de autor como o que torna possível a leitura, mas ao mesmo tempo que se distancia, que se ausenta. A obra com relação a ele atesta sua presença, sem a qual ela não existiria e também sua irredutibilidade, não é possível no texto, na linguagem, fixá-lo, retê-lo, é o "ilegível". Desse modo, Agamben afirma:

> O gesto do autor é atestado na obra a que também dá vida, como uma presença incongruente e estranha, exatamente como, segundo os teóricos da comédia de arte, a trapaça de Arlequim incessantemente interrompe a história que se desenrola na cena, desfazendo obstinadamente a sua trama.[6]

O gesto do autor é a máscara arlequinesca que está e não está na história, se constitui e é constituído com o seu outro, com o rosto, com a história: "Assim como o mímico no seu mutismo, como Arlequim na sua trapaça, ele volta infatigavelmente a se fechar no aberto que ele mesmo criou",[7] afirma Agamben.

Para além da compreensão de uma identidade, para além das dicotomias

---

[4] Ibid., pp. 160-1.
[5] AGAMBEN, Giorgio. "O autor como gesto", in *Profanações*. Selvino J. Assmann (trad.). São Paulo: Boitempo, 2007, pp. 55-63.
[6] Ibid., p. 61.
[7] Ibid., pp. 61-2.

dentro e fora, aparência e realidade, para além da ideia de origem... uma postura trans articula a produção de três críticos do presente: Josefina Ludmer, Raúl Antelo e Ángel Rama. Ao abordar as formas com as quais uma cultura se relaciona com a outra, ou os elementos da cultura se relacionam entre si, os críticos demonstram a composição do ser com o outro e não como polos contrários e distantes, exercitam a não diferenciação entre ser e aparência, referente e referência e, nesse mesmo sentido, desviam-se de uma perspectiva hermenêutica.

Ser máscara

Menos conhecida e menos discutida — são poucos os artigos dedicados à obra de Ángel Rama que se debruçam sobre este livro — *Las máscaras democráticas del modernismo* dá continuidade aos estudos críticos que o autor vinha desenvolvendo sobre o modernismo e sobre o intelectual latino-americano. No entanto, não são as fundamentais e já autônomas noções críticas de "transculturação" e "cidade letrada" que são postas em prática nessa publicação, mas as curiosas concepções de máscara, democracia e desejo.

A democracia na América Latina foi aceita a partir dos movimentos de emancipação em 1810 e sua incorporação, conforme Rama, ocorreu aliada ao processo de modernização. Assim sendo, democracia e modernização se entremeiam a ponto de muitas vezes se confundirem nos estudos do crítico: se por um lado, a democracia é mudança, renovação, derrubada de barreiras hierárquicas preexistentes, abrindo possibilidade de emergência progressiva de uma classe social nova, como também de valores, por outro lado, é também expansão econômica, inserção de novos sistemas de produção industrial e da política comercial burguesa. Esses dois traços, abrigados sob a noção de democracia, serão os que Ángel Rama colocará em jogo em suas análises do processo de democratização da cultura latino-americana. Como os letrados da época responderam a esse processo e como se comportou a literatura modernista serão as questões perseguidas pelo crítico uruguaio.

Por se tratar de um processo de feição internacional, num movimento historicizante, o crítico recorre a uma apreciação do processo de democratização europeu que agrega informações esclarecedoras e possibilidades comparativas, sobre as quais Rama se atém em muitos momentos, inclusive, na própria reflexão em torno do que é democracia. A leitura dos aforismos nietzscheanos a respeito do movimento democrático na Europa, portanto, subsidiará sua análise no que concerne à noção de democracia como máscara. Segundo Rama, "*Si Tocqueville percibía el ligamen entre la democracia y el individualismo, Nietzsche establece otra entre ella y la representación.*"[8]

Máscara, vestimenta, "*guardarropia*", decoração, cosmética, são palavras que compõem o texto raminiano. No capítulo "La guardarropia histórica de la sociedad burguesa", a história é vista como o catálogo de máscaras e disfarces que abastece os impulsores desta democracia, sejam os que com a democratização haviam ascendido, ou as próprias disciplinas culturais, ou ainda as cidades e os interiores das casas. Estas máscaras serão os discursos de verdade sobre o passado, sendo que o modelo superficial, conforme Rama, foi proporcionado pelo helenismo. O mascaramento é visto como necessário ao processo de inserção cultural latino-americana ao movimento universal. Nesse sentido, o modernismo latino-americano terá como lugar comum o refinamento europeu, as maneiras galantes, entre outros, que disfarçavam a realidade local, o tradicionalismo.

As máscaras democráticas do modernismo latino-americano eram também "máscaras do desejo". Estas acompanharam o processo de democratização no continente, impulsionadas pela liberdade e pelo "espírito burguês". Era o tempo, nos diz Rama, do gozo passageiro, da novidade e da intensidade. Por desejo não se deve entender necessidade natural ou biológica, o desejo pertence à "ordem simbólica", está mais relacionado a fantasias. O que há de não natural no desejo é empreendido pela cultura, daí advém o fato de ele estar aliado, na análise de Rama, à apoteose do materialismo, ao triunfo do liberalismo e ao campo de liberação deles decorrente, o que revelava sua dupla face, apetite de gozo, por um lado, e apetite de poder, por outro. É com Freud e Nietszche que Rama irá desenvolver sua análise do desejo. Este não surge da insatisfação, mas da satisfação, no caso, provocada pela fantasia, pelas máscaras, pelo

---

[8] RAMA, Ángel. "La guardarropia histórica de la sociedad burguesa", in *Las máscaras democráticas del modernismo*. Montevidéu: Arca/Fudación Ángel Rama, 1985, p. 81. Por *guardarropia* Rama entende o conjunto de vestes e objetos próprios da área cênica, o qual, conforme o autor, era saqueado frequentemente, inclusive pela arte e pela literatura modernistas latino-americanas, com vistas a uma legitimação. O vestir-se, assim considerado, levou ao uso das máscaras democráticas impulsionado pelo "desejo" de retificar a realidade latino-americana (tanto a realidade cultural como a realidade material, inclusive o campo erótico) em desajuste, conforme o autor, com relação à Europa.

travestimento. Em um ajuste do pensamento nietzschiano sobre a "vontade de poder", o crítico uruguaio se refere a uma "*fuerza del deseo*" ("força de vontade" em Nietzsche) que guiava o mascaramento da sociedade, sendo que Nietzsche vê toda força atuante como "vontade de poder".[9]

A relação estabelecida por Rama entre máscara e desejo acaba por esclarecer ainda mais esta noção. A insatisfação com a realidade latino-americana impulsionava a criação de fantasias e cada fantasia é uma satisfação de desejos e serve de retificação a uma realidade insatisfatória, esclarece Rama, através de Freud e Nietzsche, ao falar da literatura.

O campo erótico é o lugar onde o desejo mais se incandesce, ou melhor, o desejo e a liberação constituem a erótica moderna. Mas o erotismo, que advém ao mundo neste momento, "*se caracteriza por una raigal incapacidad para manifestarse y alcanzar su intensidad más alta, sí no es mediante el travestido*".[10] O travestimento, o uso de máscaras era indispensável para a expansão do erotismo, pois propiciava "trânsitos indiretos", mutações dissimuladoras. Desse modo, máscara e desejo, constituíram, segundo o autor, "a explosiva fórmula erótica da modernidade" à qual se entregou o ser humano, pois mediante elas é que se chegava a ser pessoa: "*Por que las máscaras funcionaban como cauces y acicates del deseo. Porque mediante ellas se devenía persona, lo que hoy llamamos personaje.*"[11]

Mas tal mascaramento se tratava de um "mascaramento do mascaramento", um mascaramento do que já era uma máscara. Se Nietzsche entendia a democracia europeia como máscara e esse ideal de democracia foi aqui utilizado também como máscara, o que se tem, portanto, não deixa de ser o uso de um molde de segunda mão. A presença do pensamento nietzschiano, sua crítica aos regimes democráticos ocidentais, os quais Rama chamou a partir de Platão de "teatrocracia" e a noção de máscara daí decorrente, não permitem ler em *As máscaras democráticas del modernismo* a noção de máscara como mero disfarce que esconde uma realidade social em termos marxistas. A máscara sendo um mascaramento do mascaramento, uma interpretação da interpretação, jogo de falseamento ou ilusão é, no entanto, revelação.

---

[9] NIETZSCHE, Friedrich. "O espírito livre", in *Para além do bem e do mal: prelúdio a uma filosofia do futuro*. Paulo César de Souza (trad.). São Paulo: Companhia das Letras, 2005, p. 40.
[10] RAMA, Ángel. "La guardarropia histórica de la sociedad burguesa", op. cit., p. 88.
[11] Ibid., pp. 88-9.

Vale aqui lembrar que Ángel Rama foi aluno na década de 1940[12] de um notável escritor espanhol, exilado no Uruguai nesta época, José Bergamín. Leitor de Nietzsche e também escritor de aforismos, Bergamín teve pelo menos três de suas peças publicadas no Uruguai durante o seu exílio, e colaborou com uma seção intitulada "La máscara y el rostro", na revista *Escritura*. É inevitável a correlação entre sua concepção de máscara e a noção de máscara que serve a Rama como procedimento para ler o modernismo latino-americano. Entre o jogo comum de falseamento e verdade que propõe a ideia de máscara, Bergamín, que entende o teatro como máscara, exalta e incorpora a afirmativa nietzschiana que diz que "a melhor máscara é o rosto". O rosto também é máscara. A máscara, portanto, não se opõe ao rosto ou, nas palavras de Bergamín:

> El teatro es incompatible con la mentira — dijo naturalmente, un ruso —. Porque sostiene a si mismo, como Medea, con ese poder de ilusión real que enmascara su fundamento vacío: la angustiosa realidad verdadera de su espejismo. El teatro dice la verdad hasta cuando miente; todo lo contrario de la música, trágica engendradora, según Nietzsche, de su propio engaño. El teatro no realiza nada: lo irrealiza todo.[13]

A máscara é, nesse sentido, enquanto teatro, a propulsora de um movimento incessante perante o vazio, de ilusão e revelação, pois preenche a falta através dos disfarces, do mascaramento que é, portanto, revelador e não encobridor. Em *Medea, la encantadora*, texto para o qual Bergamin escreve o epílogo explicativo acima, Creusa (noiva de Jasão) encantada por Medeia, sente seu coração bater descompassadamente e começa a ver uma máscara horrível, que depois parece ser um touro soltando chamas sangrentas e que por fim trata-se de Absirto, morto por sua própria irmã, Medeia. A cena explora a justaposição, a confusão da máscara e do rosto ou do touro e do toureiro, para enfim revelar a face de Medeia. Giorgio

---

[12] Segundo Carina Blixen e Álvaro Barros-Lemez, o crítico participou durante três anos dos cursos de literatura espanhola, de José Bergamín. Cf. *Cronología y bibliografía de Ángel Rama*. Montevideo: Fundación Ángel Rama, 1986, p. 14. Ángel Rama escreveu sobre o teatro de Bergamín na revista *Marcha*, 524, em 28 de abril de 1950.

[13] BERGAMÍN, José. "Acotaciones a *Medea*", in FERNÁNDEZ, Maria Teresa Santa María. *El teatro en el exilio de José Bergamín*, 2001, 1036 f. Tese. Departamento de filologia espanhola, Universidade Autônoma de Barcelona, Barcelona, 2001, anexo, p. 901. Disponível em: <http://www.tesisenxarxa.net/TDX-0327107-160203/>. Acesso em: 20 ago. 2011. Conforme a autora, o texto "Acotaciones a *Medea*", reproduzido na íntegra em sua tese logo após a peça *Medea, la encantadora*, serve de epílogo explicativo à peça e foi publicado, em fevereiro de 1954, em *Entregas de la Licorne*, e dois meses depois na revista *Marcha*, n. 714, no Uruguai.

Agamben, que escreve a introdução à edição italiana de *La decadencia del analfabetismo*, de Bergamin, destaca que, para este autor, é no jogo dialético da nudez e do vestido que se constitui a dimensão propriamente humana. O espaço humano por excelência é aquele entre o vestido e o nu, entre a máscara e o rosto.[14]

A "explosiva fórmula erótica da modernidade", que articula Rama como uma leitura da literatura modernista latino-americana, ganha dessa forma contornos que estão além do entendimento dessa sua crítica como desveladora do que havia por trás do modernismo latino-americano. As máscaras democráticas modernistas preenchem falsamente, através do disfarce, a falta de tudo que equivalesse a um universalismo, modernização, civilização... e revelam, assim, esse caráter não totalitário da democracia latino-americana, que se constitui no incessante jogo do rosto e da máscara.

A máscara é condição da democracia modernista latino-americana e, sendo o que é, não se impõe como algo verdadeiro em detrimento de outro falso. Ser latino-americano e se parecer europeu se conjugam nesta condição:

> cuando los románticos abogaron por un arte americano, proporcionaron cerrados discursos a la europea; cuando los modernistas asumieron con desparpajo democrático las máscaras europeas, dejaron que fluyera libremente una dicción americana, traduciendo en sus obras refinadas un imaginario americano.[15]

É dessa maneira que Ángel Rama considera o movimento modernista o primeiro discurso literário originariamente latino-americano, mesmo tendo ele se revestido das máscaras europeias, isto é, sua concepção de América Latina não deixa de levar em consideração a ambivalência de sua situação entre dois mundos.

Em trânsito

---

[14] Cf. AGAMBEN, Giorgio. "José Bergamín di Giorgio Agamben", in BERGAMÍN, José. *Decadenza dell'analfabetismo*. Lucio d'Arcangelo (trad.). Milão: Bompiani, 2000, pp. 7-29. Trata-se do ensaio introdutório publicado junto à primeira edição do mesmo livro, pela editora Rusconi, em 1972.
[15] RAMA, Ángel. "El poeta en el carnaval democrático", in *Las máscaras democráticas del modernismo*. Montevidéu: Arca/Fudación Ángel Rama, 1985, p. 169.

Os livros de Josefina Ludmer, *El género gauchesco. Un tratado sobre la pátria*, escrito durante a década de 1980, e *El cuerpo del delito. Un manual*, da década de 1990, ambos traduzidos no Brasil,[16] são obras que apresentam uma inusitada forma de manuseio das produções culturais, fragmentando o discurso elaborado a partir delas, criando relações e/ou associações desconcertantes, apelando para uma montagem com cortes e recortes e não para um discurso linear e progressivo. Abrir as páginas desses livros é deparar com a dispersão. Resumi-los, abreviá-los, não é representá-los. O gênero gauchesco vai ser, para a autora, muito mais do que as obras literárias ditas gauchescas. Nesse gênero cabe de tudo: outros gêneros (biografia, crítica, conto, ensaio, o gênero feminino, entrevistas...), lei ou legislação, alta e baixa literatura, discursos do passado e discursos contemporâneos, categorias críticas. Mesmo um dos seus limites, o abre:

> O primeiro limite do gênero, a margem com o que não é ele, com seu espaço exterior, coloca-o em contato com o conjunto das escrituras entre a independência e os anos 80. Com todas: poemas, jornalismo, panfletos políticos, teatro, relatos diversos, descrição de batalhas, partes de guerra, tratados de paz, leis, cartas, petições, testamentos, avisos, jogos de truco, ameaças, burlas, despedidas, insultos, bailes, festas e até felicitações de aniversário. [...] Poder-se-ia dizer então que no gênero está toda época e não somente a literatura da época. Ou que o gênero é o único que deixa ler a época.[17]

O corpo do delito, por sua vez, junta várias narrativas que têm como tema o "delito", as quais são chamadas de "contos de delito". Elas são narrativas sexuais, raciais, sociais, econômicas, de profissões, ofícios e estados e, com isso, a autora explora os vários sentidos do termo "delito" articulando não um fechamento, mas a pluralidade, constelações:

> Como se vê, só queremos contar uma série de "contos" que formam pares, famílias e árvores (as superposições, séries, cadeias, ramificações do corpo do delito) porque compartilham certos "lugares comuns", "familiares", como corresponde a um "manual". E porque atravessam "realidades".[18]

---

[16] Em 2002 as duas obras foram traduzidas pela Editora Argos e pela Editora da UFMG, respectivamente. O livro *O gênero gauchesco* foi lançado originalmente em 1988 e *O corpo do delito*, em 1999.
[17] LUDMER, Josefina. *O gênero gauchesco. Um tratado sobre a pátria*. Chapecó: Argos, 2002, p. 40.
[18] LUDMER, Josefina. *O corpo do delito. Um manual*. Chapecó: Argos, 2002, p. 289.

Está-se aqui diante de uma crítica que se efetua através do "múltiplo" — e não a partir de uma lógica binária, dualista, do tipo "um-dois", "sujeito-objeto", "literatura e sociedade" — uma crítica que tem como princípio o movimento. Decorre desta perspectiva e da recorrência à configuração fragmentária ou em séries e ramificações uma estrutura rizomática. O "rizoma", pensado por Deleuze e Guattari em *Mil platôs* como um modelo epistemológico ou um modo de leitura, não tem hierarquias e qualquer organização é passível de mudança. De um ponto qualquer de uma raiz pode surgir um novo broto, afirmam os autores.[19] Em Ludmer tem-se "idas" e "voltas", nada está fechado, não é linear, é uma multiplicidade que corre, expande-se. A própria organização do livro *O gênero gauchesco*, um conjunto de fragmentos, que a autora chama de antologia, dispostos anacronicamente, possui diversas ramificações de forma a levar a múltiplas possibilidades de sentidos, pois propicia infinitas combinações e recombinações dos textos. As notas de rodapé ilustram esta estrutura, pois podem ser textos muito maiores do que aqueles que as originaram.

É a essa produção teórica francesa que surge junto aos eventos do Maio de 1968 para onde nos remetem, em grande parte, os escritos críticos de Josefina Ludmer. Tal teoria foi discutida por um grupo que circulava em torno da revista *Los libros*, na Argentina, revista na qual Ludmer colaborou na década de 1970.[20] *Los libros* tem o papel de interpretar e reproduzir, principalmente, as ideias do grupo francês que se organizava a partir da revista *Tel Quel* (1960-1982). Althusser, Barthes, Deleuze e Derrida são alguns dos nomes-chave através dos quais chega-se a outros como o de Nietzsche e Lacan.

À estrutura rizomática na qual está configurada os textos críticos citados, une-se ainda uma fuga, um desvio da interpretação do texto, da interpretação como explicação do significado ou sentido do texto, já que a autora pouco se concentrará no que o texto está dizendo. O capítulo três de *O corpo do delito*, intitulado "Os Moreiras", toma a figura do Moreira como um paradigma da cultura Argentina, através do qual reúne várias

---

[19] Deleuze, Gilles; Guattari, Félix. "Introdução: rizoma", in *Mil platôs: capitalismo e esquizofrenia*. v. 1. Aurélio Guerra Neto e Célia Pinto Costa (trads.). Rio de Janeiro: Editora 34, 1995, pp. 11-37.
[20] De acordo com Jorge Hoffmann Woolf (2001), em *Telquelismos latino-americanos: a teoria crítica francesa no entrelugar dos trópicos*, Josefina Ludmer publicou duas resenhas e respondeu a uma enquete da revista *Los Libros*. O periódico foi fechado em 1976, pela ditadura militar argentina.

narrativas ("contos") que o apresentam como personagem. A Ludmer vai importar tudo que diz respeito a esse personagem, a questão da virilidade, da violência popular, da violência política e do estado ao mesmo tempo, sua identidade social e sexual, seu aparecimento enquanto personagem da literatura, os vários modos como foi tratado. Monta uma genealogia, mostrando-o presente tanto na cultura argentina de fundação, na do processo de modernização, como na atual literatura de Nestor Perlongher ou de César Aira. Enfim, Josefina Ludmer desvia-se, parte da narrativa, mas não é na sua explicação que se detém. Como diria Barthes, vai da "obra ao texto":[21] deixa de ver o conto ou o romance como uma entidade limitada, equipada de significações definidas que são tarefa do crítico descobrir, e parte para um jogo irredutivelmente pluralístico, interminável, de significantes que jamais podem ser apreendidos em sua totalidade, em uma significação única.

É dessa forma também que sua crítica deixa de ser judicativa, ensaiando a pós-autonomia. Esta, como a define Raúl Antelo (2007),[22] é uma prática "em que um valor oscila enquanto neutro", ou seja, o valor, tópico fundamental da literatura e da crítica autonomista, não está em questão na pós-autonomia. A discussão sobre a pós-autonomia, ou a "literatura pós-autônoma" integra o último livro de Josefina Ludmer publicado em 2010. Em *Aquí América Latina. Una especulación*, a autora define esta literatura ou as "escrituras do presente", como produções ambivalentes, que pertencem e ao mesmo tempo burlam as fronteiras do que se convencionou chamar de literatura e que, portanto, não admitem leituras literárias. Essas produções, como o caso de *La villa* (2001), de César Aira, ou *Monserrat* (2006), de Daniel Link, reformulam a ideia de "realidade", criam, como nomeou Ludmer, a *realidadficción*, um dos pressupostos, que junto com a ideia de que *"todo lo cultural [y literario]*

---

[21] Roland Barthes afirma que: "O texto [...] pratica o recuo infinito do significado, o Texto é dilatório; o seu campo é o do significante; [...] a lógica que regula o Texto não é compreensiva (definir "o que quer dizer" a obra), mas metonímica; o trabalho das associações, das contiguidades, das remissões, coincide com uma libertação de energia simbólica (se ela lhe faltasse o homem morreria). [...] O Texto é plural. Isso não significa apenas que tem vários sentidos, mas que realiza o próprio plural do sentido: um plural *irredutível* (e não apenas aceitável). O Texto não é coexistência de sentidos, mas passagem, travessia; não pode, pois, depender de uma interpretação, ainda que liberal, mas de uma explosão, de uma disseminação". BARTHES, Roland. "Da obra ao texto", in: *O rumor da língua*. Mario Laranjeira (trad.). São Paulo: Martins fontes, 2004, pp. 69-70.

[22] ANTELO, Raúl; CAMARGO, Maria Lucia de Barros (orgs). *Pós-crítica*. Florianópolis: Letras Contemporâneas, 2007 (texto impresso na quarta capa).

es económico y todo lo económico es cultural [y literario]",[23] demonstram o caráter pós-autonômico dessas literaturas. Assim, sua própria crítica ensaia a pós-autonomia por ser e não ser uma crítica literária e por suspender, não levar em consideração a valoração, boa e má literatura, alta e baixa cultura, aspectos imponentes numa crítica autonomista.

A desestabilização de limites, as aberturas praticadas na leitura crítica da autora, a suspensão de hierarquias e classificações, colocam em xeque os gêneros literários e textuais. O gênero, por sinal, é tópico fundamental das reflexões da crítica argentina: não só está estampado nos títulos de suas obras *O gênero gauchesco. Um tratado sobre a pátria*, como é elencado como categoria de análise: "conto de delito", por exemplo.

O gênero gauchesco recebe um alargamento que o transforma em um campo muito maior do que a denominação vinculada a ele em estudos como o do crítico uruguaio Ángel Rama, que em 1976 lança *Los gauchipolíticos rioplatenses. Literatura y sociedad* ou que a brasileira Maria Helena Martins[24] que em 1980 tem sua pesquisa de mestrado publicada sob o título *Agonia do heroísmo: contexto e trajetória de Antonio Chimango*. Nesses estudos o gênero gauchesco é analisado a partir de uma perspectiva autonomista que colocará como centro as obras literárias ditas ou que se querem comprovar gauchescas, e são aos elementos circunscritos a noção de sistema de Antonio Candido (autor, obra e público) que ambos se remetem em suas análises, enfatizando a literariedade das obras do gênero. Para Ludmer, como foi citado anteriormente, no gênero gauchesco "está toda a época e não somente a literatura da época", estão as biografias dos autores, a crítica produzida sobre a gauchesca, o uso militar do gaúcho nas guerras, as várias definições de gaúcho (gaúcho vadio, gaúcho patriota) etc. É o que faz também com a palavra "conto" tradicionalmente definida como uma narrativa curta e que em *O corpo do delito* se estende para, como a própria autora afirma "um momento, uma cena de um relato ou romance, uma citação, um diálogo, ou também uma larga "história" que abarca muitos romances".[25]

---

[23] Cf. LUDMER, Josefina. "Identidades territoriales y fabricación de presente", in *Aquí América Latina. Una especulación*. Buenos Aires: Eterna Cadencia, 2010, pp. 150-1.

[24] O trabalho de Maria Helena Martins, coordenadora do Centro de Estudos de Literatura e Psicanálise Cyro Martins e professora adjunta do Instituto de Letras da Universidade Federal do Rio Grande Sul, dá continuidade a uma tradição da crítica rio-grandense à gauchesca já delineada por seus antecessores, Ligia Chiappini Moraes Leite e Guilhermino César.

[25] LUDMER, Josefina. *O corpo do delito. Um manual*. Maria Antonieta Pereira (trad.). Belo Horizonte: Ed.

Trata-se de uma proposital quebra das fronteiras, das margens de vários tipos de textos que fazem parte do âmbito acadêmico e literário, porém, embora pareça uma busca pela saída deste âmbito, uma saída da crítica criadora destes gêneros, a opção por discutir o gênero, como o gênero gauchesco, ou por se utilizar ainda da terminologia crítica, mesmo que alterada, para fazer crítica, a vincula à prática desta. Ademais, muitos desses procedimentos presentes no seu discurso crítico, (fragmentação, montagem...) são procedimentos modernistas empregados em obras de criação literária. Tanto a recorrência à terminologia crítica, como aos procedimentos modernistas na composição do texto, demonstram o "trânsito" de seu discurso crítico.

O esteta italiano Mario Perniola em *Pensando o ritual*[26] estudará a noção de "trânsito" como uma noção que se insere no debate sobre a relação entre tradição e inovação, pois ela destaca o presente e a presença. Além disso, chama a atenção para o caráter essencialmente dinâmico e itinerante do "trânsito" que implica um "deslizamento para a dimensão espacial, para a experiência do deslocamento, da transferência, da descentralização".[27] O trânsito, conforme o autor, é um movimento "do mesmo para o mesmo", e "mesmo" não quer dizer igual, é uma "repetição diferente", pois entende a repetição como não reiteração do idêntico. Dessa forma, o "trânsito" em Josefina Ludmer, sendo um movimento do "mesmo para o mesmo" contém na sua abertura ao cultural, colocando-se em ou entre vários campos, como afirma Flora Süssekind,[28] resquícios, traços dos conhecidos trabalhos de crítica especificamente literária que praticava nos anos 1970, quase imperceptíveis transformações do velho, sem os quais, como quer Perniola, o novo não nasce.

Seus "instrumentos críticos", como a autora designa, "gênero", "delito", "tempo", este último explorado nas análises sobre as literaturas do presente de Buenos Aires, em 2000,[29] deslocam sua crítica do âmbito intrinsecamente literário, pois lhe proporcionam a possibilidade de articular, cultura, literatura, política, campo jurídico, história e economia.

UFMG, 2002, p. 13.

[26] Primeira obra do autor traduzida no Brasil, discute sexualidade, morte e sociedade, explorando as noções de simulacro, ritual e trânsito.

[27] PERNIOLA, Mario. *Pensando o ritual. Sexualidade, morte, mundo.* São Paulo: Studio Nobel, 2000, p. 25.

[28] SÜSSEKIND, Flora. "Ludmer". *Argumento*, Rio de Janeiro, n. 2, dez.-jan. 2004, p. 19.

[29] "Temporalidades do presente", publicado em *Margens/margenes*, em 2002. Este artigo foi lido no Congresso da Abralic, em Porto Alegre, no mesmo ano.

Por outro lado, seu último livro, *Aquí América Latina. Una especulación*, no qual lê a literatura do presente, ou seja, tenta organizar, nomear, as formações culturais simultâneas e transitórias deste presente, são também estudos que a inserem num "trânsito", já que ele está, conforme Perniola, estritamente ligado a essa dilatação do presente que caracteriza a vida contemporânea.

Enfim, a própria Josefina Ludmer autodefine sua crítica como uma crítica "em trânsito": quando perguntada sobre as transformações de sua percepção crítica ao largo de sua trajetória, ela afirma, entre outras coisas, que: "*Me puse en un lugar trans o post o pré literário y ahora trabajo con superposiciones e interrelaciones múltiples*".[30]

O objeto em construção

A série regida pelo acaso e pela coação, como enfatiza Daniel Link,[31] sobressai como prática recorrente, proposta de método de leitura da cultura latino-americana e de sua transnacionalização em Raúl Antelo, autor de *Maria con Marcel: Duchamp en los trópicos* (2006). Nesse livro, o acaso do encontro amoroso do artista francês Marcel Duchamp com a escultora brasileira Maria Martins, assim como a estada de Duchamp em Buenos Aires logo após a Primeira Guerra Mundial, são desencadeadores de relações e associações entre informações e materiais não uniformes, com foco, sobretudo, na leitura das produções destes artistas e também na discussão em torno da imagem.

Maria con Marcel se abre com Duchamp em Buenos Aires e a Buenos Aires de Duchamp; com a mentora do dadaísmo norte-americano e acompanhante de Duchamp na capital Argentina, Katherine S. Dreier, que se interessa pelo anarquismo portenho (internacionalismo territorializado), pela Semana Trágica; com a aproximação entre anarquismo e o "eterno retorno" nietzschiano através de uma concepção de tempo não-linear e como contestadores da ordem vigente; com a comemoração do centenário da independência, a modernização crescente e a "festa tecnológica" ("obra

---

[30] LUDMER, Josefina. "Josefina Ludmer: algunas 'nuevas escrituras' borran fronteras", in *La biblioteca*. Buenos Aires: Biblioteca Nacional, 2006, pp. 26-31. Entrevista concedida a Susana Haydu.
[31] LINK, Daniel. "Como se lê", in *Como se lê e outras intervenções críticas*. Jorge Wolff (trad.). Chapecó: Argos, 2002, p. 26.

fotográfica", *ready-made*), de Duchamp; com o diretor do museu de antropologia de La Plata, o etnógrafo Lehman-Nitsche, citado por Dreier, que num diálogo com Duchamp trabalha com o passado e a origem através da "reconstrução ficcional"; com os *ready-mades* que também são ficcionais e as estereoscopias produzidas em Buenos Aires, concretização do desejo de Duchamp de "cubificar Buenos Aires". Abre-se, enfim, com uma reconstituição de Duchamp imerso em Buenos Aires, como se as questões concernentes à história, ao tempo, ao valor artístico e à ficção, pontos de interesse na leitura da obra duchampiana, fossem ao mesmo tempo orientando suas considerações, ou seja, fossem seus próprios pressupostos.

Nesse sentido, para ilustrar, Antelo lê o *Estereograma* de Duchamp, produzido em Buenos Aires, como uma foto do Rio da Prata, mas o detalhe singular é a ficção que cria a partir daí: a estereoscopia seria uma foto instantânea tirada a partir do balneário municipal que foi inaugurado por aqueles dias e que ganha divulgação na imprensa. O balneário recebe uma fonte em estilo greco-romano, da artista Lola Mora, estilo que o autor associa a outro escritor da época, o modernista Ruben Darío. Esta reconstrução do momento de criação da estereoscopia duchampiana leva ao autor a seguinte consideração:

> Es decir que, de cierta forma, dándole la espalda a la escultura de Lola Mora, la estereoscopia portátil de Duchamp, su auténtica *Fountain*, funciona como valor infraleve de lo moderno, la contracara de una modernidad azul, rubeniana y pasticheril del estilo grecorromano, absolutamente identificada con el positivismo rastacuero dominante. Ella sería, en otras palabras, la materialización concreta del deseo expresado por Duchamp de "cubificar Buenos Aires" [...].[32]

Raúl Antelo opta pela valorização do detalhe, no caso, dados históricos como a inauguração do balneário, e também pela reconstrução ficcional que mistura os dados históricos com elementos imprecisos, incertos, mas possíveis como o fato da estereoscopia ser uma foto a partir do balneário (que também não deixa de ser uma minúcia), para apresentar a oposição entre a arte duchampiana e o estilo de arte dominante naquela época, "positivismo rastacuero". O detalhe, pequenos elementos nunca considerados ou esquecidos se impõem na leitura anteliana como fontes imprescindíveis,

---

[32] ANTELO, Raúl. *Maria con Marcel: Duchamp en los trópicos*. Buenos Aires: Siglo XXI, 2006, p. 94. Originalmente publicado na Argentina, foi lançado em português pela editora da UFMG, em 2010.

centrais para a proposta de um sentido. Essa análise estilística é assumida pelo autor como metodologia de trabalho[33] e estaria presente em sua biografia intelectual já na sua formação de base, na Argentina, a qual está atrelada à Universidade de Buenos Aires e também, na formação uspiana, através da figura de Antonio Candido.

Entretanto, tanto a crítica sociológica como a estilística têm em comum o objetivo de realizar uma leitura hermenêutica, exaurir o sentido, chegar, como diz Spitzer, ao "centro vital", ao "sol do sistema planetário" que o texto possui. Em Raúl Antelo o trabalho com o detalhe, com a série, envergaria para a não interpretação trilhando os passos da seguinte definição elaborada por Daniel Link a partir de Lacan: "A leitura como correlação de séries de sentido (a ordem dos signos está no objeto, a redenominação é uma operação do sujeito) permite que o sentido apareça objetivamente, sem que intervenha nenhuma atividade interpretativa".[34] O autor opta pela leitura e não pela interpretação, por construir e ler imagens que, antes de mais nada, são movimento.

O interesse de Raúl Antelo pela imagem tem em *Potências da imagem* (2004) um espaço notadamente esclarecedor e organizador das premissas que norteiam suas considerações sobre esse tema. Com Borges e Benjamin observa que "a imagem precisa de tempo, por requerer um processo de associações incessantes";[35] com Agamben, leitor de Benjamin, constata que a imagem "é uma construção discursiva que obedece a duas condições de possibilidade: a repetição e o corte";[36] e com Warburg, quem diz que "Deus está nos detalhes", entende que a imagem se desloca no tempo e no espaço, "sobrevive" e cria "determinadas circulações e intrincações de tempos, intervalos e falhas, que vão desenhando um percurso, um regime de verdade, uma densidade constelacional própria".[37]

---

[33] Em entrevista a mim concedida em junho de 2009, quando questionado sobre sua estratégia de leitura via associações múltiplas, o autor afirma: "Na minha biografia intelectual isto começa certamente na formação estilística de base, 'deus está nos detalhes', diria Warburg. É um pouco a palavra de ordem com que Curtius escreve *Literatura latina e Idade Média europeia*, 'o bom deus está nos detalhes', ou seja, a minúcia, a obsessão pelo detalhe que pode revirar um sentido, uma interpretação de uma obra, isto está desde os anos de formação. Mesmo para Antonio Candido esta questão do detalhe era menos o detalhe linguístico expressivo, um torneio, uma frase e muito mais um movimento. Candido tinha a marca da estilística do Spitzer de achar que uma peculiaridade, um movimento de uma frase, uma figura, pudesse dar conta do movimento histórico como um todo".

[34] LINK, Daniel, "Como se lê", op.cit., p. 28.

[35] ANTELO, Raúl. "Prefácio — crítica e imagem", in *Potências da imagem*. Chapecó: Argos, 2004, p. 8.

[36] Ibid., p. 9.

[37] Ibid., p. 10.

Esse arcabouço teórico organiza, ao pensar a imagem, um "modelo cultural da história", afirma Antelo:

> Trata-se de um modelo que toma distância com relação ao esquema narrativo pautado por começo e recomeço, progresso e declínio, nascimento e decadência, a partir do qual sempre se retirou um mecanismo linear para explicar as influências e os modos de transmissão cultural.

A via traçada pelo crítico, portanto, é a de compreensão da história como série: seja pelo tratamento ficcional dado a ela, "um peculiar modo de ficção" ou pelo privilégio do anacronismo, pois o passado não é dado como superado, mas válido, presente, é potência. A história tal qual a imagem não segue a dinâmica da coleção de acumulação de fatos ou de partes que constituem um todo. Ambas são movimento e, portanto, nunca chegam a configurar uma totalidade.

Dessa forma, a arte duchampiana torna-se também em *Potências da imagem* passagem obrigatória, seja pelo interesse de Antelo pelo "inconsciente ótico" a que se chega através de suas estereoscopias, ou naquilo que ela contribui para a constatação de que a arte e a crítica aparecem como "fragmentos do saber para uma hipótese de verdade".

A imagem em Duchamp, conforme Antelo, é indeterminação entre *regard* e *retard*, a mirada, o olhar e o atraso, um "encontro diferido", como o autor denomina o encontro da obra duchampiana com o público ou então como lê a arte em Maria Martins. Na artista o trabalho com a modelagem, por exemplo, resulta para Raúl Antelo na definição da arte "como trazo, como transposición, ou como vestígio de algo desaparecido *que estaba allí*",[38] e que também dissolve os limites entre pintura, fotografia e escultura.

Através desses artistas, Raúl Antelo lê a ambivalência da arte e da crítica inerente ao trabalho deles. É válido lembrar que para o crítico a imagem também é texto, construção discursiva. As noções atreladas ao campo da ótica ou as noções surrealistas manejadas por Duchamp ou presentes em Maria Martins — lembrando aqui que o que o autor propõe para equacionar a relação artística deles passa por um não determinismo, uma não univocidade, são muito mais posições que se retroalimentam e conjugam vanguarda nacional e modernismo brasileiro — configuram também um posicionamento crítico

---

[38] ANTELO, Raúl. "Lo imposible", in *Maria con Marcel: Duchamp en los trópicos*, op. cit., p. 159.

diante da arte, como a refutação da tradição modernista nacionalista da cultura, ou, como chama o autor, a arte retiniana.

Há um movimento constante na crítica anteliana de desestruturação das bases em que se apoia a crítica tradicional: a crítica é arte e vice-versa, imagem e texto também são equivalentes e a visão problematizada por Duchamp através da arte antirretiniana pode também corresponder à "leitura" em Raúl Antelo. Desse modo, *Maria con Marcel* estaria estipulando também uma problematização da leitura que se propõe a ultrapassar, ir além daquela que se restringe a explicar, decifrar uma totalidade na medida em que a análise desestabiliza seus próprios objetos e, da mesma forma, parte deles para construir outros via as associações e/ou serializações que não permitem uma análise conclusiva. A série não se fecha.

Em trans

A prática criativa de leitura da cultura e, assim, uma deliberada confusão entre crítica e ficção, tem recebido na América Latina a denominação de "pós-crítica"; é o que mostrou o Colóquio Pós-crítica, realizado em 2006, na Universidade Federal de Santa Catarina. Organizador do colóquio, Raúl Antelo afirma que a pós-crítica aplica procedimentos modernistas como o de estranhamento e montagem, além de outros provindos das artes plásticas, da antropologia estrutural e da psicanálise lacaniana, em sua prática. A pós-crítica, ainda conforme Antelo, não considera a relação autonômica entre autor e leitor, mas sim, a "alteridade implícita em todo ato crítico", alteridade esta definida por aquilo que ainda está por vir, não concretizado, em processo; pela sua constituição em retrospectiva, já que faz parte do processo de escritura como pura potência; por ser uma "relação entre eu (ou o Mesmo) e aquilo que interrompe minha própria identidade". Nas palavras do autor:

> A pós-crítica seria, portanto, a tentativa de atender, cabalmente, a duas solicitações simultâneas, porém, suficientemente diversificadas: tanto à alteridade, quanto à singularidade do outro (enquanto outro em relação a mim), sempre em um tempo e um lugar determinados, aos quais o ato crítico tenta responder, com criatividade, para transformar, justamente, a proverbial relação entre o Mesmo e o Outro.[39]

---

[39] Antelo, Raúl. "Prefácio", in: Antelo, Raúl; Camargo, Maria Lúcia de Barros (orgs). *Pós-crítica*, op. cit., p. 8.

Desse modo, os lugares antes fixados — como o do leitor, que segundo a tradição kantiana era quem constituía uma "estética da apreciação" já que era a partir do apreciador, do seu julgamento subjetivo (com pretensão de universalidade), que surgiam os elementos que configurariam a noção de "belo"; ou da obra e do autor que dentro de um modelo teleológico, (presente na teoria hegeliana), constituiria um cânone, um conjunto de obra e/ou nomes válidos que representariam o que há de bom em arte, em literatura — são reconsiderados (ou desconsiderados) e problematizados enquanto "outro", já que não são vistos como totalidades, como prontos e representados no processo de produção da crítica. Na medida em que esse "outro" da crítica se constitui no processo crítico, sem abrir mão de sua singularidade, mas ao mesmo tempo considerando o que faz interrompê-la, ou seja, uma vez que a relação não é a de um sujeito objetivamente definido (a crítica) que lê um objeto completo e acabado, também objetivamente (a literatura, a cultura) se anula ou torna-se impossível um julgamento de valor, a opção por polos antagônicos de avaliação. A crítica abandona normas e regras inclusive a de dever ser crítica. Nem crítica, nem criação são autônomas, trata-se, para Raúl Antelo, de uma dinâmica de forças:

> Do ponto de vista pós-crítico, na medida em que toda força mantém uma relação essencial com outras forças, a força é intrinsecamente plural. Não faz sentido, em consequência, pensá-la em singular, como obra prima ou cânon insuperável: a força é sempre uma relação entre forças, portanto, uma pluralidade. Essa pluralidade, enfim, faz com que toda força sempre seja afetada por outras, daí que a vontade de poder, o desejo de cada força de se tornar objeto exclusivo de atenção para si própria, possa ser traduzido como a intenção ambivalente de poder ser afetado e, ao mesmo tempo, afetar outras forças.[40]

Esse despojar-se das regras e normas, do próprio ato crítico é compartilhado por Josefina Ludmer. A autora afirma que já não faz mais crítica literária[41] e sugere, como já foi apontado, a noção de "pós-autonomia" para pensar a literatura do presente. O fato de considerar que a literatura em fusão com o político e o econômico cria realidade, fabrica presente, está na "imaginação pública", entendida como campo da "invenção e circulação de

---

[40] ANTELO, Raúl. "Valor e pós-crítica", in MARQUES, Reinaldo; VILELA, Lúcia Helena (orgs.). *Valores: arte, mercado, política*. Belo Horizonte: Ed. UFMG, 2002, pp. 152-3.
[41] Conferir entrevista concedida a Flavia Costa, "Elogio de la mala literatura", publicada na Revista Ñ, em *Clarín.com*, 1 dez. 2007. Disponível em <http://www.clarin.com/diario/2007/12/01/index_diario.html>. Acesso em: 5 dez. 2009.

imagens e enunciado como construção do presente",[42] implica o abandono das categorias literárias clássicas, como a de autor e obra, lendo o literário como mais um produto que, entre outros, diz algo sobre o mundo: "*Leo la literatura como si fuera un tarot, como borra de café, como instrumento para ver el mundo*",[43] afirma a autora. Dessa maneira, a literatura aqui é vista como equivalente à cultura e, nesse sentido, une-se ao que pensava a filologia do século XIX, ou seja, ao momento anterior da autonomia do campo literário. Conforme Compagnon, "a filologia do século XIX ambicionava ser, na realidade, o estudo de toda uma cultura, da qual a literatura, na acepção mais restrita, era o testemunho mais acessível".[44]

A crítica estabelecida por Raúl Antelo e por Josefina Ludmer faz oposição a uma defesa incondicional da valoração no trabalho com o literário, ou do literário como uma modalidade de texto singular como a que faz a crítica argentina Beatriz Sarlo. A defesa, de Sarlo, do valor com relação à literatura a partir de uma função social (o valor cultural é condição da formação cidadã na democracia) do mesmo ou sua crítica ao relativismo aplicado pelos estudos culturais, principalmente no que concerne à perspectiva de igualdade dos textos, assim como, suas classificações e hierarquizações em considerações como a de que textos significativos seriam os "escritos", insinuando certo desmerecimento com relação aos textos virtuais,[45] encara a literatura como prática estética inserida na sociedade, ou seja, que seu sentido estaria na relação homológica entre estas duas estâncias, mas não prevê a perda da autonomia das mesmas. Tal consideração, portanto, justificaria classificações e hierarquizações, contrárias a uma perspectiva pós-crítica, pós-autonômica ou "trans".

A pós-crítica opera no âmbito dos valores estabelecidos pela modernidade procurando anulá-los, remexê-los, desestruturá-los. Esta, de fato, configura a principal questão que une as críticas postas aqui em análise. É nesta direção que aponta a indiscriminação entre a crítica e a ficção em Raúl Antelo ou a *realidadficción* em Josefina Ludmer que, em outro nível, contradiz a dialética saindo da proposta de conciliação de

---

[42] LUDMER, Josefina. "Territorios del presente. En la isla urbana". *Pensamiento de los confines*, n. 17. Buenos Aires: Fondo de Cultura Económica, 2005, p. 108 (notas).
[43] LUDMER, Josefina "Elogio de la mala literatura", op. cit.
[44] COMPAGNON, Antoine. "A literatura", in *O demônio da teoria: literatura e senso comum*. Cleonice P. B. Mourão e Consuelo F. Santiago (trads.). Belo Horizonte: Ed. UFMG, 2001, p. 31.
[45] Cf. "Los Estudios Culturales y la crítica literaria en la encrucijada valorativa". *Revista de Crítica Cultural*, n. 15, 1997, pp. 32-38.

contrários e apostando na ambivalência; desarticula o historicismo, modelo dos colecionistas da cultura, organizando o caos por meio da série; e não sendo legisladora, indo além da posição judicativa, que determina valores no âmbito da cultura.

Tais formulações encontram-se em consonância com o questionamento do sentido histórico da modernidade elaborado pelo filósofo alemão Friedrich Nietzsche, que habita a teoria engendrada pelos críticos latino-americanos, em especial a teoria francesa.[46] Com a força da militância e da intempestividade que o caracteriza o autor se lança contra o historicismo alemão e a racionalidade da perspectiva histórica do hegelianismo. Em suas *Considerações intempestivas*, ao procurar atingir três tipos de história vigentes a "história monumental", a "história tradicionalista" e a "história crítica", o filósofo critica a ideia de continuidade dos fatos, o gosto pela conservação e pela veneração do que já foi e, neste sentido, a própria ideia de colecionador: "Assiste-se ao espetáculo repugnante de uma fúria cega de colecionador, empenhado em juntar incansavelmente tudo aquilo que um dia existiu".[47] Para Nietzsche, haveria na história tradicionalista, por exemplo, uma subestimação daquilo que está em gestação, uma falta de consideração do presente: "[...] é preciso que o conhecimento do passado seja sempre desejado somente para servir ao futuro e ao presente, não para enfraquecer o presente ou para cortar as raízes de um futuro vigoroso",[48] afirma o filósofo. Com o pensamento em uma história para a vida, Nietzsche propõe um olhar histórico a partir do presente, o viver no momento atual, o modo "a-histórico", e também o modo "supra-histórico", estar além da história, admitir o acaso: "Na medida em que está a serviço da vida, a história está a serviço de uma força a-histórica [...]."[49]

O campo histórico é, para Nietzsche, considerando o que foi destacado, um lugar propício para a reflexão sobre os valores modernos, já que está na base da formação cultural de qualquer sociedade. Em *Crepúsculo dos ídolos*, obra em que declaradamente Nietzsche diz ter realizado o primeiro livro

---

[46] Michel Foucault, Jacques Derrida e Gilles Deleuze dedicaram à obra nietzschiana importantes estudos, sobretudo destacando a crítica nietzschiana ao hegelianismo (Deleuze, Derrida) ou pondo em prática suas teorizações, como a genealogia (Foucault).
[47] NIETZSCHE, Friedrich. "II Consideração intempestiva sobre a utilidade e os inconvenientes da História para a vida", in *Escritos sobre história*. Noéli Correia de Melo Sobrinho (trad.). Rio de Janeiro: Ed. PUC-Rio/ São Paulo: Loyola, 2005, p. 95.
[48] Ibid., p. 99.
[49] Ibid., p. 81.

da "transvaloração de todos os valores", (livro da fase final de sua vida), sua noção de "transvaloração" denota, por um lado, uma ideia de superação dos julgamentos em torno de valores:

> Juízos, juízos de valor sobre a vida, a favor ou contra, nunca podem ser em última instância verdadeiros: eles só possuem o valor como sintoma, eles só podem vir a ser considerados enquanto sintomas. Em si, tais juízos são imbecilidades. É preciso estender então completamente os dedos e tentar alcançar a apreensão dessa *finesse* admirável, que consiste no fato de o valor da vida não poder ser avaliado. Não por um vivente, pois ele é parte, mesmo objeto de litígio, e não um juiz, não por um morto, por uma outra razão. — Da parte de um filósofo, ver um problema no valor da vida permanece por conseguinte uma objeção contra ele, um ponto de interrogação quanto à sua sabedoria, uma falta de sabedoria.[50]

Por outro lado, tal designação também denota crítica e alteração dos valores da modernidade, no caso, operada no âmbito dos valores inseridos na moral judaico-cristã.

> A fórmula mais universal, que se encontra na base de toda e qualquer religião, assim como de toda e qualquer moral, é: "Faze isso e isso, deixa isso e isso! Assim, tu te tornarás feliz!" No outro caso... Toda moral, bem como toda religião *resume-se* a esse imperativo: eu o denomino o pecado hereditário da razão, a *irrazão imortal*. Em minha boca, esta fórmula metamorfoseia-se em seu inverso. — *Primeiro* exemplo de minha "transvaloração de todos os valores": um homem bem constituído, um homem "feliz", *precisa* empreender certas ações e fugir instintivamente de outras.[51]

É com Nietzsche, como já se viu, que Ángel Rama abordará o tema da democracia latino-americana, em *Las máscaras democráticas del modernismo*, processo que não deixa de ver como uma subversão aos valores aristocráticos que são predominantes, inclusive na "cidade letrada", até o período da democratização (cerca de 1870).[52] Uma relevante constatação de Rama em sua análise é a importância da história no processo de

---

[50] NIETZSCHE. *Crepúsculo dos ídolos (ou como filosofar com o martelo)*. Marco Antonio Casa Nova (trad.). Rio de Janeiro: Relume Dumará, 2000, p. 18.
[51] Ibid., p. 42.
[52] Há que se destacar que este estudo de Ángel Rama traz ainda referências a autores relevantes na discussão acerca dos discursos da modernidade, como o *Anti-Édipo*, de Gilles Deleuze e Félix Guatari, que o apoiam na argumentação em torno da ideia de abstração imaginária feita realidade a que se lançou a sociedade a partir do processo de modernização, sob o influxo do desejo. Deleuze e Guatari veem, como anota Rama, o capitalismo como o liberador destes fluxos de desejo e propulsor da moeda (axiomática das quantidades abstratas).

legitimação dos ideais democráticos e modernizadores: "*La historia, efectivamente, nace del desmoronamiento de los absolutos religiosos, los cuales son desenmascarados. Pero, como observó Peter Gray, con el fin de asumir en cambio las máscaras epocales, lo que permitía utilizar el discurso del pasado al servicio de las ideologías del presente*".[53] Trata-se, em suma, da crítica nietzschiana à "história monumental", à prática de recorrer e se revestir dos feitos do passado (grandes, monumentalizados), colocando-os a serviço das ideologias do presente, assim como é nietzschiana a relação entre democracia e representação, como não deixa de atestar o crítico uruguaio. A esta coleção de feitos históricos, portanto, Rama, nietzschianamente chamou de "*guardarropia*".

Assim sendo, Ángel Rama estabelece uma investigação crítica em torno de imperativos da modernidade latino-americana como o são a modernização e a democracia. Ao explicitar as regras do jogo, no qual a democracia é vista enquanto máscara, ressalta a ambivalência da cultura latino-americana, entre ser imitação dos moldes europeus e ser latino-americano, entre ser máscara e rosto e também, molde de segunda mão, já que a própria democracia europeia na qual se pautou é, conforme Nietzsche, também uma máscara.

Enquanto críticos do presente, num movimento "trans", Josefina Ludmer, Raúl Antelo e Ángel Rama estabelecem um diálogo crítico com postulados modernos que os faz traçarem propostas, paradigmas para o campo cultural latino-americano contribuindo com as atuais transformações da crítica latino-americana perante a mudança de estatuto da literatura no campo cultural.

---

[53] RAMA, Ángel. "La guardarropía histórica de la sociedad burguesa", op. cit., pp. 79-80.

O ÊXTASE DA TEORIA EM BAUDRILLARD E A QUEDA DO MURO

Eduardo Guerreiro Brito Losso
Professor adjunto de Teoria da Literatura da UFRRJ-IM

Crítico da cultura: associal e conformista

Do final dos anos 1960 em que se formou o chamado pós-estruturalismo até os anos áureos da teoria do pós-modernismo, quando apareceu o debate da derrocada da razão, do iluminismo, das grandes narrativas, havia uma ideia de que a dialética, a razão e a subjetividade foram ultrapassadas pela afirmação da singularidade e diferença. A melhor maneira de se libertar do mal-estar vindo desse luto das esperanças iluministas era acolher a derrota da emancipação como vitória da fragmentação, do fluxo, da vitalidade das pequenas narrativas, das micropolíticas, com sua capacidade de resistência à homogeneização do capital e ao mesmo tempo absorção tática de suas características. Muitos pensavam, mesmo sem a abdicação do tom crítico, que os novos tempos continham suas próprias qualidades. Jean Baudrillard, muito conhecido pelo conceito de simulação, tendo maior influência na área da comunicação, não destoava muito do tom nietzschiano geral, mas cultivou um aspecto cético, fatalista e niilista bastante singular ao propor uma insólita crítica cultural da sociedade global. Ele desagradou não só marxistas e feministas como também o cerne do próprio círculo pós-estruturalista de onde nasceu, adotando uma postura por princípio antipática ao lado festivo da teoria pós-moderna em geral, sem deixar de ter sido uma de suas maiores influências.

O erro da maior parte dos críticos de Baudrillard está em reduzi-lo à tese básica de que a mídia é uma simulação do real que o anula e, portanto, despreza as lutas políticas concretas. Esse problema é tão verdadeiro quanto fácil de apontar: sua obra é riquíssima, plena de problemas que vão muito além do que este aparenta ser e o sofisticam. O erro básico dessa "ficção teórica" não é motivo para ignorá-la, pois a partir dele muitas questões importantes aparecem. Por isso a frase de Hegel "o verdadeiro é o todo", contraposta pelo Adorno de *Minima Moralia* por "o todo é o não verdadeiro"[1] encontra aqui uma nova função. O todo das teses ou, como Baudrillard prefere chamar, *hipóteses,* é parte do não-verdadeiro, mas o próprio modo de formulá-las contém muito da verdade do todo, quer dizer, do sistema. A inverdade do pensamento de Baudrillard — salpicado com uma série de preciosos insights, vindos de uma escritura teórica das mais bem sucedidas — diz mais do sistema do que os historiadores e sociólogos mais corretos e cuidadosos. Para uma crítica decente do autor, é necessário uma leitura atenta e razoável das sutilezas. Caso contrário, o crítico participa de uma das piores características da teoria pós-moderna, que é misturar uma variedade de nomes num artigo e reproduzir sempre a mesma ideia de cada um deles, evidenciando não só uma pobre leitura do que cita, como também reproduzindo um argumento falho. Diz-se a mesma coisa dos mesmos teóricos e das mesmas ideias em vários lugares do mundo, como cedo reconheceu John Rajchman, em que a teoria faz papel de "Toyota do pensamento", língua franca deste mundo, consumida do mesmo modo em qualquer lugar.[2]

Nosso interesse é — através do acompanhamento da interpretação que o sociólogo francês produziu dos acontecimentos históricos de que foi contemporâneo — observar o "impulso para o sublime" de sua teoria, em consonância com a teoria pós-moderna, como afirma Steven Connor.[3] Observa-se uma necessidade da teoria, depois da derrocada de suas pretensões práticas mais imediatas, em negar o reino da positividade empírica, bem como do transcendente metafísico, com fins de alcançar, contudo, num movimento transcendental, uma instância inefável que é ponto de fuga para analisar qualquer objeto. Há um desejo da teoria de negar o aprisionamento definido do conceito no movimento do texto que apresenta categorias para além de toda definição, como o *real* de Lacan, a *significância* de Kristeva, a *aporia* de Derrida; todos contendo em si o mesmo desejo de apresentar o inapresentável, o que evidencia que redundam no movimento estético do sublime.[4] Baudrillard é um exemplo privilegiado

---

[1] ADORNO, Theodor. *Minima moralia: reflexões a partir da vida danificada.* São Paulo: Ática, 1992, p. 42.
[2] RAJCHMAN, John. "Postmodernism in a Nominalist Frame: The Emergence and Diffusion of a Cultural Category", in *Flash Art,* v. 137, n. 1, 1987, p. 51.
[3] CONNOR, Steven. *A cultura pós-moderna. Introdução às teorias do contemporâneo.* São Paulo: Loyola, 1993, p. 27.
[4] HEBDIGE, Dick. "The Impossible Object: Towards a Sociology of the Sublime", in *New Formations,* 1, primavera 1987, pp. 64-7.

dessa tendência quando observa que na própria estrutura semiológica do sistema atual há um êxtase de comunicação que implode o sentido e faz com que as diferenças sejam destruídas, quer dizer, no momento mesmo em que a teoria qualifica fascinada a diferença ela está em estado de extinção.[5] A estratégia de Baudrillard é tornar-se um "paroxista indiferente" que perde a paixão por qualquer valor e se coloca, por isso mesmo, a nosso ver, num estado extático da teoria, quando ela se satisfaz em ser irônica, cética e fatalista, isto é, não esquecendo o fato de que há nela um movimento crítico, porém parcial, limitado pelo conformismo geral,[6] e uma estratégia de afirmação negativa da "troca simbólica" e da "ilusão", superiores à instância do real e da simulação, que seria sua forma de ser contestatória e tentar superar o niilismo. Tal conformismo vem do próprio afastamento associal, ou "ilegível", nos termos de Barthes, da teoria quando aponta para aquilo que atravessa o social mas não se deixa apreender. Tal postura, em Baudrillard, não é crítica, não pretende devolver à sociedade uma reação engajada, mas irônica. Logo, a crítica cultural e social do pensador francês é, segundo Dick Hebdige, simultaneamente associal e resignada politicamente.

Esse crítico da cultura que despreza seu próprio objeto é partícipe e vítima da própria cultura que condena, como bem observa Adorno.[7] Nesse caso, a crítica do crítico da cultura precisa separar, discernir (para usar a raiz etimológica grega *krinein*) o que é uma contribuição relevante para o complexo social e cultural e o que é síndrome dessa mesma cultura. Muitas vezes, contudo, essa separação é demasiado difícil, depende mais da atenção distraída de uma escuta psicanalítica do que de um trabalho sistemático.

Paixão x Êxtase

Em *À sombra das maiorias silenciosas*, de 1978, um dos capítulos se intitula "O êxtase do socialismo". A contradição de um presidente socialista ser eleito num regime democrático e mantê-lo dentro do sistema capitalista

---

[5] Ibid., p. 69.
[6] Ibid., p. 67.
[7] ADORNO, Theodor. *Prismas: crítica cultural e sociedade*. São Paulo: Ática, 2001, p. 7-26.

pode ser vista como um amadurecimento da esquerda. O partido socialista deixou de acreditar numa ditadura do proletariado e passou a manter uma competição democrática saudável com o liberalismo. Baudrillard já observa na época os perigos ocultos dessa nova era política. O que parecia ser a realização de um sonho esperado durante tanto tempo Baudrillard chama de "um parto pós-histórico retardado há muito tempo" que de repente "explode e invade tudo num só momento".[8] Por outro lado, tudo pareceu tão normal que ocorreu como se as pessoas não acreditassem mais na gravidade e importância do acontecimento. A libertação da esquerda, durante tanto tempo oprimida no lado ocidental, de repente sai vitoriosa dentro das regras do jogo liberal. Ele chama esse novo estado da esquerda de forma extática do socialismo, onde ele encontrou seu estado puro, purgado de toda revolução, revolta, violência e ditadura. Segundo o autor, o êxtase é antinômico da paixão. A paixão pela revolução deu lugar ao êxtase de uma tomada democrática do poder. De fato, nos sistemas zen budistas de meditação, o sujeito precisa se desfazer de todos os desejos, todos os apegos mundanos. Num estado de ausência de desejo, contemplando a vacuidade do mundo, o devoto se libera de todas as suas paixões[9] e por isso mesmo encontra um prazer bem maior que o gozo de um apaixonado: trata-se de um êxtase perante o desapego de qualquer prazer, da vida e da própria realidade.[10] Assim como o Nirvana seria mais gozo que o gozo, desapegado de qualquer desejo de prazer, o êxtase do socialismo é mais político que o político, é transpolítico.

Baudrillard não usa em nenhum lugar a referência do budismo, nem de qualquer outra tradição mística, para explicar seu conceito de êxtase. Estou contudo aproximando uma coisa da outra para tentar reconstruir o uso inusitado desse conceito e pensar suas consequências. Sem dúvida, caracterizar um acontecimento político com a esquerda, que é essencialmente materialista, com um conceito da esfera religiosa é mais uma das imagens provocativas e insólitas do teórico. Ainda assim, se a ideia de êxtase estivesse ligada ao budismo, que é uma religião de certo modo ateia, e pensarmos no esforço do devoto para negar e superar a realidade cotidiana na qual se move a razão e o entendimento, purificando-se de

---

[8] BAUDRILLARD, Jean. *À sombra das maiorias silenciosas. O fim do social e o surgimento das massas*. São Paulo: Brasiliense, 1985, p. 45.
[9] SUZUKI, Daisetz Teitaro. *Ensayos sobre budismo zen*. Buenos Aires: Kier, 1995, pp. 30, 34 e 37.
[10] Ibid., p. 72.

desejos e paixões, a relação poderia fazer sentido. Se tivermos em vista a referência ocidental cristã, fica mais difícil apreender a ligação, pois o êxtase do santo estaria baseado na paixão de Cristo e por Cristo; porém, também trata-se de uma paixão desapegada das paixões terrenas, por esse motivo há relações entre a mística cristã (de Meister Eckhart) e a budista.[11] O êxtase do socialismo é precisamente a perda, a ausência de paixão pela revolução. Quando se perdeu a energia e o desejo pela revolução, depois de todo o esforço de gerações, a esquerda vence. As pessoas não parecem tão chocadas com a situação. Há algo errado.

A hipótese de Baudrillard é que a massa deu o poder à esquerda porque não acredita mais em sua existência e a destituiu de sua capacidade de "vontade e representação".[12] A menção de Schopenhauer aqui, mais uma vez, nos remete à mística budista. O filósofo alemão pensa que a luta da vontade consigo mesma nos prende na escravidão de viver entre forças irracionais e projetar ilusões de representações racionais do caos e selvageria fundamentais do mundo. O melhor que podemos fazer é contemplar a luta da vontade de fora e nos despirmos de toda paixão, por isso Schopenhauer admira os ascetas e místicos.[13]

Fora da vontade das paixões e do conhecimento da representação, a esquerda encontra-se em êxtase: vence sem luta, a graça do poder lhe é dada sem guerra, sem o uso da força, assemelhando-se à doutrina da não--violência dos monges. O jejum do poder da esquerda no lado ocidental, ou sua greve de fome, funcionou: conquistou a democracia.

É a partir desse par opositivo de êxtase pós-moderno e paixão moderna que Baudrillard reconhece no fenômeno mais um exemplo de seu famoso conceito de simulação. A esquerda de Mitterrand não é real, é virtual. A prova é que ninguém acredita mais nela, ninguém nem se impressiona com o tamanho da contradição, tudo parece normal. Saímos do reino do político, das lutas reais, da racionalidade das posições ideológicas, e entramos no reino do "transpolítico", em que a esquerda se mistura com a direita e é definitivamente contaminada pelo capitalismo, assim como o capitalismo é contaminado pela esquerda, reforçando o Estado e produzindo simulacros de ações políticas. Em termos de significativas

---

[11] MILINSKI, Maja. "Zen and the Art of Death", *Journal of the History of Ideas*, v. 60, n. 3, jul. 1999, p. 394.
[12] BAUDRILLARD, Jean. *À sombra das maiorias silenciosas*, op. cit., p. 46.
[13] SCHOPENHAUER, Arthur. *O mundo como vontade e representação*. Rio de Janeiro: Contraponto, 2000, pp. 400 e 406-8.

transformações sociais, das quais tanto se sonhou, a esquerda democrática é de fato irrisória.

Contaminação recíproca dos blocos

Foi com essa mesma estrutura de facilidade na libertação de anseios políticos, na realização de verdadeiras utopias, somada à indiferença pelo acontecimento, ligada à desilusão de paixões modernas em seu êxtase purificador, que Baudrillard analisou a queda do muro de Berlim em *A ilusão do fim ou a greve dos acontecimentos*, de 1992.

Houve uma grande euforia com a derrocada do muro. O congelamento do progresso democrático, do mercado competitivo e da liberdade de expressão no Leste europeu deu lugar a uma súbita falência do comunismo que, subitamente, levou ao descongelamento da liberdade. Parecia um sonho tanto para a população oprimida do Leste quanto para os defensores do liberalismo que, com extrema rapidez, presenciaram os Estados Unidos se tornarem a única potência mundial, a vencedora em termos econômicos, militares e ideológicos. Enfim, o mundo inteiro ganhou o direito à liberdade. Parecia ser o fim das grandes mudanças políticas, de acordo com a tese do neoconservador Francis Fukuyama, que insistiu na queda da ideologia marxista-leninista para a direção de grandes Estados, retomando a afirmação de Kojève de que os Estados Unidos são a realização do fim da história.[14] É ainda mais interessante observar que Fukuyama, no final de seu artigo "O fim da história?" lamenta uma sensação de tédio pelo fato de que a arte e a filosofia da pós-história não produziriam algo tão potente quanto as grandes obras vindas da vitalidade histórica. Agora podemos lançar a primeira parte de nossa hipótese: a teoria, sem história, sem apegos ideológicos insensatos, sem motivação de transformação social, enfim, sem paixão, entra em estado de êxtase com a impressionante escritura de Baudrillard. Ele se coloca fora do jogo de poder político por não acreditar mais nele, e passa a praticar uma contemplação irônica dos acontecimentos informados pela mídia como se estivesse vendo um filme, uma ficção, uma simulação cujo grande absurdo fantástico é precisamente se pensar que é e está em uma realidade.

---

[14] FUKUYAMA, Francis. "¿El fin de la historia?", *Claves de razón práctica*, n. 1, 1990, pp. 85-96.

Mas para explicitar melhor esse posicionamento, detenhamo-nos no que pensou Baudrillard sobre a queda do muro. Ele se pergunta: "O que acontece com a liberdade quando ela é descongelada?".[15] Antes de mais nada, é bom lembrar que nosso autor retira das metáforas estabelecidas do jargão jornalístico e político um grande potencial conceitual para o texto teórico. Ele as leva tão a sério que, desdobrando-as num jogo verbal inusitado, retira daí consequências simbólicas para além da realidade que, entretanto, condicionam a factualidade dos acontecimentos.

O Leste manteve a liberdade em estado de ultracongelamento, "sequestrada e submetida a pressões muito fortes". O Ocidente, ao contrário, revela uma ultrafluidez "ainda mais escabrosa" com a "libertação e liberalização dos costumes e opiniões". Em *A transparência do mal*, o livro se inicia com a constatação de que o mundo democrático liberou as necessidades, desejos, sexo, drogas, e se liberou da tradição, religião, dogmas. É uma verdadeira orgia de liberação de todas as instâncias culturais, não só a emancipação de seus constrangimentos internos, mas também a dissolução das fronteiras entre elas, a anulação da diferença entre estética, política, ética, a esfera privada e pública etc. Depois da orgia, vem a pergunta: "o que fazer após a orgia?".[16] Resta simular a orgia, simular que há liberação quando na verdade "a liberdade, a ideia de liberdade, morreu de morte natural".[17] Perdemos a alma da liberdade e da história ao finalizá-la. Na queda do muro, é natural que haja uma mimetização nostálgica que o Leste produz de nossa orgia, vivenciando a contracultura com atraso. Contrariamente, no nosso caso, vampirizamos o estoque de liberdade deles: "é isso que lhes pedimos: a ideia de liberdade em troca dos sinais materiais dessa mesma liberdade",[18] semelhante aos europeus com os índios, que em troca de matéria-prima e trabalho forçado davam-lhes bugigangas. Se estou aqui incorporando o "nós" de Baudrillard, preciso alertar que, embora o Brasil faça e tenha feito parte desse mundo democrático antes de 1989, não só teve sua ditadura de direita como também não vivenciou toda essa liberação das necessidades e desejos como no primeiro mundo. A contracultura foi, na América Latina, mais uma resistência contra um outro tipo de "congelamento" ditatorial do que uma sorte de liberação absoluta, e não foi menos radical cultural

---

[15] BAUDRILLARD, Jean. *A ilusão do fim. A greve dos acontecimentos*. Lisboa: Terramar, 1992, p. 48.
[16] BAUDRILLARD, Jean. *A transparência do mal*. Campinas: Papyrus, 1991, p. 9.
[17] BAUDRILLARD, Jean. *A ilusão do fim. A greve dos acontecimentos*, op. cit., p. 48.
[18] Ibid., p. 50.

e artisticamente por isso. O próprio Baudrillard só emprega o "nós" para os países desenvolvidos e vê na América Latina outra configuração. Ainda assim, a motivação da contracultura ocidental também teve como causa a guerra do Vietnã, impulsos utópicos da esquerda etc., ou seja, a visão de 1968 do autor é limitada: a liberdade do centro do mundo também era falsa, o que motivou a contracultura, mas seus efeitos posteriores de fato propagaram mais os signos da liberdade do que a própria. Esse é um dos vários exemplos em que o teórico absorve o discurso dominante quando pretende dele se distanciar.

Pornografia, extraterrestre, rock, as maiores banalidades da televisão e das revistas de fofoca, tudo o Leste pôde, subitamente, vivenciar fascinado, "foram imagens de 1968, com o mesmo clima, com as mesmas caras, que nos chegaram de Praga e Berlim".[19] Se um bloco atribuía ao outro o mal do mundo, parecia, depois do muro, que a política viveria somente de pequenos e insignificantes conflitos, sob o controle absoluto dos Estados Unidos. Os acontecimentos, que já se tornaram totalmente insignificantes, assumiram um "estado de greve". A queda do muro foi o último grande acontecimento, aquele que assinalou a queda da própria história. Mas Baudrillard, embora se sirva abundantemente da metáfora do fim, não é um neoconservador. Ele se coloca como um pensador radical, paroxista, irônico, sendo inclusive irônico consigo mesmo ao ver na "ironia objetiva" do "destino" algo bem superior à sua própria ironia. Por isso é ironizando a si mesmo que ele pode ironizar qualquer aspiração política, qualquer ataque crítico a seu simultâneo divertimento com a cena política, êxtase teórico com o uso estético das metáforas conceituais, melancolia e tédio *blasé*. Mas apesar das acusações de críticos ingênuos, ele não vê na simulação ausência da realidade cruel do sofrimento. Ao contrário, depois da ascensão do sistema de virtualização da vida, haverá um novo tipo de maldade imperante: "O mal era visível, opaco, localizado nos territórios do Leste. Exorcizámo-lo, libertámo-lo, liquidámo-lo. Mas terá deixado de ser o mal? É claro que não. Tornou-se líquido, fluido, intersticial, viral — é isso a transparência do mal."[20]

Baudrillard afirma que Chernobil foi já a inauguração da fusão "entre os dois mundos por infiltração radioativa",[21] por isso mesmo nele contém

---

[19] Ibid., p. 60.
[20] Ibid., p. 63.
[21] Ibid., p. 71.

também o princípio de contaminação que vai imperar na nova ordem mundial e já estava em vigor no Ocidente. Se o mal desapareceu enquanto território, substância e ideologia, ele vai reaparecer na forma do "fim de toda a ilusão democrática",[22] na desilusão vital dos valores do Ocidente, levando à sua destruição; ele prevê até o fim do império dos Estados Unidos.[23] A conexão máxima entre Estados e culturas se transformará em contaminação, "desencadeia a vulnerabilidade máxima de todas as redes",[24] levando o vírus à vida sexual, econômica, política, moral etc. Quando todas as condições para a ordem perfeita do mundo estão presentes, "a desordem é irresistível, quando estão reunidas todas as condições do bem, o mal é irresistível".[25] Mas onde mesmo se manifestará o mal? Embora ele não responda de forma muito clara, vejo nesse trecho um momento bem ilustrativo: "Transpolítico frouxo, descentrado, altamente diluível, no qual as opções ideológicas são indiferentes, a violência histórica mínima (já não se trata, na maior parte dos conflitos, senão de uma violência homeopática, policial, interior aos sistemas."[26]

Ou seja, a relevância histórica dos conflitos é mínima, mas a violência concreta não mais tomará forma de grandes guerras, e sim de violência homeopática interior aos sistemas. Essa homeopatia pode ser uma maneira de interpretar o que vivenciamos hoje, com a guerra aparecendo no cotidiano dos cidadãos na forma de terrorismo, sequestro, assaltos permanentes etc. Mesmo para quem nunca vivenciou uma guerra "tradicional", viver em guerra homeopática permanente pode ser muito pior do que se, à moda antiga, a sociedade parasse por uma guerra uns cinco anos e depois retomasse uma vida sem tal convívio com a violência, mas esse tipo de questão é no caso irrelevante; Baudrillard não se interessa pelo problema da qualidade de vida, como Marcuse, por exemplo.

O mal se tornou virótico, não só na biologia mas na informática e na economia; a violência se tornou homeopática, na rua e na televisão, dentro e fora do cinema, por isso mesmo onipresente, cotidiana. Em *As estratégias fatais*, de 1983, o autor diferencia as manifestações do mal moderno e o "pós-moderno". A violência é da ordem das guerras modernas, o terror

---

[22] Ibid., p. 73.
[23] Ibid., p. 78.
[24] Ibid., p. 72.
[25] Ibid., p. 74.
[26] Ibid., p. 79.

é mais violento que o violento e aparece no terrorismo.[27] Mais uma vez, como no caso da liberdade no Leste e no Ocidente, Baudrillard mostra que as monstruosidades do outro estão na essência do Ocidente, mesmo que de forma invertida. Nesse caso, a inversão não constitui uma oposição, mas uma equivalência secreta. Essa estrutura de senso e contrassenso assume a seguinte forma:

1 - o pior é intrínseco ao "mesmo", à identidade ocidental, de forma ignorada;

2 - manifesta-se do lado do outro como um oposto criminoso, terrível e monstruoso;

3 - revela no exterior, no real, como um *desafio simbólico*, a monstruosidade ignorada que estava escondida no cerne do ocidental;

4 - é taxado de monstruoso, de um mal pré-moderno (no caso do Oriente Médio) ou pré-democrático (no caso do Leste Europeu) a ser combatido, e reforça a ignorância do Ocidente em relação a si mesmo justamente quando ele pensa estar do lado da moral, sensatez e razão.

O terrorismo, no texto de 1983, não está só no assassinato anônimo e aleatório de uma vítima azarada, de um acaso trágico, está também na solidariedade e responsabilidade ilimitada do humanismo liberal e cristão, que tentou eliminar a falta de autonomia em relação ao destino. Os terroristas, inversamente, levam isso ao pé da letra e afirmam que qualquer ocidental é responsável pelas atrocidades na sua comunidade. Um princípio absurdo de culpabilidade ilimitada humanista leva, por ligação simbólica, ao absurdo do assassinato aleatório, uma liberdade quase ilimitada leva à sempre possível situação de ser refém.[28]

A relação não é causal na suposta realidade concreta que levamos, mas há um nexo simbólico secreto entre esses dois elementos antagônicos. Essa resposta do terror à violência ignorada da responsabilidade moral é um *desafio* próprio daquilo que ele interpreta como "inteligência do mal".[29]

Baudrillard afirma que a relação entre bem e mal não pode ser vista como um progresso ingênuo iluminista do bem nos domínios científicos, técnicos, democráticos e jurídicos, sendo o mal nada mais do que um defeito

---

[27] BAUDRILLARD, Jean. *As estratégias fatais*. Lisboa: Editorial Estampa, 1991, p. 32.
[28] Ibid., p. 33.
[29] BAUDRILLARD, Jean. "L'esprit du terrorisme", *Le Monde*, 2 nov. 2001. Disponível em: <http://www.egs.edu/faculty/baudrillard/baudrillard-the-spirit-of-terrorism-french.html>. Acesso em: 5 jun. 2009.

a ser desfeito. Para ele o bem e o mal progridem em poder ao mesmo tempo e segundo um mesmo movimento. Contra a visão maniqueísta clássica, o triunfo de um não corresponde ao fracasso do outro, ao contrário. Quanto maior o bem, maior o mal.

Para ilustrar bem essa relação, ele toma como exemplo a própria cumplicidade dos dois blocos na guerra fria. Havia um equilíbrio do terror no face a face entre os dois poderes, sem supremacia de um sobre o outro. Com a queda do muro, o equilíbrio se rompeu com a extrapolação total do bem. Quando o bem pretende ordenar e controlar tudo, tornando-se onipresente, o mal torna-se intersticial, viral, aloja-se na própria transparência das coisas, e ganha um poder invisível, porém tão soberano quanto o bem, cada vez maior. Portanto, a onipresença visível do bem implica na transparência soberana do mal ao mesmo tempo e num mesmo movimento.[30]

11 DE SETEMBRO: O ACONTECIMENTO ABSOLUTO

Mesmo com grande variedade das formas de vírus e terror já antes da queda do muro, depois dela os acontecimentos entraram definitivamente em greve no mesmo momento em que o bem e o mal, simultaneamente, foram se expandindo. Baudrillard sustentou essa tese, até surgir o 11 de setembro.

Em *As estratégias fatais*, o sistema ocidental de liberdade, direito e rentabilidade precisa pôr fim ao escândalo da morte acidental, que é inaceitável.[31] Sua solução é elaborar um sistema de segurança, saúde e conforto, assim como a prevenção da morte acidental através da organização hospitalar da morte. Como disse já em *A troca simbólica e a morte*, de 1976, "Assim o sistema tem por fim absoluto controlar a morte".[32] Podemos acrescentar que, como a expansão do bem não vive sem a do mal,

---

[30] Ibid.
[31] BAUDRILLARD, Jean. *As estratégias fatais*, op. cit., p. 33.
[32] BAUDRILLARD, Jean. *L'échange symbolique et la mort*. Paris: Gallimard, 1976, p. 58. Neste livro, pp. 108 e 109, há uma interessante análise do World Trade Center reconhecendo em suas duas torres o próprio signo do sistema atual. Os signos se duplicam para se destacarem do referente, redobrarem-se em si mesmos, signo visível do fechamento do sistema em si mesmo na vertigem do redobramento, fenômeno semelhante às réplicas do rosto de Marilyn de Andy Warhol. É digno de nota que esse texto de 1976 antecipou boa parte das análises de outros teóricos do World Trade Center depois da queda do muro.

o fascismo se encarregou de montar um aparato de produção sistemática da morte, mas isso ocorreu ainda na época moderna; na era pós-moderna, os terroristas opõem ao sistema a eleição aleatória do refém e da vítima. Mais uma vez se repete a estrutura do senso e contrassenso: é uma situação monstruosamente lógica o sistema pretender anular a morte como um acidente; a monstruosidade do terrorismo responde "substituindo a morte sistemática (o terror) por uma lógica eletiva: a do refém".[33]

O que diferenciou o ataque de 11 de setembro de todos os outros foi a aliança de duas armas: eles dispõem das armas do sistema (dinheiro e especulação da bolsa, tecnologias informáticas e aeronáuticas, a dimensão espetacular e as redes midiáticas) e a arma fatal: a morte, ou seja, o suicídio do terrorista. Essa conjugação de dois dispositivos diferentes (estrutura operacional e pacto simbólico) multiplica ao infinito o potencial destruidor.[34] Contra a estratégia de morte zero do sistema, eles impõem "o pacto de uma obrigação sacrificial". Contra a indiferença do sistema pelos indivíduos, eles lançam um desafio dual, pessoal, à potência adversa. Esse dualismo não é entre indivíduo e sistema, mas entre ato sacrificial coletivo e o egoísmo racional do neoliberalismo.

Com isso, finalmente, Baudrillard considera que a greve dos acontecimentos terminou: o desafio simbólico desse acontecimento foi tão único, desde maio de 1968, que pôs em jogo a própria mundialização imposta depois da queda do muro. Por isso a morte em 11 de setembro foi mais do que real, foi simbólica e sacrificial, configurando assim o acontecimento absoluto, a mãe de todos os acontecimentos, aquele que concentra em si todos os acontecimentos que não tiveram lugar, como a guerra do golfo, a tomada do poder da esquerda etc.

O encanto da ironia

Agora podemos avaliar melhor a estratégia teórica apresentada. Baudrillard elabora uma crítica preciosa ao sistema capitalista e sua mercantilização, informatização, midialização etc. Produz análises impressionantes ao procurar desvendar que, por trás do real e da simulação

---

[33] BAUDRILLARD, Jean. *As estratégias fatais*, op. cit., p. 33.
[34] BAUDRILLARD, Jean. "L'esprit du terrorisme", op. cit.

do real, há uma dimensão de cumplicidade do pacto simbólico regido por regras inteiramente diferentes das que estamos acostumados. Baseado na sociologia de Marcel Mauss e na análise de Bataille do erotismo e do dispêndio, o teórico consegue desvelar toda uma outra perspectiva dos acontecimentos históricos e midiáticos por meio de conceitos como cumplicidade dual, sedução, pacto, sacrifício, reversibilidade, troca impossível. Até que ponto tais conceitos esclarecem o fundo mágico e arcaico da história pós-moderna ou encarnam um fruto dessa própria magia, pretendendo reencantar a análise da cultura iludindo-se, é difícil decidir. Penso que as duas hipóteses não se excluem, por isso constatamos que a ironia do autor é simultaneamente crítica e acrítica, é uma ironia iludida consigo mesma. Nem todo individualismo crítico percebe que a postura irônica mesma é encantadora, ou melhor, a desilusão da ironia se transforma facilmente em encanto do sujeito pós-romântico consigo mesmo, encanto pelo seu canto teórico solitário e destruidor, encanto pela radicalidade de uma soberania vazia do pensamento, encanto pela sua própria escritura. Enfim, o suposto desencantamento rigoroso do pensador é levado de tal modo pela sua escritura encantadora e maldita, levando junto admiradores e críticos vulgares, que se perde o grau de responsabilidade da teoria, precisamente aquilo que não deveria se afastar em nada do potencial de verdade da escritura, da retórica.

Baudrillard resolve esse tipo de problema sempre assumindo uma extrema parcialidade ao frisar que não é um pesquisador, é um escritor *freelancer*, que de fato coloca o conceito de ilusão como superior à realidade e — o que sempre resolve qualquer dificuldade — que tudo não passa de um jogo irônico, ainda que fatal e radical, à moda dos poetas malditos. Nesse sentido, assim como outros pós-estruturalistas, Derrida e Lacan, por exemplo, ele posa como teórico maldito, antiuniversitário, mas que deve toda sua fama e sustentação à instituição universitária conjugada com uma mídia da intelectualidade, ou seja, nada menos maldito. O pacto dual da teoria com a realidade está em acreditar piamente que se criarmos uma ficção teórica que se vislumbra como fascinante, radical, sedutora e irresistível, não só para nós mesmos mas também para toda a história e sociedade mundial, teremos lançado o nosso desafio à própria realidade. Nesse caso, não há como negar que em algum nível ele conseguiu o que pretendia.

É muito curiosa, por exemplo, a periodização que propõe da história recente. A narrativa teórica transparece em suas apostas de pensar a diferença do período anterior à queda do muro para a greve dos acontecimentos, seguida da ruptura da greve pelo ataque às torres gêmeas. Ele tem um senso raro para rupturas históricas. Tais propostas de periodização são heuristicamente profícuas para pensar a história recente, retirando a monotonia de uma visão invariante da modernidade e mesmo da extensão já considerável da chamada pós-modernidade.

Há um efeito mágico, um encanto do pensamento, também ao transformar nosso olhar para a pobreza do espetáculo midiático. O que parecia ser um filminho de Hollywood, só que real (e virtual, sem dúvida), passa a tomar enfim proporções filosóficas, como era nos tempos de Hegel e Marx, mas regredindo a um estágio pré-marxiano, pré-adorniano, de idealizar estruturas antropológicas pré-modernas; descobrindo, mesmo assim, uma das mais singulares forças pós-modernas do ensaísmo, mesmo que se encontre já em estágio avançado de desencantamento com a filosofia. De qualquer forma, analisar o terrorismo do ponto de vista de um dispêndio simbólico da morte (seguindo a linha antropológico-nietzschiana de Bataille) contra a acumulação individualista do capitalismo conduz a revelações bem mais interessantes do que a maioria dos teóricos que tentaram entender o fenômeno. Encarar a narrativa histórico-midiática como "literatura" faz com que se descubra como retirá-la de sua histeria sensacionalista, de modo que um ponto de vista teórico-literário dá ao acontecimento a potência filosófica que ele efetivamente carrega por trás da neutralização midiática ou cientificista do historiador e do sociólogo neopositivista.

Baudrillard força as metáforas contidas no jargão de tal forma que elas ganhem dignidade conceitual e o direcionamento retórico da ironia. Se a queda do muro levou ao descongelamento da liberdade e à contaminação recíproca dos blocos, podemos reconhecer nessas formulações algo da estratégia teórica do pensador. Ele mesmo descongelou a prisão metafórica do jargão e implodiu o muro de seus significados de tal forma que liberou o potencial de irradiação metafórica para ser usado na contaminação de conceitos teóricos; podemos afirmar, pensando em Benjamin, que ele descongelou a "imagem dialética".

Esse mobilismo teórico extremo se conjuga, entretanto, ao reforço da hipostasia do imobilismo político, logo, o excesso retórico-poético do pensamento freia, em vez de fortalecer, a contundência crítica e a possibilidade de mudança social. Sem dúvida, esse é um sintoma da queda do muro e sua indistinção do bem o do mal, que, em vez de ultrapassar dicotomias fáceis e ideológicas, aumentou a confusão da semiformação e ainda criou outras dicotomias simplistas do novo estágio do sistema e niilismos teóricos. Se Baudrillard nos ajuda a entender algo dessa confusão, não nos ajuda a sair dela. Esse descongelamento da liberdade interpretativa liberou o "mal" da teoria: a ironia, a força do teórico maldito, para além da razão e da crítica, uma sorte de maldição mágica.

Afinal, o poder de iluminação da teoria, seja pela razão, seja pelas suas qualidades ensaístico-literárias, é mágico. O uso consequente e inusitado da estrutura metafórica de termos que pareciam inocentes e naturalizados alimenta uma verdadeira filosofia que, ao longo da obra, vai retomando e ampliando o espectro dos conceitos. Baudrillard é, no fundo, um grande gênio em manipular a magia da teoria. Emprego o conceito de gênio parodicamente, é claro, respeitando, como toda boa paródia o faz, todo o seu potencial assim como apontando seu impensado limite. O problema básico é que o gênio foi sugado pelo buraco negro da magia: o vazio da indiferença política.

Logo, essa interpretação ou, como ele mesmo ironicamente assume, ficção teórica, mesmo que contenha grande potencial de renovação para a crítica do mundo atual, tomou gosto por anulá-lo. Assim ela convive em cumplicidade com o sistema mesmo onde tenta desafiá-lo. Ela é fascinada pelo terrorismo tanto quanto a mídia, e o mistifica tanto quanto o poder americano o demoniza. Sua eleição do 11 de setembro como acontecimento absoluto não problematiza o fato de que reproduz a seleção tendenciosa da história oficial em relação a todo o universo micro-histórico de pequenos acontecimentos que não aparecem na mídia mas são mais relevantes para um mundo melhor do que a violência mundial ou local. O macro-acontecimento deve ser visto pelos seus efeitos intersticiais e não idealizado como absoluto tendo como parâmetro o empobrecimento que a mídia faz da realidade. Ele nos fornece grandes contribuições para a análise da virtualização da realidade, mas, por outro lado, toma-a ao pé da letra ao depauperar o próprio nexo da teoria com a prática, enfim, ele incorre na mesma falácia que desmascarou. Fascinado pela ficcionalização da mídia quando produz dela uma interpretação tão sagaz, torna sua ficção teórica igualmente fascinante e enganosa.

A teoria paroxista é, portanto, vítima de sua própria força e vítima de seu objeto perigoso de tal modo que se lhe torna um refém resignado. De fato, sua tentativa de captar os poderes do sistema para o desafiar estava desde o início destinada ao fracasso, contudo, todo o trabalho, a luta interna desse texto, sua travessia, contém grandes pistas, saídas, para que a cegueira geral da crítica da cultura não mais se propague. Nesse sentido, Baudrillard não aprendeu tanto com o meio dos historiadores do cotidiano do qual se originou, mas sempre conserva uma sugestão implícita de melhor retomá-lo.

Finalmente, o êxtase teórico que vê a história como um teatro tragicômico, ou melhor, *tragirônico*, reproduz a indiferença política da mídia no âmbito da teoria mais sofisticada, motivo pelo qual Baudrillard é sempre mal lido ou avaliado, pois muitos se entregam à sua escritura deslumbrante e outros a abandonam precocemente indignados. Purgado da paixão pela emancipação, da luta por uma vida menos pior num mundo que cada vez mais criminaliza, controla, empobrece e aterroriza, tanto do lado do terrorismo do sistema quanto do terrorismo propriamente dito, o pensador paroxista manteve sua crítica impotente sacrificando-a a um fascínio pela própria ficção que tão bem elaborou para pensar sua contemporaneidade.

Ainda assim, se a teoria de Baudrillard precisa ser desmistificada, contém grandes *insights* relativos à situação da nova ordem mundial que em muitos aspectos podem ser melhor elaborados.

Primeiro é preciso de fato entender o potencial da obra, fazer justiça à força de suas conquistas, e então violentá-la, "implodi-la" por dentro. Não adianta nem adorá-la nem ignorá-la, antes criticá-la e, na medida do possível, dela se servir. É extasiante ler Baudrillard, mas também é necessário separar contemplação de teorização, por mais arcaicamente unidas que elas ainda estejam.

Não se trata, portanto, de "resistir à teoria", mas de desafiar tal sedutora esterilidade com o potencial crítico da própria distância da prática, quer dizer, retirar de sua repulsa ao concreto uma fertilidade prática possível, consciente das inevitáveis mediações, em vez de alimentar cada vez mais, *ad infinitum*, seu famigerado fracasso. Nada está mais distante da prática que a teoria, mas nada possui mais potencial crítico para orientá-la, desde que ela mesma não se deleite em se perder à toa, caindo assimptoticamente no buraco negro de sua pulsão de morte.

A ARTE NA CRÍTICA SIMBOLISTA: OBJETO DO INAPREENSÍVEL

Caio Ricardo Bona Moreira
Professor de Literatura Brasileira da Fafiuv

> *Certas idades da crítica não foram criadoras no sentido usual do termo; bem o sei: o espírito do homem buscava nelas inventariar os próprios tesouros, separar o ouro da prata e a prata do chumbo, avaliar as joias e nomear as pérolas. Porém, todas as idades criadoras foram também críticas. Pois que é o espírito crítico que engendra as formas nova.*
> Oscar Wilde, *A crítica e a arte*

Antes de entrar na Exposição Geral de Belas-Artes, em 1905, na então capital federal do Brasil, o crítico Gonzaga Duque viu passar uma bela dama, "encantadoramente cindida por um *costume-tailleur* cor de musgo"[1] que lhe chamou muito a atenção. O rápido encontro, com ares de ficção, é descrito com minúcias no texto "Salão de 1905", publicado inicialmente na revista *Kosmos* e posteriormente reunido em seu livro póstumo, intitulado *Contemporâneos*. Não passou despercebido ao seu autor a elegância com que a mulher de cabelos negros e chapéu de palha galgou os degraus, levando-o a ver nesse acontecimento o sinal de um bom augúrio. Com o olhar fascinado por essa espécie de passante baudelaireana, o homem envolve-a no seu deslumbramento, percebendo nela o reflexo de um desdém, no entanto, um desdém que "não ofende nem repele, porque apenas tem um vago de indiferença no indeciso de uma surpresa. É o instante de todas as mulheres bonitas diante do estranho que as contempla".[2] Ela olha para o enfeitiçado e se afasta, criando para si uma imagem que, ao oscilar entre a presença e a ausência, só confirma a sua condição espectral, etérea, fantasmática. A mulher não nomeada poderia figurar entre aquelas que povoam o imaginário dos artistas da *belle époque*, como a Salambô, retratada por Helios Seelinger, que, segundo Gonzaga Duque, se confunde entre uma "vaga imagem lendária de um perdido passado e a figura inquietante, sinistramente suspeita, observada dia a

---
[1] Duque, Gonzaga. *Contemporâneos*. Rio de Janeiro: Typ. Benedicto de Souza, 1929, p. 115.
[2] Ibid., p. 116.

dia no cenário costumeiro da irrequieta, aguda, absorvente e destruidora existência contemporânea".[3] O *flâneur,* aturdido, entra, então, na Exposição e, transformado pelo sintomático encontro-desencontro, passa a comentar quadros de Fernando Gomez, Augusto Petit, Heitor Malagutti, Eugéne Morand, Rodolfo Chambelland, entre outros. Encontra um senhor "baixote e atarracado, rebarbativo", e com ele dialoga sobre aquilo que vê. Ironiza algumas "marinhazinhas", nas quais percebe apenas "barquinhos" e "praiasinhas". Mas quem rouba a cena é a jovem atraente que reaparece exuberante no final do passeio:

> Diante das medalhas do Sr. Augusto Girardet reencontro a esvelta senhora em *costume-tailleur* cor de musgo.
> Ha nas suas pupilas o quebranto de um goso, toda a ternura dos delicados espiritos embevecidos na contemplação dum objeto d'arte. E sorri glorificando a luz do seu inexprimível sorriso a obra do Sr. Girardet. Sorri e retira-se.[4]

O que se passa entre ele e a jovem misteriosa, segundo Vera Lins, alegoriza a relação do crítico com a arte, "a surpresa e o aturdimento que a desconhecida lhe causa, o aproximar-se e o afastar-se e depois a fuga, a impossibilidade de alcançá-la. A crítica não desfaz o enigma da arte, o objeto lhe escapa".[5] Essas considerações nos convidam a enxergar no texto de Gonzaga Duque e de outros críticos ligados ao simbolismo, algo mais do que um mero exercício impressionista, pelo menos no sentido que lhe dão de forma pejorativa alguns "adversários", como veremos. Convidam-nos, também, a reler uma linhagem crítica obliterada pelo modernismo, refletindo sobre a experiência que é posta em jogo por alguns de seus entusiastas. Não se trata, necessariamente, de defender a existência da crítica simbolista como uma escola definida, ou de denunciar o seu sequestro nos estudos literários brasileiros, mas apenas de perceber que o pensamento exercitado com frequência por ela — pensamento interessado nos procedimentos poéticos[6] oriundos do movimento —, pode nos ajudar

---

[3] Ibid., p. 55.
[4] Ibid., p. 132.
[5] Lins, Vera. "Os simbolistas: virando o século", in *O eixo e a roda*. Belo Horizonte: Ed. UFMG, 2007, p. 121.
[6] Segundo Vera Lins, os textos de Gonzaga Duque são marcados por imagens que fazem pensar sobre uma crítica de artes como tradução de linguagens que "escapam aos limites do conceito se articulando com imagens que contêm ideias, um pensamento que inclui a sensibilidade e a sensualidade. Como se a reflexão se desdobrasse nessas passagens de uma linguagem a outra". Lins, Vera. "Traços de cor: a crítica de artes plásticas e uma tradição de críticos-poetas", in Seligmann-Silva, M. (org.). *Palavra e imagem: memória e escritura*. Chapecó: Argos, 2006, p. 376. Dessa forma, produz-se uma linguagem crítica que incorpora

a desenhar outros contornos para um passado dominado por uma perspectiva historiográfica, nacionalista e ou cientificista, nos convidando, inclusive, a mirar uma constelação que, mesmo longínqua, ao ser posta em rede, é capaz de iluminar alguns dilemas com os quais se depara a crítica do presente.

Andrade Muricy, um dos poucos brasileiros que utilizam a terminologia "crítica simbolista", defende que não se deve chamar simbolista a crítica dos "díscolos ou dos indiferentes", mas àquela que foi feita pelos próprios simbolistas.[7] Para ele, desde a campanha inicial, lançada por um grupo de choque do qual participavam Oscar Rosas, Virgílio Várzea, Emiliano Pernetta, entre outros, essa crítica foi predominantemente de "sustentação" — traduzindo, assim, a expressão de Albert Thibaudet, *"la critique de soutien"* —, que teria o sentido de doutrinação, de luta. Isso porque, ao serem postos à margem da política literária oficial, os simbolistas foram forçados pelas circunstâncias a uma atitude de combate.[8] Dessa maneira, ao utilizar a expressão "simbolista", Muricy não pressupõe a crítica como um gênero, cujo modelo de confecção estaria pautado por uma lógica autonomista, por características essenciais, muito menos como uma escola ou uma cartilha pedagógica capaz de instruir ou catequizar o poeta-crítico no ato de apreciação. Se há um movimento relativamente estável, aqui, é o do simbolismo. Sua crítica, por sua vez, parece ser uma ramificação do pensamento e dos princípios por ele determinados, como o predomínio das

---

o enigma, a imagem, e a força poética dessa crítica que escapa ao rigor do método e ao fechamento do conceito "mais provoca o pensamento do que o torna claro". Ibid., p. 377. Logo, impossível separar aqui sua crítica simbolista dos procedimentos poéticos que lhe chegam do movimento.

[7] Muricy, Andrade. "Da crítica do simbolismo pelos simbolistas", in *Crítica e história literária*. Anais do I Congresso de Crítica e História Literária. Rio de Janeiro: Tempo Brasileiro, 1964, p. 238.

Essas reflexões são realizadas no texto "Da crítica do simbolismo pelos simbolistas", que Andrade Muricy apresentou no I Congresso Brasileiro de Crítica e História Literária, em Recife (1961), e que posteriormente seria incluído na compilação *A literatura no Brasil* (1969), de Afrânio Coutinho.

[8] Basta lembrar da posição de José Veríssimo, que, no mais das vezes, foi um dos adversários oficiais do movimento, chegando a escrever que os versos de Cruz e Sousa têm a "monotonia barulhenta do tam-tam africano". Veríssimo, José. *José Veríssimo: teoria, crítica e história literária*. João Alexandre Barbosa (sel. e apres.). Rio de Janeiro: Livros Técnicos e Científicos; São Paulo: Edusp, 1977, p. 229; e que, no Brasil, o simbolismo é "um fato de imitação internacional e, em muitos casos, desinteligente", Veríssimo, José. "A Giovannina do sr. Afonso Celso", in Carollo, Cassiana Lacerda. *Decadismo e simbolismo no Brasil*. Crítica e Poética, v. 1. Rio de Janeiro: Livros Técnicos e Científicos/ Brasília: INL, 1980, p. 368; ou das colocações de Araripe Júnior, que, apesar de ler o movimento com rara sensibilidade e simpatia, chegando a incorporar elementos simbolistas à crítica, não hesitou em afirmar que "os decadistas, por não encontrarem em si uma alma forte, contentaram-se em ser copiadores de menestréis dos tempos de antan". Araripe Jr., Tristão de Alencar. "Momento Literário do ano de 1893", in *Obra crítica de Araripe Jr.* v. 3. Rio de Janeiro: Fundação Casa de Rui Barbosa, 1963, p. 143.

"correspondências", da "sugestão" e da "impressão".[9] Daí o fato de Muricy conceber a classificação pensando muito mais nos seus praticantes do que em um conjunto circunscrito de procedimentos. A crítica simbolista seria, sob esse ponto de vista, aquela produzida pelos simbolistas. Cassiana Lacerda Carollo, por sua vez, preferiu não denominar "simbolista" a atividade crítica exercida pelos escritores filiados ao movimento, uma vez que, para ela, não há qualquer critério que permita sustentar essa terminologia: "A atitude crítica como condição de inspiração e criação se inclui pronunciamentos estéticos não está voltada para a análise concreta das obras".[10] Sob esse ponto de vista, a verdadeira contribuição do simbolismo quanto à apreciação e leitura do texto seria a crítica poética, no sentido que lhe dá Baudelaire em "Salão de 1846". Nele, o poeta observa que "a melhor crítica é a que é divertida e poética".[11] A essa crítica parcial e apaixonada, Baudelaire opõe a fria e algébrica que, despojada de temperamento, tem o pretexto de tudo explicar ou apenas julgar.

Levando adiante o argumento de Baudelaire, Adolfo Casais Monteiro, nos anos 1960 — década que se confirmou como demasiadamente estruturalista —, evocou a parcialidade e a paixão como traços fundamentais do pensamento crítico, entendido como *dom*. A paixão é indicada como uma força que se opõe ao frio raciocínio, não significando, portanto, cegueira ou demência. Como leitor da tradição romântica alemã, Casais Monteiro observa que a crítica participa do próprio movimento criador da literatura, chegando a argumentar que ela não está na dependência da obra anteriormente criada, mas que "apenas continua, a prolonga, e, assim, não se distingue dela por oposição".[12] Dessa forma, delega à crítica um trabalho que suplanta o mero julgamento, compreendendo que cabe a ela não necessariamente rotular uma obra, um autor, mas "atualizá-los permanentemente, conservá-los vivos".[13] Como a poesia, estaria no campo

---

[9] É nesse caminho que Andrade Muricy afirma que Nestor Vítor inaugurou no Brasil uma outra espécie de crítica impressionista, aquela que "deixara de consistir dum agradável diletantismo hedonista", propondo uma nova espécie de percepção da vida, cujo condicionamento estaria pautado pelo predomínio das correspondências e da impressão, sem sujeitar-se estritamente ao "conceitual, ao discursivo, ao controle rigoroso da razão, antes com larga intervenção do subconsciente". MURICY, Andrade, op. cit., 1964, pp. 248-9.
[10] CAROLLO, Cassiana Lacerda, op. cit., p. XIX.
[11] BAUDELAIRE, Charles. *Poesia e prosa: volume único*. Rio de Janeiro: Nova Aguilar, 1995, p. 673.
[12] MONTEIRO, Adolfo Casais. *Clareza e mistério da crítica*. Rio de Janeiro: Editora Fundo de Cultura, 1961, p. 65.
[13] Ibid., p. 66.

das intensidades não meramente judicativas. É desse vislumbre que surge seu argumento provocador, dirigido a uma comunidade específica: "[...] velai o rosto, ó cientistas da crítica! — o bom crítico é... o artista da crítica".[14] As reticências com as quais o autor pontua as frases, que bem poderiam ser lidas como dois versos decassílabos, sugerem não apenas um ar de mistério, capaz de suscitar no leitor a expectativa da resposta, mas também uma ideia de união, isso porque os três pontos não têm, aqui, o propósito de divórcio. O bom crítico, para ele, não é apenas o artista, mas o "artista da crítica". Logo, não defende que a crítica não deva ser exercida por críticos, no entanto tais críticos devem dispor da *paixão* e da *imaginação*, como princípios constitutivos do ato de criticar. Imaginação, criatividade e pensamento crítico seriam, assim, elementos fundamentais na atividade que envolve tanto uma esfera quanto a outra, chegando mesmo a ensaiar uma remoção da fissura da palavra que, a partir da tradição platônica, colocou de um lado o conhecimento do objeto e de outro, o seu gozo.

Poderíamos acrescentar a essa perspectiva que consolida na tradição moderna a figura do poeta-crítico um outro olhar que não se opõe, necessariamente, à tradição romântica que sobrevive em Baudelaire e que é assimilada por Casais Monteiro, mas que, por sua vez, muda o tom da "conversa". Giorgio Agamben, no prefácio de *Estâncias*, ao perceber que há tempo a arte renunciou à pretensão de criatividade, escreve que "se a crítica se identifica de fato com a obra de arte, isso não acontece por ela também ser "criativa, mas sim por ela ser negatividade".[15] Voltemos ao texto de Gonzaga Duque sobre o Salão de 1905. A impossibilidade de alcançar a mulher, de conhecê-la ou possuí-la, como no *Trobar* provençal, é alegoria da impossibilidade de alcançar a obra na crítica. Trata-se de um "abraço no inapreensível", para usar uma expressão de Alberto Pucheu, um abraçar que só poderia ser objeto de contemplação, uma adesão a algo em sua ausência, "uma apropriação do objeto na medida em que afirma a sua perda".[16] O autor de *Mocidade morta*, *Horto de mágoas* e *Graves e frívolos* parece ter consciência disso, o que o leva a praticar uma crítica ciente da necessidade de garantir a inacessibilidade do objeto. É assim que

---

[14] Ibid., p. 62.
[15] AGAMBEN, Giorgio. "Prefácio", in *Estâncias: a palavra e o fantasma na cultura ocidental*. Belo Horizonte: Ed. UFMG, 2007, p. 10.
[16] PUCHEU, Alberto. "Estâncias" (1977), in PUCHEU, Alberto (org.). *Nove abraços no inapreensível: filosofia e arte em Giorgio Agamben*. Rio de Janeiro: Beco do Azougue/Faperj, 2008, p. 58.

se comporta boa parte de sua produção, sempre enigmática e consciente do vazio que se impõe entre a sua crítica e as pinturas nela discutidas. É o que vemos também em Nestor Vítor que, tratando de Maeterlinck, ao invés de apenas "julgar" ou "explicar" uma de suas obras, contenta-se em produzir mais enigmas, fazendo da crítica um veículo de esquiva e de intocabilidade:

> E de tudo isso nos falam as Sèrres Chaudes, como vivas sugestões, no vagar dos gestos, quase que só implícitos, intencionais, com que se nos dirigem, na brancura dos Efialtos, por noites de luar das imagens em que tumultuam, no reclinar de colo, meio sonolento, que ali, lembrando brancos cisnes no meio de um verde lago tranquilo, belos e grandes ainda dourados pela luz de um doce crepúsculo, e, no entanto, já tão lassos, dir-se-ia, até meio enamorados da morte.[17]

No fragmento, vemos algo mais do que um simples vagar lírico.[18] De seus jogos de linguagem, que evocam as sensações, a musicalidade e o vocabulário simbolistas, depreende-se um pensamento por imagens que sustenta a possibilidade da crítica como proliferação e disseminação de enigmas, chegando ao ponto de tornar o próprio texto inoperante. Como não ver, com olhos benjaminianos, nos "brancos cisnes" enamorados da morte o semblante da própria crítica? O exemplo poderia ser estendido para outros ensaios de Nestor Vítor. Dessa maneira, não se trata apenas de considerar que a verdadeira contribuição do simbolismo quanto à apreciação e leitura do texto seria a crítica poética, como sugeriu Carollo (1981), a não ser que essa crítica seja entendida também como materialização de uma negatividade. Ao depararmo-nos com a obra *Sèrres Chaudes*, de Maeterlinck, abordada por Nestor Vítor, e com a estranha e familiar personagem do texto de Gonzaga Duque, lida como uma alegoria da própria arte, constatamos que estamos diante de objetos ausentes. Se a crítica trabalha a partir de uma falta, de um vazio, de um hiato, de uma obra que é mas não está, cabe a ela conciliar perda e produtividade,

---

[17] VÍTOR, Nestor. *Obra crítica de Nestor Vítor II*. Rio de Janeiro: Fundação Casa de Rui Barbosa, 1973, p. 9.
[18] Afrânio Coutinho, apesar de não ser um admirador fervoroso do impressionismo, reconhece que o impressionismo de Nestor Vítor não se limita a "registro de impressões epidérmicas" (COUTINHO, Afrânio. *Caminhos do pensamento crítico*. v. II. Rio de Janeiro: Pallas, 1980, p. 856). Isso porque se desdobra por força do impulso simbolista numa crítica cujo interesse está ligado ao simbólico, ao mítico, ao alegórico. Essa atividade, além de exercer o papel de sustentação, teve, segundo Coutinho, uma influência à distância, na reação de sentido estético desencadeada mais tarde, com Henrique Abílio, Mário de Andrade, Eugênio Gomes, nas décadas de 1920 e 1930, "contra a herança romeriana naturalista da literatura como expressão da sociedade, da raça, da história, e que repercutiu no movimento da nova crítica da década de 1950". Ibid., p. 856.

caos e conhecimento. Nesse sentido, mais do que reencontrar o objeto, dissecá-lo, como fizeram os cientistas da crítica, na expectativa de explicar o funcionamento de um aparelho, de uma máquina, de um corpo, a crítica deveria garantir "as condições da inacessibilidade desse objeto". Ainda no prefácio de *Estâncias*, Agamben, tocado pelas questões da negatividade, lembra de uma cisão que se produziu desde a origem de nossa cultura e que, segundo ele, se costuma aceitar como realidade natural. O filósofo se refere à cisão entre a filosofia e a literatura, que se solidificou a partir de Platão. Resultado: A poesia acaba gozando do objeto sem o conhecer, e a filosofia, por sua vez, conhecendo o objeto sem o possuir:

> Na medida em que aceitam passivamente tal cisão, a filosofia deixou de elaborar uma linguagem própria, como se pudesse existir um caminho régio para a verdade que prescindisse do problema da sua representação, e a poesia não se deu nem um método nem sequer uma consciência de si.[19]

O que Agamben está querendo mostrar é que essa cisão merece ser interrogada já que a poesia pode se voltar para o conhecimento, assim como a filosofia pode se voltar para o gozo, para a alegria. E aqui, abrindo um parêntese em nossa reflexão, não poderíamos nos furtar de perceber o interesse que um filósofo como Agamben vem nutrindo pela literatura, como uma possibilidade para o próprio filosofar, assim como uma série de críticos literários vêm se interessando cada vez mais pela filosofia como uma forma de reflexão sobre a literatura. As colocações sobre a fratura da palavra nos incitam, assim, a uma reflexão sobre a crítica, que "não representa nem conhece, mas conhece a representação".[20] Essa operação nos convida, então, a "buscar o gozo daquilo que não pode ser possuído", bem como "a posse daquilo que não pode ser gozado".[21]

A crítica produzida pelos simbolistas no final do século XIX e início do século XX parece ser uma das primeiras tentativas, entre nós, de uma crítica que não deseja ser apenas criativa, mas também enigmática, no sentido proposto por Benjamin, ou mesmo da negatividade de que nos fala Agamben. Curiosamente, é também a crítica que, além de disseminar-se para além da poesia — como é o caso de seu interesse pelo teatro, música,

---

[19] AGAMBEN, Giorgio, op. cit, p. 12-3.
[20] Ibid., p. 13.
[21] Ibid.

artes plásticas[22] — faz parte de uma linhagem que foi menosprezada por pesquisadores que, muitas vezes, a trataram pejorativamente como impressionista e falível, justamente por não ser sistematizada, como pretendeu ser a crítica que pleiteou modelos científicos no final do século XIX — tome-se como exemplo o caso de Sílvio Romero — e posteriormente a "nova crítica", que encontrou em Afrânio Coutinho um de seus adeptos mais fiéis no universo acadêmico brasileiro.

O argumento de Afrânio Coutinho é o de que a crítica impressionista, produto de um individualismo romântico, exagera a reação instintiva, pessoal, transformando-a na medida de tudo. Para ele, essa crítica institui a supremacia do sujeito e de suas impressões, não conseguindo sair do estágio da submissão da obra.[23] Para Tristão de Athayde, a crítica é atravessada por um movimento tríplice: "O da submissão à obra, o da dissecação da obra e o da recomposição da obra através das impressões recebidas".[24] Dessa maneira, muitos historiadores e críticos não hesitaram em tratar a crítica simbolista, preconizada por figuras como Gonzaga Duque e Nestor Vítor, como uma crítica primária e por isso menor.[25]

Seria importante lembrar que o impressionismo crítico a que se refere Coutinho surgiu como contraposição a uma linhagem crítica cientificista e positivista que dominou boa parte da literatura e de seu estudo no final do século XIX e início do século XX. De um lado o impressionismo

---

[22] Nesse contexto, não foi apenas Gonzaga Duque que se interessou pela pintura. Muricy lembra que Silveira Neto, discípulo do pintor norueguês Alfredo Andersen, deixou dispersos numerosos artigos de crítica de arte, orientados por "uma visão grave e ardente da plástica" (MURICY, Andrade, op. cit., p. 258). Nestor Vítor, por sua vez, produziu um estudo sobre o pintor Eugène Carrière, em que transportou a técnica analítica da pintura impressionista para o terreno literário. (Ibid., p. 252). É o caso também de Colatino Barroso, cuja obra foi antes a de um "poeta enamorado das artes plásticas". (Ibid., p. 258). Outros críticos-poetas, não necessariamente interessados nas artes plásticas, mas ligados ao movimento simbolista, poderiam ser elencados, como Gustavo Santiago, Severiano de Resende, Lima Campos, Mário Pedernciras, João Itiberê da Cunha, entre outros.

[23] COUTINHO, Afrânio. *Da crítica e da nova crítica*. 2. ed. Rio de Janeiro: Civilização Brasileira; Brasília: INL, 1975.

[24] ATHAYDE, Tristão de apud COUTINHO, Afrânio, op. cit., 1975, p. 155.

[25] Wilson Martins considerou Nestor Vítor um impressionista puro, o quarto mosqueteiro da crítica brasileira oitocentista e o "o maior dos nossos críticos menores". Para Martins, faltava a ele a consciência profissional com que Veríssimo exerce a crítica literária: "A crítica de Nestor Vítor murcha rapidamente por se haver identificado demais com a fortuna do Simbolismo [...]. Se as largas arenas do cientificismo exigiam a grande voz de Sílvio Romero, é apenas proporcional que as capelas simbolistas vissem nesse sacerdote modesto e sussurrante o ministro escolhido dos seus ritos; acontece apenas que Nestor Vítor foi mais o oficiante das exéquias simbolistas do que o pontífice solene das suas missas triunfais. E essa pequena disjunção de tempo e de momento explica que, afinal de contas, ele haja entrado na história literária como um crítico menor, o que não é injusto, mas não deixa de ser lamentável". MARTINS, Wilson. *Pontos de vista: crítica literária, 8: 1968, 1969, 1970*. São Paulo: T. A. Queiroz, 1994, pp. 311-4.

anárquico e antirracional de Anatole France e Jules Lemaitre; de outro, a teoria literária de Ferdinand Brunetière e de Émile Zola. No Brasil, essa oposição poderia ser encontrada entre Sílvio Romero e Nestor Vítor, este que, infelizmente, ainda continua na penumbra dos altares da sacrossanta crítica literária brasileira, lembrado muitas vezes apenas como o fiel amigo de Cruz e Sousa.

Em várias passagens do pequeno volume que reúne estudos sobre a crítica de Tristão de Athayde, Afrânio Coutinho (1980a) defende a supremacia de uma crítica objetiva em detrimento do impressionismo. Ele observa que no Brasil o impressionismo encontrou terra fértil, para frutificar, "graças à semicultura". Em outra passagem, chega a sustentar que o impressionismo crítico é uma vagabundagem do espírito.[26] A crítica, sob essa ótica, é assimilada como uma atividade intelectual e não afetiva. A atividade do crítico seria, então, a de comentar sem paixão, o que entra em choque com a posição de Lemaitre, que sustentava ser a crítica "[...] uma representação do mundo tão pessoal, tão relativa, tão vã e, por conseguinte, tão interessante quanto aqueles que constituem os outros gêneros literários".[27] Nesse elogio da crítica egotista, o francês acrescenta: "Vã como doutrina, forçosamente incompleta como ciência, tende talvez a se tornar simplesmente a arte de fruir os livros e de enriquecer e refinar através deles, as impressões que suscitam".[28] Anatole France, não muito distante, acreditava que o bom crítico é aquele que narra as "aventuras de sua alma em meio às obras primas", ou seja, deveríamos reconhecer e confessar uma terrível condição, a de que "falamos de nós mesmos cada vez que não temos forças para nos calarmos".[29] Mas seria esse o caso da crítica produzida pelos simbolistas? É possível generalizá-la como aquela que apenas "dissolvia o comentário na mera paráfrase lírica", como sugere Vera Lins ao contrapor a crítica de Gonzaga Duque a de outros simbolistas? Para ela, Gonzaga Duque é uma exceção entre os simbolistas, pois inscreve-se tanto fora do racionalismo nacionalista dos bacharéis da escola do Recife e de um Veríssimo quanto de uma

---

[26] COUTINHO, Afrânio. *Tristão de Athayde: o crítico*. Rio de Janeiro: Agir, 1980.
[27] LEMAITRE, F. E. J. "A crítica como empatia e exercício intelectual egotista", in ACÍZELO DE SOUZA, R. (org.). *Uma ideia moderna de literatura: textos seminais para os estudos literários (1688-1922)*. Chapecó: Argos, 2011, p. 578.
[28] Ibid., p. 578.
[29] FRANCE, Anatole. "Sobre a subjetividade radical da crítica", in ACÍZELO DE SOUZA, R. (org.). *Uma ideia moderna de literatura*, op. cit., p. 580.

determinada crítica simbolista, pautada pelo impressionismo destituído de reflexão criadora.[30]

Se partirmos do pressuposto de que o sentido da crítica impressionista é pautado apenas pelo interesse em fruir os livros, enriquecendo e refinando as impressões que eles suscitam — para usar uma expressão de Lemaitre —, contrapondo-a, assim, a uma perspectiva científica, então, seria possível aproximá-la do tipo de texto praticado de forma limitada e pouco analítica. Dessa forma, grande parte da crítica do final do século XIX e início do século XX, que não fosse de cunho científico, poderia ser considerada como impressionista. O problema é que nem todo o texto considerado impressionista pode ser lido como um "produto" gratuito e destituído de profundidade e análise. E se a crítica simbolista, como sugeriu Muricy, é uma crítica de sustentação cai por terra a ideia de que ela é apenas um passeio desinteressado ou uma mera "paráfrase lírica". Não pretendemos aqui alongar o problema na tentativa fortuita e provavelmente vã de estabelecer aproximações e/ou distinções precisas entre a crítica simbolista e a impressionista, caindo assim na armadilha de uma guerra de nomenclaturas. O próprio conceito "impressionismo" é demasiadamente amplo e é no mínimo curioso o fato continuarmos tratando como menor a crítica que leva o seu nome. O que por si só bastaria para concordarmos com João Alexandre Barbosa ao defender que é preciso "redefinir o que, na história literária, se tem chamado, quase sempre de forma pejorativa por força da permanência da herança positivista, de Impressionismo".[31] Outra questão que contribui para embaralhar essa estranha relação diz respeito ao fato de que apesar da crítica impressionista se projetar com força durante o período simbolista, o simbolismo foi, em pintura, "uma reação intelectual contra o Impressionismo".[32] Uma questão que, de certa forma se estende para a poesia também. Enquanto na pintura, o Impressionismo pressupõe uma relação entre arte e natureza, o simbolismo, na crítica, na poesia e mesmo na pintura, pressupõe uma relação entre arte e intelecto.[33] O poeta

---

[30] LINS, Vera. *Gonzaga Duque: crítica e utopia na virada do século*. Rio de Janeiro: Fundação Casa de Rui Barbosa, 1996, p. 26. (Coleção Papéis Avulsos: 25).

[31] BARBOSA, João Alexandre. *A leitura do intervalo*. São Paulo: Iluminuras, 1990, p. 49.

[32] MARTINS, Wilson. *A crítica literária no Brasil*. v. 1 Rio de Janeiro: Livraria Francisco Alves Editora, 2002, p. 89.

[33] Assim como a pintura, o poema não deveria estar apenas a serviço da retina, mas também do pensamento. Se por um lado os impressionistas seguem a tendência de pintar o que veem e não o que sonham, pintando com os olhos e não com o pensamento, os expressionistas, assim como os simbolistas, fazem da imaginação o reino absoluto de sua produção. Ao imaginar, produzem um tipo de conhecimento, aproximando-se do

simbolista Dario Vellozo, que chegou a escrever algumas críticas, defendeu que enquanto o burguês é ventríloquo, o artista é cerebral.[34] É o que parece se processar na crítica que tratamos aqui, que não se distingue da arte e que com ela comunga de uma negatividade fundante, estando assim no domínio do irrepresentável, do inapreensível. Tanto a crítica — pelo menos boa parte dela — quanto a poesia praticada pelos artistas finisseculares ultrapassam a natureza, afirmando-se como "sobrenaturaleza", fazendo, assim, da imaginação seu reino absoluto.

Vera Lins, ao tratar da escrita ensaística de Gonzaga Duque e de Nestor Vítor, identificou uma negatividade moderna nessa crítica:

> Ligados ao movimento simbolista da virada do século, os dois escritores apresentam um pensamento crítico que problematiza a arte e a cultura brasileira. O ensaio é um gênero que se caracteriza por poder falar do que se furta a qualquer solução. Há uma negatividade moderna nessa crítica, exercida no ensaio, que desfaz ideias prontas e procura produzir uma nova reflexão com um direcionamento utópico ou heterotópico.[35]

A "negatividade moderna" percebida por Lins no trabalho dos simbolistas chama a atenção para um outro caminho trilhado pela nossa crítica, um caminho que ficou submerso justamente por não se enquadrar em uma concepção preestabelecida, aquela que dirigia os passos de análise pautados por uma noção científica, de cunho nacionalista e historiográfico.

---

intelectualismo de Baudelaire e dos simbolistas, marcando artistas como Duchamp e correntes conceituais contemporâneas. A estratégia desse pensamento pode ser lida como uma "tática de profanação" contra uma poesia retiniana, parnasiana, referencial. É uma tática que, para usar um termo caro a Baudelaire, analisando Constantin Guys, é *mnemônica* e não *mimética*, já que o artista, ao exercitar a *memória* e a *imaginação*, marca com uma *energia instintiva* "os pontos culminantes ou luminosos de um objeto". BAUDELAIRE, Charles. *Poesia e Prosa: volume único*, op. cit., p. 862. Ou seja, uma estratégia não devotada ao discurso da transparência. É um pensamento dirigido ao próprio pensamento, muito mais próximo da lógica expressionista do que da lógica impressionista. Poderíamos dizer então que estamos diante de uma máquina de produção de imagens, de profusão de engenhos: "Como neorromânticos, os simbolistas colocam a arte a serviço do pensamento; contra os retinianos impressionistas e triviais naturalistas, afirmam o direito do sonho e da poesia, da ficção. Desde uma precisão quase fotográfica dos pré-rafaelitas até quase os limites da abstração. Arte é pensamento e a crítica, como pensamento sobre o pensamento, é um pensamento objetivamente produtivo e totalmente lúcido. Se o pensamento produz, não é cálculo, mas imaginação, e a crítica é criação. Como no ensaio, busca-se a forma, a linguagem, lugar onde o pensamento cria sua própria matéria". LINS, Vera. *Novos Pierrôs, velhos saltimbancos: os escritos de Gonzaga Duque e o final do século carioca*. Curitiba: Secretaria do Estado da Cultura/Câmara Brasileira do Livro/The Document Company: Xerox do Brasil, 1997, p. 15.

[34] VELLOZO, Dario. "Da obra de arte — burguesismo e aristia", in CAROLLO, Cassiana Lacerda. *Decadismo e simbolismo no Brasil*, op. cit., p. 42.

[35] LINS, Vera. "Os simbolistas: virando o século", in *O eixo e a roda*. v. 14. Belo Horizonte: Ed. UFMG, 2007, p. 24.

Nesse universo definido *a priori*, os simbolistas, por abrirem mão de uma "ação positiva", "positivista", no campo literário — situando-se, assim, ao lado da consciência trágica da negatividade —, seriam postos à margem e tratados como nefelibatas alienados.

Um exemplo dessa negatividade pode ser percebido no texto do simbolista Artur de Miranda sobre Cruz e Sousa. O artigo, intitulado "Missal", foi publicado na *Revista Ilustrada*, logo após a publicação do livro homônimo de Cruz e Sousa, e coloca em questão a impossibilidade da crítica, entendida como um lugar seguro e judicial, demonstrando o mal estar do autor diante da tarefa: "Custa-me (e não o direito com mágoa) assinar trabalhos que, por motivos de ordem literária e artística, possam parecer levemente à crítica".[36] Estamos aqui diante de um pensamento que abre mão de sua própria "cabeça", de seu caráter de exemplaridade, ao constatar a inapreensibilidade de seu objeto. Artur de Miranda, ao perceber a *impotência* que acompanha essa atividade, sustenta que a crítica tradicional não dá conta dos novos objetos que analisa, o que o leva a exercitar um outro tipo de reflexão, mais interessada nas impressões que ela suscita e na leitura poética que ela pode ajudar a fundar:

> Não pense, pois, que vou criticar o *Missal*, de Cruz e Sousa; façam-me este favorzinho, sim? Sobre este livro completo, policromo, que tem áureas cintilações de estrelas cadentes e castas lactescências de luares; que é o triunfo glorioso do Estilo, do Ritmo, da Originalidade; e que pela natureza intrínseca determina a vibração de um artista particularíssimo e a notável estética do Decadentismo, — cumpre-se, apenas, comunicar à escrita a impressão diáfana, espiritualizada à inglesa, com que ele, através das páginas vitalizadas por um dolorimento sutil, pelo espírito me passou cantando.[37]

Percebe-se que não estamos diante apenas de um comentário que busca produzir uma mera "paráfrase lírica". Estamos diante de uma crítica que busca pensar a si própria antes de "olhar" ou ser "olhada" para e pela obra de Cruz e Sousa. O que vemos é, antes de tudo, uma autocrítica. Por meio dela e do divagar das impressões, o simbolista intenta produzir um objeto não nomeável que se situa nos confins da crítica e da poesia. Justifica-se a tentativa de escapar do que se convencionou chamar de crítica, isto porque, nas teias da *belle époque*, os instrumentos críticos não estavam seguros

---

[36] MIRANDA, Artur de. "Missal", in CAROLLO, Cassiana Lacerda, op. cit., p. 179.
[37] Ibid., p. 180.

diante da nova poesia, nascida de uma crise. E a crítica, deparando-se com essa crise, abalou-se também.

A adoção de uma postura impressionista diante da crítica não se dá apenas como um *charme*, ou como uma saída para a falta de sistematização de uma determinada leitura. O poeta-crítico, ao conceber a arte como um absoluto, como uma religião das ideias e da linguagem, deixa de ver sentido em uma leitura meramente judicativa que não viva também esse imperativo da poesia como senhora do mundo e do homem:

> [...] para nós outros que fizemos da Arte uma Religião, a síntese do iluminismo emocional, certamente a piedosa crítica, a dogmática crítica, não é mais do que a água-furtada dom rombo conselheirismo classificador de megatérios pré-históricos, a vida da impotência esperançosa, a dispneia da imbecilidade.[38]

Se a negatividade é o elemento fundante tanto da crítica quanto da arte, que fazer com a obra? Tocamos nessas questões apenas para pontilhar os impasses com os quais convive a tarefa do crítico. Se a sua tarefa é garantir as condições da inacessibilidade de um objeto, parece cair por terra o binômio bom/mal que encerra um julgamento de valor e a figura do crítico como um juiz do Tribunal da Santa Inquisição. Assim, o papel do crítico seria o de desestabilizar a obra, devolvendo potência a ela, tornando-a enigmática. Bastaria lembrar das colocações de Walter Benjamin sobre a posição dos românticos em relação à tradicional concepção de crítica:

> Apenas com os românticos se estabelece de uma vez por todas a expressão "crítico de arte" em oposição à expressão mais antiga "juiz da arte". Evitava-se a representação de um tribunal constituído diante da obra de arte, de um veredito fixado de antemão como lei escrita ou não escrita [...].[39]

Tradicionalmente, o crítico é aquela figura autorizada que, antes de dar o veredito, decifra os mistérios da obra, como se o livro se constituísse como um manancial de segredos merecedores ora de um "sim", ora de um "não". Mas ao invés de falar em segredos, preferimos pensar em enigmas. Para Mallarmé, na poesia deve sempre haver enigma, ele é o objetivo da literatura. O mesmo enigma — o indizível — que Agamben apontaria

---

[38] Ibid., p. 179.
[39] BENJAMIN, Walter. *Conceito de Crítica de arte no romantismo alemão*. 3. ed. São Paulo: Iluminuras, 2002, p. 58.

no poema "Eleuzis", de Hegel, dedicado a Hölderlin.[40] Advém daí uma concepção de poesia enigmática, em que tudo o que é sagrado e quer permanecer sagrado se envolve em mistério, como diria o poeta de "Um lance de dados", no artigo "L'Art pour le tous".[41] Se o enigma é o objetivo da literatura, porque não o seria também da crítica? Um dos filósofos que se dedicou ao estudo do enigma foi Walter Benjamin. Em uma das passagens de seu ensaio *Las afinidades electivas de Goethe*, Benjamin contrapõe o comentador ao crítico, descrevendo aquele como uma espécie de químico e este como um alquimista. Pensemos numa fogueira em chamas: enquanto que para o químico só interessa como objeto de análise madeiras e cinzas, para o alquimista só a chama mesma conserva um enigma: o da vida.[42]

Reflexões semelhantes aparecem na tese de Benjamin sobre o barroco. Nela, o filósofo pressupõe a crítica como mortificação das obras, "não um despertar da consciência nas que estão vivas, mas uma instalação do saber nas que estão mortas".[43] Manter o objeto inacessível é manter o enigma e não eliminá-lo, fazendo sua força entrar em contato com outras forças. É também, para usar uma terminologia de Raúl Antelo, lendo Murilo Mendes, entender o texto como "museu imaginário", um museu que "acena para as virtualidades de texto muito mais de que para as realizações de texto, para suas falhas muito mais do que para suas falas".[44]

O que se percebe na maior parte dos simbolistas brasileiros é que a teoria padece de sistematização restrita; — o que pode não ser tão ruim assim. No entanto, ela passa a ser delineada principalmente nos textos de criação em que "o interesse converge para a discussão de conteúdos e formalizações que devem sustentar a construção do poema".[45] A teoria das correspondências de Baudelaire talvez consiga explicar esse acontecimento, pois a concepção de escritura, em sentido lato, para o poeta simbolista não dissocia crítica e criação,[46] o que o leva a problematizar a cisão entre a filosofia e a literatura.

---

[40] AGAMBEN, Giorgio. *A linguagem e a morte*. Belo Horizonte: Ed. UFMG, 2006.
[41] MALLARMÉ, Stéphane apud PEYEE, H. *A literatura simbolista*. São Paulo: Cultrix/Edusp, 1983, p. 37.
[42] BENJAMIN, Walter. *Dos Ensayos sobre Goethe*. Barcelona: Gedisa, 2000, p. 14.
[43] BENJAMIN, Walter. *Origem do drama barroco alemão*. São Paulo: Brasiliense, 1984, pp. 203-4.
[44] ANTELO, Raúl. *Transgressão & modernidade*. Ponta Grossa: Ed. UEPG, 2001, p. 111.
[45] CAROLLO, Cassiana Lacerda. *Decadismo e simbolismo no Brasil*, op. cit., p. 95.
[46] O fato de os simbolistas, em geral, não dissociarem crítica e criação aponta para a necessidade de relermos com atenção também seus romances, contos e poemas, povoados de "pensamento crítico". A arte caminha para a crítica e vice-versa. Ambas pressupõem um copertencimento, estando ao mesmo tempo "fora" e "com", em uma zona liminar que torna nebulosas as fronteiras entre o conhecimento e a fruição de seus objetos. É o caso do romance *Mocidade morta*, de Gonzaga Duque, de seus contos que integram *Horto de mágoas*, da conferência agregada ao romance *O ateneu*, de Raul Pompéia, de textos de Cruz e Sousa,

Vale lembrar que a maioria dos simbolistas foram leitores de filósofos como Nietzsche e Schopenhauer. É a figura do poeta como pensador e a figura do crítico como alquimista, como dizia Benjamin. Isso ocorre porque a vocação para a analogia, a valorização do símbolo e da sugestão, nesse poeta nefelibata, está relacionada com a figura do poeta como o "tradutor e decifrador de hieróglifos inscritos na natureza, abrindo caminho para os debates da crise da palavra"[47] que atinge todos os domínios de escrita. Dessa maneira, poderíamos pensar nessa atividade como uma tentativa de formulação de uma mitologia crítica. Friedrich Wilhelm Joseph von Schelling, no fragmento intitulado "Programa sistemático", ao observar que o filósofo tem de possuir tanta força estética quanto o poeta, dirige à poesia uma dignidade superior, aproximando-a da religião. Para Schelling, o filósofo necessita de uma religião sensível: "politeísmo da imaginação e da arte, é disso que precisamos",[48] ou seja, uma nova mitologia.

Nesse sentido, estaríamos filiando nossa perspectiva naquela "ciência ainda sem nome", a que se referiu Agamben, no "Programa para uma revista".[49] Uma ciência que na sua identidade com a poesia, seria também uma nova e crítica mitologia. Se a abolição da defasagem entre coisa a transmitir e ato de transmissão é considerada desde sempre o caráter essencial do mito, a filologia poderia ser definida, sob essa perspectiva, como uma mitologia crítica. Para o filósofo italiano, o parentesco entre as disciplinas crítico-filológicas e mitologia, deveria ser devolvida à luz. Falávamos anteriormente do fragmento intitulado "Programa Sistemático", de Schelling, e do fato de o pensamento filosófico e poético do simbolismo poder ser lido no horizonte dessa nova mitologia. Pois bem, a abolição da defasagem entre coisa a transmitir e o ato da transmissão, entendida como função da filologia, parece ser uma experiência central na crítica produzida por seus poetas. Agamben observa que a "nova mitologia" que Schelling e,

Colatino Barroso, Zeferino Brasil, Emiliano Pernetta, Generoso Borges, Cunha Mendes, entre outros. Péthion de Vilar, por exemplo, com "O Poema das vogais", e Alphonsus de Guimarães, em "A E I O U", teorizam poeticamente ao lado de Rimbaud. Todos eles, de alguma forma, assumindo um compromisso com um tipo de pensamento que pode ser encontrado nas teorizações criativas de Baudelaire, Mallarmé, Verlaine. O que não significa que todas as tentativas de teorização entre eles tenham sido bem-sucedidas. Segundo Muricy, na maioria dos simbolistas brasileiros que fizeram crítica, é manifesta a ausência de nítida consciência de aspectos doutrinários, em parte por efeito da deficiência de informação cultural. Muricy, Andrade, "Da crítica do simbolismo pelos simbolistas", op. cit.

[47] Carollo, Cassiana Lacerda, Decadentismo e simbolismo no Brasil, op. cit., p. 285.
[48] Schelling, Friedrich W. J. von. *Obras escolhidas*. São Paulo: Abril Cultural, 1979, p. 43.
[49] Agamben, Giorgio. "Programa para uma revista", in *Infância e história*: destruição da experiência e origem da história. Belo Horizonte: Ed. UFMG, 2005, p. 166.

posteriormente, os poetas modernos de Blake a Rilke, de Novalis a Yeats, tentaram em vão realizar, já existe e é uma filologia consciente de seu papel. Que papel seria esse? Naturalmente considerar no mesmo plano a crítica e a poesia, o que não significa conclamar os poetas a fazerem obras de filologia e os filólogos a escreverem poesia, mas, como sugere Agamben, de "se colocarem ambos em um lugar em que a fratura da palavra que, na cultura ocidental, divide poesia e filosofia, torne-se uma experiência consciente e problemática, e não uma canhestra remoção".[50] Nota-se o quão atual é a questão. Reler essa crítica produzida pelos simbolistas pode nos ajudar a pensar o próprio presente. Não se trata de imitá-la, mas de recapturar uma experiência que pode nos ajudar a ler a poesia hoje e a crítica também.

Não seria fortuito observar que esse traço da crítica os simbolistas devem à leitura dos românticos alemães, para quem a crítica é muito menos o julgamento de uma obra do que o método de seu acabamento. Neste sentido, assim como os românticos, eles intentaram superar a diferença entre a crítica e a poesia. Benjamin lembra na sua tese sobre o conceito de crítica de arte no romantismo alemão que para os românticos o termo "crítico" significava "objetivamente produtivo": "Ser crítico implica elevar o pensamento tão acima de todas as conexões a tal ponto que, por assim dizer magicamente, da compreensão da falsidade das conexões, surgiria o conhecimento da verdade".[51] Em *Origem do drama barroco alemão*, observa que a verdade é um conteúdo do belo, no entanto, não aparece no desvelamento, mas em um processo que se poderia designar como um incêndio da obra. No já citado ensaio sobre Goethe, o filósofo defende que "só se completa a obra o que primeiramente a quebra, para fazer dela uma obra em pedaços, um fragmento do verdadeiro mundo [...]".[52] Talvez pudéssemos pensar nessa operação como a busca de uma imagem dialética, que Didi-Huberman chamou de "imagem crítica": "uma imagem em crise", uma imagem que nos obriga a escrever um olhar, não para transcrevê-lo, mas para constituí-lo.[53] Didi-Huberman recorre a uma das alegorias de Benjamin para potencializá-la: a imagem de uma constelação face aos corpos celestes que ela organiza e que gera um estado

---

[50] Ibid.
[51] BENJAMIN, Walter, *Conceito de Crítica de arte no romantismo alemão*, op. cit., p. 56.
[52] BENJAMIN, Walter, apud DIDI-HUBERMAN, Georges. *O que vemos, o que nos olha*. São Paulo: Editora 34, 2005, p. 174.
[53] Ibid., p. 172.

de choque. É a noção dialética dominada em Benjamin por uma função jamais apaziguada do negativo. Didi-Huberman responde ao argumento de Benjamin observando que se as obras inventam novas formas, "que há de mais elegante, que há de mais rigoroso que o discurso interpretativo inventar por sua vez novas formas, ou seja, a cada vez modificar as regras de sua própria tradição, de sua própria ordem discursiva".[54] A imagem dialética deveria ser entendia, assim, como forma e transformação, de um lado, e de outro, como conhecimento e crítica do conhecimento, sendo, portanto, comum ao artista e ao filósofo.

Essas provocações já nos permitem desenvolver algumas colocações finais. Se a crítica simbolista continuar sendo lida como um mero impressionismo crítico que é insuficiente no processo de análise, a cisão de que nos fala Agamben não será superada, pois de um lado estará o "conhecimento seguro", personificado nas palavras de José Veríssimo e seus seguidores; e de outro, os *imagistas nefelibatas*,[55] que segundo a crítica tradicional não fez crítica, mas apenas relato de impressões. O preconceito sofrido pela categoria dos "derrotados", como Nicolau Sevcenko[56] caracterizou os artistas periféricos da *belle époque,* do qual faziam parte os simbolistas e decadistas, teria como causa, entre outros fatores, a recusa ao academicismo que reinava no período. Nestor Vítor, por exemplo, em um artigo publicado no jornal *O Globo*, em novembro de 1929, observou que em Gonzaga Duque havia algo de um revel, de um irreverente ao academicismo, aliás, como em todo simbolista que se prezasse. Essa irreverência migrava para o plano da linguagem, fazendo o crítico adotar um estilo artístico, "cheio de neologismos e de propositadas heresias sintáticas [...]"[57] que seriam estranhas a qualquer parnasiano ou naturalista.

Se atentarmos para o fato de que boa parte da crítica produzida pelos simbolistas tinha consciência da inacessibilidade como elemento primordial

---

[54] Ibid., pp. 178-9.
[55] "Imagistas Nefelibatas" é o título de um artigo de Gonzaga Duque publicado na revista *Kosmos* em 1906 e posteriormente incluído no livro *Graves & frívolos* em 1910. No texto, o crítico comenta o termo nefelibata e a carga pejorativa que recebeu ao ser aproximado do universo simbolista: "Esquisito, estranho, inédito, este termo valia por uma troça, siflava e demolia. Era um cartucho de alvaiade. Verdadeiramente não ofendia, porque, por sua composição grega, queria dizer habitante das nuvens e na sua aplicação — pensamento inacessível ao comum dos homens, transcendentalismo. Mas, empregado sem o conhecimento do seu valor, é tão ridículo como uma carapuça de jornal velho. [...] Chamemo-la nefelibata (a estética simbolista), mas com um suave sorriso que não humilhe nem hostilize". DUQUE, Gonzaga. *Graves & frívolos*. Lisboa: Livraria Clássica Editora, 1910, pp. 82-7.
[56] SEVCENKO, Nicolau. *Literatura como missão*. 4. ed. São Paulo: Brasiliense, 1995, pp. 103-4.
[57] VÍTOR, Nestor. *Obra crítica de Nestor Vítor III*. Rio de Janeiro: Fundação Casa de Rui Barbosa; Curitiba: Secretaria do Estado da Cultura e do Esporte, 1979, p. 244.

da crítica, teremos então encontrado, nesses estranhos *dandys* brasileiros do século XIX os precursores de um pensamento que hoje tem sido levantado com recorrência. A crítica que nos move aqui parece estar consciente do abismo que separa a sua atividade das certezas de um método seguro, pleno de si, autônomo e suficiente. Tal pensamento, a meu ver, consegue garantir justamente a inacessibilidade, com isso conseguindo reinventar a cada passo seus métodos, seus olhares, suas posições, seus abismos, fazendo de sua atividade uma máquina de produzir imagens, como a poesia simbolista sempre intentou. Para finalizar, gostaria de lembrar que o narrador do "Salão de 1905", ao concluir o passeio, perguntou quem seria aquela formosa dama de lindos olhos que partiu. Para, então, responder:

> Ora, que me importa saber quem seria tão donairosa senhora! Uma deusa talvez descida á terra para dar a um pobre mortal, arruinado e triste, a alegria necessária á sua penosa missão... De qualquer forma, verdadeira ou imaginaria, deusa ou simples madama três estrelinhas, de qualquer forma, uma linda mulher! Isto basta.[58]

---

[58] Duque, Gonzaga. *Contemporâneos*, op. cit., p. 133.

O TRABALHO CRÍTICO: HOMENAGEM A RAÚL ANTELO

COMO SE FOSSE MÚSICA...

Wladimir Antônio da Costa Garcia
Professor de Metodologia do Ensino da Literatura na UFSC

Perante o convite de escrever sobre quem nos é tão presente, pensei em responder "*I would prefer not to*" (Raúl sempre nos convoca a potência). Há muito queria falar, várias vezes havíamos comentado isto, reunir talvez três gerações de informados ou invaginados pelo Raúl: mesmo com o direito soberanamente conquistado de não falar, ou justamente por isto, querer falar. Este gesto pedagógico de suscitar exterioridades íntimas (uma exterioridade interior marca para Barthes um descontínuo contínuo ou um contínuo descontínuo... o texto que salta). Mas diante do mestre eleito não se poderia dizer qualquer coisa, por isto preferi falar com o coração: falar coisas que eu sei de cor. Em parte, farei uma espécie de testemunho, tramado teoricamente (*ritmo, contágio, potência*). Talvez guarde com o que nos fala Raúl em *Potências da Imagem* a ideia de relato de uma experiência de ruptura, especialmente por que trata daquilo que em Educação (meu plano "meta") chamam de formação. "Experiência=*experire*. A experiência não é assim o saber do perito, mas o do perigo..." — e mais adiante — "como ato de linguagem, que legitimamente o é, o testemunho é regulado pelos paradoxos da mesma linguagem"[1]. Espero que os paradoxos do meu testemunho sejam evidentes. Logo, vale o testemunho em si, sua eventualidade. Seus olhos, sua escuta. Sua ideia.

Vamos às minhas bobagens sinceras: a bobagem inscreve-se na economia da despesa inútil, assim como a besteira e o estudo/estúpido. Nietzsche mostra que ansiar pela verdade impede a criação. Assim, os textos tornam-se monstros-*esquizo*, que giram numa educação de um outro tempo (*Aion*), constituído por sentidos paradoxais que se exprimem na besteira, como Deleuze (1992) lembra, por exemplo, "no falar de comida ou de comer as palavras". A presença da besteira, o relato da besteira, abriria o texto para o sublime da besteira...

---
[1] ANTELO, Raúl. Potências da Imagem. Chapecó: Argos, 2004, p. 138.

Conheço o Raúl há quase trinta anos (a primeira vez foi no teatro do CIC, Florianópolis, em 1984, num evento sobre Borges). Naquela pré-história dos estudos de pós-graduação em Literatura no Brasil, meados dos anos 1980, éramos cinco. Cinco os selecionados para a turma de 1985. Sabíamos os nomes dos mestres de cor, rapidamente fazíamos mapas da crítica no Brasil: Candido, João Alexandre, Lafetá, Silviano, Raúl. Era uma época pré-Abralic, muito pré-currículo Lattes, muito menos controlada, portanto. As "teses" de mestrado nós as escrevíamos primeiro a mão ou em valentes máquinas de escrever Remington (mais tarde entraram as eletrônicas, estas, um sério investimento, mas como fazer para inserir um parágrafo? Colagem? Escrever, então, é isto? uma montagem? uma composição?). Estávamos mais próximos da *artesanía* e da contemplação do objeto. Tanto o orientador como o objeto eram definidos *a posteriori*. Lembro-me de na entrevista de seleção ter citado para o Raúl o meu interesse por Caio Fernando e Murilo Mendes. Quase tudo era no devir (havia uma orientadora de Curso), já que o mestrado era um doutorado, ao longo de quatro longos anos, naquelas salas de bordar um outro tempo. O doutorado era quase um mito: lembro-me da curiosidade intergaláctica com que olhava os professores doutorandos que vinham fazer alguma participação. Eram aulas quase particulares: um dos quatro ou cinco cursos que fiz com o Raúl eram somente eu e o Alfeu Sparemberger, hoje professor na Universidade Federal de Rio Grande. Ambos orientandos insistentes que esperaram o mestre voltar ao Programa da sua temporada nos Estados Unidos, acho. Daqueles cursos, tenho muitas anotações, muitas divagações, ainda que me lembre pouco (*A dialética do local e do cosmopolita,* por exemplo...), acostumado que fui a escutá-los como quem escuta música, como se fosse música... Uma didática musical nos livra da marcação das palavras de ordem, da marcha. Se a aula é matéria em movimento, ela relaciona um ritmo. Tal como no poema de Leminski, adorar o ritmo. O ritmo, avisou Deleuze, é resposta para o caos — o metro é dogmático, mas o ritmo é crítico. Daí esta estranha ciência, a *ritmologia*. Ele opera por blocos heterogêneos. A própria diferença é rítmica. Uma música que coloca o sistema em variação contínua torna-se um rizoma, entra num *continuum* cósmico onde mesmo buracos, silêncios, rupturas e quebras são incluídos, substituindo o par matéria-forma por material-forças: descentra a tonalidade.

A música é também audição do vazio, dispara o pensamento no momento mesmo em que suspende o sentido. A minha recepção do Raúl, portanto, foi pela imagem do mestre como um compositor. Um produtor de heterogênese: diferir, ferir o projeto, rasgar o firmamento para a luz entrar. Suspender. Subverter a morte, o objeto. Multiplicar, mas também dividir, duvidar do múltiplo. Habitar os fragmentos, libertar-se da *prison-house* da totalidade. Redescobrir no evento plural o fundamento único da lei, a fonte de sua não-original presença. Uma coexistência: de moléculas, de vírus, de corpos, de anticorpos, de linhas, de superfícies, enfim. Contágio de bordas, migrações de conceitos, voo de partículas, novas sinapses. A arte de migrar. A rasura e o palimpsesto funcionam assim, simultaneamente, como um processo de produção de diferenças, explosão de heterogêneos, nem branco nem preto, nem esquerda nem direita: flor e avenca, vespa e orquídea, lágrima e cobalto.

Além disso, de A a D (Adorno, Benjamin, Barthes, Blanchot, Bataille, Derrida, Deleuze etc.), Raúl tinha nos introduzido a um universo de leituras e de amor pelos conceitos que produziram uma estranha autonomia, uma *idiorritmia*, viver solitário em comunidades possíveis. Mas o que eu queria mesmo era um estilo, sobretudo que fosse diferente do estilo do pai. Um Texto, uma escritura, uma estrutura em disseminação, enfim. Foi o que eu experimentei na minha "tese" de mestrado que ele orientou, por exemplo, uma estrutura por blocos em relação, com uma escrita lírico-ensaística, que pesasse as palavras, a tal aventura da linguagem para onde aquela música me levava. Nas aulas do Raúl, da sua música, aprendi a não me frustrar esperando uma linha ponto a ponto. Sua linha sempre me levava a outras linhas e eu tomava aquilo como um gesto de respeito ao leitor que eu tento ser: no código de cada som, uma transcodificação operava a sua derivação ou dissipação em favor da formação de uma linha melódica.

Depois, acho, que todos os seus ex-orientandos, pagamos um preço alto na academia por optarmos pela *Teoria*, já que ela mesma possui ventosas (conforme os textos do Raúl) e tende a ter efeitos transpolíticos.

Se Barthes está certo, um texto é feito de escrituras múltiplas, oriundas de várias culturas e que entram umas com as outras em diálogo, em paródia, em contestação. Contudo, esse lugar onde tais linhas de escrita se reúnem não é o autor, mas o leitor. O leitor, assim, é um lugar de inscrição, que anuncia o futuro da escritura.

Das sessões de orientação eu guardo a sua fruição e os meus silêncios, certa obliquidade, alguns restos que me interessavam. Era o mestre nietzschiano que eu buscava me perder. Hoje, nos biografemas do discípulo de Barthes, encontro ressonância para aquilo:

> Estamos um diante do outro. Cheguei primeiro e escolhi depois de muito hesitar um lugar que não fosse nem muito central nem muito isolado. Começo meu aprendizado. A conversa é descontínua. Muitos silêncios... É nos silêncios, nas interrupções da conversa, momentos que, quando se prolongam demais, se tornam angustiantes, que aprendo... O discípulo não deve pedir ao mestre que se explique. Ele entende até o que não entende, faz seu o que lhe é estrangeiro.[2]

Depois eu fazia das frases e palavras-cintilações uma epifania, uma festa de deslocamentos. Nada mais divertido no texto acadêmico do que deslocar, descosturar o enredo, ironizar o contexto. É na possibilidade de desaprender que há uma possibilidade de conhecimento.

Pensando com o Raúl, se a linguagem fracassa como comunicação, resta-nos a comunidade como contato não apenas discursivo, mas potencial. Mesmo no improviso, na variação, é sempre uma escrita que fala, muitas vezes, ensinando o que não sabe ou quis dizer: é a escuta do outro que vai produzir um sentido qualquer. Pelo (anti)método *ziguezagueante*, dar vazão e direito ao delírio, esburacar o pensamento dialético e trabalhar no processo hemorrágico das estruturas, para, desse modo, favorecer os vasos comunicantes, as livres associações, as conectividades intersemióticas, as desleituras criativas, as inversões críticas, os deslizes dos significantes, as transcriações, o surgimento de linhas melódicas, a ocupação incessante do centro vazio da diferença pelos sujeitos da expressão. Do ponto de vista docente, então, ensinar o que não se sabe é estar de acordo com o transe *excríptico* (falar como quem escreve), de acordo com os fluxos da aula-acontecimento, das zonas de contágios estabelecidas com o outro.

Nesse professor-escritor, portanto, eu projeto o escritor para Barthes: aquele que nega os limites obrigatórios da língua tem a responsabilidade de um papel político — e informador. Esse trabalho não consiste em inventar novos símbolos, mas em operar a mutação do sistema simbólico, em revirar a linguagem. Estes atos textuais provocam reações (as reações fazem parte do texto). Neste sentido, contagia.

---

[2] MARTY, Éric. Roland Barthes, *O ofício de escrever*. Rio de Janeiro: Difel, 2009, p. 167.

Assim entendo esta transmissão: trata-se de uma temporalidade complexa a partir de um jogo entre apresentação e repetição, doado e recebido, onde o que é (her)dado é rearticulado além do seu significado apresentado, determinado. Tal rearticulação torna-se ela mesma recepção, abrindo as conexões sedimentadas da tradição e estabelecendo o presente como um espaço para a singularidade de uma repetição.

Considerando a irredutibilidade da diferença, a obra constitui-se como um lugar de uma heterogeneidade não-original, favorecendo a sua própria repetição, a qual envolve diferença ao invés de identidade. Trata-se então, pelos termos de Deleuze, de uma contraefetuação dos acontecimentos. O prévio, o discurso da história, está implícito: ele realiza, nos lembra Dumoulié, "uma contra-efetuação humorística da história"[3], extraindo suas zonas de intensidade. Em outros termos, uma teoria do sentido que resulta do acolhimento e do desejo do que acontece. De qualquer forma não se trata de uma repetição da história, já que esta acelera prodigiosamente seu devir.

É famoso o comentário humorístico que Deleuze faz ao responder "a um crítico severo", em *Conversações*: "Sou de uma geração, uma das últimas que foram mais ou menos assassinadas com a história da filosofia. A história da filosofia exerce uma função repressora evidente [...]. Quanto a mim, fiz por muito tempo história da filosofia, li livros sobre tal ou qual autor. Mas eu compensava de várias maneiras. Primeiro gostando de autores que se opunham à tradição racionalista desta história [...]. Mas a principal maneira de me safar desta época foi concebendo a história da filosofia como uma enrabada [...]. Eu me imaginava chegando pelas costas de um autor e lhe fazendo um filho, que seria seu, e no entanto seria monstruoso. Que fosse seu era muito importante, porque o autor precisava efetivamente ter dito tudo aquilo que eu lhe fazia dizer. Mas que o filho fosse monstruoso também representava uma necessidade, porque era preciso passar por toda espécie de descentramentos, deslizes, quebras, emissões secretas que me deram muito prazer"[4]. Uma espécie de assalto filosófico, conforme sugere Zizek[5], que percebe como proposições diferentes se dão no mesmo nível ontológico. Trata-se de uma maneira de ler contra a corrente; de escolher em sua própria prática teórica procedimentos que debilitem suas

---

[3] Dumoulié, Camille. *O desejo*. Petrópolis: Vozes, 2005, p. 167.
[4] Deleuze, Gilles. *Conversações*. São Paulo: Editora 34, 1992, p. 14.
[5] Zizek, Slavoj. *Órganos sin cuerpo - Sobre Deleuze y consecuencias*. Valencia: Pre-textos, 2006 p. 65.

posições (tal como Deleuze faz ao reverter o platonismo pela valoração do simulacro platônico ou da leitura das diferentes faculdades da razão em Kant como opostas à unidade transcendental do sujeito). Deixá-los falar por si mesmos, analisando o estilo de suas obsessões. Isso diferenciaria, no plano de uma política de leitura, Deleuze de Derrida (em que pese a estratégia aparentemente comum de uma metafilosofia): assalto filosófico por um discurso indireto livre, de um lado, e hermenêutica da suspeita pela desconstrução textual, de outro.

Fica posta então essa lógica do contágio. Na ideia de Devir, o princípio era o bando e o contágio, o contágio do bando era o caminho que o devir-animal tomava em *Mil Platôs*[6]. Depois vinham outras figuras, como o intruso, o estranho, mas que se espalhava também como "uma doença infecciosa". Muito do que testemunhamos aqui pode ser imaginado por esta (outra) lógica de mutação criativa. "Num plano de composição, trata-se de acompanhar as conexões variáveis, as relações de velocidade e lentidão, a matéria anônima e impalpável dissolvendo formas e pessoas, estratos e sujeitos, liberando movimentos, extraindo partículas e afetos. É um plano de proliferação, de povoamento, e de contágio", comenta Peter Pal Pélbart[7]. Como um vírus de vida, "vírus de outras vidas": contágio da vida, outro contágio do pensamento. Trata-se, em última análise, da vida na sua dinâmica de forças espontâneas, criadoras de formas, segundo Nietzsche; trata-se da transmissão desta vida, não segundo "um modelo genealógico e filiativo", mas segundo um "modelo maquínico ou rizomático"[8]. Transmissão por sínteses sucessivas, transferência virótica. "Num modelo rizomático, não se trata de evolução, com seu viés perfeccionista e progressivo, mas de passagens, pontes, túneis: nem regressão nem progressão, mas devires"[9]. Colocar em crise a lógica da representação implica colocar em crise os seus atores e seus pares pré-definidos. O professor de um ensino não-representacional seria sempre *a posteriori*, um devir.

Raúl Antelo inscreve-se, assim, entre os escritores-educadores. Presentes na ausência. Contra o transmissor, o reprodutor, o domesticador. Em

---

6 DELEUZE, Gilles. *Mil Platôs — Capitalismos e esquizofrenia*. v. 3 São Paulo: Editora 34, 1996, p. 243.
7 PELBART, Peter Pal. *Vida Capital*. São Paulo: Iluminuras, 2003, p. 30.
8 Ibid., p. 75.
9 Ibid.

favor do dramaturgo, do mágico, do músico. Contra, relembro agora uma lição antiga do Raúl, a caligrafia. Por uma estereografia, essa escrita plural, polifônica, que tanto nos impacta. O mestre que se inscreve na distância, resiste ao mimetismo. Seria patético, portanto, imitá-lo.

A figura do escritor se configura como artesão da palavra, criador de mundos, fundador de particularidades: a contrapelo do anseio por universalidade, cumpre a não-atualização de qualquer Universal ou Absoluto, a partir de uma ausência de causalidade entre universais e particulares.

Na *III Consideração Intempestiva*, intitulada *Schopenhauer, Educador*[10] Nietzsche lê a sua condição paradoxal de professor face à figura de um pensador livre. Desde os seus primeiros escritos, o filósofo operou a articulação entre uma perspectiva estética do conhecimento e certo vetor pedagógico. Neste sentido, o termo educador aqui usado só poderia ter um sentido reverso, transgressor. O educador aqui possui um sentido trágico e festivo do criador, que ensina, a exemplo do último Zaratustra, que não deve ser seguido, que a educação é, sobretudo, um processo de educar a si mesmo.

Para Nietzsche, a unicidade do ser reúne uma multiplicidade diversa rejeitada como remorso ante o outro, acondicionado em um comodismo esterilizante: "Somente os artistas detestam este andar negligente, com passos contados, com modos emprestados e opiniões postiças e revelam o segredo, a má-consciência de cada um, o princípio segundo o qual todo homem é um milagre irrepetível"[11]. Logo, a pedagogia que daí decorre levaria em conta a exterioridade do gênio só para alertar quanto à potência — e sua vontade — do educador de si, deslocando o lugar do conhecimento para a potência passiva do gênio de cada singularidade. Vale dizer, que o princípio que opera a emancipação da vida, opera também a destruição da história tanto como acúmulo produtivo quanto como constituição salvadora da transmissão segura das opiniões produzidas.

De forma que a figura do educador em Nietzsche, como instância paradoxal e superior de singularização múltipla, vai contracenar com os discípulos como via de acesso: "Teus educadores não podem ser outra coisa

---

10 NIETZSCHE, Friedrich. *Escritos sobre Educação*. São Paulo: Edições Loyola, 2003.
11 Ibid., p. 78.

que teus libertadores"[12]. A transgressão de inventar um educador passa por superar aquele peso da atualidade, favorecendo o ser intempestivo, extemporâneo.

Para o educador em Nietzsche a questão é educar contra o nosso tempo. Sendo assim, o escritor atua como máquina de guerra, sonda ou o criador de matéria. Sua existência apoia-se nessa incômoda resistência, de não ser uma coisa ou outra. É esta possibilidade do criador em meio às estruturas dadas que se constitui como reserva de impossível, que foge às categorias analíticas da sociedade, a não ser por exclusão ou por funcionalidade.

O escritor, observa Deleuze, move-se entre pontos de singularidade, produzindo assim efeitos da transversalidade e não mais da universalidade, podendo, potencialmente, participar de lutas também transversais: ele se torna capaz de falar a língua da vida, mais do que a língua do direito. É aqui que o próprio Deleuze inscreve-se como escritor-educador, produzindo o mais-relato da vida ao traduzir a força que vem de fora como uma certa ideia da Vida.

Proponho então pensar a *enseñanza* (este "outro" ensino) pela escrita que nos fala e ecoa em comunidade. A Comunidade, Raúl nos diz, é aquilo que nunca acaba de chegar no meio de uma coletividade: ela resiste ao individual e ao coletivo. Desdobra-se daí uma relação entre potência e enseñanza, ainda que eu pense a potência muito mais no sentido do Espinosa de Deleuze do que de Agamben. Percebe-se que, na sua *enseñanza*, Raul não cessa de relacionar uma potência. Ele nos diz que a ontologia da potência visa à formalização secundária de uma forma ou potência captada como informe. A potência do inorgânico, poderíamos emendar. A potência passiva é virtualmente infinita, passional, estéril, associa-se como estudo, à morte, é *excripta*. Esta potência é fraca no seu ultrapassamento do limite, significante no seu insignificante retorno. A exemplo do que Raúl compõe com o *Wu-Wei* na sua potência passiva (o sábio não luta). A imagem que desafia o senso comum. Como os an-artistas estúpidos de Aira, que ensaiam a negatividade disseminada do informe contemporâneo. Diante deste lugar lacunar, vazio, onde circula o nada, resta-nos acrescentar algo ao já dito. Este ócio ou inoperância permite ao vivente deparar-se com uma espécie de alma suplementar. Eu diria — a partir desta minha pesca apressada — que Raúl captura a

---
12 Ibid..

nossa informalidade: e mesmo com o direito da não-resposta, da massa informe emergem formas afetivas. O singular plural é a essência do ser, uma potência pura, sem relação com o ato.

Em Espinosa, não se trata de esperança ou coragem, mas de alegria e visão, de *re*-visão, reconversão de virtudes mutiladoras em potências fertilizantes. Tal método, se ainda podemos chamar assim, é *eticamente* — não moralmente — constituído. Ele quer inspirar, mostrar. Não se trata de convencimento, mas de polir o cristal para uma visão livre, inspirada. Deste modo, o Método, como lembra Deleuze "não visa a nos fazer conhecer qualquer coisa, mas a nos fazer compreender a nossa potência de conhecer. Trata-se, pois, de tomar consciência desta potência: conhecimento reflexivo ou ideia da ideia"[13]. Para tanto, precisamos de uma ideia verdadeira qualquer, uma ficção, um ser geométrico qualquer, uma substância qualificada por um atributo, a fim de compreender melhor a potência de conhecer sem relação a um objeto ideal.

A potência se estende para além das condições dadas pelo conhecimento (no caso do corpo) e da consciência (no caso do espírito). O conhecimento das potências do corpo descobre, paralelamente, as potências do espírito que escapa à consciência.

Temos, assim, que, do ponto de vista do método e da metodologia, interessa a potência daquilo que podemos compor, daquilo que pode o nosso corpo/*corpus*: onde conectar, com o que relacionar, como podemos entender uma causa? Fica posto na teoria das afecções que um indivíduo é, sobretudo, uma essência singular, com relações características, um grau de potência, com certo poder de ser afetado. Vai ser bom aquilo que aumenta a nossa potência de agir: as paixões alegres são diretamente úteis ao desenvolvimento da potência da razão. A arte da ética implica, frisemos, "organizar os bons encontros, compor os relacionamentos vivenciados, formar as potências, experimentar"[14]. A Ética, no seu movimento, no seu meio, funda, por fim, o método.

Fico feliz em, após tantos anos, poder reenviar ao mestre o agradecimento do meu trabalho de mestrado, quando mencionava a sua generosidade e a sua grandeza, enfim. Há muitas palavras que ressoam, literais ou laterais,

---

[13] Deleuze, Gilles. *Espinosa: Filosofia prática*. São Paulo: Escuta, 2002. p. 90.
[14] Ibid., p. 29.

originais ou derivadas, em cadeias acéfalas infinitas e fazem questão: sendo assim, toda imagem, margem, utopia, potência/diferencia, infinito, impossível possibilidade, identidade como alteridade, o passado que virá, o eu transeunte, o infraleve, o pós-tudo, a suspensão do sentido, obliquidade, ubiquidade, constelação e desastre, anacronismo, feixe, vetores, bólidos, oceanos, fendas, vértice, vórtice, momento críptico, fotógena, energeia, genealogia do vazio, paradoxa, ortodoxa, urdoxa, anestesia, furos de Fontana, doses de Duchamp, marcas de Murilo, nomes, nomos, antinomos, mais nomes, nomes de nomes, o inominável, o informe, e — ainda — o suplemento, o simulacro, a estrutura de ficção, o jogo, a dobra, a poética sincrônica, o transistórico, as ruínas do presente, imagens do impossível, exercícios de autoinvenção, reverberações, ondulações, esquecer para lembrar, sublime heterogenia: arqueólogo, viajante, dispersor, conversor, operador, *escriptor*, compositor, músico, e-todo-o-resto, para você, Raúl, dedico, *como se fosse música*, este texto..

ACEFALIA E ÉTICA NA CRÍTICA DE RAÚL ANTELO

Antonio Carlos Santos
Professor de Estética e Teoria Literária no
Programa de Pós-graduação em Ciências da Linguagem da Unisul

> *No Norte — hesito em confessar —*
> *Amei uma mulher, velha de dar medo:*
> *"A verdade" era como se chamava... [...]*
> *Rumo ao sul, voei sobre o mar.*
> Nietzsche

O que é um enigma? Ao contrário do mistério que admite, para além de sua superfície obscura, uma resposta apaziguadora garante um fundamento, o enigma nos mostra, como aparece mais de uma vez em Heródoto com um toque de humor, que aquilo que é lido de uma forma, pode também ser lido de outra, o que coloca o leitor em uma posição de absoluta solidão e responsabilidade diante da escolha que faz naquele momento, pois sabe que não há uma certeza, um chão sólido onde colocar seus pés, um fundamento, há apenas o risco de uma aventura. A aventura da leitura, ou da literatura, nesses tempos pós-críticos de capitalismo cínico e criminoso, está, dessa maneira, articulada ao enigma. O próprio do enigma é pôr em movimento, suscitar o desejo, e esse impulso se dá na medida exata de um desconhecimento e da possibilidade de ensaiar respostas. Para muitos alunos de Letras, Raúl Antelo é um enigma e como boa esfinge não dá respostas apaziguadoras, não ensina um "conteúdo", propõe questões que nos captam exatamente porque, a princípio, não as compreendemos. É fácil perceber sua erudição, a herança filológica da Universidade de Buenos Aires dos tempos da ditadura, misturada à sociologia de Candido, às leituras de Derrida, Lacan, sua biblioteca infinita; difícil é detectar um método. Deixemos claro: não no sentido cartesiano, tal como definido nas "Regras para a Direção do Espírito" (1628): "Por método entendo um conjunto de regras certas e fáceis, graças às quais todos aqueles que as seguirem jamais tomarão por verdadeiro aquilo que é falso e, sem sobrecarregarem a mente inutilmente, mas aumentando progressivamente o saber, obterão o conhecimento verdadeiro de todas as coisas de que forem capazes". Nada mais distante do procedimento de Raúl Antelo. Caminho tortuoso, artifício, método seria, numa tradução livre, pôr-se a caminho, movimentar-se por um caminho tortuoso, retorcido, sinuoso, que nos obriga à prática do artifício, um pós-caminho ou um movimento em direção ao movimento.

Em *Crítica acéfala*, publicado em Buenos Aires em 2008 pela Grumo, ele nos dá uma definição de seu próprio trabalho em um parágrafo que antecede os catorze ensaios do livro:

> El crítico ocupa un intersticio de ficción y teoria. Aunque ese su lugar singular nada tiene de desinteresado. Muy por el contrario, en el interés (es decir, en el empeño pero también en la ganancia, esa que nos da la poesía, que "remunera los déficits de la lengua", según Mallarmé) se aviva su pasión por leer y comprender. Inter legere, ser intelectual, poder pensar la experiencia. Y la experiencia de lo moderno es una experiencia con lo acéfalo, no solo con lo que suspende el dominio de la racionalidad sino también lo que nos muestra la contextura de un cuerpo. La acefalidad es un entre-lugar teórico. Allí se cruzan la potencia de pensar de ciertos europeos en guerra enfrentados con su destierro americano, pero también la monstruosa historia local, hecha de excesos y abusos, como el de pensar lo occidental. Borges es el nombre de uno de tales profanadores. Puede ser un guía en los vericuetos de tantos otros compañeros de viaje: Ángel Rama, Glauber Rocha, Benjamín Fondane, Francisco Ayala, Haroldo de Campos, Arturo Carrera o Tamara Kamenszain. El crítico inter es se cierra (se abre) con algunas lecturas menudas.[1]

Aqui estão algumas daquelas palavras mágicas de sua coleção, ou melhor, de sua série: antes de mais nada, ficção e teoria. Para quem ainda pensa que há uma fronteira clara entre as duas, o pensamento de Raúl, sua máquina de pensar, parece ainda mais enigmático. Sua crítica é metaficção, hiperficção, um jogo sofisticado em que se mistura o rato de biblioteca com o montador maluco que se diverte produzindo curtos-circuitos, ou seja, sentidos insuspeitados, inesperados, com a ajuda do acaso:

> Creo que hay bastante del acaso, pero creo también que al acaso se lo estimula, se lo fabrica, se lo cuida metódicamente, o sea, hay que saber producir un acaso, hay que saber producir un caos. Creo que mi trayectoria es un poco eso, la de haber perfeccionado el acaso. Y si se fijan en los ensayos hay mucho de esto; esta idea de la catástrofe, tienen que ver con ese cruce de posiciones entre lo alto y

[1] ANTELO, Raúl. "El crítico inter es", in *Crítica acéfala*. Buenos Aires: Grumo, 2008, p. 9.

lo bajo, entre lo letrado y lo no letrado. Yo creo que de esas aproximaciones sale electricidad, una energía se disemina.[2]

O acaso que Raúl Antelo produz em seus textos vem dessa estratégia de montar os restos, de lidar com as sobras, de saber colocar lado a lado o guarda-chuva e a máquina de escrever, ou seja, de articular, de produzir contatos. Vale lembrar que a lição antiontológica sobre o sentido — "Sabemos que, para que haja sentido, deve haver série, uma vez que o sentido não é imanente a um objeto, mas fruto de articulações no interior de uma série de discursos."[3] — nos dá uma direção para compreender seu método. Por isso, às vezes é tão difícil para os alunos entender o que acontece quando Raúl fala: porque todos esperamos objetos concretos, se é que esse sintagma quer dizer alguma coisa, quando uma de suas lições mais marteladas é que o objeto não existe, ele é fruto de um olhar, de uma maneira de articular, não está dado *a priori*, vem *aprés coup*, do desejo de um sujeito que se sente implicado, tocado, movido por essa coisa.

Entre a teoria e a ficção ele situa seu dispositivo de leitura, sua aventura, um entre-lugar. O quase-conceito de Silviano Santiago, outro significante forte, nas mãos de Raúl se torna uma arma que nos faz inverter o complexo de inferioridade da maioria das leituras de "identidade nacional", se assim ainda podemos chamá-las, que insistem que as ideias estão fora do lugar, remoendo um discurso ressentido e lamentoso sobre a pobre nação atrasada e culpada que carnavaliza sua desgraça. O olhar de Raúl nos faz ver a Europa sob o regime textual latino-americano: Caillois sob a proteção de Victoria Ocampo pensando a partir de seu exílio forçado na Argentina, a produção de Duchamp marcada pelos dias de ócio em uma Buenos Aires parada pela greve, os *Sacrifícios* que André Masson fez para *Documents* como uma releitura das gravuras de José Guadalupe Posada, Bataille e sua relação com Alfred Métraux, "especialista em antropologia ritual tupi-guarani e durante muitos anos professor em Tucumán" etc. Seu ensino no curso de Letras da UFSC fez com que muitos estudantes passassem a conviver não apenas com os críticos franceses ou americanos, mas também com Josefina Ludmer, Beatriz Sarlo, Silvia Molloy,

---

[2] ANTELO, Raúl. "Entrevista con Raúl Antelo", *Marginalia*, n. 3, 2000. Disponível em: <http://www.oocities.org/ar/marginalia2000/numero3/entrevis.htm>. Acesso em: 24 nov. 2011. (Entrevista concedida a Ronaldo Assunção e Daniel Castello.)
[3] ANTELO, Raúl. "Sentido, paisagem, espaçamento", in *Ausências*. Florianópolis: Editora da Casa, 2009, p. 37.

Daniel Link, Luz Rodriguez, Adriana Rodriguez Pérsico, fez com que aprendêssemos a ler em castelhano os enigmas de Borges, a gostosa ficção de César Aira, os poemas de Girondo etc.

Em *Crítica acéfala*, trata-se ainda de *experiência*, que podemos juntar à série composta até agora por teoria, ficção, entrelugar, América Latina. Ser intelectual, *inter legere*, é poder pensar a experiência. Com Benjamin, aprendemos que "as ações da experiência estão em baixa", frase repetida nos ensaios "Experiência e pobreza", de 1933, e "O narrador", de 1936, mas com Raúl vemos que exatamente por estarem em baixa devem ser pensadas: não posso deixar de dizer que essa palavra me remete quase que automaticamente às aulas. No momento em que a universidade é uma ruína, em que o saber universal e racional faz água por todos os lados, em que muitos professores parecem ter perdido o tesão pela aula e pelos textos literários e teóricos, Raúl faz da aula um lugar indecidível; não se sabe bem o que é texto, o que é fala, mas ninguém sai dela indiferente. É um acontecimento, um fulgor, um relâmpago. A experiência, então, por ser impossível se torna necessária, prática de uma ética acefálica nesses tempos cínicos. Sua aula é a experiência do impossível, um dom.

Temos ainda naquele parágrafo que abre *Crítica acéfala* os significantes *moderno* e *acéfalo*. A experiência do moderno é a experiência com o acéfalo, ou seja, além de explicitar uma filiação com a geração maldita dos surrealistas, Raúl Antelo articula experiência, modernidade e acefalia. E modernidade aqui mais do que um conceito é uma construção que admite diferentes forças em tensão, é um roteiro, "um movimento em direção ao movimento, mas também uma sequência de descontinuidades". Daniel Link, na leitura que fez do livro de Raúl em 2008, afirmava que

> esa modernidad que aquí se cita podrá parecer, a quienes todavía se aferran al salvavidas de la imaginación dialéctica mientras las arpas y los violines acompañan el hundimiento del crucero, una modernidad singular, como lo quiere la escuela, pero a lo largo de Crítica acéfala queda claro que se trata de un campo de tensiones respecto de las cuales pueden situarse múltiples singularidades: una de ellas será la modernidad autónoma, que produce 'aquellas lecturas que enfatizan lo estético para mejor eludir los efectos éticos allí implicados' (pág. 220) y que el dispositivo crítico de Antelo rechaza, como rechaza las imágenes plenas y los señuelos de la representación. Pero también la singularidad de la modernidad anautónoma o heterológica, en relación con la cual el dispositivo Antelo se desborda.[4]

[4] LINK, Daniel. "Crítica acéfala", *Boletim de Pesquisa – Nelic*, Florianópolis, v. 8, n. 12/13, 2008.

Heterológica, anautônoma e acéfala, a modernidade a que Raúl se refere não é certamente aquela dos sonhos iluministas de felicidade, do progresso, da tecnologia, e sim um paradoxo, uma maneira de desfazer o consenso, de botar areia na engrenagem. Contra o modernismo, certamente, mas com o modernismo, uma modernidade que contém em si mesma uma pós-modernidade. E uma modernidade acéfala porque sabe que o modelo ocidental do homem só cérebro, do homem racional iluminista, resultou nos campos de concentração, na catástrofe que, ele insiste, não virá um dia, mas já veio, a catástrofe é o que vivemos dia após dia. E acéfala, como ele faz questão de frisar no parágrafo que abre o libro, porque nos mostra a contextura de um corpo.

Não por acaso, o ensaio que abre *Crítica acéfala*, "El guión de extimidad", começa se perguntando o que quer dizer o argentino-brasileiro. Aqui novamente ele se situa num lugar impossível, lugar do híbrido de onde mobiliza com a mesma intimidade a literatura latino-americana e a brasileira para produzir "um encavalgamento informe de Kant e Sade, Sarmiento e Euclides, Arlt e Mário de Andrade". Esse argentino-brasileiro, ser monstruoso, mistura impossível de Boca Juniors e Flamengo, de Palermo e Copacabana, paga um preço por sua extimidade: não pode falar da Argentina, por ter saído de lá há muitos anos, dizem seus inimigos (e às vezes até os amigos) argentinos, e não pode falar do Brasil por não ser nativo, dizem os invejosos. Mas é nesse lugar que é fora e dentro que ele opera, nem Buenos Aires, nem São Paulo, mas na margem Mané de uma ilha paradisíaca sitiada por carros e turistas chatos.

Entre os nomes próprios que aparecem nesse ensaio está Nietzsche e é o eterno retorno nietzscheano que move a ética acefálica de Raúl, que dá a ela um horizonte:

> La insistencia, hoy, tal vez sea esa, tratar de encontrar una manera de mezclar, porque es de eso de lo que se trata, de mezclar para desolvidar. La mayoría de los ensayos de ese libro son ejercicios de anamnesis; son ejercicios de desolvido. No tanto de recuerdo, a lo que el recuerdo tiene de memorioso, nostálgico, creyente en el ayer, pero sí de desolvido, porque el desolvido sería una manera de soñar alternativas viables y posibles. Lo que fue posible ¿porqué no puede volver a ser posible? Nunca será igual, nunca será idéntico, pero puede volver a ser posible. Y

yo creo que es eso lo que me empuja a seguir inventando cruces y aproximaciones a veces bizarras que para muchos pueden sonar a caprichosas, tendenciosas, gratuitas.[5]

Esse eterno retorno, ficcionalizado como um *insight* por Nietzsche durante um passeio nos Alpes suíços e incluído no primeiro capítulo da terceira parte de *Assim falou Zaratustra* intitulado "Da visão e do enigma", aparece como um traço de utopia, um *phármakon* tanto contra a alegria irresponsável daqueles que acham que a morte de deus os alivia da responsabilidade pela escolha, quanto daqueles que se lamentam pelo fim dos bons tempos. Sua pedagogia jesuíta trabalha com o conflito e exige do leitor esforço, exige que ele se dedique, que esteja implicado, tocado, que se mova do lugar confortável em que está para que sua formação tenha algum sentido:

> A mí particularmente el juego de la mayoría me aburre, entonces, insisto, tal vez no sea por altruismo que hago las cosas. Yo hago esto porque me quiero divertir, y porque de hecho me divierto con lo que hago. Y entonces, de algún modo, ese lector utópico, futuro, que se divierta con lo que yo estoy armando con un sentido inusitado, insospechado, que estoy consiguiendo arrancar de objetos inertes que no dicen nada. Y si, para buena parte de los colegas puede que no diga gran cosa. Seguramente que pide una dedicación mayor. No es un texto pedagógico, por lo menos no es un texto de la pedagogía sublime, es un texto de la pedagogía violenta, yo siempre creí que la pedagogía es transformadora y es violenta, yo no le creo a la pedagogía adaptativa, imitativa, mimética. En eso soy medio jesuita, la letra con sangre entra. No concibo mucho un proceso de formación que no te cueste, que no te destruya alguna manera de operar para darte otra.[6]

Ler a não-obra de Raúl, sua des-obra, seu texto, é passar por essa pedagogia violenta, correr atrás da série de nomes próprios, das citações, aprender a ferro e fogo a ser leitor, a trabalhar com o paradoxo, mas também aprender a se perder na biblioteca infinita borgeana. É saber que se as hierarquias da biblioteca caíram isso não torna nossa tarefa mais fácil, muito pelo contrário. Montar os arquivos exige a paciência do rato de biblioteca e a ousadia do montador maluco que se diverte colocando lado a lado aquilo que, a princípio, não deveria estar ali. Quando em 2006, Raúl nos instigou a trabalhar para um colóquio sobre a pós-crítica, meu desafio

---
[5] ANTELO, Raúl. "Entrevista con Raúl Antelo", *op. cit.*
[6] Ibid.

foi como pensar a crítica diante da impossibilidade do fundamento, ou, nas palavras de Beatriz Sarlo, "toda escolha crítica e política é uma escolha valorativa que conduz ao paradoxo de sua ausência de fundamento".[7] Naquela ocasião, escolhi uma "novelita" de César Aira que se chama *Un episodio en la vida del pintor viajero* para armar o problema. Na narrativa, o pintor alemão Johann Moritz Rugendas é atingido por em raio durante a travessia a cavalo desde o Chile, pela cordilheira, passando por Mendoza a caminho de Buenos Aires. Aira faz da Argentina o objetivo secreto da longa viagem de Rugendas pela América, referindo-se à segunda delas, de 1831 a 1847. Só ali, nas intermináveis planícies dos pampas onde o tempo é consumido pela infinitude do espaço, ele, o pintor de gênero, da fisionomia da natureza, encontraria "o centro sonhado", só no vazio poderia encontrar o limite de sua arte. Atingido duas vezes pelo raio em algum lugar entre Mendoza e Buenos Aires, em meio a uma paisagem arrasada pela praga bíblica dos gafanhotos, o pintor de fisionomias perde o rosto após ser arrastado por seu cavalo durante toda a noite, preso que estava por um dos pés no estribo. A partir da experiência com o raio no vazio, Rugendas encontra sua verdade, passa a ser um pintor sem adjetivos, precursor do surrealismo, personagem de cinema quando consegue finalmente presenciar e pintar um *malón*, ou seja, acompanhar um ataque dos índios que dura dias e é descrito em algumas páginas num movimento acelerado como o dos faroestes americanos. Com um movimento mínimo, Aira transforma a biografia de Rugendas em ficção introduzindo um desejo secreto, a Argentina, o vazio dos pampas, como a força que produz uma experiência com o raio, uma experiência do conhecimento como relâmpago, como queria Walter Benjamin: Só há conhecimento como relâmpago. O texto é um trovão que ressoa longamente.[8] Diante do vazio de fundamento, é preciso responder com a gaia ciência. O ensino de Raúl é assim.

---

[7] Sarlo, Beatriz; Schwarz, Roberto. "Literatura e valor", in Andrade, Ana Luiza; Camargo, Maria Lucia; Antelo, Raúl. *Leituras do ciclo*. Florianópolis: Abralic; Chapecó: Grifos, 1999, p. 298.
[8] Benjamin, Walter. "Teoria do conhecimento, teoria do progresso" ("Theoretics of knowledge; Theory of progress"), *The Philosophical Forum*, v. XV, n. 1-2, 1983-4, pp. 1-40.

DAS LIÇÕES: PERSISTÊNCIAS DA IMAGEM E METAMORFOSES DA FORMA

Rosângela Cherem
Professora do Curso de Artes Visuais da UDESC

Quem foi aluno e/ou é leitor de Raúl Antelo sabe como é difícil reproduzir suas aulas ou sintetizar seus textos, pois há na sua maneira de raciocinar uma espécie de deslocamento constante, uma sorte de pensamento dançarino que pede que o interlocutor não apenas conheça suas referências e seu repertório, como também seja capaz de acompanhar suas constelações e desenvolturas. A cada reflexão ele procura construir um campo onde incidem tanto as contingências históricas e plausibilidades espaciais, como as possibilidades que ultrapassam o varal cronológico e fazem aparecer inumeráveis combinações e desdobramentos de um território onde incide o infinito das imagens que se desdobram e articulam através da linguagem. Desse modo, o que emerge diz respeito a um jogo complexo onde a imagem e a forma se encontram em cambiância perpétua, potencializado pela exploração de diversos procedimentos, objetos e fontes. Sem poder ser identificado por um tema ou estilo, seu pensamento segue permanentemente reinventando e explorando novas articulações.

Dono de um percurso inquieto e de incessante experimentação está sempre deslocando o horizonte, tanto no que diz respeito ao seu processo de raciocínio como em relação as suas noções operatórias. A partir desta constatação, o desafio que se apresenta poderia ser assim resumido: como seguir pelo caminho da teoria e da crítica, desdobrando e renovando a lição aprendida, mas evitando a mera repetição empobrecida ou caricata das formulações de Raúl Antelo? Para dar conta dessa empreitada, cuja problemática também parece contemplar o problema da repetição com diferença, parece conveniente, de um lado, considerar que a consistência de seu pensamento é proporcional à vitalidade com que constrói um campo de formulação de problemas e, de outro lado, considerar o movimento em que suas leituras se abrem para uma trama, onde o conhecido se desmonta e rearticula dando lugar a novas metamorfoses e consistências.

Tomemos a questão da imagem como forma fora do lugar, que sobrevive por meio de uma astúcia, assinalando que sua persistência encontra-se num ponto que não é mais aquele em que um dia ela foi pensada, mas num alhures inextenso e incorpóreo onde a forma sobrevive exilada de si mesma.[1] É nesse sentido que uma obra pode ser problematizada como uma engrenagem de captura incessante de lascas fortuitas através da qual a objetualidade do mundo se infiltra. Considere-se, por exemplo, como a forma animal persiste na imagética artística, uma vez que pertence ao repertório de figuração visual desde tempos muito remotos, sendo comum em todas as culturas. Embora nem sempre abordadas de modo naturalista, as formas animais foram constantemente ressignificadas, deslocadas e multiplicadas. Para fins dessa abordagem, consideremos três maneiras diferentes de como as mesmas comparecem no repertório das artes visuais ao longo do século XX, aproximando realidades heterogêneas e rearranjando-as até produzirem confluências e afinidades, proliferações e veiculações, as quais seguem sendo constantemente transmissíveis e apropriáveis.

Fabulações sobre o animal humano. Comecemos por um nome praticamente desconhecido dos registros da história da arte. Os poucos e restritos dados biográficos sobre Franklin Cascaes (Florianópolis, 1908-1983) dão conta de que ele não possuía o ensino médio, mas no mesmo período que conheceu o chamado alto modernismo, devido à emergência de importantes regimes de verdades vanguardistas, sua formação básica esteve voltada para desenho, modelagem e escultura na Escola de Aprendizes Artífices da capital catarinense, sendo que uma parte deste repertório também foi adquirida por correspondência, depois ampliada nos cursos de desenho da Escola Técnica Nacional e de Museologia, ambos no Rio de Janeiro. Em sua biblioteca pessoal constavam alguns livros de mitologia medieval (dragões e bruxaria), história da Bíblia, mitos e lendas de Roma antiga, além de revistas científicas vendidas para leitores leigos. Processando este repertório, distanciado das principais interlocuções e centros artísticos, em descompasso em relação aos registros e esforços que aconteciam em outros pontos do país, enfatizava as figurações que dizia colher de narrativas cujo palco era a Ilha-capital em que morava.[2]

[1] Coccia, Emanuelle. *A vida sensível*. Florianópolis: Cultura e Barbárie, 2010, pp. 17-40.
[2] Kruger, Aline. *Fragmentos de uma coleção: obras de arte em papel de Franklin Cascaes*. Florianópolis: Dissertação de mestrado, Udesc-Ceart, 2011. Marco, Edna et al. *Franklin Cascaes*. Documentário em DVD. Florianópolis: Fundação Cultural de Florianópolis/Prefeitura Municipal de Florianópolis, 2008.

Acessando informações obtidas através de revistas que manuseava, tais como *Conhecer*, *Naturama* e *Realidade*, Franklin Cascaes processava-as num território com vida própria, através de uma diversidade de formas híbridas, desconhecendo a divisão dos reinos naturais advindas da classificação setecentista de Lineu. Assim, realizava o gesto de imaginar seres viventes num campo desviado da natureza, embora frequentemente baseado nas próprias denominações conhecidas, alterando as pequenas faíscas colhidas do mundo, cujas cintilações eram desdobradas em desenhos, providenciando uma metamorfose das formas, travestindo um possível estranhamento através de denominações inusitadas como: *O fundo do mar com sereia, dragão e Cérbero; Rádio oceanográfica; Peixe bocica; Galinha do mar; Peixe porco; Peixe simoníaco; Bagre-morcego; Peixe espada; Peixe cana; Peixe marreco; Demo-Surfista*.[3]

Tanto em suas centenas de manuscritos avulsos como nas dezenas de cadernos, Franklin Cascaes destacava a dimensão imaginária de seus desenhos feitos com grafite e bico de pena, fazendo com que as narrativas orais rebatessem nos registros visuais, duplicando e sobrepondo ambas as faturas. Assim, acabava por efetuar um movimento pendular entre, de um lado, registrar a cultura iletrada e, de outro, criar um repertório ótico para o Estado em que vivia. Eis o principal esforço que se pode apreender através de seus mais de mil desenhos e anotações, dos quais inúmeros eram feitos em frente e verso: pesquisar, catalogar e documentar a realidade das crenças e da oralidade popular que desaparecia com o avanço urbano, mas também materializar as formas narradas, processando-as numa sorte particular de legenda visual. Além deste arsenal, o artista também elaborou dois cadernos onde montou um dicionário, elegendo palavras e atribuindo-lhes significado segundo uma ordenação alfabética, sendo um de palavras na língua tupi-guarani e outro em português. As criaturas que desenhava recebiam denominação conforme uma composição silábica, frequentemente extraída destes cadernos, tal como no caso de sua série de cabras, vacas, bodes, ou seja, *tatás* na língua tupi.[4]

Para além de seus textos exclusivamente escritos, da conhecida figuração das bruxas e dos temas mais acessíveis relacionados à afirmação

---

[3] Castelano, Cristina. *Mitologia marinha*. Florianópolis: UFSC-Sesc, s/d. Catálogo de exposição.
[4] Antelo, Raúl. "O dispositivo Boitatá", in Lindote, Fernando (org.). *Franklin Cascaes, desenhos, esculturas*. Florianópolis: UFSC/MHSC, 2010. Catálogo de exposição.

e positivação de personagens locais como trabalhadores de café, engenho e algodão, cenas de enterro, vendedores de leite, café, aves, peixes, camarão etc, destacam-se formas delineadas pelo esforço de elaborar um sentido simbólico, cujos signos pudessem ser partilhados numa abrangência que o artista considerava parte da cultura litorânea catarinense, contemplando um caráter pedagógico sobre a diversidade cultural. Interessante observar que, apenas desenhados ou complementados por anotações, independente da cena ou das formas, é frequente a presença de um minúsculo cão que acompanha a assinatura do artista. Tanto o cão como as anotações que compareciam em seus desenhos parecem duplicar os episódios vividos pelo autor, tais como um acidente, uma perda familiar, um dissabor no emprego, suas convicções políticas sobre Jânio Quadros e seus temores da Guerra-fria, além de suas crenças como devoto de um deus cristão.

Importante destacar o gesto compulsivo que comparece nos desenhos feitos sobre todo tipo de papel, incluindo pedaços reaproveitados e colados, deslindando uma espécie de pensamento que opera por extensão e acumulação, produzindo um deslocamento que segue do pilhado ao imaginado, ao desenhado, ao escrito e assim por diante. Desconhecendo a hierarquia e a ordenação alfabética, trata-se de um pensamento plástico que se move em qualquer direção, acolhendo desenhos, textos manuscritos ou datilografados, emendas, rasuras, além de justaposição e sobreposição, fazendo suspeitar que o esforço para construir uma singularidade geográfica implicava igualmente num rebatimento sobre sua própria identidade. É o caso de *Malami*, registro feito numa língua iletrada e nativa que contamina ancestral-sideral, bruxa-pombo, local-universal, mito-ciência (1963), tal como consta:

> Esta nave hidro espacial partirá no dia 20 as 10,00 horas da manhã da Lagoinha do Peri, Morro das Pedras Ilha de S. Catarina. Malami é um personagem mitológico simiano ilheu catarinense que viveu muitos anos pulando de galho em galho em arvores seculares das (?) emaranhadas do morro do Ribeirão da Ilha de Santa Catarina. Muito ladrão, roubava milho, banana e outros comestíveis dos lavradores [...] O que mais impressionou o Malami foi o que tratou da descendência da especie humana de argila crua. A velha bruxa assim que a conversa terminou, ganhou forma humana e foi correndo contar tudo o que ouviu ao Malami. Olha Malami, os doutores da cidade falaro que tu e a macacada toda da terra são parentes deles. Por isto eu vou te soltar para que tu possas recorrer aos deuses ocultos a retificação dos teus direitos macaqueiros. Daí Malami constitui

esta nave espacial e subiu, como vimos. [...] Malami é um personagem simiano mitológico catarinense que vai penetrar no macrocosmo afim de fazer uma investigação simiesca em favor da sua descendência que prolifera aqui em riba deste farelo de terra. Ele quer saber da deusa Clio com verdade verdadeira se o homem de argila humana crua descende da sua raça. Ele se queixará a musa Clio que preside a historia pra mode ela interceder junto a Libitina deusa da morte afim de que ela olhe este tema prioritário no livro da vida humana suas historias e consiga dos deuses ocultos a paz, mas a verdadeira paz. Não um pombo solto, mas todas as bombas mortíferas destruídas.[5]

Em *Baleia cabeluda*, Franklin Cascaes apresenta um desenho-colagem com três tipos de papéis emendados, incluindo no verso um desenho de carro de boi sobre rascunho, onde reflete sobre argila e lodo, deixando a pista para pensar seu próprio pensamento plástico que opera pelo princípio de metamorfose e contra-forma: *Da tua ciência ó homem / Não quero obter nem um naco / Tu és um homem de lama / Descendente do macaco.* Trata-se de uma página com diversos fragmentos de textos e desenhos, onde constam vários detalhes biográficos e imaginativos:

> Este boneco de argila que está debaixo do carro é o Franklin J. Cascaes que após dois anos de aposentado foi rebaixado do nível 22 para o 19. Foi ato da bruxaria o Valdi Bucho mais o Federico Binding. A justiça terráquea os alcançou na pessoa do advogado Ilton Luis. Deus triunfa pois o demônio tem poderes ilimitados/Este trabalho simboliza a primeira tragédia após a morte da minha esposa, após a morte da minha querida esposa, que foi o corte maldoso nos meus minguados proventos (?) de professor aposentado. Senhor Deus, eu vos Adoro.[6]

Metáfora dos procedimentos que o constituem como uma máquina de olhar e cortar, montar e combinar, sempre propenso ao ornamento e a extravagâncias, observe-se a forma do *Olho-tesoura*. Lapso que assinala o olho como um órgão que fissura a superfície opaca do mundo, sendo tão ocelo como o olho de Hórus ou o que se encontra nas penas do pavão ou nas asas das borboletas, acaba-se por considerar este trabalho como uma potencialização onírica, cuja figurabilidade é insensível às contradições e opera por deslocamentos desmedidos e excessos perturbadores. Além dos seres masculinos e dos andrógenos, pode-se incluir aqueles através dos quais o artista encena registro e documentação de uma pesquisa de campo,

---

[5] Kruger, Aline, op. cit.
[6] Ibid.

mas alterando e carnavalizando as formas, tal como no exemplo de *Bule, associado a vértebras de baleia; Peruando, uma passeata de peruas* e ainda, *Cabeça sem mula; Cactos voadores*. Lembrando que o olho por onde o artista vê o mundo é o mesmo pelo qual é engolido e transformado pelas coisas que o visam e só a ele se dirigem, considere-se ainda a imagem do *Boi-guaçu*, animal híbrido de cobra e boi que conforme a mitologia indígena, devorava as pessoas, fazendo com que os olhos comidos iluminassem seu corpo à noite e em cujo texto se lê: "Esta é a cobra Boiguaçú, formada de olhos. O nosso indigena acreditou que ela comeu os olhos de todos os viventes que morreram no dilúvio. Do tupi: Mboy= cobra/ Wa'ssu = grande= Cobra grande/ FCascaes - 1967/ Ilha de S. Catarina."[7]

Em suma, Franklin Cascaes parecia reconhecer-se não apenas como um porta-voz, mas também como um porta-imagens, atribuindo-se a tarefa de ser uma espécie de tradutor da tradição popular. Empreitada paradoxal, pois para contar o que imaginavam os homens simples era preciso entrar na semente de sua imaginação mantendo-se simples, mas, ao confinar-se neste lugar, sua ficção reduziu-se à condição de fábula moral e assim o colecionador tornou-se parte da coleção, impedido de desdobrar os sentidos de sua própria cintilação. Mais do que recolher e processar, parece ter-se impregnado à forma das criaturas imagéticas que tentava dar forma.

FORMULAÇÕES SOBRE A HUMANIDADE ANIMAL. Seguindo na contramão do realismo, os desenhos e pinturas de MEYER FILHO (Itajaí, 1919-Florianópolis, 1991) também apresentam formas híbridas onde todas as espécies se cruzam através de um erotismo que desconhece proibições. Produzindo uma fabulosa coleção de vidas rastejantes, voadoras e andantes, suas combinações entre os reinos animal, vegetal e mineral e/ou compostos orgânicos e inorgânicos, resultam em sereios, anjas, centauros, dragões, unicórnios, rochas antropomórficas, tatus-lagartos, veados-bois, pássaros-borboletas. Porém, se podemos reconhecer a bizarria destas formas como jogos de montagem saturados de imaginação lúdica, talvez seja porque nesta operação também somos apanhados em nossas reminiscências repletas de animismo e magia, perversidade inocente e prazer delirante.[8]

---

[7] Ibid.
[8] CHEREM, Rosângela; MEYER, Sandra (orgs.). *Meyer Filho, um modernista saído da lira*. Florianópolis: Instituto Meyer Filho/Nauemblu Ciência & Arte, 2007. Catálogo de exposição.

A partir das incursões feitas pelas enciclopédias artísticas e compêndios científicos de sua biblioteca, Meyer Filho inventa novas taxionomias, originárias da botânica e da zoologia, da agricultura e da astronomia, da história da arte e da mineralogia. Registrando espécies e variedades diferentes das encontradas, tanto no macro como no microcosmos, opera através de cortes e desmontes, acabando por produzir novas sínteses e composições, formas e conteúdos. Concebendo a arte em sua articulação planetária e como ponto luminoso que ocupa seu lugar no universo, em seus trabalhos comparece um bestiário antropozoomórfico. Empilhadas em temporalidades impuras e reconfiguradas, suas imagens são portadoras de memória, cujo parentesco remete ao antigo oriente e ao mundo medieval, à mitologia dos viajantes e às experimentações científicas.[9] Recorrendo a procedimentos a que se poderia chamar de delirantes e intempestivos, suas formas animais situam-se em *des-tempos*, interrogando o *continuum* da existência natural e histórica e cruzando diferentes heranças disciplinares e tradições artísticas. Ao tomar para si a tarefa do fazedor de sonho-sonhador, posto que o sonho não é um objeto semelhante a qualquer outro e nem serve apenas para designar o objeto de interpretação, guarda a posição do intérprete-criador do mundo. Vejamos como isto se torna possível.

No mundo silencioso de um jardim noturno, as rochas são ainda adornos dormentes e amolecidos aguardando o toque para despertar, apresentando-se como blocos polimórficos enquanto as nuvens se formam como maciços rochosos que se abrem para a alteridade do cosmos. Por sua vez, o movimento é dado pelo princípio da autogênese, assinalando uma transformação proliferante que desconhece a evolução. A indecidibilidade dos reinos e naturezas potencializa as cambiâncias e travestimentos, descortinando-se para um inquietante povoamento de coisas-seres. E mesmo que possuam chifres ou cristas, há em seus rostos uma estranha familiaridade humana. Em certas ocasiões uma referência brota do tocado em forma de coroa faraônica ou do capacete em forma viking, mas como ignorar o rabo bifurcado numa mão-flor e as estampas corporais que multiplicam corações-ocelos e remetem aos traços do pós-humano? Do mesmo modo, faisões-lagartos e peixes-homens são apresentados através das minúcias do precioso e pelo artifício de uma aleatoriedade

---

[9] Didi-Huberman, Georges. "Apertura", in *Ante el tiempo*. Buenos Aires: Adriana Hidalgo, 2006.

calculada com a mesma desenvoltura da flor-casulo, da cabeça-chapéu, da árvore-vitral, da boca-cachimbo, da cauda-mosaico, dos falos-torpedos ou de assoalhos-ladrilhos e bordados de flores-estrelas.[10]

Eis a cenografia do primievo esquecido que desconhece a hierarquia e a lei, onde tudo é possível porque nada está fixado. Nesta espécie de paraíso paralelo, o caráter de decoração excessiva e festiva, bem como o efeito de esplendor colorido anula o tenebroso e amplia as conotações rabelaiseanas de inversão da ordem cósmica, dominadas pelo humor e as troças embusteiras. Considerando o ornamento parte constitutiva deste indômito território, o assombroso dá lugar ao engraçado e tudo se torna prótese, extensão de outra parte, fantasia ou máscara. Por vezes, a ameaça do caos se disfarça de entendimento entre seres que encenam uma conversa, uma oferenda, uma reverência, uma conquista. Mascarada do humano e do animal, os atributos da sexualidade guardam suas ambivalências e derivações. Assim o cachimbo acomodado na boca é, ao mesmo tempo, extensão e orifício; enquanto um dos testículos contém um rosto que remete aos traços masculinos, o outro sugere o feminino; por sua vez, o barco que avança é penetrado pela cabeça e a língua gulosa que se lança para fora é a mesma que suga e absorve. Enquanto um enorme pênis jorra seu líquido feito torneira para saciar o minúsculo animal que o aguarda embaixo, sua ponta com o olho invertido é uma cabeça amolecida de cobra que repousa sobre uma muleta, recolocando um falo desfalecido.[11]

Se por vezes o pecado e a maldade se insinuam, em certas ocasiões são indisfarsáveis, sendo as disputas e lutas indicadas pela presença de aljavas, caveiras, lanças, cavaleiros, caçadores e/ou galos que pinicam. No mundo em que a natureza é farsa e burla pouco valem os recursos de advertência e pregação, pedagogia e lei, sendo que os mesmos podem apenas restabelecer os jogos de força através de disfarces, recolocando e confirmando os atributos constitutivos desta natureza irresoluta.[12] Geradas pelas leis da aptidão e da astúcia, as palavras como as armas permanecem incólumes ao avanço e à superação moral. Por sua vez, os temores como efeitos desta realidade produzem pactos constantemente refeitos, além de inúmeras

---

[10] CHEREM, Rosângela; MEYER, Sandra (orgs.), op. cit.
[11] Ibid.
[12] NIETZSCHE, Friedrich. "Para a genealogia da moral", in *Os pensadores*. São Paulo: Nova Cultural, 1987.

outras tentativas para dominá-la ou aproveitá-la. O mesmo pode ser dito sobre os rituais de combate e morte no jardim onde tudo é possível.

De sua parte, tanto os predadores como os inaptos parecem se reconhecer e formar alianças, sendo identificados em diversas cenas quer como adversários quer como agrupamentos provisórios de acólitos e aliado. Eis como emerge na sua delicada tessitura o arbítrio e o conhecimento como invenção, artifício para driblar as forças naturais, ordenar e hierarquizar o caos do mundo. Desse modo, cenas de entendimento registram o nascimento das tentativas inconclusas de paz e dos esforços para definir os limites do convívio, bem como evidenciam o surgimento de quintais preservados pelos precários cercados. Distante tanto do sentimento lutuoso como do celebrativo, sem lamento nem denúncia, as constatações sobre a beligerância natural encontram seu contraponto e amparo na imaginação criativa. Assim se todos os seres viventes se encontram na dor da perecibilidade e na luta infinda, a arte é o lugar onde se reconhecem e espelham, enquanto que fora dela o litígio interminável apenas recomenda um estado de prontidão e alerta.[13]

Se na eterna luta predatória, presente como lei da natureza, a arte desponta como um frágil consolo ao destino inevitável, eis que surge o galo como um ser poderoso e capaz de impor sua potência seminal, eleito pelo artista como o emblema da virilidade. Assim, no território onde ele habita resplandecem em luz solar ou brilho noturno as árvores, flores e pedras, revelando uma natureza afetada pela sua nobreza galáctica e podendo se fazer acompanhar por uma corte de dóceis querubins, disfarçados de minúsculos pássaros, lagartos e tartarugas ou minibois, dragões e assim por diante. Senhor do império do ornamento, sua vestimenta real, extravagante e esplêndida, afirma-se nas penas multiformes e multicoloridas, tecida com diversos materiais, os quais aparecem pelo recurso de colagens e sobreposições de selos, conchas, anotações e carimbos. Reconfigurando variados elementos, tais como unhas, pétalas, ovos, folhas, pedrarias e vidrilhos, o efeito é suntuoso e luxuriante. Mesmo quando se reveste com economia de cores, suas asas se parecem com um manto plumário e sua roupagem não abandona o dispêndio das minúcias bordadas por um exímio joalheiro.

Como Zeus em suas aparições inusitadas, observa-se sua elevada capacidade mutante: a crista pode se tornar chifre, cocar ou coroa, as penas

---

[13] CHEREM, Rosângela; MEYER, Sandra (orgs.), op. cit.

escamas-jardim e o papo bolsa-escrotal-nádegas. De ave pode se fazer passar por mamífero e de bípede a quadrúpede sem perder a majestade. Derivando formas surpreendentes, multiplicam-se incessantemente as combinações entre animal, humano e divino. Tais atributos parecem permitir que visite todos os domínios do planeta, desde as profundezas marítimas e vastidões territoriais ou aéreas, até se dirigir a outras temporalidades e modos de vida. Se o ventre parece ser sua sede vital, morada do coração e dos testículos, por vezes certos buracos que lhe impregnam o corpo como tatuagens parecem se apresentar como enigmas do oco e do vazio. Assinalando seu poder onipotente, onipresente e onisciente, não se pode afirmar com precisão com quais ou quantos olhos enxerga, posto que se alguns parecem vazados, multiplicam-se os olhos deslocados e os falsos olhos.[14]

Assim, a imagem do humano-animal figura e se faz no mundo como fingimento ou sonho, sendo que o que determina o visível é o olhar que está no lado de fora, pelo qual se adentra na luz e no olhar cujo efeito recebe. Dito de outro modo, importa menos aquilo que entra pelo olho e mais aquilo que produz um efeito atrativo para o olhar. Por sua vez, enquanto para Bataille[15] o animal consiste no primeiro espelho humano e no mais antigo e próximo vestígio de nossa ancestralidade, para Derrida[16] o animal é a imagem do humano que ali se reconhece em sua semelhança-alteridade, posto que se trata de um ser que produz linguagem. E porque se percebe nu e em falta, nomeia e se faz autobiográfico. Pressentindo uma perda e elaborando um luto, aquele animal que se denominou humano produziu uma zoosfera povoada por um bestiário com assobrado parentesco, carnavalizando a morte desde os tempos da caverna. Fazendo-se *animot*, ou seja animal que se percebe múltiplo e produz pensamento-palavra, seu ancestral sobrevive na imagem do gato pelas poesias de Baudelaire, do corvo pelos contos de Poe ou no tigre pelos escritos de Borges. Dentre tantas possibilidades também se tornou bode pelas telas de Chagal e touro pelas tintas de Picasso. Testemunhando algo que se lança para além da vida e ultrapassa a morte, a obsessiva

---

[14] Damião, Carlos (org.). *Meyer Filho: vida & arte.* Florianópolis: Fundação Catarinense de Cultura,1996.
Klant, Valdemir; Moukarzel, Luiz Ekke (coords.). *O fantástico no desenho de Meyer Filho*. Florianópolis: Sesc, s/d. Catálogo de exposição.
[15] Bataille, George. *Teoria da religião*. São Paulo: Ática, 1993, p. 23.
[16] Derrida, Jacques. *O animal que logo sou*. São Paulo: Unesp, 2002.

recorrência ao galo na poética de Meyer Filho permite reconhecer a linha infra-leve que articula a pulsão sexual como fonte geradora de vida e a potência da finitude como atração pelo inescapável. Na tentativa de se aproximar dessa força que tudo traga, é o próprio olhar que se deixa capturar no instante em que se torna objeto e causa do desejo daquilo que não pode ser alcançado.

Replicâncias da animalidade-humanidade. Desde os anos 1990, através de procedimentos como desenho e pintura, escultura e instalação, onde comparecem *seres completamente improváveis, mas absolutamente plausíveis,* Walmor Correa (Florianópolis, 1961-) vem discutindo as perturbadoras proximidades entre imaginação e verdade, imagem e palavra, arte e ciência. Reconhecendo as implicações que tal problemática apresenta na atualidade, através dos cruzamentos interdisciplinares e das indistinções entre realidade e ficção, assinala suas proximidades desde o amanhecer moderno. Jogo de rebatimento a partir de formas inoperantes e disfuncionadas, suas fusões entre mamíferos e aves, anfíbios e répteis estão bastante relacionadas aos relatos de artistas viajantes que passaram pela América e, sobretudo, pelo Brasil entre os séculos XVII e XIX. Ratificando o fato de que muitas espécies eram claramente descritas, estudadas e divulgadas conforme padrões científicos, destaca seu caráter de verdade documental e irrefutável pelos apreciadores e estudiosos do assunto, ignorando a dimensão fabulosa e imaginativa que ficava retida em áreas de sombra ou ponto cego de seu entendimento.

Em *Gaveteiro entomológico*, Walmor Correa faz retornar questões relacionadas à epistemologia moderna, menos porque se contrapõe e mais porque enxerga contaminações entre os esforços científicos e os delírios imagéticos, problematizando a zona obscura que espreita a clareza taxonômica e sua ambição de tudo abarcar. Parte de uma série apresentada primeiramente na exposição *Apropriações-Coleções*, no Santander Cultural (Porto Alegre, 2002), depois no Museu de Arte Aldo Malagoli (Porto Alegre, 2003) e no Centro Cultural Maria Antonia na USP (São Paulo, 2004), reconhecemos dentro de um móvel 23 insetos espetados com alfinetes. Só depois de uma acurada observação nos damos conta de que cada um é resultado da astúcia que recorre à tinta acrílica e ao grafite para nos absorver, assim a presa não são os animais mas o nossos próprios olhos, os quais foram retidos do mesmo modo como supomos que os insetos teriam ido parar ali, através de uma ilusória atração e fatal negligência, fascinados por algo que lhes fez descuidarem de si.[17]

O *Esqueleto do Schnabelspriger* é ainda uma forma animal que retorna, descrito e comprovado em sua mistura de mamífero e ave. Concebido como objeto-escultórico pertencente a um conjunto de seis esqueletos detalhados com rigor, foi apresentado na Bienal de São Paulo em 2004 junto com uma série de doze apêndices de animais, instigando o espectador a considerar se, uma vez documentados nas suas minúcias orgânicas, estes seres poderiam existir. Na obra de Walmor Correa são as figuras animais que sempre retornam. Podemos reconhecê-las menos porque são oriundas da história da arte e mais porque nos remetem aos compêndios científicos, cuja sutil e mordaz ironia a respeito de nossa maneira de ver e reconhecer o mundo demoramos para constatar. Assim, as classificações são menos portadoras de impostura e erro e mais dotadas de uma inexorável condição de equívoco e engano em que se assentam as crenças e certezas humanas.[18]

Partindo de uma carta do Padre Anchieta, em que registra a existência do Curupira nas terras brasileiras (1560), o artista resolveu constatar a sobrevivência deste imaginário na contemporaneidade. Então, através de relatos colhidos durante uma pesquisa na Amazônia, surgiram *Ondina* (Vitória da Conquista, Bahia), além de quatro seres existentes na memória folclórica: *Capelobo* (Região do Xingu, Pará*), Ipupiara* (São Vicente, São Paulo), *Cachorra da Palmeira* (Palmeira dos Índios, Alagoas) e *Curupira* (Rio Tapajós, Pará), resultando na série *Unheimlich* (2005), apresentada numa exposição com o mesmo nome em Kansas e na mostra *Cryptozoology*, no Bates College Museum of Art, Lewiston, Maine, Estados Unidos.[19]

Apresentado por ocasião da Exposição Panorama da Arte Brasileira em 2005, no Museu de Arte Moderna de São Paulo, *Atlas* foi feito em tinta acrílica e grafite sobre tela, medindo 195 x 130 cm, surge a forma anatomizada de uma sereia, detalhada em seu organismo e fisiologia. Um primeiro estranhamento parece decorrer do fato de que a imagem do corpo

---

[17] CHEREM, Rosângela. *Teleplastias. Walmor Correa.* Florianópolis: Fundação Cultural Badesc, 2009. Catálogo de exposição.
[18] Ibid.
[19] CORREA, Walmor. *Natureza perversa.* Porto Alegre: Edição do autor/Gráfica Pallotti, 2003. Catálogo de exposição.
CORREA, Walmor. *Unheimlich. Imaginário popular brasileiro.* Porto Alegre: Edição do autor/Apoio Competence, 2006. Catálogo de exposição.

aberto está num tamanho muito aproximado da medida humana, embora esteja disposto sobre a brancura da página de um livro científico, preenchida pela caligrafia à lápis de algum estudioso, assim seu leito é uma tela que se faz livro-maca-lápide, ladeado por moldura-inscrições-adornos. Resultado de uma vasta pesquisa em bibliografia especializada e consultórios médicos, no mesmo ano o artista produziu a série com cinco trabalhos, denominada *Atlas escolares* como ramificação dos trabalhos da série *Unheimlich*. Trata-se de formas feitas em serigrafia com proteção de madeira nas extremidades, como se estivessem prontos para serem pendurados no ambiente escolar e que foram expostos pela primeira vez na exposição *Memento Mori* no Instituto Goethe em 2007 e na remontagem em 2008 no Rio de Janeiro, na Galleria Laura Marciage.

Disfarçados pelo preciosismo dos detalhes e pela obsessão do acabamento, os atlas constituem-se como ciladas da didática e armadilhas da padronagem, operando pelo engano de que é possível regular o surpreendente e domar o desconhecido. Convém destacar que o desdobramento deste estudo também resultou em apêndices de investigações anatômicas para super-heróis e propostas de cirurgia para reverter esses seres fabulosos à condição de espécie humana. Fazendo uso de outro suporte, mas ainda no mesmo território imagético, no primeiro semestre de 2009, na Fundação Hassis em Florianópolis, o artista apresentou uma instalação denominada *Sítio arqueológico*, onde era possível confirmar diante de uma caixa de madeira e areia, medindo 30 centímetros de altura, 153 de largura e 233 de comprimento, um esqueleto devidamente catalogado e identificado como o que restava do corpo de uma sereia.

Se Walmor Correa produz imagens a partir de seres armazenados na memória cultural, como obra deixa de ser a regra para tornar-se exceção, sendo que suas formas têm a ver com um original cuja origem não pode ser alcançada, enquanto seus frágeis contornos guardam percepções que se constituem como imagens latentes de sonhos. Realizando um deslocamento em direção ao que não possui equivalente, assinala uma realidade, ao mesmo tempo familiar e estranha, íntima e exterior. Assinalando que o olho é porteiro da imaginação, órgão capaz de se alimentar tanto daquilo que o circunda como remeter ao que escapa, operando num campo ex-ótico, *Aves de Itaparica* (Fundação Americana Sacatar, BA, 2007) mostra um mapa da ilha sobre o qual sobrevoam seres com cabeça de peixes e anfíbios, sendo alguns dotados de bicos tão alterados que não poderiam se alimentar. Este trabalho decorre de uma pesquisa imagética desenvolvida a partir de relatos dos missionários jesuítas, os quais explicavam a biodiversidade da zoologia brasílica conforme o princípio da heterogonia, acreditando na transformação de uma espécie em outra através da metamorfose perpétua.[20] Privilegiando detalhes exaustivos e minuciosos destinados a confundir as retinas, tal procedimento permite certa associação com o fenômeno do mimetismo, tal como pensado por Roger Caillois a partir do dispositivo de abandono e puro dispêndio que poderia ser resumido nos seguintes termos: *sei onde estou, mas não tenho a menor noção de quem eu seja*.[21]

Lembrando as imagens das coleções e dos compêndios científicos, o artista embaralha e inventa formas que seguem na contramão do realismo, destacando uma potência imaginativa que se multiplica incessantemente, fazendo proliferar uma população de pequenas vidas rastejantes, voadoras e andantes. Isto também acontece com *Placas de animais*, trabalho exposto no jardim da Fundação Cultural Badesc em 2009, cujo repertório imagético era desdobrado a partir de um trabalho apresentado no ambiente externo do Museu Goeldi, em Belém do Pará no ano de 2008. A partir das placas de identificação da fauna local produziu outras novas, ampliando divertida e enganosamente a diversidade e classificação animal, indicando suas principais características, local de origem e tipo de alimentação.

Ocorre que, as placas, como os gabinetes e os atlas, remetem a diversas questões relativas à coleção. A primeira relaciona-se ao fascínio que as coleções de *naturalias* e *artificialias* exercem sobre os proprietários de gabinetes de curiosidades e frequentadores das câmaras de artes e prodígios, tal como havia no Império dos Habsburgos nos tempos do renascimento. Tal repertório, surgido quando as relíquias profanas trazidas pelos viajantes e comerciantes sobrepunham-se às religiosas, permite compreender que o conhecimento moderno nasceu assentado sobre um artifício destinado a velar os mistérios do mundo que se ampliava. Ao seguir nesse encalço, Walmor Correa faz com que os seres inventariados e os corpos que jamais existiram funcionem como interrogação sobre os saberes que se acumulam,

---

[20] ALMAÇA, Carlos. *A biodiversidade exótica e os criacionismos*. Lisboa: Museu Bocage/Triplov, 2002, p. 86.
[21] CAILLOIS, Roger. "Mimetismo e psicastenia legendária", *Revista Che Voui*, Porto Alegre, Cooperativa Cultural Jacques Lacan, ano I, 1986, p. 63.

ambicionam e disputam incessantemente, carnavalizando-os como errância e equivocação. A outra questão é relativa ao gesto de apropriação, através do qual se constitui a coleção imagética, permitindo reconhecer o nascimento do repertório visual moderno em interlocução com a noção de museu imaginário de André Malraux.[22] Porém, se o museu nasceu em tempo coetâneo da pintura em tela e conjugado com a intenção de produzir admiração pela beleza, a reprodução em massa fez com que surgissem novas comparações, agrupamentos e classificações em relação às obras, sendo que a fotografia ampliou estas combinações ao explorar novos ângulos, valorizar fragmentos, isolar e recombinar detalhes, metamorfoseando a materialidade artística e mesmo inserindo neste circuito as obras marginais e/ou imagens ordinárias. Acrescentando novas combinações, reativando potências imagéticas e colocando-as em constante movimento, as obras sobrevivem como um arsenal de contraformas, lugar para onde confluem pilhagens constantemente refeitas.

Nesse sentido, friccionando fragmentos situados fora da estabilidade espacial e temporal, Walmor Correa evita conferir ao presente a última palavra, justapondo e sobrepondo formulações situadas fora da certeza ocular e usando a história como uma estrutura móvel, através da qual providencia certos retornos. No plano pessoal, isto se confirma, tanto em relação a sua infância, como pelo uso de seus trabalhos anteriores que se desdobram nos seguintes. Segundo seus próprios relatos biográficos, era pequeno quando seguia o pai em pequenas incursões na mata localizada em sua propriedade. Para distrair o filho, o admirador e colecionador de aves e animais exóticos descrevia animais inexistentes, fazendo-o percorrer a localidade em busca dos mesmos. Não sendo encontrados, eles passaram a povoar a imaginação do menino e a transbordar mais tarde como combinações artísticas de mamíferos, aves e peixes descobertos na trajetória de um viajante.

Problematizando a repetição como uma conduta necessária em relação ao que não pode ser substituído e explorando o conceito de *alteração*, Freud observa uma criança que, enquanto espera a mãe, põe-se a brincar com um carretel, podendo-se resumir o movimento do seguinte modo: *isso acaba de partir, isso acaba de voltar, isso volta a partir e torna a voltar*. O psicanalista aborda a relação entre a ausência materna e a transformação do objeto em

---

[22] MALRAUX, André. *Museu imaginário*. Lisboa: Edições 70, 2000, pp. 11-35.

brinquedo como uma espécie de assassinato simbólico e um processo de substituição da falta.[23] Para ele, sob certas circunstâncias, a criança, como os neuróticos e os artistas, repetem o que lhes causou grande impressão, restaurando um estado anterior das coisas. Remetendo às degradações e mudanças inerentes às coisas e ao mundo, delineou o conceito de *alteração* como um equivalente do signo linguístico constantemente esvaziado e ressignificado. Em outras palavras, assassinato da coisa e simbolização da ausência, destruição e criação, lembrança e esquecimento, caos e beleza, eis o movimento que faz considerar o pensamento imaginativo como potência de uma brincadeira infantil que sobrevive no sonho do adulto e que pressupõe um modo de desaprender e ampliar um despojamento das certezas, buscando a cintilação dos vestígios que se ocultam sob a irrelevância das coisas do mundo.

Ainda pensando o repertório plástico de Walmor Correa, mas considerando a sobrevivência das formas animais na obra de arte para além da dimensão biográfica, cabe lembrar as reflexões de Bataille para quem o animal é uma espécie de primeiro espelho humano, constituindo-se como vestígio de uma ancestralidade perdida:

> o animal abre em mim uma profundidade que me atrai e que me é familiar. Essa profundidade, num certo sentido, eu a conheço: é a minha. É também o que para mim está mais longinquamente oculto, o que merece este nome de profundidade, que quer dizer precisamente o que me escapa.[24]

Eis o modo pelo qual o artista, ao problematizar as fronteiras entre o mundo humano e o animal, contrapõe-se aos limites contemporâneos em que o excesso informativo e o caráter documental tomam o lugar de verdade. Eis também o modo pelo qual a animalidade e a humanidade se replicaram no campo das sensibilidades e percepções, aproximando realidades heterogêneas e rearranjando-as até produzirem confluências e afinidades, proliferações e veiculações.

Ainda uma vez mais. Reconhecendo que nenhuma forma conserva sua integridade, mas impõe incessantemente uma desagregação, Henri

---

[23] Freud, Sigmund. "Para além do princípio do prazer", in *Obras psicológicas completas*. v. XVIII. Rio de Janeiro: Imago, 1996.
[24] Bataille, George. *Teoria da religião*, op. cit., p. 23.

Focillon[25] observou que é através da metamorfose que as formas artísticas sobrevivem ao esvaziamento de seu conteúdo e periodicamente se revigoram. Do mesmo modo que existem graves confusões entre a cronologia e a vida, entre a referência e o fato, a forma artística tem menos a ver com uma sucessão cronológica e mais com um campo de incidências que é sempre constituído por e constitutivo de precocidades e sobrevivências, antecipações e atrasos, atualidades e inatualidades. Bem verdade que Goethe já havia chegado à semelhante compreensão em *A metamorfose das plantas*[26] (1790), e a pergunta que lhe serviu de ponto de partida pode ser assim enunciada: sendo as plantas tão variadas em tamanhos, cores e outras características, o que faz da planta uma planta? Como reconhecê-la em suas inumeráveis variedades e variações? Para além do estudo sobre a natureza vegetal, a interrogação sobre a compleição das plantas remete ao problema das formas do mundo, quer através de suas persistências e repetições, quer de suas metamorfoses e alterações. Do mesmo modo, não se trata de problematizar a presença animal para extrair a constante que sobrevive através das variações formais ou iconológicas, mas de considerar o tecido conectivo, através do qual a semelhança das formas é alcançada, ou seja, por meio das proximidades empáticas e dos sentidos que produzem uma espécie de similitude que não conhece hierarquia, ocorrendo no âmbito da extra parte.[27]

Retomando o problema inicial, definido pela lição que não pretende a repetição como simples imitação ou generalidade, mas busca assinalar uma diferença que não se deixa simplificar ou prender, toda a empreitada pode, talvez, ser resumida no gesto que busca reconhecer um *desde sempre lá*,[28] ou seja, alcançar algo que é, ao mesmo tempo, retro-constituído e dotado de uma singularidade irredutível. Assim, o problema da imagem como forma fora de lugar ou forma privada de matéria também pode ser pensado pela questão do corpo no espelho, onde este não é nem sujeito nem objeto, mas um ser estranho, sem materialidade nem alma, que independe da coisa em si e também da intencionalidade de fazer-se ver. Tornando-se um suplemento, um modo de apreender o mundo, a imagem passa de um espaço a outro, abrindo o reino do inumerável e do infinitamente

---

[25] Focillon, Henri. *Vida das formas*. Rio de Janeiro: Zahar, 1983.
[26] Goethe, Johann Wolfgang von. *A metamorfose das plantas*. São Paulo: Antroposófica, 1997.
[27] Deleuze, Gilles. *A lógica do sentido*. São Paulo: Perspectiva, 2007.
[28] Derrida, Jacques. *Gramatologia*. São Paulo: Perspectiva, 1973.

apropriável. Delineada na imaginação do vivente, sua forma ocupa lugares que não coincidem nem com o espaço dos objetos e nem dos sujeitos cognoscentes, ou para dizer num murmúrio sem fim: *não estou mais nem onde existo nem onde penso.*[29]

---

[29] Coccia, Emanuelle. *A vida sensível*, op. cit., pp. 23 e 17-40.

LER *AUSÊNCIAS*

Jorge Wolff
Poeta e professor de Literatura Brasileira da UFSC

Ausências, simplesmente *Ausências*, é o título da coletânea de ensaios de Raúl Antelo em foco neste texto, mas creio que poderia sê-lo de qualquer uma delas. Trato de expor, no que segue, uma análise das estratégias de leitura dos ensaios do livro, que epitomiza uma produção cujos nomes poderiam ser — tanto quanto *Ausências* — *Crítica acéfala* (2008), *Transgressão e modernidade* (2001), *Potências da imagem* (2004). Sabe-se que tais estratégias passam por um sem-número de escritores e de textos mais do que abandonados, a que ele convida ao *desolvido* por meio de uma "escritura-*an*artista" que provoca nos leitores um estranhamento similar — imagino eu — aos dos primeiros receptores dos textos de um Raul Pompéia no fim do século XIX, com as exceções de praxe. No caso do xará fluminense, se tratava de uma mescla de poesia e prosa que, em Raúl Antelo, se dará sob a forma de crítica e ficção.

Uma das fontes privilegiadas em *Ausências*, assim como em vários outros textos do autor, é a *Revue des Deux Mondes*, fundada em 1829 — veículo, escreve Raúl, "dessa expansão ultramarina tida, unanimemente, como moderna".[1] "*A literatura e o mal*, o livro de Georges Bataille", anota ele, "começa a se escrever nessas páginas de *Deux Mondes*".[2] Mas, antes de abordar a quase bicentenária revista propriamente dita, gostaria de chamar a atenção para os "dois mundos" de seu título, que tomo a liberdade de usar como metáfora da própria trajetória de Raúl Antelo (com acento no "ú"). Refiro-me obviamente ao trânsito intensivo entre Brasil e Argentina, o qual desponta em sua produção crítica sob as mais diversas formas. "O que é ler o argentino-brasileiro no latino-americano?", ele já se perguntara. Sua resposta fornece uma possível chave, para a qual o leitor é instado a inventar uma outra (e assim sucessivamente): ler o argentino-brasileiro "é, segundo me parece, recolher um valor capaz de reconhecer, no absolutamente

---

[1] ANTELO, Raúl. *Ausências*. Florianópolis: Editora da Casa, 2009, p. 28.
[2] Ibid., p. 33.

singular, a contingência de uma leitura cujo gozo está voltado a captar o fora de sentido das construções nacionais".[3]

O derradeiro ensaio de *Ausências*, "Modernismo, repurificação e lembrança do presente", de 2003, exemplifica amplamente este gesto de mescla memoriosa, de inter-leituras caleidoscópicas ao "combinar dispersão e reunião"[4] — gesto que, como se sabe, vai se aprofundando ao longo de sua carreira. São aí revelados em sintonia, por exemplo, Domingo Faustino Sarmiento nos anos 1840 e Mário de Andrade nos anos 1920 afirmando literalmente a mesma coisa. Disseram os dois um dia: "Nosso Oriente é a Europa". Mas tal sorte de "choque surrealista" frequentemente vai além da menção das respectivas notas, torna-se orgânico ao fundir, de repente, em uma mesma frase, um trecho de um poema do editor da revista *Martín Fierro* com a necessidade de deslocamento e deriva admitida por Mário, décadas depois de Sarmiento, sendo que ambos pensaram estar indo quando na verdade estavam voltando. Diz Raúl, a propósito da famosa viagem modernista a Minas Gerais em 1924:

> Nessa viagem a Minas, tal como o autor do *Facundo*, em périplo pela Europa, Mário de Andrade está lendo, para além das fronteiras nacionais, espaços de simbolização e identidade altamente mesclados, o que abre, em seu caso, tanto como no do precursor platino, ambíguos espaços de indeterminação ou obnubilação cultural.[5]

Afirmação essa que é arrematada no final da mesma seção com uma cifra que serve para abordar o seu próprio trabalho teórico e crítico: "A América traduz a obnubilação entre Oriente e Ocidente".[6]

Com isso, apresenta-se ao leitor uma cartografia contracanônica da modernidade e dos modernismos em que o primitivo e o arcaico são resgatados "como *impureza dinâmica* a partir da qual se *repurifica* o presente".[7] Essa energia que caracteriza a modernidade periférica e sua marginália, constituída pelos "sem caráter", representa, nos termos de Antelo, "o caráter 'asiático' de Macunaíma". "Observe-se, entretanto", continua ele, "que os homens sem caráter, como o herói primitivo,

---

[3] Cf. *Crítica Acéfala*. Buenos Aires: Editorial Grumo, 2008.
[4] ANTELO, Raúl. *Ausências*, op. cit., p. 62.
[5] Ibid., pp. 109-10.
[6] Ibid., p. 111.
[7] Ibid., p. 119.

ainda que inofensivos, são seres dionisíacos, ruminantes intermitentes e antropófagos de repasto completo, enquanto os homens de caráter [ou seja, "civilizados"] nem sempre alcançam a digerir a variedade de estímulos que os cercam".[8] Penso que o banquete se torna ainda mais farto, para os fins deste texto, caso emprestemos os conceitos de "desgeograficação", como descontinuidade e anacronismo, e de "rapsódia", como ausência total de gênero e desfiliação de qualquer arte poética, esgrimidos por Raúl Antelo em entrevista a propósito de *Macunaíma* ("A apatia do povo brasileiro como sátira" em *Revista do Instituto Humanitas Unisinos on-line*).

No mesmo derradeiro ensaio de *Ausências*, concluído com a proposta-em-ato de "reabrir uma leitura do modernismo" ao "augurar um novo primitivismo pós-histórico",[9] os conceitos de modernidade e de modernismo brasileiro, vistos ambos enquanto um "movimento indefinido em direção ao movimento", aparecem como um desdobramento do conceito de "modernariato" devido ao filósofo italiano Paolo Virno (é igualmente bem conhecida a incidência dos pensadores italianos contemporâneos em sua produção ensaística). Trata-se, no modernariato, conforme o título do livro de Virno, da "lembrança do presente", do "agora" visto como "outrora", de uma tendência à autoarqueologização lida por Raúl como um "*déjà-vu* cultural" que atua, segundo ele, de maneira intensa no Brasil a partir da Semana de Arte Moderna de 1922.

Apresentadas brevemente estas reflexões, que encerram o volume, é possível retornar ao seu início, o ensaio "*As Flores do Mal*: sintoma e saber antimodernos", de 2007, em cujas primeiras linhas se afirma, com base em Susan Buck-Morss, que "é nas margens que melhor se realiza a modernidade".[10] A proposição aqui tem, como é frequente, sua face vanguardista, quando visa combater a concepção iluminista da modernidade que "muitas vezes", diz, "sequestra e se apropria dessa compreensão".[11] Na rede que começa a ser armada na introdução do ensaio, duas mulheres dão as cartas: além de Buck-Morss, a ilustre desconhecida Mercédès Merlin, condessa engajada na extinção do comércio de escravos mas não no abolicionismo nas colônias espanholas, cheia, para isso, de argumentos macunaímicos — do tipo "ai, que preguiça" — no que tange a Cuba,

[8] Ibid., p. 114.
[9] Ibid., p. 120.
[10] Ibid., p. 15.
[11] Ibid.

trazidos à tona em 1841 nas páginas da então novíssima, moderníssima *Revue des Deux Mondes*. Segue-se a ela outro escritor abandonado no mesmo periódico, o geógrafo anarquista Elisée Reclus, cuja inteligência vagabunda permite falar da floresta amazônica com o entusiasmo de Araripe Jr. e do mar com a sobriedade de Baudelaire. Nesse ponto, surge aquele que talvez seja o principal ponto de fuga de *Ausências*, reaparecendo em diferentes lugares do livro: a noção de pecado original.

Reclus, observa Antelo, mergulha de cabeça na viagem baudelairiana e vê na Amazônia "uma autêntica floresta de símbolos" em que, ao contrário dos países do hemisfério norte, "a árvore perdeu sua individualidade na vida de conjunto".[12] Crítico da revolução e cético em relação ao iluminismo, tanto quanto o próprio poeta, descarta portanto o caminho do Bem encarnado na ideia de progresso e opta pelo Mal. "Logo", conclui o ensaísta, "sua descrição da floresta tropical pode ser lida como uma reflexão em torno ao pecado original"[13] — noção esta que implica a visão global, não-dual, do moderno, devida a Charles Baudelaire. Proliferam então no ensaio as sugestões para uma releitura da modernidade, vista como "simplesmente, uma viagem à procura de objeto" e "atravessada por uma hiância, por um vazio que lhe é inerente",[14] onde se apresenta inteira em seu trabalho a marca da psicanálise (explicitada, por sinal, logo adiante com a menção ao *objeto a* de Lacan, junto à sociologia do carrasco de Caillois e a parte maldita de Bataille, Buñuel, Klossowky, Blanchot, Jean-Luc Nancy). Sendo assim, a Amazônia, para Reclus, é "o triunfo da Natureza viva, de uma natureza pós-natural ou mesmo anti-moderna, porque a floresta é, ao mesmo tempo, grandiosa e alegre, já que alheia por completo à doce e apática melancolia dos bosques temperados. A Amazônia é, em suma", escreve Antelo, "a alteridade radical do moderno: potência e deiscência são nela inseparáveis".[15] Aliás, a história se repete diferente no segundo texto, a propósito da Patagônia, "Sentido, paisagem, espaçamento", de 2004 — ensaio entendido enquanto continuação descontínua do primeiro. Excesso e ausência tanto num quanto noutro ensaio, tanto numa quanto noutra região.

Raúl Antelo começa, então, a desenhar o figurino do antimoderno (outro tópico básico de *Ausências*) em Baudelaire, uma vez que, para

[12] Ibid., p. 23.
[13] Ibid.
[14] Ibid., p. 24.
[15] Ibid.

o poeta, a civilização era antes um "mero equivalente da rasura ou obliteração das marcas do pecado original" do que um sinônimo de progresso material.[16] Ao esboçá-lo, a preciosa carta, o coringa que guarda na manga — e que estenderá livro afora — leva o nome de Murilo Mendes. Com efeito, o quarto ensaio do livro — "Murilo Mendes, o surrealismo e a religião" (2004) — é inteiramente dedicado ao poeta ítalo-mineiro. "De que modo se articulam poesia, religião e modernidade?",[17] pergunta-se ao introduzir o texto, e creio que se pode afirmar que é uma questão inerente a todos os cinco ensaios do volume, já que se trata sempre do fenômeno estético em relação às noções de modernidade e de pecado original. Os materiais de Murilo Mendes são desentranhados, é claro, dos próprios periódicos onde foram publicados pela primeira vez — as revistas cariocas dos anos 1930 *Dom Casmurro*, *Vamos ler!*, *Boletim de Ariel* —, com especial ênfase a "Breton, Rimbaud e Baudelaire" (estampado em *Dom Casmurro* em 1937), que é um dos eixos do primeiro ensaio e será retomado no quarto.

Nele pode-se ler, seguindo o recorte de Antelo, que "Baudelaire é um poeta informado do catolicismo até a medula",[18] com o qual rechaça as leituras bretonianas e brechtianas do poeta. Segundo Murilo Mendes, tratava-se de "um homem que cultivava em alto grau ideias profundamente católicas, que tinha um conceito gravíssimo de pecado, de julgamento e de inferno", "um dos raríssimos homens que, a propósito da crítica de pintura e música falam do pecado original. E não uma vez, mas muitas".[19] Ocorre que a leitura do fenômeno religioso pelo poeta mineiro entende o catolicismo como "mais revolucionário e explosivo que o próprio marxismo. Enquanto o marxismo", diz Murilo, "espera a destruição de uma classe — a capitalista — e a instalação de um confortável paraíso na terra — o otimismo de adolescente!... [que Antelo chamaria de "megalomaníaco"] — o catolicismo espera a destruição do universo inteiro. Não ficará pedra sobre pedra...".[20] De tal modo que o debate ganha novas tonalidades, levando o autor de *Ausências* à seguinte reflexão, pouco antes de concluir "Murilo Mendes, o surrealismo e a religião":

---

[16] Ibid., p. 25.
[17] Ibid., p. 65.
[18] Ibid., p. 25.
[19] Ibid.
[20] Ibid., p. 26.

> Como caracterizar, portanto, a delicada posição de Murilo Mendes a respeito da questão religiosa, que é uma forma de, ao mesmo tempo, definir sua teoria da modernidade ou, ainda, a posição que reserva para si num nacionalismo fundamentalmente internacionalista? Creio que, acima de tudo, é necessário enfatizar o caráter paradoxal e complexo de sua escolha, em tudo singular, quando comparada ao modernismo liberal-autoritário de seus colegas de Minas e São Paulo.[21]

Ou seja, através desses dois ensaios, um dedicado a Charles Baudelaire eoutro a Murilo Mendes, o leitor tem acesso a um posicionamento teórico e crítico de parte de Raúl Antelo tanto no que se refere ao debate externo quanto ao interno — "a monstruosa história local, feita de excessos e abusos", ele diria (nas palavras liminares de *Crítica acéfala*). Em relação a ambos é possível perceber o lugar do "antimoderno" ocupado pelo próprio autor do livro, ao nos colocarmos à escuta da marca autobiográfica de suas leituras.

Parece-me que se expõe, a essa altura, a fratura ou *ausência* fundamental da crítica acefálica que vem sendo pacientemente refinada em sua produção ensaística. Isso porque, na conclusão do ensaio sobre Baudelaire, o leitor finalmente compreende a razão de ser de seu subtítulo, "sintoma e saber antimodernos". A propósito do conceito de sintoma, lança mão de um filósofo, Georges Didi-Huberman, que tem acompanhado muito de perto para compor a sua própria e multifacetada teoria da imagem enquanto força. Segundo Didi-Huberman em "A imagem queima", "uma das grandes forças da imagem é de fazer ao mesmo tempo *sintoma*", isto é, "interrupção no saber", "e *conhecimento*", isto é, "interrupção no caos".[22] "Como sintoma", diz por sua vez Antelo, "nas páginas da *Revue des Deux Mondes*, os poemas de Baudelaire lêem-se, em rede, com os textos de Elisée Reclus, de Ferrari, de Adolphe d'Assier, de Théodore Lacordaire ou Emile Adet".[23] Mas "além de os lermos em rede, como sintoma", ele prossegue, "é preciso lê-los também como peculiares exercícios de saber ou conhecimento".[24] Sendo assim, o antimoderno desgeograficado, anacronizado, passa a ser lembrado no presente através de quatro argumentos, conforme propostos por Antoine Compagnon: "o argumento *político* (o antimoderno é crítico

---

[21] Ibid., p. 85.
[22] Ibid., p. 32.
[23] Ibid., p. 33.
[24] Ibid.

da Revolução), o *filosófico* (o antimoderno é cético diante do Iluminismo), o *ético* (o antimoderno é culturalmente pessimista e adere ao Mal), daí que o último argumento seja propriamente teológico (o antimoderno não cessa de se reportar ao pecado original)".[25]

Cabe ressaltar, a esta altura, que essas proposições encerram o primeiro dos textos que compõem *Ausências*, sendo que nem sequer fiz menção, até aqui, ao segundo ensaio, "Rui Barbosa, a neutralidade e o estado de exceção", "inicialmente lido, em inglês, em fevereiro de 2007, na comemoração dos dez anos de existência da Cátedra Rui Barbosa de Estudos Brasileiros, na Universidade de Leiden, na Holanda", conforme se pode ler na introdução ao volume. Começa-se a entender melhor agora por que a autora do prefácio, Maria Lúcia de Barros Camargo, o qualifica como um "pequeno grande livro".[26] Assim, reporto-me, à guisa de conclusão, a esse ensaio que apresenta o escritor e político republicano em viagem a Buenos Aires, onde, em meados de 1916, não pode evitar de falar sobre a guerra, a vida e a morte, as imagens da destruição e o horror, o horror. E, como tampouco poderia deixar de ser, voltamos à aporia fundamental da modernidade ao modernariato, que vem a ser a da questão religiosa, vale dizer, a do pecado original. Trata-se já em Rui Barbosa, adverte Antelo, do mesmo estado de exceção investigado por Giorgio Agamben, tendo como ponto de partida os escritos bíblicos. Em consequência, "a guerra, aprisionada na lógica da secularização", escreve o autor de *Ausências*, "conseguiu, afinal, ser santificada, por si mesma, como estratégia biopolítica de governo, como *management*".[27]

Por outro lado, a principal conferência platina de Rui Barbosa, apresentada na Faculdade de Direito, defendia a ideia da neutralidade para Brasil e Argentina diante da guerra mundial em curso — conferência esta lida por Raúl Antelo enquanto "um diagnóstico do século XX",[28] "uma reflexão absolutamente contemporânea sobre a neutralidade".[29] Nela, defenderia o princípio de uma neutralidade "vigilante" e não "inerte", com base no "tópico da lei moral unitária".[30] A fim de dar consistência a sua argumentação sobre o alcance da análise do escritor e político brasileiro,

[25] Ibid., p. 32.
[26] CAMARGO, Maria Lucia de Barros. "Presenças", in ANTELO, Raúl. *Ausências*, op. cit., p. 9.
[27] ANTELO, Raúl. *Ausências*, op. cit., p. 51.
[28] Ibid., p. 48.
[29] Ibid., p. 62.
[30] Ibid., p. 54.

Antelo evoca ainda, em sua montagem, a apaixonada defesa escrita em nome do Capitão Dreyfus antes mesmo do célebre *J'accuse* de Émile Zola, além da voz de Sérgio Buarque de Holanda nos anos 1930 com *Raízes do Brasil*, a propósito das mazelas da organização social, política e afetiva do país, visto enquanto parte do debate internacional sobre a crise do estado liberal que nos devolve a "marcos teológicos, que se traduzem no conceito de *estado de exceção*".[31]

Enfim, detenho-me nesse ponto e *pour cause*: é o momento em que, nos últimos tramos do ensaio sobre Rui Barbosa, se define o papel do intelectual, com a ajuda de Maurice Blanchot. "Aprisionados na eterna tarefa da autoconstituição de si mesmos", os intelectuais — escreve Raúl Antelo — ocupariam

> um lugar impossível, sem espaço fixo na sociedade e entrelaçado por seus mesmos paradoxos, um lugar muito próximo do poder, apesar dele mesmo não atuar nem ocupar realmente o poder político concreto. Afastado da política, no entanto, o intelectual dela não se retira completamente, apesar de também não se apegar a seu retiro, e esse esforço de recuo, para se beneficiar de uma proximidade que, paradoxalmente, o distancia, como sentinela ou lugar-tenente da norma, mais do que uma preocupação por si mesmo, ele nos revela uma preocupação pelos outros.[32]

Pecadores virtuosos, eles sabem o que querem e querem o que não sabem. Colocam-se, portanto, entre conhecimento e sintoma, entre saber e não-saber "como indispensável abertura ao novo".[33]

REFERÊNCIAS BIBLIOGRÁFICAS
ANTELO, Raúl. *Ausências*. Florianópolis: Editora da Casa, 2009.
_____. *Crítica acéfala*. Buenos Aires: Editorial Grumo, 2008.
_____. *Tempos de Babel. Destruição e anacronismo*. Bauru: Lumme Editor, 2007.
_____. "A apatia do povo brasileiro como sátira". Entrevista a André Dick e Márcia Junges. *Revista do Instituto Humanitas Unisinos* (on-line), n. 268, ano VIII, 11 ago. 2008.

---

[31] Ibid., pp. 56-7.
[32] Ibid., p. 61.
[33] Cf. ANTELO, Raúl. *Tempos de Babel. Destruição e anacronismo*. Bauru: Lumme Editor, 2007, p. 9.

MORFOSIS I E II. O CANTO E O ESPELHO NOS LIMIARES DA FESTA

Marta Martins
Professora do Curso de Artes Visuais da Udesc
Rita Lenira Bittencourt
Professora de Teoria Literária da UFRGS

> *Não me levem a mal se, quando daqui a pouco me colocarem questões, eu sentir ainda, e sobretudo aqui, a ausência de uma voz que me foi até agora indispensável; compreenderão que, daqui a pouco, é ainda o meu primeiro mestre que procuro ouvir inelutavelmente. Afinal, foi com ele que primeiro falei do meu projeto inicial de trabalho; teria tido com certeza necessidade que ele assistisse a seu esboço e me ajudasse uma vez mais nas minhas incertezas. Mas, apesar de tudo, na medida em que a ausência é o lugar primeiro do discurso, permitam que esta noite me dirija a ele em primeiro lugar.*
> Michel Foucault, *O que é um autor?*

Nas primeiras páginas do conhecido tratado de Foucault, sobre o lugar — ou o não-lugar — discursivo do autor, o teórico francês evoca o mestre, Roland Barthes, e, em sua ausência, traça uma homenagem, na forma de teoria, que o inclui e o exclui dela. O propósito, aqui, seria, em presença, evocar o lugar do mestre, dramatizando: é o lugar que o mestre ocupa, no sentido discursivo, o lugar que desafia o "nosso" olhar, pois é o que vemos e o que nos olha, em performance, e, ainda, o "nosso" próprio lugar de mestre, ao qual, espelhadamente, retornamos. Esse lugar, em condição similar ao do autor, em Foucault, é perpassado por impossibilidades topológicas, desenhando uma presença-ausência que é dança e canto, produzindo e reproduzindo os encontros e as lutas do reconhecimento e da esquiva.

A partir da menção à indiferença foucaultiana, enunciada em "Que importa quem fala" —, expressão na qual se cruzam e se confundem a voz do mestre e a do seu discípulo; na qual se misturam perguntas e respostas, em torno e a partir de certos fazeres, instauradores de discursividade, propomos, no limiar da homenagem, entre a guerra e a festa, abordar uma relação que é de enfrentamento e aprendizagem — e, ao transformar em pergunta

— "Que importa quem fala?" — a expressão elaborada por Foucault — incluir na discussão a transmissão, o saber/o ensinar, tomando os avatares monstruosos, os corpos híbridos e suas vozes, atores dessa/nessa relação.

A Sereia e a Medusa, recompostas, atualizadas em seus disfarces, tornadas máscaras-limite do contemporâneo, evocam uma figuração *drag queen*, uma topologia do impossível, capaz de potencializar os discursos ambivalentes de uma prática simultaneamente fundadora e extinta, necessária e dispensável, na qual, como na definição lacaniana do amor, se deve o impagável e se dá o que não se tem.

I. Sereia

Marcas plurais de subjetividade, cruzamentos na linha do tempo e retornos no eterno rumor encantatório e dionisíaco das Sereias. Imagens constituídas por partes ou pedaços, fragmentos, estilhaços que se articulam com uma cadeia aberta e capaz de desvelar um canto dentro do outro dentro do outro. Híbridas, múltiplas deusas mitológicas, modulações, encantamento, oferta, promessa, ameaça, maldição. Enigma, desvelamento, sublimação, texto. Misterioso canto de enfeitiçamento de natureza infinita situado no limiar entre mundos. Atravessei: "olha o canto da sereia ialaó, o quê, ialoá, em noite de lua cheia, ouço a sereia cantar / Quando o canto da sereia reluziu no seu olhar acertou na minha veia conseguiu me enfeitiçar / E ela era o máximo do paradoxo estendido na areia, alguns a desejar seus beijos de deusa, outros a desejar seu rabo pra ceia /. Oguntê, Marabô Caiala e Sobá. Oloxum, Ynaê Janaina e Yemanjá / ela mora no mar, ela brinca na areia", e então:

> Ninguém jamais ouviu um canto igual ao canto que te canto escuta: as ondas e os ventos se calaram e a noite e o mar só ouvem minha voz — a noite e o mar e tu marinheiro do mar de rosas verdes:

virás: é um leito de rosas e lençóis de jasmim — e ao ritmo
de teu corpo entre a cintura e as ancas
mais o lençol de aromas de meu corpo
em monte de pétalas desfeito:

e dormirás comigo
e os que dormem com deusas

deuses serão — verás
cada arco de minhas curvas
à forma de teu corpo moldaremos — e a pele tua
aprenderá da minha.

aroma e maciez e música
e entre garganta e nuca aprenderás
a noite dos que dormem a aurora dos que acordam
sobre os seios das deusas também deuses.

Vem dormir comigo
e comigo
e todas as sereias.
Todas as deusas se entregam
ao amante que um dia possuiu uma deusa
e então todas as fêmeas dos homens

    Helenas, Briseidas e a Penélope tua
    hão de implorar às Musas — e as Musas a Eros e Afrodite
    a volúpia de uma noite contigo.

Não partas!
Se partires
as velas de tua nau serão escassas
para enxugar-te as lágrimas — e nunca
nunca mais tocarás a pele das deusas
nunca mais a virilha das fêmeas dos homens
e nunca mais serás um deus.

e nunca mais a melodia de uma canção de amor
dos hinos do himeneu:
abelhas mortas para sempre irão morar
na pedra do jazigo de cera
de teus ouvidos cegos.

Mas vem
e vem dormir comigo
e comigo
e minhas irmãs e todas
as sereias do mar
as sereias da terra
e as sereias dos céus...[1]

---

[1] MOURÃO, Gerardo de Mello. *O que as sereias diziam a Ulisses na noite do mar. Cânon e fuga.* Rio de Janeiro, 1998.

Diferença, indiferença, dissolução, solidão, desaparição, apatia, fragmento, estilhaço de imagem, modulação sem voz, sem oferta e sem promessa, nem ameaça, nem maldição. Rebaixamento, dessublimação, desencantamento:

> Otras sirenas habitan em grandiosas grutas submarinas, en donde las anêmonas naranja, las estrellas rojas y los erizos marrones vuelven todavia más claras y azules las águas, y los peces multicolores ostentan colas de pajaros tropicales, celebres costados de finos metales. Ella en cambio es la unica sirena de este rio cenagoso, ancho, turbio y lento, y se aloja debajo de los restos negruzcos de un barco hundido, un montón de madera podrida, encastrada en el barro, entre cajas oxidadas, botellas, zapatos viscosos y peces planos con los ojos en la espalda, repugnantes. Ni siquiera consigue mantener limpios sus cabellos; tiene solamente un viejo peine, roto, de plástico negro, que siempre se le enreda con alguna porquería, pedacitos de papel, cáscaras de naranja, cordones que el río arrastra en su imparable indiferencia. Y así la sirena está siempre sucia, desgreñada, y cada vez que se atreve a salir a la costa a peinarse y a sacarse de las escamas las costras de barro pegajoso, los niños del lugar le tiran basura, los hombres le proponen porquerías, y un domingo fue un cura con tres mujeres vestidas de negro a exorcizarla, agitando una cruz. Por eso decidió no hacerse ver más dando vueltas por ahí; pero el problema más serio es la planta química recientemente inaugurada aguas arriba, que cada tanto arroja en el río desechos irritantes. Ahora la sirena tiene tos, y sobre todo le pica la parte humana de su cuerpo; debería mudarse al valle, más cerca de la desembocadura, pero allí el agua sabe a mar y ella no pude tolerar la salobridad. Más arriba, en cambio, la corriente es demasiado fuerte, hay que nadar todo el día para permanecer en el mismo lugar, no se descansa ni siquiera de noche. Nadie se ocupa de la sirena solitaria, salvo un empleado de la municipalidad que de tanto en tanto se presenta a reclamar el deposito de ciertos impuestos que ella de ninguna manera puede pagar. Entre la fabrica de abono y el hombre de los impuestos, la última sirena del río está muy deprimida y ya van dos veces que ha intentado suicidarse, con esos tubitos de barbitúricos que en primavera arrastra la crecida.[2]

Da potência do mito clássico, em Homero, ao delírio moderno e depressivo, em Wilcock, a sereia é morfologicamente atingida — foge ou torna-se rocha, reduz-se a apenas uma ou habita um mundo poluído, e, nesse trânsito, recodifica-se: é a mesma e outra, recomposta, revista, sobrevivente... ou quase.

Irwin Panofsky chamou de *pseudomorfosis* ao sintoma imanente aderido às formas, que seria tributário das fusões e das diversas reincorporações

---

[2] WILCOCK, Juan Rudolfo. "La sirena", in *El estereoscopio de los solitários*. Buenos Aires: Editorial Sudamericana, 2004.

ocorridas ao longo do tempo. Trata-se de um conceito utilizado pela iconologia para analisar como algumas figuras vão se revestindo de significados que não se encontravam presentes em seus protótipos anteriores. Ao se estabelecerem uma e outra fusão, as inúmeras manifestações temáticas e conceituais vão sendo incorporadas e vão sendo modificadas a partir de uma mesma matriz formal.

As mesclas e reincorporações de cunho mítico nos textos acima citados não são incomuns ao imaginário híbrido nos modelos vanguardistas como um todo, e, no regime latino-americano, podem estar vinculadas ao nacionalismo e à necessidade pedagógica. Neste sentido, Guimarães Rosa ao ampliar as possibilidades da língua brasileira pela inclusão de tupiniquismos, contribuiu ao projeto modernista da construção de labirintos no interior da própria linguagem e, simultaneamente, partiu em direção à sua autonomia ao tematizar os limites entre o interior e o urbano, mediados pela necessidade pedagógica, ou no mínimo, pela necessidade de tradução entre os mundos desconexos da nação brasileira. Haroldo de Campos sublinha o caráter de "máxima literalidade e radicalidade" de Guimarães Rosa remetendo-o ao primeiro verso de Ovídio em *Metamorfoses*: "Quero falar das formas mudadas em novos corpos". Estão dadas as possibilidades de reunir coisas que eram, até então, consideradas díspares, como as misturas entre elementos populares e eruditos, e em *Meu tio, o Iauaretê* a tênue linha de fronteira entre o animal e o humano.[3]

Trata-se da incorporação da temática da metamorfose,[4] que é feita da junção de dois: de um lado a vanguarda através de uma dicção baseada na autorreferencialidade e na autonomia, e de outro, a defasagem de um tempo brasileiro do interior rural e mítico. A metamorfose é possível de ser operada na definição do dentro e do fora, onde a lapidação do monstro

---

[3] CAMPOS, Haroldo de. *Metalinguagem e outras metas*. São Paulo: Perspectiva, 1992. ROSA, João Guimarães. "Meu tio, o Iauaretê", in *Outras Histórias*. 5. ed. Rio de Janeiro: Nova Fronteira, 2001.

[4] Além da bem conhecida tematização kafkiana da metamorfose, esta temática também aparece numa série de pinturas de André Masson, no final dos anos 1930, e está relacionada com uma consciência emergente de certas explicitações metafóricas. Assim é o caso de sua *Gradiva*, onde o artista retrata uma figura feminina que é metade carne, metade estátua, e que, além da clara remissão à *Gradiva* de Freud, personifica alguns aspectos do projeto surrealista, tais como a preocupação com a liberação do inconsciente, ideias de metáfora e metamorfose, noções sobre vanguardismo e o tema da mulher como musa do artista. Vale lembrar que embora Masson tenha sido um dos surrealistas que rompeu com Breton na crise de 1929, unindo-se a Bataille, fez as pazes com Breton no fim da década de 1930, época em que este dirige a galeria dos surrealistas, chamada, a propósito, de "Gradiva". Cf. FER, Briony. "Surrealismo, mito e psicanálise", in FER, Briony et al. *Realismo, racionalismo, surrealismo. A arte no entre-guerras*. São Paulo: Cosac&Naify, 1998, pp. 231-7.

é possível, mas, no entanto, tem um preço: a condenação e até a morte do metamorfoseado. No conto, o bugre contratado para "desonçar o mundo", sofre um processo metamórfico e linguístico que o transforma em uma *iawaereté*, que em tupi, significa a onça verdadeira.

Até que ponto esses limites estéticos e políticos se chocam com a arbitrariedade da linguagem?

Para pensar a natureza primordial da linguagem no limite do dizível, Blanchot se referiu às Sereias, como o lado inumano do humano:

> De que natureza era o canto das Sereias? Qual era seu ponto fraco? Porque esta falha fazia esse canto tão poderoso? Uns sempre responderam que era um canto inumano: um ruído natural sem dúvida (e será que há outros?), mas à margem da natureza, em todo caso estranho para o homem, muito profundo e despertando nele esse prazer extremo de cair, impossível de satisfazer nas condições normais da vida. Mas, dizem outros, o mais estranho era o feitiço: não fazia mais que reproduzir o canto dos homens, e como as Sereias, ainda que sendo somente animais, muito belos por causa do reflexo da beleza feminina, podiam cantar como cantam os homens, convertiam o canto em algo tão insólito que faziam surgir em que o escutava a suspeita de inumanidade em todo canto humano. Portanto, seria de desespero que haveriam morrido os homens, apaixonados por seu próprio canto? Por um desespero muito próximo ao rapto. Havia algo maravilhoso neste canto real, canto comum, secreto, canto simples e cotidiano, que não podiam senão reconhecer em seguida, cantado por potencias estranhas e, digamos imaginárias, canto do abismo que, uma vez escutado, abria em cada palavra um abismo e convidava com força, a nele desaparecer. Este canto, não esqueçamos, era dirigido a navegantes, gente de risco e natureza audaciosa, e era, ele mesmo uma navegação: era uma distância, e o que o revelava era a possibilidade de recorrê-la, de fazer do canto o movimento até o canto, e deste movimento a expressão do maior dos desejos.[5]

Mas o lado inumano do humano, pode também dirigir-se a um aparato não orgânico, na medida em que a construção de um corpo e de uma linguagem exige uma extensão que os traduza de um a outro.

Esse mecanismo faz com que as substituições e os suplementos gerados pelas leis mecânicas rumem para rápidas transferências entre o natural e o artificial, gerando o espaço fantasmático da prótese. Todas as relações são articuladas através do corpo, e segundo David Wills, ele, o corpo protético e aqui mostruoso, é "um corpo que carrega sua própria alteridade desde que começa a se mover" e que literalmente retorna por, ou através de si

---

[5] BLANCHOT, Maurice. *El paso (no) más allá*. Barcelona: Paidós, 1994, p. 13.

mesmo.[6] Nesse sentido, a prótese (incluindo-se nela a fala, os gestos e a escrita) o constitui.

Assim, entre as morfosis encantatórias e mortíferas de sereias medusas, "que importa quem fala"?

II. Medusa

> ...
> *Ó espelho!*
> *Água fria pelo tédio em teu quadro gelada*
> *Quantas vezes e durante horas, desolada*
> *Dos sonhos, e buscando minhas lembranças que são*
> *Como folhas sob teu vidro de poço profundo*
> *Apareci-me em ti como uma sombra longínqua*
> *Mas, horror! Certas noites, em tua severa fonte*
> *Conheci a nudez do meu sonhar disperso!*
> ...
>
> Mallarmé, *Herodíade*

Retorno ao poema trágico de Mallarmé, a um trecho do segundo movimento, quando a personagem Salomé/Herodias conversa com a ama, enquanto, contemplando sua imagem em um espelho, prepara a dança mortal. Aos versos citados, segue a pergunta: "Ama, sou bela?". E uma significante resposta: "Um astro, na verdade". E assim como a graça da protagonista antecipa a desgraça, o fato de ser comparada a um astro conjura sua própria perda, anuncia a proximidade inexorável do desastre.

Não há propriamente ações. As três partes do poema são vozes em suspenso, à beira do abismo, que dramatizam um eterno devir, com a duração de um dia: a aurora prepara o desfecho tingindo-se de sangue; a face do espelho de Salome é de água fria, congelada; e o final da tarde anuncia ao profeta João Batista a hora fatal. A marca visível dos elementos — a cor do amanhecer, o reflexo congelado, o declínio luminoso ao entardecer — compõe o cenário e, como nas versões clássicas, uma outra voz feminina, contraponto da principal, abre uma chave muito antiga.

Nesse movimento de abertura, a voz da ama retrocede a um passado impreciso, brumoso, e anuncia o futuro. Seu lamento conta também com o

---

[6] WILLS, David. *Prosthesis*. Stanford University Press. Coleção Meridian Crossing Aesthetics. Werner Hamacher & David Wellbery (eds.), 1995.

espelhamento das lágrimas, da água da cisterna, do brilho de uma bandeja de prata e de diamantes, contrastando com a sombra da lua, com a menção fúnebre a batalhas, com as trevas e os pesadelos. Focado na previsão, no presságio, o primeiro canto vem de um ser que se move, ele mesmo, entre a luz e as sombras. A velha ama ocupa o lugar do cego, do profeta e do mago vidente dos mitos tradicionais.

A tragédia mallarmaica, no entanto, tem a preocupação nietzscheana de não buscar a especificidade estética somente em formas clássicas do sublime. Recorre propositalmente à fealdade e à desarmonia, na busca de um prazer que é similar à dissonância. Tenta apoiar-se mais no terror que na piedade e coloca a personagem principal, dotada de uma beleza mortífera, na oscilação entre uma aparente certeza quanto ao que o futuro reserva e a possibilidade concreta de decidir o próprio destino ali, ao tomar um caminho desviante, contrariando qualquer lógica e investindo na pura perda.

Salomé é dotada de uma verdade erótica, que dança, sob diferentes feições: em Nietzsche, vinculada ao enigma e aos regimes escópicos, às possibilidades de fazer o texto passar por diferentes registros, ou seja, de personificar toda a ênfase moderna na tradução; em Mallarmé, colada às possibilidades estelares de desagregação dos elementos e na incorporação da aposta na existência e controle do acaso; em Derrida, na exposição da diferença radicalizada no esforço de contestação à lei que culmina no corte da cabeça do pai. É uma figura emblemática da verdade esquiva, sem limites, maleável, e incontrolável.

Segundo Bataille, "essencialmente, o domínio do erotismo é o domínio da violência, o domínio da violação".[7] Se, em parte, a personagem é vítima de poderes que lhe são alheios, de outra parte, arquiteta uma poética do desastre, consolidada na modernidade em formas que manipulam elementos até então considerados incompatíveis, que se cruzam nas fronteiras e se configuram em zonas limiares.

O espelho de Salomé aponta para esses lugares de cruzamento, inclusive para aqueles nos quais os limites entre o animal e o humano são transgredidos pela metamorfose. É poço, é fonte, e também uma superfície lisa e brilhante que pode negociar o tempo, embaralhando o passado e o futuro, anunciando um devir corpo outro, um futuro prótese, para além do orgânico.

---

[7] BATAILLE, Georges. *El erotismo*. María Luisa Bastos (trad.). Buenos Aires: Sur, 1960, p. 17 (tradução minha).

Paradoxalmente também pode elaborar um estranhamento encarnado que encena, inclusive, o contraponto: mesmo sendo um corte, na obliquidade reflexa de outro texto, a degola também se apresenta como um gesto paradoxal de recuperação da cabeça do pai.

Eis o mito: as Górgonas ou Erínias, três irmãs, três monstros, cabeça areolada de serpentes enfurecidas, com presas de javali saindo dos seus lábios, mãos de bronze, asas de ouro: Eríale, Esteno, Medusa. Dentre as várias leituras possíveis, os impulsos da perversão, ou do excesso, desdobram-se, nelas, em três direções: em Eríale, evocam uma sexualidade desenfreada; Em Esteno, os desmandos e as arbitrariedades no âmbito sócio-político; e em Medusa, o abandono do investimento espiritual e evolutivo e a estagnação na vaidade, passageira e estéril, tão admirada quanto rechaçada pelo barroco.

A temática da vaidade, bem humana, estrutura em Gregório de Matos os

>Desenganos da vida humana, metaforicamente
>
> É a vaidade, Fábio, nesta vida,
> Rosa, que da manhã lisonjeada,
> Púrpuras mil, com ambição dourada,
> Airosa rompe, arrasta presumida.
>
> É planta, que de abril favorecida,
> Por mares de soberba desatada,
> Florida galeota empavesada,
> Sulca ufana, navega destemida.
>
> É nau enfim, que em breve ligeireza
> Com presunção de Fênix generosa,
> Galhardias apresta, alentos preza:
> Mas ser planta, ser rosa, nau vistosa
> De que importa, se aguarda sem defesa
> Penha a nau, ferro a planta, tarde a rosa?[8]

É o "pecado" da vaidade que move a jovem Medusa, jogando-a num devir monstro: O deus Poseidon havia se enamorado dela, que, entrevendo nessa direção algo de divino, ousa dizer, no templo de Atena, que sua beleza

---

[8] Matos, Gregório de. "Dos desenganos da vida humana, metaforicamente", in Bosi, Alfredo. *História concisa da literatura brasileira*. 3. ed. São Paulo: Cultrix, 1937, p. 44.

é maior que a da deusa. Atena vinga-se da moça transformando seus belos cabelos em serpentes e pondo em seus olhos o poder de petrificar quem os fitasse. Medusa é morta e decapitada pelo semideus herói Perseu, filho de Zeus e de Danae, que, a partir da utilização de um estratagema ótico, recorrendo a um reflexo na superfície de uma espada, de um escudo ou de um espelho realiza a façanha, até então julgada impossível.

O gesto de Perseu retoma a contenção, o controle, a razão. Assegura os domínios do refreamento, da ordem, da regularidade, resgatando as marcas de fronteira e, ao contrário da dança, estipula os limites, faz retornar a métrica ou exercita a cadência regular da marcha, diria Valéry, em relação à prosa.

Algumas leituras situam o confronto Perseu/Medusa como a cena primordial que fixaria as culturas sedentárias e patriarcais. E também a regularidade da prosa narrativa, em línguas nacionais. Em outras palavras, na gênese do romance moderno.

Por outro lado, a cabeça decepada da Medusa, assim como as gotas de seu sangue, oscilam no campo do *phármakon*, entre o remédio e o veneno, e compõe as duas faces do sagrado, produzindo fascinação e horror. Encena a atração pelo Outro, em maiúscula, e a beleza trágica do que não pode ser representado ou encarado de frente, já que figura-se como morte, fim do movimento, transmutação definitiva do orgânico em inorgânico, mergulho do animado no inanimado.

Cabe, nesse ponto, citar uma declaração da escritora Hélène Cixous, em uma entrevista de 2007, a respeito da escritura de Clarice Lispector:

> [...] se tomarmos, por exemplo, a questão dos gêneros na literatura, há uma economia libidinal literária que produz o gênero do romance, quer dizer, algo construído, organizado, apropriado, delimitado e que obedece a certas regras, tem um começo, um meio e um fim. Eu diria que são caixinhas e que a economia masculina se compraz em enquadrar, reter, ordenar um espaço. Em contrapartida, encontramos, numa outra economia, textos que não são caixinhas, que estão fora da moldura, não são passíveis de ser enquadrados, estão sempre em aberto, e, contrariamente àquilo que se deixa enquadrar, existem num movimento, numa continuidade. Ocorre que são sobretudo as mulheres que produzem esse tipo de texto, ao mesmo tempo jubilatório e angustiante, como tudo o que recomeça incessantemente.[9]

---

[9] Cixous, Hélène. "Entrevista Hélène Cixous, Édouard Glissant e Alain Didier-Weill; à mesa com Betty Milan". *Agulha — Revista de Cultura*, n. 69, 2009. Disponível em: <http://www.revista.agulha.nom.br/ag69milan.htm>. Acesso em: 1 dez. 2011.

A Medusa, portanto, configura-se como alegoria das passagens, do que, segundo Cixous, habita o espaço "entre o jubilatório e o angustiante". E ao comportar-se tanto em termos de inocência quanto de vitimização, consolida um jogo do duplo, nem lá nem cá, espelho ou máscara que sustenta os limiares, inclusive dos gêneros, literários e/ou sexuais, e das genealogias, recolocando tudo para funcionar, em movimento centrifugo, para fora do eixo.

A ambivalência *desse* "perder a cabeça", *de se* "perder a cabeça" é a possibilidade mesma do risco. O risco de lançar-se a um futuro incerto, sem guias; e também o risco que traça o próprio lançar-se, que se desenha à beira do fim, sem mapas.

No tempo futuro, a personagem é de Juan Rudolfo Wilcock, de *El estereoscopio de los solitarios*, e de um breve conto:

Medusa

> Ella sostiene que de muchacha fue hermosa, pero con relación a esto los escasos testimonios que nos quedan de su juventud son notablemente contradictorios. Sea como fuere, la infeliz Medusa vive hoy torturada por el deseo de acentuar su propia fealdad para ser todavía más diferente que las otras mujeres, y de salvar lo salvable, gastando sumas fabulosas con el peluquero o el sastre. Con el peluquero se hace despeinar las víboras, de manera que caigan más desordenadamente sobre la frente y los ojos, con el sastre elige telas preciosas para hacerse cortar algún vestido simple con dos breteles, como los que llevan las mendicantes. Pero también estos vestidos le parecen demasiado vistosos: arrastrada por la perversidad y la desesperación, al final ordena que la tela sea dada vuelta, de forma tal que de los ricos brocados de oro no se ve más que el reverso y el tramado ordinario. Pobre mujer! Es tan malvada que, a pesar de sus sufrimientos, no se quiere matar, para poder castigarse a sí misma cuando no castiga a los demás.
>
> De hecho, sus víboras están siempre despiertas: no la dejan dormir, se menean y constorsionan, le muerden el cuello y, las más largas, los senos.
>
> ¿Visto que nunca consigue estar en paz, de que le sirve ser universalmente respetada y temida?
>
> La infeliz Medusa se encierra en su habitación, un cuarto, un cuarto extremamente lujoso, y allí encerrada escribe poesías, enroscadas y retorcidas como las mismas víboras que le quitan el sueño. Sus poesías no son feas, pero ella, quizás por desesperación, cree que son las más hermosas poesías escritas hasta ahora en el mundo, y obliga a sus muchos admiradores a que se declaren de la misma opinión. Una sola mirada de sus ojos de ágata pulida es suficiente: nadie osaría ni siquiera pensar lo contrario por miedo a verse transformado en mármol, como los muchachos amados por ella que hoy, petrificados por su mirada, llenan, desnudos, las galerías de su palacio.[10]

[10] Wilcock, Juan Rudolfo. *El estereoscopio de los solitarios*. Guillermo Piro (trad.). Buenos Aires: Editorial Sudamericana, 1990.

Desenvolvem-se e enfrentam-se, no conto, duas possibilidades críticas: a da verdade-estátua, imóvel, que petrifica o muito amado; e a da simulação-vida, que se esquiva de qualquer verdade, assumindo os versos feios e tortos e o jogo ambivalente entre a riqueza e a pobreza, que, se não acrescenta nenhuma linha definitiva ao conhecimento acumulado, ao menos permite a sobrevivência — parece não haver opção entre o devir estátua, por olhar nos olhos, ou a sobrevivência pelo despiste.

Em *Metaformose*, um estudo da década de 1980 sobre o imaginário grego, o poeta paranaense Paulo Leminski sintetiza, de um modo singular, esse jogo das mutações:

> Por que foi sob a forma de chuva de ouro que Zeus seduziu Danae, para gerar Perseu? O lampejo do ouro traduz o brilho dos raios de Zeus? Ou o brilho do ouro já prefigura o brilho do espelho onde, um dia, Perseu verá a Medusa, antes de matá-la? A Medusa seria a imagem da mãe, o irremediável amor dos homens pelas mães, o olhar que congela todo o homem na estátua líquida do seu destino? Os olhos da Medusa brilham como as gotas de uma chuva de ouro. Nos olhos azuis de Narciso, o azul da água se transforma em céu, estrelas devoram o azul, formigas apagando uma pétala. [...] não há centro, o centro pode estar em qualquer parte, ao mesmo tempo, ou nunca estar em lugar algum.[11]

Os termos da atopia — considerando que *atopos* quer também dizer, em grego, "louco" e "extravagante" — e da aporia — o efeito incômodo e por vezes destruidor do discurso irônico —, presidem, em Derrida, o encontro com o monstro-arquivo — obra e fora da obra; obra e não-obra; obra e além-obra — de Hélène Cixous, doado à Biblioteca Nacional da França. A Medusa assume, nessas condições, a forma de dom: centenas de cadernos manuscritos, com registros de sonhos, a serem confrontados com uma Literatura, em maiúsculas, que a própria escritora denomina "Oni-potência-outra", habitante por excelência da biblioteca. Há uma perversidade aí, que precipita um confronto que se torna desafio.

Derrida identifica e descreve os movimentos desse encontro/confronto em um texto de 2003, intitulado *Gêneses, genealogias, gêneros e o gênio*. Cito Derrida, entre parênteses:

> (e eu me arrisco a dizer elipticamente que uma genialidade consiste talvez sempre em *se encontrar*, não apenas encontrar a si mesmo, descobrir-se ou inventar-se, cair

---

[11] LEMINSKI, Paulo. *Metaformose. Uma viagem pelo imaginário grego*. São Paulo: Iluminuras, 1994, p. 26.

ou recair sobre si mesmo, mas se encontrar, entre tantos acontecimentos, de modo quase aleatório aqui ou lá, em lugar do outro, como o outro no lugar do outro).[12]

Encontros podem ser estranhamente complementares: *encontrar-se outro*, como afirma o teórico franco-argelino, nessa abordagem-homenagem, que vai ao encontro da amiga escritora e encontra, em antecipações, escolhas e gênero, ele mesmo, para além de *um* gênero e do geral, genérico: encontra a ambos nos jogos desconstruídos de letra e imagem.

Um confronto assim também se dá em elipse, é indireto, marcado por parênteses e pela opção por um desvio mínimo, por, diria Leminski, distâncias mínimas. Só acontece pelo desencontro de olhares. Figura-se, ao mesmo tempo, desejado e inevitável: está em todo acerto de contas, anuncia-se na manhã do dia D e na cinematografia hollywoodiana de duelo final.

É uma experiência de junção disjunta que se torna o encontro *em si*, o encontro mesmo, figuração bifronte de ápice e fim: eternamente repetido e realimentado, ritual de construção e destruição, apontando sempre duas grandezas que se enfrentam.

Confrontar grandezas não seria, desde Longino, a definição mesma do sublime? E, por outro lado, por trabalhar a esquiva, a hesitação, o enfrentamento não mobilizaria, necessariamente, os parênteses do contra-sublime, do dessublime, anunciadores e dependentes do desencontro e do afastamento, ainda que por um fio, ainda que de viés, ainda que pelas bordas?

O velho espelho-poço-fonte — que, aqui, é grego, japonês, e catarinense, e argentino; e que também é infraleve, pois constitui-se de, "Reflexos / da luz sobre diferentes superfícies / mais ou menos polidas",[13] que encobre e desnuda — não reativaria e renovaria — *mais ou menos* — os gestos manuscritos dos sonhos e as marcas cifradas dos gêneros na superfície dos textos, que são aulas, que são textos, e se enfrentam, e se afrontam e se enfrentam e se afrontam...indefinida e infinitamente?

Enunciar um eterno retorno sobre o mesmo que é sempre diferido: o que mais pode grafar, a quatro mãos, um artigo-encontro que se quer crítica-homenagem?

---

[12] Derrida, Jacques. *Gêneses, genealogias, gêneros e o gênio*. Eliane Lisboa (trad.). Porto Alegre: Sulina, 2005. p. 12.

[13] Duchamp, nota 46 (tradução minha). Cf. Duchamp, Marcel. *Notas*. María Dolores Díaz Vaillagou (trad.). Madri: Tecnos, 1989.

Talvez uma mirada final no evento, à oscilação mesma da cena, entre a hospitalidade e o sacrifício, a atopia e a aporia do texto-espelho derridiano, localize a potência de heteronomia do trabalho crítico que tentamos apontar aqui: Uma potência generosa e genial, que acolhe o outro como acontecimento: "Quando alguém se lança ao outro, seja para o amor ou para o assassínio, sempre se encontra com o lançamento do outro, que acontece ter sido lançado ali a sua frente".[14]

Assim, entre as morfosis encantatórias e mortíferas de medusas sereias, "que importa quem fala"?

ADENDO: A Medusa de óculos e a Sereia de pernas tortas

Articulação e trânsito, o encontro/desencontro de si, no *em-si*, reconfigura-se na *Medusa de rayban*,[15] personificação pós-dramática de um grupo de assassinos de aluguel cujas atividades são publicizadas em um programa de entrevistas, que explora o formato *reality show*. Desde o título, o texto de Mário Bortolotto atualiza o clássico e também transmuta o aparato — antes reflexo em escudo, espelho, poço — em óculos de marca famosa, nos quais o próprio meio exterior se contempla em negativo e se admira, sem morrer, mas em visível agonia — para o dramaturgo, talvez, nos fins do ideológico.

A derrota da Medusa, na voz do personagem Dinamite, é contada novamente, e, como estratégia de sobrevivência, ele aconselha: "Quando você for encontrar a Medusa, não vá de rayban, vá de óculos espelhados". Mais adiante, esse jogo entre as possibilidades e impossibilidades de ver e de viver reaparece, no diálogo entre as personagens Johnny Walker e Jack Daniels, estendido à impossibilidade de concluir pelo recurso de identificação de uma moral, e, por consequência, à constatação de ausência de leituras unívocas e plenamente confiáveis:

---

[14] Derrida, Jacques, op. cit., p. 52.
[15] *Medusa de Rayban* é uma peça teatral de Mario Bortolotto, de 1996, que explora, em chave hipernaturalista, as possibilidades de espetacularização e acolhimento social de tipos e práticas bizarras, que normatizam, ou tornam possível, no limite, aceitar o inaceitável. Cf. Bortolotto, Mário. "Medusa de Rayban", in *Seis peças de Mário Bortolotto*. São Paulo: [s.n.], 1997. Agradeço a Renata Baum Ortiz a cópia do texto.

JOHNNY: Então a moral da história é: nunca confie em ninguém.
JACK: Não tem moral, cara. Se você quiser uma, é: nunca confie em alguém com boas intenções. Vai até a Ótica Hermes, compra um óculos espelhado e vá ver a Medusa.[16]

O texto (pós)dramático,[17] autoespelhado, circular, recupera o mortífero pelo avesso, sem mais estratégias para vencê-lo, já que foram transmutadas em valor de admiração e culto, endereçado às celebridades instantâneas — na peça, Jack Daniels, chefe da gangue, é recebido em programa de TV. É possível também recompor nessas Medusas a plasticidade ambígua de outro enfrentamento, situando o saber do mestre diante do saber da sociedade do espetáculo, em intercâmbio e em negociação infinitas, nos confins do *em-si* agônico, corpo de monstro-mulher-peixe-cobra-vida-morte, indecidível, performático e habitante da ficção.

Os corpos monstruosos, metamórficos ou híbridos respiram do texto, e vice-versa. A vida não orgânica do texto reside neles, e a deles no texto, numa constante articulação:

Era uma vez uma mulher que tão depressa era feia como era bonita.
Quando era bonita, as pessoas diziam-lhe:
— Eu amo-te.
E iam com ela para a cama e para a mesa.
Quando era feia, as mesmas pessoas diziam-lhe:
— Não gosto de ti.
E atiravam-lhe com caroços de azeitona à cabeça.
A mulher pediu a Deus:
Faz-me ou bonita ou feia de uma vez por todas e para sempre.
Então Deus fê-la feia.
A mulher chorou muito porque estava sempre a apanhar com caroços de azeitona e a ouvir coisas feias. Só os animais gostavam sempre dela, tanto quanto era bonita como quando era feia como agora que era sempre feia. Mas o amor dos animais não lhe chegava. Por isso, deitou-se a um poço. No poço, estava um peixe que comeu a mulher de um trago só, sem a mastigar.
Logo a seguir, passou pelo poço o criado do rei, que pescou o peixe.
Na cozinha do palácio, as criadas, a arranjarem o peixe, descobriram a mulher dentro do peixe. Como o peixe comeu a mulher mal a mulher se matou e o criado pescou o peixe mal o peixe foi pescado pelo criado, a mulher não morreu e o peixe morreu.

---

[16] Ibid., p. 30.
[17] Para uma reflexão a respeito da pós-dramaturgia, ver: LEHMANN, Hans-Thies. *Teatro pós-dramático*. São Paulo: Cosac Naify, 2007.

As criadas e o rei eram muito bonitos. E a mulher ali era tão feia que não era feia. Por isso, quando as criadas foram chamar o rei e o rei entrou na cozinha e viu a mulher, o rei apaixonou-se pela mulher.

— Será uma sereia? — perguntaram em coro as criadas ao rei.

— Não, não é uma sereia porque tem duas pernas, muito tortas, uma mais curta do que a outra. — respondeu o rei as criadas.

E o rei convidou a mulher para jantar.

Ao jantar o rei e a mulher comeram o peixe. O rei disse à mulher quando as criadas se foram embora:

— Eu amo-te.

Quando o rei disse isto, sorriu à mulher e atirou-lhe com uma azeitona inteira à cabeça. A mulher apanhou a azeitona e comeu-a. Mas, antes de comer a azeitona, a mulher disse ao rei:

— Eu amo-te.

Depois comeu a azeitona. E casaram-se no tapete de arraiolos da casa de jantar.[18]

As poéticas do presente e as possibilidades plástico-políticas do pensamento teórico apresentam-se, assim, simultaneamente, como formadoras e contraformadoras, pedagógicas em suas bases e contra-pedagógicas por condição. Montam e montam-se em uma *cena-lente-tapete* que remete a certa condição heteronômica do literário, denominada por Hélène Cixous de "Oni-potência-outra", e analisada por Derrida nos termos da sobreposição e do indecidível: "Os dois traços de união entre essas três palavras parecem destinados a marcar que essas três significações, o absoluto, a potência, a alteridade são no fundo a mesma coisa [...] e a mesma lei — enquanto literatura".[19]

Todas essas anotações dirigem-se ao nosso querido Raúl, como *bed time stories*.

---

[18] LOPES, Adília. *Antologia*. São Paulo: Cosac Naify; Rio de Janeiro: 7 Letras, 2003.
[19] DERRIDA, Jaques, op. cit., pp. 56-7.

SOBRE A ORGANIZADORA

Susana Scramim é professora da Universidade Federal de Santa Catarina, bolsista de Produtividade em Pesquisa nível 2 do Conselho Nacional de Pesquisa – CNPq, Coordenadora do Núcleo de Pesquisa em Estudos Literários e Culturais – NELIC/ UFSC. É doutora em Teoria Literária e Literatura Comparada pela Universidade de São Paulo. Pós-Doutorada na Universidad de Sevilla, em 2005. Professora Visitante no Talen en culturen van Latijns Amerika (Departamento de Estudos de Cultura Latino-americana), da Leiden Universiteit, na Holanda, em 2007.

É editora científica do *Boletim de Pesquisa do Núcleo de Estudos Literários e Culturais* da Universidade Federal de Santa Catarina - NELIC/UFSC, desde 2009. Foi uma das fundadoras da revista de poesia, crítica e tradução *Babel*. Foi editora, de 2003 a 2006, da revista de crítica literária *outra travessia*, do curso de pós-graduação em Literatura da UFSC.

É autora do livro de ensaios de crítica literária *Literatura do presente* (Argos, 2007) e do livro *Carlito azevedo*, para a coleção *Ciranda de Poesia* (Editora da Universidade Estadual do Rio de Janeiro – UERJ, 2010). Organizou e preparou, juntamente com Vinícius Honesko, para a editora Argos a coletânea de ensaios de Giorgio Agamben, sob o título de *O que é o contemporâneo? e outros ensaios*, em 2009, e também para a editora Argos, organizou e preparou a publicação da tradução do livro do filósofo italiano Mario Perniola, sob o título *Enigmas. Egípcio, barroco, neo-barroco na sociedade e na arte*, em 2009.

Foi organizadora das edições especiais da revista *outra travessia* sobre Euclides da Cunha, Giorgio Agamben e Georges Bataille.

CADASTRO ILUMINURAS

Para receber informações sobre nossos lançamentos e promoções, envie e-mail para:

cadastro@iluminuras.com.br

Este livro foi composto em Garamond pela *Iluminuras* e terminou de ser impresso em novembro de 2012, nas oficinas da *Copiart Gráfica*, em Florianópolis, SC, em papel off-white 80 gramas.